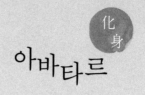

아바타르

『신들과 인간들이 바퀴와 바퀴 안의 살처럼 같이 있는 곳에서
나는 그대들에게 환영 속에서 숨겨져 있는
물의 꽃이 어디에 있는지를 묻는다.』

—아타르바 베다의 34장

아바타르(化身) 2

초판 1쇄 찍은 날 § 2007년 6월 25일
초판 1쇄 펴낸 날 § 2007년 7월 5일

지은이 § 이지환
펴낸이 § 서경석

편집장 § 문혜영
편집책임 § 이종민
편집 § 한지윤

펴낸곳 § 도서출판 청어람
등록번호 § 제1081-1-89호
등록일자 § 1999. 5. 31
어람번호 § 제5-0147호

주소 § 경기도 부천시 원미구 심곡1동 350-1 남성B/D 3F (우) 420-011
전화 § 032-656-4452 팩스 § 032-656-4453
http://www.chungeoram.com
E-mail § eoram99@chollian.net

ISBN 978-89-251-0757-8 04810
ISBN 978-89-251-0755-4 (SET)

化身

아바타르 2

이지환 지음

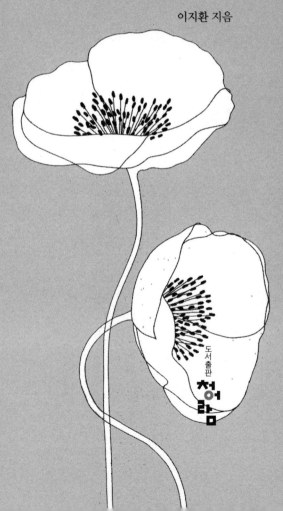

도서출판 청어람

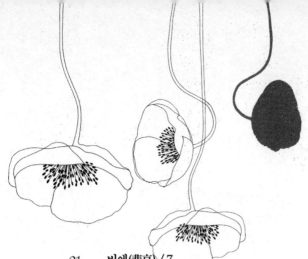

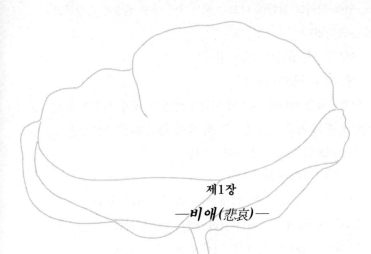

제1장
―비애(悲哀)―

남반구에 위치한 시드니의 1월은 여름이었다. 눈 내리는 인천공항을 떠나 이곳에 오니 사람들은 모두 비키니를 입고 해안에 드러누워 있었다.

사흘 동안 시드니에 머물 예정이다. 겨울 속의 여름이라. 승무원들 몇 명이 의기투합, 돈을 모아 하루 관광 요트를 전세 냈다. 시드니의 명물인 오페라 하우스가 보이는 해안을 한 바퀴 도는 코스였다.

푸른 하늘, 하늘보다 더 푸른 바다, 하얀 꽃처럼 점점이 박힌 요트들. 그림엽서에서 막 빠져나온 것 같은 비현실적인 풍경이 눈앞에 펼쳐졌다. 사람들은 모두 다 미풍이 불어오는 갑판에 서서, 언제 보아도 감탄이 나오는 시드니의 멋진 전경을 감상하고 있는 중이었다.

"이서린 씨, 청첩장 나왔다면서?"

"예. 시안 나왔더라구요."

인천공항을 떠나기 직전에 시안을 받았다. 진주 장식이 박힌 연한 분홍색 카드. 서린은 핸드백 속에 든 청첩장 견본을 동료들에게 내보였다. 의견을 물어보았다.

"어때요? 괜찮아 보여요?"

"예쁘다. 굉장히 고급스럽게 보여. 어디서 만든 거야?"

"그냥 예식장에서 추천하는 회사에서 만들었어요."

"전화번호 좀 알려줘. 나도 나중에 거기 맡겨보게."

"네, 그럴게요."

현조가 미국에 있으니, 자연히 결혼 준비는 전부 다 서린의 몫이 되었다. 현조가 외국에서 공부하는 동안은 시댁에 들어가 살기로 결정되었다. 비행을 하지 않는 짬을 이용해 시어머니 홍 여사와 함께 이리저리 혼수 장만하러 다니는 것이 요즈음의 일과였다.

"현조 씨 시험 언제야?"

"17일이요. 한 열흘 남았어요."

"공부하는 데 힘들겠다. 자기가 날아가서 위로해 줘야 하는 거 아냐?"

"그렇지 않아도 오빠 시험에 맞춰서 며칠 휴가 내고 시카고로 가려구요. 뜨뜻한 밥이라도 지어줘야 할 것 같아서요."

"그래야지."

결혼식까지는 두 달 남짓. 아무것도 달라진 것이 없다. 아무것도 변할 것이 없다. 결혼식에 대한 이야기를 동료들과 나누면서 푸른 하늘처럼 웃었다.

하지만 홀로 되면 웃기가 힘들어. 서린은 눈부신 남반구의 바다와 하늘을 바라보았다. 이상하다. 왜 자꾸 한숨이 나오는 걸까? 왜 기쁘고 행복한 마음 끄트머리 그 한쪽에서부터 답답한 체기가 몰려올까?

〈슬픔은 곧 잊혀지고
기쁨은 눈물로 이어지는 것.
맑은 눈만이 기억할 수 있다.
그 덧없는 한숨의 깊은 상처를.
슬픔은 기쁨을 따라다니는 그림자.〉

그 누군가가 들려준 나지막한 시 한 구절. 너무나 생생하게 기억이 나. 심장 깊은 곳에 묻어둔 작은 상처를 더 깊이, 또다시 덧나게 해.

서린은 멍하니 심청빛 바다의 깊은 속을 응시했다.

'행복해, 너무 행복해. 다른 생각은 할 필요가 없어.'

그렇고말고! 다 끝난 일이다. 이미 지워지고 과거로 넘어간 사람의 일이다.

　라탄과 공항에서 작별한 이후 서린이나 현조 둘 다 지금껏 단한 번도 검은 피부를 가진 아름다운 이방인의 이름을 말하지 않았다. 지나간 일을 곱씹어 생채기 내는 어리석은 일 따위는 하지 않았다. 그저 눈빛으로 나눈 묵언의 동의(同意).

　'이것으로 다 잘될 거야.'

　암, 그렇고말고.

　절대로 흔들리지 않을 거다. 절대로 아파하거나 생각하지 않을 거다. 현조만 생각하며, 그와의 미래만 꿈꾸며 행복할 거다. 그렇게 다짐했었다.

　다 잊겠다고 약속했었다. 명예를 아는 사람이니, 다시는 만나러 오지 않을 거라는 맹세를 반드시 지킬 것이다. 그녀가 그러했듯 그도 서린을 단번에 잘라냈을 것이다. 기억 가장 깊은 곳에 밀어 넣고 자물쇠를 채워 버렸을 거다. 그렇게 약속해 주었으니까……

　하지만 그런 생각을 할 때마다 나날이 심장이 가루처럼 부서진다. 서린 자신이 현조와 함께 행복해지는 만큼 그 남자는, 검고 깊은 눈을 가진 이방인은 불행할 테니까.

　서린이 그를 잊은 만큼 그는 잊지 못하여.

　서린이 멀어진 만큼 그는 그녀에게 닿지 못하여.

　서린이 행복한 만큼 그는 슬퍼할 테니까.

　그가 감내하는 고통과 눈물의 무게가 서린 자신의 행복한 일상을 감싸주는 자양분이 될 테니까.

라탄.

서린의 입술 사이로 저절로 한숨이 새어나왔다.

그를 기억하는 것조차 현조에게 죄인 줄 알고 있다. 미안한 일임도 알고 있다. 하지만 잊을 수 없어. 자꾸만 생각이 나. 밀어내면 밀어낼수록 더 가까이 더 깊이 다가오던 그 남자를, 그녀의 영혼을 탐식하고 약탈하려는 눈빛을 가진 채 거침없이 달려온 그 남자를, 이 세상에서 가장 가까운 현조를 삽시간에 잊게 만들었던 그 남자 라탄을, 잘라 버릴 수 없어. 그래서 서린은 웃고 있으면서도 참 슬펐다.

'당신은 지금 무엇을 하고 있을까요? 나처럼 당신도 날 기억하곤 해요? 그만큼 혼자 몰래 아파하고 있어요? 금단의 그리움을 삭이며 까끌한 목으로 마른침을 넘기곤 해요?'

동료들과 멋진 레스토랑에서 식사를 하며 떠들썩하게 웃고 즐길 때에도, 수영장에서 푸른 물살을 가를 때에도 변함없이 박혀 있는 가시 하나. 왜 약혼자인 현조보다는 쓸쓸히 돌아서던 이방인을 더 많이 생각하고 있는지, 더 많이 아파해야 하는지를 알 수가 없어…….

'그래서 어쩌라고?'

냉정한 이성이 물어오면 대답할 말이 없는데.

그토록 다정하고 착한 현조를 버리고 그 남자에게로 갈 용기도, 뻔뻔함도 없다. 극과 극. 낯선 생활, 낯선 땅의 문화까지도 감내하며 그를 얻고 그와의 삶을 꿈꿀 만큼 낭만적이지도, 어리석지도 않다. 이서린은 그냥 이서린이다. 우현조와 행복하게 살아갈 평범한 이서린이란 그 여자.

서린은 붉은 입술을 지그시 깨물었다.

아무것도 변한 것 없다. 아주 잠시 바람이 불어왔다 사라진 것뿐이다. 그러한 바람은 이내 사라지고 늘 푸른 나무같이 현조만이 꿋꿋이 그녀 곁에 있다. 여전히 아껴주고, 사랑하고, 믿어준다. 다 버리고 잊어버려야 한다. 그것이 우현조와 결혼할 여자의 마지막 예의이다.

이틀 후 서린은 시드니에서 한국으로 돌아왔다.

깊은 겨울에 빠진 인천의 새벽은 아직도 어두컴컴했다. 한 시간은 더 지나야 날이 밝을 것이다. 긴 피곤에 지친 승객들을 지나 승무원들이 먼저 출국장을 빠져나왔다. 휴대전화를 살린 후에, 제일 먼저 시카고로 국제전화를 걸었다. 그러나 현조는 받지 않았다. 서린의 이마에 저절로 주름이 졌다.

'도서관에 간 걸까?'

아니면 샤워 중일 수도 있다. 집에 도착해서 다시 전화를 걸어야지.

막 출국장 문을 빠져나오는데, 뜻밖에 익숙한 목소리가 그녀를 불렀다.

"형수."

깜짝 놀라 서린은 고개를 돌렸다.

"어머, 도련님!"

현조의 동생이자 얼마 있으면 시동생이 될 영조가 서 있었다. 하지만 무엇인가 어색한 얼굴이다.

언제나 청바지 차림이던 그가 이 아침에 검은 양복에 검은 넥타이를 매고 있었다. 집안에 상이 난 건가? 같이 가야 할 자리라서 미리 와 그녀를 태우고 가려고 기다리고 있었나 보다. 아마도 명윤이가 연락을 받아, 오늘 새벽에 도착한다고 이야기해 주었을 테지.

"내가 오늘 도착하는 거, 명윤이한테 들었나 보네. 그런데 왜 검은 옷이에요? 누가 돌아가셨어요?"

"차 가지고 왔어. 가요, 형수."

영조는 그 말 외에는 더 이상 아무 말도 하지 않았다. 아니, 하고 싶지 않은 얼굴이었다. 서린의 플라잉 백을 건네받아서는 북북 끌고 먼저 걸어가기 시작했다. 무엇인가 차가운 것이 심장에 떨어졌다. 어떤 불길한 예감에 서린은 우뚝 서버렸다. 혹시 부모님 두 분 중에 누가 변을 당하신 건가?

"도련님, 무슨 일이에요?"

몇 발자국 걸어가던 그가 우뚝 멈추어 섰다. 뒤돌아보는 그의 눈이 벌겋게 젖어 있었다. 그가 다시 서린에게로 돌아왔다. 떨리는 손으로 서린의 손을 잡아끌었다.

"형 어제 아침에 돌아왔어요. 오늘 납골당에 안치할 거야. 그러니까 가요. 가서 형 보내야 해요."

"무슨 소리예요? 나, 납골당? 형을 보, 보내다니……?"

너무 큰 충격에 뇌리가 하얗게 변했다. 영조의 말을 이해하고 받아들이는 데는 시간이 다소 걸렸다. 대체 이게 무슨 일인지 귀로는 받아들인 말을 머리가 이해하지 못했다. 어느새 영조의 볼 아래로 굵은 눈물이 뚝뚝 떨어지고 있었다.

"미안해요, 형수. 정말 미안해."

"미안하다니? 나에게 왜?"

온몸이 싸늘하게 식어가기 시작했다. 눈앞이 새카맣게 변해 가고 있었다.

"나도 정말 미치겠어요! 하지만 어떻게 해? 일어나 버린 일인 걸. 누구도 되돌릴 수 없는 걸. 현조 형, 사흘 전에…… 도서관 에서 돌아오다가……."

"제대로 말해요! 그래서?"

"아파트 주차장에서 싸움이 벌어졌었대요. 말리려고 끼어들 었다가 그 자리에서 칼에 찔려…… 죽었어."

이 사람이 무어라고 하는가? 현조가 죽었다고 말하는가? 그 와 그녀는 이제 다시 만날 수 없다는 말을 하는가?

갈가리 찢겨져 파편처럼 귀에 박혔다. 말 그대로 심장을 깨뜨 려 버렸다. 바들바들 떨면서도, 무어라 말도 하지 못한다.

새하얗게 질려 비칠거리는 서린을 바라보며 영조가 입술을 깨물었다. 그의 눈에서 주르륵 눈물 한줄기가 흘러내렸다.

"어제 아버지가 형의 시신 수습해서 왔어. 현지에서 화장하고 유골만. 오늘 납골당에 안치할 거예요."

시야가 붉게 물들었다. 깨져 버린 심장에서 시커먼 피가 흘렀다. 삽시간에 세상을 얼어붙게 만든 충격 안에서 서린은 시야가 빙빙 돌아가는 것을 느꼈다. 노란빛 현기증, 이윽고 거칠한 어둠이 덮쳤다. 그 안에서 모든 것이 산산조각 나고 바스러지고 있었다. 오, 하느님! 안 돼요.

"안 돼요, 거짓말이야! 오빠…… 오빠―!"

그녀의 약혼자, 그녀의 남자 현조가 죽었다.

"현조야! 현조야아!"

채 몸을 가누지도 못한 채 홍 여사가 현조의 유골이 안치된 납골당의 앞에 매달려 오열하고 있었다.

생때같은 자식을 잃어버렸다. 참척을 당한 어미의 비애라니, 주위 사람들 전부가 다시 고개를 돌리고 훌쩍거렸다. 손수건을 들고 붉어진 눈시울을 가려 버렸다.

세상에서 가장 소중한 사람을 떠나보내는 날이다. 아프다 못해 가슴 한쪽 남아나지 않은 날이다.

상심하여 하늘마저 잔뜩 찌푸린 날이어야 옳았다. 하지만 현조와 영원히 작별하는 그날은 구름 한 점 없이 맑은 날이었다. 그가 언제나 좋아하던 투명한 햇살이 이제는 너무나 잔인하게 느껴졌다. 겨울날치고는 온화하고 따뜻한 공기조차 원망스러웠다.

"웃는 것같이…… 그저 가슴에 피만 좀 묻었는데…… 눈은 뜨고 있었대요. 현조야 부르면, 당장이라도 일어나서 아버지 하고 대답할 것만 같더래요."

어떻게 정신을 차렸고 어떻게 차에 탔는지는 기억나지 않는다. 그저 납골당으로 가는 도중, 영조가 떠듬떠듬 말해준 이야기만이 귀에서 윙윙 울리고 있었다.

"흉하지는 않았대. 얼굴은 안 다쳤으니, 곱게 쓰러진 거야. 다행이지. 주차 시비로 싸움이 난 걸, 도서관에서 돌아오다가 본거지. 영어를 잘 못하는 베트남 사람이 일방적으로 몰려서는 갑자기 구타를 당하니까, 남이지만 보는 형도 마음이 안 좋아서 도와주려고 한 거였겠지. 서양 놈들 눈에는 동양 사람들이 다 똑같이 보인 거야. 제 친구를 도와서 저를 공격한다고 생각한 모양이래요. 배랑 가슴을 다섯 번이나 찔렀다고 하더라고요."

현조가 어떻게 죽었는지, 듣는 것만으로도 살이 베고 피가 굳는 참절함. 숨을 쉴 수 없을 정도로 참혹한 죽음이 혈육에게 닥친 것을 영조 역시 받아들이지 못한 목소리였다.

검고 물기 젖은 비탄과 슬픔의 소용돌이 안에 서린은 서 있었다.

울고 싶은데, 눈물이 나지 않았다. 흐느끼고 싶은데, 그럴 수가 없었다. 얼음보다 더 차가운 응어리가 목구멍을 막고 있었다. 우현조라는 이름이 박힌 차가운 벽면만 바라보며 멍하니 서 있었다. 혈관 속에 피 대신 비탄과 자책이, 서걱거리는 얼음 가루만이 떠돌고 있었다.

그녀는 왜 이곳에 서 있는 걸까? 왜 이런 때 현조가 곁에 없는 걸까? 왜 이 차가운 손을 잡아주지 않을까? 흐르는 눈물을 닦아주지 않을까?

"그냥 한국에서 공부하고 말지! 어, 어? 쓸데없이 미국 따윈 왜 보냈어? 내가 그리 반대했는데 굳이 보내 가지고! 당신이 애를 죽였어! 살려내! 우리 현조 살려내란 말이야! 으흐흑, 현조야아!"

자신의 비탄과 서러움을 기대놓고 옮길 수 있는 존재가 있는 사람은 얼마나 행복한가.

홍 여사가 그 큰 목소리로 남편인 우 이사에게 원망을 토로하며 소리치고 있다. 친구의 등으로 돌아서서 오열을 깨물고 있는 영조도 마찬가지였다.

하지만 서린은 그런 사람이 없었다. 기댈 수 있고 의지할 수 있고, 믿고 사랑하는 유일한 그 사람은 이미 이 세상 사람이 아니니까. 저 조그만 쇠 상자 속에서 한 줌 유골로 존재할 뿐이니까.

바닥에 주저앉아 통곡하는 아내를 우 이사가 안아 일으키려 했다.

"그만 해, 여보. 당신이 이런다고 애가 살아오는 것 아닌데. 좋은 일 하고 죽었잖아."

"좋은 일 하고 제가 죽으면 뭔 소용이래? 착하게 키운 것이 애를 죽인 것이란 걸 아직도 모르겠어? 이기적으로, 제 생각하며 그런 일 벌어지면 슬쩍 도망치라고 가르치지! 왜 착하게 키워서는 애를 이런 꼴로 만들어! 현조야, 으흐흑흑흑."

바닥에 쓰러진 아내를 안아 올리려는 남편을 밀어내며 홍 여사가 다시 고함을 질렀다. 한탄 반, 원망 반 한꺼번에 쏟아냈다.

금세 울고 싶은 표정으로, 안쓰러운 얼굴을 감추지 못하며 우 이사가 아내를 품에 안았다.

사랑하는 아들을 잃은 것은 그도 마찬가지. 그러나 남자이기에 차마 크게 울 수도 없다. 하지만 더 깊고 짙은 상심으로 그의 얼굴은 엉망진창 구겨져 있었다.

"당신이 이런다고 애가 다시 돌아오는 거 아니야. 여보, 기운내자. 당신이 이러는 꼴 보면 이놈, 어지간히 좋아하겠다. 제 어미 우는 거 그렇게도 보기 싫어한 것, 기억 안 나?"

기어코 우 이사의 눈 아래로 주르륵 굵은 눈물이 흘렀다. 목메인 소리로 아내를 달랬다.

"현조야, 현조야!"

남편의 품에서 잠시 몸을 가누던 듯도 하던 홍 여사가 다시 풀썩 바닥에 쓰러졌다. 서린은 공허하고 메마른 눈으로 다시 오열하는 그녀를 멍하니 바라보았다. 더 이상 나올 눈물이 없을 법한데도 아직 흐르는 그 눈물이 너무나 부러웠다.

"이제 그만 하라니까."

"불쌍한 내 새끼! 현조야, 현조야! 힘든 공부한다고 그리 고생만 하고……. 제 좋아하는 애 옆에 두지도 못하고. 만날 애면글면하면서도 좋아라만 하더니…… 이제 어떡하니? 억울하고 분해서 어떡해? 우리 아들! 서린이 어쩌라고? 너 이렇게 가버리면 남은 저 애 어쩌라고! 이 나쁜 놈아!"

눈물은 어디서 솟구치는 것일까. 눈에서 떨어지는 것이지만, 사실은 모래알처럼 깨어져 버린 심장에서 새어나오는 핏물이다.

"으으으흑."

서린의 하얗게 질린 입술 사이로 비로소 희미한 오열 소리가 새어나오기 시작했다.

서린은 그만 그 자리에 털썩 주저앉아 버렸다. 난 그를 위해 울 자격도 없어. 그가 칼에 찔려 죽어가는 사이, 그녀는 무엇을 했던가? 아무런 고통 없이, 예감없이 시드니의 바다를 구경하며 즐겁게 웃고 있었던가? 감히 다른 남자를 떠올리며, 그 착한 사람 잠시 잊고 가슴 아파하며 갈등하고 있었던가.

'천벌받을 거야. 그토록 무정하고 가증스런 나는 반드시 천벌받을 거야! 참아, 이서린! 넌 울 자격도 없어!'

미안하고 부끄럽고 너무나 염치없었다. 서린은 두 손으로 입을 틀어막았다. 안간힘을 다해 울음을 참으려 애를 썼다.

하지만 그녀의 소용돌이치는 마음도 모르고 주변의 사람들은 그것마저 애처로워 어찌할 바를 모르는 듯했다.

자식 잃은 홍 여사도 안타까우나, 서린 또한 고인(古人)과 낼모레 결혼을 약속한 사이이다. 그 절망이나 막막함은 더하면 더했지 모자라지 않으리라 생각한 것이다.

홍 여사가 반 무릎걸음으로 다가왔다. 넋 놓은 채 으윽으윽 거친 숨소리 뱉어내듯 간신히 힘겨운 울음을 토해내는 서린을 끌어안았다.

"이 애, 불쌍해서 어쩌니, 현조야? 우리 서린이 어떡한다니? 이놈아! 너만 기다리고 사는 애 놓아두고 억울해서 어떻게 눈을 감아? 으흐흐흑."

"어, 어머니, 우, 울지 마세요."

그 말 한마디 내뱉는 데도 엄청난 기력이 필요했다. 참지 못한 오열이 마침내 선혈처럼 뿜어져 나왔다.

저도 죽을 것같이 아파하면서도, 철철 눈물을 흘리면서도 서투르게 위로하려 한다. 그게 더 불쌍하고 아프다. 홍 여사가 손을 들어 지워도 지워도 끝없이 흘러내리는 서린의 눈물을 닦아주었다.

아아, 이건 눈물이 아니에요, 어머니. 절 위로하지 마세요. 씻을 수 없는 죄를 고백하는 통한의 증거인걸요.

서린은 두 손으로 얼굴을 가린 채 새어나오지 못하는 울음소리를 토해냈다. 막막한 절망과 죄책감을 무한하게 뱉어냈다.

　오빠, 미안해. 정말 미안해.

　영원히 씻지 못할, 되돌리지도 못할 치명적인 죄를 짓고 말았다. 당신에게, 오직 사랑하고 열심히 착하게 살아간 죄뿐인 당신에게.

　생명. 살아 있는 것. 사랑하며 살아가는 것.

　이서린의 약혼자 우현조라는 그 사람은. 이제 겨우 스물아홉 살이었다. 인생의 가장 좋은 봄날은 그에게 전부 다 약속되어 있었다. 그런데 그의 생명의 꽃봉오리는 피기도 전에 떨어지고 말았다. 사랑하는 가족들과 더없이 아끼던 연인을 남겨두고.

　약혼자가 죽어가고 있을 때, 아무것도 알지 못하고 웃었다. 사랑하는 그 사람이 죽어가는 순간, 눈 속에 더 이상 별빛이 반짝이지 않을 때 그녀는 살아 즐거이 삶을 누리고 있었다. 어제와 다름없이 숨을 들이쉬던 그 죄를 대체 어찌하나.

　이것이 그녀 이서린 원죄. 살아 있음 자체가 죄인 여자.

　어째서 운명의 칼날은 그리도 잔혹한가?

　착하고 다정스러웠다. 다른 사람의 곤경도 자신의 것처럼 아파할 줄 아는 사람이었다. 늘 그랬다. 주변 사람들을 배려했고, 친절했다. 머리부터 발끝까지 선량하고, 올곧고, 좋은 사람이었다. 그래서 죽었다.

　서린은 멍하니 고개를 들었다.

아무것도 들리지 않는다. 아무것도 보이지 않는다. 아무것도 생각나지 않았다. 오직 하나, 간절한 기원. 혀를 깨물고 핏물을 토하듯이 마음속으로만, 그건, 하느님 제발 시간을 돌려주세요! 라는…….

'많이 아팠지? 얼마나 고통스러웠을까, 오빠?'

싸늘한 이국의 하늘 아래에서 자신의 죄도 아닌 것 때문에 죽었다. 한 번은 그녀의 이름을 불렀을까? 눈인들 제대로 감았을까? 칼에 찔려 피 흘리며 죽어가는 동안 그는 무슨 생각을 했을까?

이 세상에 홀로 남겨질 서린을 생각하지 않았을 리 없다. 걱정하고 슬퍼하지 않았을 리 없다. 그가 아니면 그 누구도 곁에 없는 외로운 약혼녀를 남겨놓고 어떻게 눈을 감았을까?

죽어가는 동안 그가 그토록 바랐을 시간. 호흡과 삶. 사랑하고 미워하고 꿈을 꾸고 행동하는 운명의 잔이 아직 깨어지지 않은 사람들을 생각하며, 그는 얼마나 질투했을까? 얼마나 부러워했을까? 죽어가는, 죽어야 할 자신과는 다르게 아직도 살아 있을 사람들. 살아가고 있는 사람들 전부를. 그 속에 연인이라 불리는 서린도 포함되어 있었을 것이다.

"으흐흐흑."

차마 뱉어내지 못한 오열이 다시 조각조각 갈라져 바닥으로 떨어졌다. 그 누구도 닦아주고 말려줄 수 없는 천년의 비탄과 눈물이 강물처럼 서린의 작은 몸에서 흘러나오고 또 흘러나오고 있었다. 이 눈물은 평생 그녀의 곁이 될 테지.

아무리 비탄하고 슬퍼해도, 살아 있는 사람들은 언제까지나 죽은 사람과 함께 갈 수가 없다. 우 이사가 사람들을 두고 목멘 소리로 다독였다.

"이제 그만 가야지. 평생 이러고 있을 텐가? 산 사람은 또 살아야지."

두런두런 이야기 소리가 들려오기 시작했다. 둘러싼 친지들도 주섬주섬 주변을 정리하는 분위기였다.

"영조, 너는 서린이를 데려다 주려무나."

"그래라. 너도 좀 쉬어야지."

우 이사가 한 덩어리가 된 채 주저앉아 있는 홍 여사와 서린을 함께 일으켜 세웠다.

"힘들다. 집으로 가서 좀 쉬거라. 그리고……."

잠시 말을 멈추는 우 이사의 눈동자에 눈물이 살짝 비치던 것은 착각이었을까?

"그리고 현조 사십구재 때 오지 마라. 올 필요 없다."

사십구재 때 오지 말라는 뜻이 무엇인지 금세 알아들었다. 이분들은 지금 홀로 남은 아들의 약혼녀의 미래까지 걱정하고 있는 것이다. 이왕 죽은 아들 어찌할 수 없으니, 그와 묶여진 서린을 먼저 잘라주고 풀어줘야 하는 것이 어른 된 도리라고 생각한 거다.

이해할 수 있었다. 그래서 더 미안했다. 정말 슬프고 괴로웠다.

"저한테 그러지 마세요, 아버님. 너무 아파요."

흐느끼며 서린은 간신히 말을 이었다. 그 말을 하는데도 목이 아파 죽을 것 같았다.

"먼저 가거라."

매정하게 돌아서서 아내를 부축하는 시아버님의 뒷모습에서 지울 수 없는 슬픔과 애통함을 보았다. 다른 사람을 보살피고 배려하느라 자신의 비통함은 억누르는 등을 보았다.

현조와 똑 닮은 그 모습. 다시 눈물이 터졌다. 서린은 차마 더 붙잡을 수도, 애원할 수도 없었다. 야속함보다는 더 큰 미안함으로 눈물은 절로 또 떨어졌다. 눈물이 아니라 그건 핏물. 방울방울 떨어져 연못을 이루고 마침내 그녀를 익사시켰다.

어찌하여 집에까지 도착했는지도 알 수 없다.

"서린아."

거의 쓰러지다시피 현관으로 들어서는 서린을 명윤이 꼭 안아주었다. 그녀의 등 뒤로 명윤의 어머니 얼굴도 보였다. 딸을 보러 상경하신 모양이다.

영조가 서린의 가방을 들여다 놓았다. 그녀를 좀 쉬게 해달라고 부탁하는 소리가 아스라이 들렸다.

그러나 명윤의 어머니에게 인사를 하는 일도, 영조를 배웅하는 일도 하지 못했다. 비틀비틀 서린은 자신의 방으로 기어가다시피 들어가 침대에 쓰러져 버렸다. 모든 것이 악몽이었다. 갈

기갈기 찢어지고 이리저리 뒤섞인 감정과 사건들과 인연들이 한데 뭉쳐져 거대한 폭우를 만들었다. 그녀의 시야를 가려 버렸다.

감당하기 힘든 시련과 슬픔에서 도망치듯 서린은 눈을 꼭 감았다.

'나도 이대로 죽어버렸으면……'

감긴 눈 아래로 진한 눈물이 다시 흘렀다. 그는 죽었는데, 나는 왜 살아 있지? 그가 없는 세상에서 여전히 숨을 쉬고 있는 이 죄를 어찌할까?

"엄마가 전복죽 끓였어. 한 술만 떠. 응?"

"괜찮아."

"서린아, 제발 좀 먹어! 이 기집애야! 먹고 기운 차려야지. 너 버리고 간 사람 미워서라도 악착스레 살아야지! 먹어! 먹으라고!"

달래다가 으르다가 협박도 해보았다. 그래도 서린을 먹게 할 수는 없었다. 사흘 내리 물 한 방울도 넘기지 못하는 친구를 앞에 두고 마침내 참다못해 명윤이 악을 쓰기 시작했다.

소반을 들고 들어온 명윤의 어머니도 눈물을 뚝뚝 흘렸다.

"아이고, 더러운 팔자. 우째 이 가시나 팔자는 처음부터 여까지 이 모양이고? 좋은 놈 만나 잘살 끼다 했는데."

딸 혼인시키려는 좋은 일 하러 왔다가, 졸지에 약혼자를 잃은 딸 친구의 수발이나 들게 생겼다. 안타깝고 불쌍해서 차마 어찌할 바를 모르는 얼굴이었다.

　일껏 고생한 분 보람없이 만들었다. 서린은 하얀 입술을 들어 간신히 사과했다.

　"죄송해요, 어머니."

　"마, 죄송하다 이런 말은 치아뿌라! 내 그런 말 듣고 싶어서 이러나? 어른들 말 다 맞는 기라. 죽은 사람은 죽은 기고 산 사람은 살아야제. 니, 이기 뭐 하는 짓이고?"

　"먹으려고는 하는데, 안 넘어가서……."

　"운다꼬 해서 죽은 사람 돌아오모 누가 눈 짓물리도록 안 울 끼가? 그리 안 되니 기운 차려서 살아가는 기제."

　명윤의 어머니가 손을 내밀어 서린에게 숟가락을 다시 쥐어 주었다. 며칠 사이 살이 쏙 내린 초췌한 얼굴을 안쓰럽게 어루만져 주었다.

　"기운 차리라. 이럴수록 단디 해야 된다, 니."

　"네."

　새벽시장에 나가 일부러 전복까지 사 오신 거다. 그 성의를 무시하자니 미안했다. 마지못해 서린은 억지로 죽 한 술을 넘겼다. 모래알 박힌 듯 거칠한 목울대로 넘어가는 죽물이 사포로 맨살을 긁어대는 느낌이었다. 또 한 술, 또 한 술. 겨우 죽 세 술을 넘기는 데도 초인적인 힘을 발휘해야만 했다.

　"봐라, 이리 묵으니 좋네. 더 묵어."

　"네, 먹을게요. 어머니."

"낼모레면 또 출근해야 안 되나? 니 이리 가지고는 근무 몬한다. 인자 니 혼자 살아갈 방도를 생각해야 하는데, 직장까지 제대로 몬하면 안 된다 아이가? 묵어야지. 기운 차리야지."

"예."

오후에 명윤은 출근했다. 1박 2일 나고야행이라고 했다. 명윤의 어머니는 서린이 먹일 반찬을 장만한다고 큰 시장에 나가본단다. 사람 하나 없는 텅 빈 집 안에 홀로 남았다. 서린은 박제된 꽃처럼 멍하니 앉아 있다가 억지로 몸을 일으켰다.

더 늦기 전에, 현조에게 고백해야 한다. 정식으로 미안하다고 사과해야 한다. 당신은 죽었는데 나는 살아 미안하다고 말해야 한다.

택시를 잡아타고 파주로 향했다. 저물어가는 햇살이 뉘엿뉘엿 한강에 그림자를 드리우고 있었다.

봉안당. 아직도 생생한 하얀 국화 화환이 둘러쳐진 그곳에 그가 누워 있다. 한 줌의 유골단지로 말없이.

서린은 가만히 그의 이름을 바라보았다. 우현조. 이 세상에서 채 서른 해도 채 살지 못하고 떠난 사람. 그녀의 약혼자였던 남자. 사랑한 그 사람.

약혼식 때 찍었던 사진이다. 무엇이 그리 좋은지 싱그럽고 환하게 웃고 있었다. 울컥 미웠다.

흘리지 못한 눈물이 차가운 얼음송곳이 되어 심장을 푹푹 쑤시고 있었다. 가만히 그 사람의 볼을 어루만지듯이 사진에 손을 덮어보았다.

바로 그때, 주르르 의도하지 않았던 눈물샘이 다시 터졌다. 흐르는 대로 내버려 두었다. 일부러 닦지 않았다. 아니, 닦을 힘이 없었다고 해야 옳으리라.

하염없이 흐르는 눈물이기에, 끝이 없는 비탄이기에, 닦아도 닦아도 슬픈 울음은 계속될 테니까. 생 전체를 내내 울며 살아야 할 테니까.

서린은 경련이 일 정도로 강하게 어금니를 악물었다. 그녀처럼 납골당을 찾은 낯선 유족들이 스쳐 지나갔다. 수없이 많은 사람들의 죽음과 비애가 가라앉은 이곳의 정적을 깰 수가 없었다.

하지만 침묵의 눈물은 계속 샘솟아 볼을 타고 흘러내렸다. 작은 공기의 진동조차 허락지 않는 은밀하고 조그만 슬픔. 육십억 인간들이 다들 잘도 견뎌내는 이런 슬픔을 그녀도 참아내어야 할 것이다. 소리 내지 못하는 눈물이, 그래서 더 서러운 눈물이, 염치없어 감히 흘릴 자격도 없는 눈물이, 아팠다.

"오빠, 참 나쁜 사람이다. 그거 알지?"

차갑고 공허한 침묵이 나직한 서린의 목소리에 의하여 파사삭 부서졌다.

현조는 대답하지 않았다. 그저 빙그레 웃고만 있었다.

가슴 찢어져, 피눈물 흘리고 있는 자신의 약혼녀를 바라보며, 태연하게 무심하게 미소만 짓고 있다.

한 번만. 하느님, 한 번만 그를 볼 수 있게 해주신다면.

미안하다고, 사랑한다고 말할 수 있게만 해주셨다면.

안아주지 않아도 좋았다. 사랑한다고 말하지 않아도 좋았다. 다만 서린 자신이 그를 향해 마지막 작별인사라도 할 수 있었다면. 지난 십여 년간 늘 그랬듯이 따뜻한 가슴 안에 안고 사랑한다고 말해주던 그 사람에게.

아무것도, 아무것도 필요없었다. 그녀의 정상적인 시계는 현조의 죽음 이후 그대로 멈추어진 채였다. 볼을 타고 여전히 눈물이 흘러내린다. 서린은 어금니를 악물었다. 앙칼지게 소리쳤다.

"나를 배신하고 혼자 도망가 버린 사람 따윈 필요없어! 오십 년 동안 같이 살다가 같이 죽자고 해놓고서. 결혼식도 안 해주고, 신혼여행도 가지 못하고, 혼자 도망가 버린 신랑 따윈 나도 필요없다고! 오빠, 말해봐!"

그녀의 항의가 맞다는 거다. 현조는 여전히 웃고 있었다. 착하고 순한 눈빛으로 쩡쩡 갈라진 연인의 심장을 내다보고 있었다.

어떻게 해도 이 사람을 잊을 수 없으리라. 이 많은 죄를 어찌 갚을까? 현조는 서린의 생 깊이 너무 절실하게 배어 있는 흔적이었다. 떼어낼 수 없는 흉터였고 떼어낼 수 없는 상처였다. 죽을 때까지 그의 기억과 슬픔은 서린의 삶 일부분이 될 것이다.

언젠가 현조는 그런 말을 한 적이 있다, '우린 영혼으로도 같이 있을 거야 라고.

물론이다. 이서린이 살아 있는 한, 우현조는 언제나 그녀의 심장 한 곳에 익지 않은 고름주머니처럼 담겨 있을 거다. 땡땡 붓고 약이 올라 조금만 건드려도 아파 죽을 것 같은 고통의 존재로서 평생 그녀와 같이할 것이다.

스스로에 대한 미움과 부끄러움으로 서린은 죽어버리고 싶었다. 사랑하는 남자가 칼에 찔려 차가운 바닥에서 피 흘리며 죽어갈 때, 여전히 살아 아무것도 모르고 웃고 있던 자신을 단죄해야만 하리라.

서린은 마침내 고통을 참지 못하고 울부짖었다. 가장 잔인한 벌을 마련한 현조에게 대들었다.

"오빠! 이건, 아니잖아!"

그녀의 열 손가락이 유리벽을 긁었다. 절대로 넘어갈 수 없는 생과 사의 경계 앞에서 절망하여 부르짖었다.

"이렇게 날 혼자 남겨두고 가면 어떡해? 난 오빠한테 아무것도 하지 못했어! 난 아직 아무 말도 못했단 말이야! 언제나 곁에 있어주어서 고맙다고, 언제나 믿고 사랑해 주어서 행복했다고도 말 못했어. 그럼에도 한순간 다른 남자 보아버려서 정말 미안하다고도 사과하지 못했어. 그것을 말할 기회는 줄 수 있었잖아? 어떻게 이럴 수가 있어? 나한테 어떻게 이럴 수가 있어? 으흐흐흑."

연인에게 있어 가장 큰 배신은 바로 죽음. 당신은 나에게 그런 죄를 지었다.

서린은 두 주먹으로 봉안당 벽을 가린 두꺼운 유리벽을 부서
져라 내려쳤다.

"오빠, 거기서 나와! 돌아와!"

서린은 온 힘을 다해 그에게 간청했다. 당장 거기서 나오라
고! 다시 내게 돌아오라고. 딱 한 마디라도 하게 해달라고 고함
질렀다. 그녀의 청은 한 번도 거절한 적 없던 사람이니까. 무슨
일이 있어도 서린의 부탁을 이루어주던 그 사람이니까.

"제발 내게 다시 돌아와! 평생 미안하다고 빌며 살 테니까! 보
기 좋게 오빨 배신한 날 오빠가 먼저 짓밟고 버려도 좋으니까!
그러니까 다시 돌아와, 오빠! 이 세상에 나 혼자 두지 마! 제발,
제발!"

애처로운 여자의 절규가 조용한 납골당을 뒤흔들었다. 스스
로의 심장을 난도질하는 오열의 칼날. 죽는 날까지 그칠 수가
없으리라.

정신이 번쩍 들 정도로 차가운 물로 세수를 했다. 서늘한 물
기 안에서 지금껏 담았던 눈물의 흔적은 말끔하게 사라져 갔다.
거울을 들여다보고 희미하게 웃었다. 괜찮아.

회사로 다시 출근한 지 사흘째였다.

회사 직원들 모두 다 현조의 이야기를 전해 들은 모양이다.
동료들은 친절했고, 상사들도 진정으로 같이 애도해 주었다.

그들이 친절하면 할수록, 배려하고 같이 슬퍼해 주면 줄수록 서린의 가슴속에 가두어진 눈물의 둑이 걷잡을 수 없이 터진다는 것을 그들은 알고 있을까? 응축된 슬픔의 핏물이 더 검붉어진다는 것을 알아주면 좋을 텐데.

비행 브리핑은 이십 분 후였다.

'난 괜찮아. 잘할 수 있어.'

핸드백을 열어 머리핀을 꺼냈다. 물에 젖어 조금 흐트러진 머리카락을 다시 단정하게 틀어 올리고 화장을 시작했다.

아무것도 보이지 않았다. 아무것도 생각나지 않았다. 아무것도 느껴지지 않았다. 기계적인 손놀림 안에서 창백하고 핏기 가신 얼굴이, 화사한 미소가 더없이 아름다운 '스마일 퀸 이서린'으로 변하고 있었다.

'오빠, 나 보고 있지? 오빠가 없어도 난 잘살고 있어. 어머니께서 오빠 반지 내놓으라고 하셨을 때도 난 안 울었어. 울 수가 없던걸. 울 염치가 없던걸.'

생기를 더하는 볼터치를 하고 붉은 립스틱을 들었다. 입술 윤곽을 따라 진하게 발랐다. 아에이오우. 입술을 위로 당기며 미소 짓는 연습을 했다.

거울 안에 입술은 웃고 있되, 눈은 내내 울고 있는 참 외로운 여자가 동그랗게 박혀 있었다.

약혼 날 받은 이후 단 한 번도 뺀 적이 없는 금반지가 사라진 왼손 약지가 유난히도 허전했다. 하지만 서린은 거울 안의 자신의 모습을 바라보며 더 화사하게 웃는 연습을 했다.

현조의 어머니 홍 여사를 만난 건 그젯밤이었다.

—서린이니?

"예, 어머니."

—우리 좀 만날까?

무슨 말씀을 하시려고 날 부르시는 걸까, 밤 내내 뒤척이며 잠을 이룰 수가 없었다. 불안해하며 홍 여사가 약속 장소로 정한 카페를 찾았다. 강남역 지하철에서 내려 6번 출구로 나오면 채 50m도 가지 않아 호젓하게 매달린 간판을 볼 수 있었다.

언제나 당당한 여장부이던 홍 여사는 등을 보이고 앉아 있었다. 검은 옷에 검은 숄. 얇은 어깨가 더 얇아 보였다. 손만 대도 찢어질 것만 같은 종이 한 장의 무게로만 느껴졌다. 생때같은 자식을 잃은 어미가 그렇게 앉아 있었다. 죽은 그 아들의 약혼녀를 기다리며 앉아 있었다. 문 앞에 서서 잠시 동안 호흡을 골라야만 했다. 입술을 꼭 깨물고는 천천히 걸음을 옮겼다.

"늦었네요. 죄송해요, 어머니."

"아니다. 나도 인제 막 도착한걸. 잘 지낸 게야? 밥은 좀 먹었구?"

늘 그렇듯이 밥 먹었니? 춥지는 않구? 자잘한 걱정부터 챙겼다. 황망하니 몇 마디 두서없는 안부가 오갔다. 검은 옷을 입은 두 여자. 같은 슬픔을 나눈 사람들이다. 한 사람은 아들을 잃었고, 그 앞에 앉은 어린 여자는 약혼자를 잃었다.

"할 말이 있어서."

"예."

"이런 말 한다고 나더러 모질다고 말아라."

"……예."

"현조 반지, 돌려다오."

그렁그렁 눈물 고인 서린의 눈과 텅 빈 홍 여사의 눈이 마주 쳤다. 그분의 눈도 붉어져 있었다.

그러나 이날, 귀한 남의 딸 신세 망칠 거냐고 역정 내던 남편의 뜻 받들어 온 길이다. 저리 애처로운 아이 눈을 두고, 바들바들 떠는 두 손을 보았는데도 이런 말을 하는 자신이 마냥 원망스럽다.

그러기에 이래야만 해. 홍 여사는 이를 악물었다. 그들이 먼저 잘라주어야만 하는 것이다. 뒤돌아보지 말고 젊디젊은 사람, 살길 찾아 떠나라고 등 밀어주어야 그게 도리다.

"이미 세상에 없는 아이 반지를 끼고 있음 무엇 하겠니?"

"어머니, 이 반지 제 거예요. 죽어도 제 거예요. 못 돌려 드려요. 제발 그런 말씀은 하지 마세요."

"남은 네 인생을 생각해, 서린아. 젊고 예쁜 네가 죽은 아이 반지 끼고 있을 테냐? 돌려다오. 그리고 우리, 인제…… 영 인연 끊자."

"제가 잘할게요, 어머니. 저 밀어내지 마세요. 저 오빠 못 잊어요. 그럼 안 되는 거잖아요. 제가 더 잘할게요."

눈물이 누구 눈에서 먼저 떨어졌을까? 애처로운 눈으로 홍 여사가 서린을 바라보았다. 투두둑 눈물 떨어져 젖어드는 손을 잡았다. 바들거리는 그 손을 안타깝게 토닥거렸다.

"우리 현조는 빨리 잊어야 해. 그게 너를 위한 길이야. 좋은 사람 만나. 서린아, 다 네 생각해서 하는 말이야. "

"어머니, 흑흑흑."

울지 않으려고 그토록 애썼는데, 눈물은 그냥 흘렀다. 의지나 결심과는 상관없는 일이었다.

"다 안다. 너랑 현조가 얼마나 서로 좋아했는지. 얼마나 아끼 고 잘도 어울렸는지. 하지만 우리 현조 팔자에 명이 그것뿐인 것을 어찌하겠니. 이승의 인연 끝난 거다. 저승의 사람 잊지 못 해, 살아 있는 네 삶을 망치지는 말아야지. 우리가 할 수 있는 일이 이것뿐이야. 그런 우리 마음도 좀 알아주렴."

"죄송해요, 어머니. 정말 죄송해요."

고장난 녹음기마냥 서린은 몇 번이고 고개를 숙인 채 죄송하 다고 되뇌었다. 천년만년이 가도 이 슬픔은 씻기지 않을 테지.

"네가 죄송할 게 뭐가 있니? 미안한 것으로 치면 우리 집안이 지."

무엇 때문에 서린이 그토록 미안해하는지, 입이 닳도록 사과 해야만 하는지, 이 좋은 분들은 죽을 때까지 모르리라. 무덤까 지 갖고 가야 할 비밀. 며느리로, 딸로 아끼고 사랑해 주시던 분들게 어찌 그녀가 저지른 배신을 고백할 수 있을까? 사랑하는 그 사람이 죽어가던 그때, 그녀는 살아 웃고 있었던 그 모진 것을, 그래서 미안함을 누구에게 말할 수 있을까?

모질다고 악을 쓰고 욕이라도 할 수 있으면 차라리 나을지도 모르겠다. 마음이 그토록 무거운들 아프지는 않았을 것이다. 강하게 저항했지만, 어쩔 수 없었다. 홍 여사의 고집은 완강했다. 결국 약혼반지를 빼 드릴 수밖에 없었다.

"잘살아. 좋은 일 생기면 잊지 말고 기별하고."

홍 여사는 서린이 등을 돌릴 때까지 우두커니 거리에 서 있기만 했다. 어서 가라 손짓까지 했다.

그나마 마음 편안하시라, 돌아서 걸어오는데 눈앞에 길이 보이지 않았다. 결국 서린은 길가에 쭈그리고 앉아 입을 막고 울고 말았다.

간신히 집에 돌아와 컴컴한 방에 가만히 앉아 있으려니, 명윤이 문을 열었다. 왈칵 짜증부터 부렸다.

"너 또 왜 그래? 바보같이 울고만 있을 거니, 정말?"

"……어머니 만나고 왔어."

"어머니? 누구? 현조 씨 어머니?"

"응."

"뭐라시던? 왜 만나자던 건데?"

"오빠 약혼반지 돌려달라고 하시더라."

"뭐라고? 그깟 실반지 얼마나 한다고 돌려달래? 그 집안 잘

산다고 하지 않았냐? 기가 차서!"

명윤이 반지 값을 따져 화를 내는 건 아닌 거였다. 이런 일을 당하는 친구가 딱해서, 그런 말을 하는 그 집 어머니 마음 헤아리니 한숨이 나와서 그런 거다.

"미련 버리고 내 갈 길 가라고 하시더라."

자식 잃은 슬픔이야, 이 세상 그 누구의 슬픔만 하랴? 단장(斷腸)이라 하지 않던가? 눈물을 흘리면서도 그녀를 위해 잘살라 말하던 홍 여사의 모습을 생각하니, 다시 눈시울이 붉어졌다.

"서린아, 울지 마."

명윤이 다가와 그만 서린을 꼭 안아주었다. 친구를 대신해서 같이 울어주는 그녀의 목소리가 비에 가득 젖어 있었다.

"사람들은 다 나더러 잊으라고만 말해……. 하나같이 현조 오빠의 기억까지 빼앗아가려고 해. 오빠 죽은 지 얼마나 됐다고? 그 사람과 같이한 시간이 얼마인데, 그렇게 쉽게 잊혀질 거라고 생각하는 걸까?"

"바보야, 지금까지 무슨 말 듣고 온 거야? 저승의 사람 잊지 못해, 살아 있는 네 삶 망치지는 말아야지. 지금은 힘들지만, 괜찮아질 거야. 시간 지나면 다 잊을 수 있어. 더 좋은 새 인연 반드시 찾아온대. 이 슬픔 지나면 넌 정말 행복해질 거야. 울지 마. 산 사람은 살아야지. 또 살게 마련이랬어."

언니처럼 어른스러운 친구의 품 안에서 얼마나 울었던가.

하지만 명윤의 말이 맞았다. 그렇게 울었던 다음날, 출근해 예전과 다름없이 비행을 해야만 했다.

붉은 립스틱을 곱게 바르고 명랑하게 웃으며 기내 서비스를 해야만 했다. 예전과 다름없이 출근해 파란 하늘을 나는 동안, 일주일 동안 일어난 모든 비극들이 전부 꿈에서 벌어진 것인 듯 느껴졌다. 아무것도, 정말 아무것도 달라진 것이 없는 것처럼만 느껴졌다.

하지만 근무를 끝내고 공항을 벗어나던 순간이었다. 버릇처럼 휴대전화를 열어 현조의 번호를 누르려던 순간, 서린은 알아버렸다. 멈칫하는 손가락 끝이 떨리고 있었다.

그는 이 세상에 없다. 이제 누구에게도 도착했다고, 하루 일정 잘 끝냈다고 인사할 사람이 없다.

사무치게 알아버렸다. 말 그대로 그녀는 천지간 그 누구하고도 연결된 것이 없는 외톨이였다. 지금 이 순간 그녀가 쓰러져 죽는다 해도 울어줄 사람 하나 없는, 그런…….

"자, 회의합시다!"

매니저인 임수경 과장이 들어왔다. 2박 3일 사이판 비행 스케줄이다.

이것저것 주의사항과 함께 VIP들에 대한 간단한 브리핑이 이어졌다. 서린의 귀에 그런 것들이 들어올 리가 만무하다. 그저 멍하니 앉아 있을 뿐이었다.

옆에 앉은 조혜전 선배가 서린을 살짝 찔렀다. 하던 말을 중단하고 임 과장이 서린을 쏘아보고 있었다. 모든 사람의 시선이 그녀에게로 향하고 있었다. 삽시간에 시뻘게지고 말았다. 서린은 몇 번이고 고개를 조아려 사과했다.

"죄, 죄송합니다. 정말 죄송합니다."

"이서린 씨만 그런 게 아냐. 여러분들도 더 집중해 주세요. 만날 하는 말이라고 그냥 넘겨 버리는 것 같은데 말이지, 다 살이 되고 피가 되는 이야기라고. 더 서비스 잘하자고 하는 말 아닌가, 이 사람들아. 마지막으로 하나 더."

임 과장이 수첩을 넘겼다. 심각한 얼굴로 좌중의 승무원들을 바라보았다.

"어제 뉴스를 본 사람들은 다 알겠지만, 일주일 전에 발생했던 신라항공 스튜어디스 실종 사건 기억하죠?"

"네."

"그 승무원이 목 졸려 숨진 채로 안산 국도변 제설함에서 발견되었대요."

놀란 소곤거림이 물결처럼 퍼져 나갔다. 이 근래 뉴스를 거의 보지 않았던 서린으로서는 잘 모르는 일이었으나, 늦은 밤에 도착하는 승무원들을 상대로 강도와 살인 사건이 연달아 서너 건이나 일어났다는 것이다.

"두 주 전에도 유사한 사건이 있었다는 건 여러분이 더 잘 알 겁니다. 다행히 목숨을 잃지는 않았지만, 그분은 크게 다쳤다고 해요."

더 큰 동요와 수군거림이 승무원들 사이로 흔들렸다.

"스케줄상 귀가가 늦은 승무원들이 이런 식으로 범행의 대상이 되는 경우가 흔하답니다. 윗분들도 상당히 걱정하고 계세요. 노파심에서 하는 말인데, 여러분들, 안전에 각별히 유의해 주시기 바랍니다. 새벽이나 늦은 밤에 도착하는 스케줄 나오면, 주변 사람에게 마중을 나와달라고 부탁하거나 회사 버스를 반드시 이용합시다. 동료들 차에 동승하는 것도 좋겠어요. 우리 비행도 모레 밤 열 시 넘어서 끝나니까 특별히 주의 부탁드립니다. 이상 오늘 미팅은 마치겠어요."

혜전 선배가 서린을 돌아보았다.

"서린이도 어제 그 뉴스 봤니?"

"아니요."

"그럼 그 사건 잘 모르겠네?"

"예."

"새벽에 인천공항에 내려서는 실종된 거야. 통장에서 이백만 원이나 인출되었는데도 경찰이 늑장 수사를 하는 바람에 그 모양이 되었다고 하더라. 고속도로 휴게소에서 용의자 얼굴이 찍혔다고 하는데 체포는 두고 봐야지. 아이고, 이 험한 세상!"

"혜전 선배는 언제나 모시러 나오잖아요."

"요즈음 슬슬 꾀부리는 얼굴이더니 이번 사건 나니까 바싹 군기 들었다. 그나저나, 어때?"

안쓰러워하는 시선이 야윈 얼굴을 가만히 더듬었다. 서린은 억지로 미소 지었다.

"괜찮아요, 선배님."

"이런 말 해보았자 소용없다만, 산 사람은 살게 마련이란다. 이제 너 혼자야. 너 스스로 추스르고 힘내야지. 이런 때일수록 더 열심히 일에 몰두해라. 너 혼자 절망하고 아파할 시간을 주면 안 되는 거다. 알겠지?"

"예. 감사합니다."

"가끔 너무 힘들어서 술 먹고 울고 싶을 때는 주저하지 말고 전화하고. 내가 뭘 해줄 수 있겠니? 어깨나 빌려줄 수밖에. 기운 내자."

"예."

먼저 회의실을 나가는 혜전 선배의 뒷모습을 바라보며 서린은 가만히 서 있었다.

이제 혼자란 말, 엄연한 사실이다. 잔혹하나 견뎌내야 하고 이겨내야 할 짐이다. 익숙해져야 할 친구이다. 어머니가 돌아가시고 난 후 그 슬픔과 공허함은 현조가 대부분 채워주었다. 하지만 지금 그녀에게는 어머니도, 현조도 없다.

'그래도 명윤이가 있지. 괜찮아. 난 괜찮아.'

돌아서며 입술을 꼭 깨물었다. 스스로를 위로하려 애를 썼다. 아직은 괜찮다, 괜찮다 몇 번이고 되뇌었다. 어찌하든 살아내야지. 어찌하든 견뎌내야지. 현조가 죽은 이후, 날마다 되풀이하는 쓸쓸한 혼자만의 맹세. 하지만 꼭 깨문 입술 사이로 흘러나오는 한숨만은 여전하다. 여간해서는 고쳐지지 않는 새로운 버릇이었다.

2박 3일간의 비행을 마치고 인천공항에 도착한 건 밤 열한 시였다. 혜전 선배의 차를 얻어 타고 집으로 향했다. 정문에서 아파트까지 들어가는 그 짧은 거리임에도 이상하다. 자꾸만 뒤가 선뜻했다. 아무래도 사흘 전 매니저님의 말 때문에 생긴 두려움의 그림자 때문이다.

그러다가 서린은 그만 쓴웃음을 짓고 말았다.

'차라리 죽고 싶다고 생각하면서도, 그러면 현조 오빠랑 함께 있을 수 있을 것이라고 생각하면서 정작 무서워서는 종종걸음을 치고 있다니. 이서린, 너 참 웃기다.'

컴컴한 아파트 문을 열었다. 어제 오늘 비행이 없던 명윤이 부산에 내려갔기 때문에 집은 적막했다. 지난번에 말했던 대기업 다니는 남자와 부산에서 선을 본다고 했던가. 문 열리는 소리조차 스산했다.

화장을 지우고, 샤워를 하고도 잠이 오지 않는다. 서린은 멍하니 소파에 앉아 의미없이 지껄이는 TV 프로그램을 응시했다. 혼자 견뎌내야 하는 침묵의 시간은 정말 괴로웠다. 지독한 형벌이다.

명윤의 전화가 온 건 그때였다.

—뭐 해?

"씻었어. 이제 자야지."

─나 지금 집에 들어가는 길이야.

선을 본 사람과 지금껏 같이 있었다는 말이다. 그건 그 남자가 마음에 들었다는 뜻. 그래서 그런지, 명윤의 목소리는 분홍빛으로 약간 들뜬 것 같기도 했다.

"선 잘봤어?"

─그렇지 뭐. 느낌은 나쁘지 않았어. 애프터 신청 받았지 뭐야. 서울에서 한 번 더 만나기로 했어. 참, 엄마가 우리 먹으라고 맛있게 김치 담가놓았대. 내일 가져갈게. 너 좋아하는 아귀찜도 사가지고 갈게.

아린 친구 마음 위로하느라, 어울리지도 않는 너스레까지 떨어대는 친구. 그 마음 알기에, 느꼈기에 서린도 명윤의 이야기에 맞장구치는 시늉을 냈다.

"그래, 너밖에 없구나. 알았어. 명윤아, 잘 올라와. 내일 보자."

전화를 끊고 거실을 휘돌아보았다. 제정신 아닌 채 지나간 날인지라 집 안 전부가 어수선하고 어질러져 있는 것 같다. 그러고 보니 이것저것 메일로 오는 청구서들도 정리해야 할 것 같다. 서린은 컴퓨터 앞에 앉아 오랜만에 메일함을 열었다.

예상한 대로 수십 통의 메일이 들어와 있었다. 대부분이 쓸모없는 쓰레기들이었지만.

기계적으로 스팸 메일을 삭제하던 손가락이 멈칫했다. 부들

부들 떨리기 시작했다. 차마 믿을 수 없어 둥그렇게 뜨여진 눈동자가 이내 축축한 물기를 가득 머금었다.

맙소사, 살아 있었던 날, 현조가 보낸 메일이 고스란히 담겨 있었다.

〈사랑하는 여보야에게.〉

익살스런 제목. 현조의 살아생전 목소리가 들리는 것 같았다. 날짜를 확인하니, 그가 죽은 날이다. 결국 마지막 유서가 된 셈이다. 어떻게 읽지?

심장이 뚝 떨어졌다. 마우스를 잡고 클릭을 하는 손에 힘이 쭉 빠졌다. 그러나 이를 악물고 눈물을 참아냈다. 간신히 있는 힘을 다해 메일을 열었다. 참으려, 참으려고 했지만, 어느새 눈에서는 검은 물방울이 저절로 떨어지고 있었다.

〈이런 편지를 써야 하는 걸까 말아야 하는 걸까 생각하다, 역시 하는 게 좋겠다는 생각이 들었다.

우리가 한 번도 말하지 않고 그냥 덮어두었던 그날 일, 역시 해야겠다는 생각 들었다. 그래야 개운해질 것 같구나.

서린아.

인천공항에서 그 남자를 향해 달려가던 너를 다시 떠올려 본다. 너는 아니라 부인하겠지만 같이 서 있던 두 사람, 나로서도 감히 범접할 수 없었던 그 무엇이 있었다. 어쩌면 넌 그 남자에게로 가야 하는 사람일지도 모르겠다는 생각, 그때부터 내내 했었어.

서린아. 이서린, 잘 들어. 이건 진심이다. 딱 한 번만 너에게 합법적으로 달아날 기회를 줄게.

정말 나하고 결혼하고 싶은 거지? 사랑해서 오는 거지?

미안해서 결혼해 주지 마.

습관이어서 결혼해 주지 마.

내가 바라는 것은 오직 하나, 너의 행복.

네가 행복하다면 난 무엇이든 할 수 있어. 만약 네가 그를 선택해서 나를 떠나더라도 원망하지 않아. 그동안 정직하게 사랑해 주어서 감사하다 말할 거야.

만약 네가 날 떠나지 않는다면 역시 나를 선택해 주고 내 곁에 머물러 있어주어서 정말 고맙다고 말할 거야.

내 마음이 온전히 너에게로 가듯이 너의 마음과 사랑이 온전히 나에게로 오는 것이 아니라면 보내줄게. 놓아줄게.

미안하다 말하지 말고 앞만 똑바로 보고 네 길을 갈 수 있도록. 네정직한 마음과 행복을 향해 날아갈 수 있도록. 사랑하는 너에게 주는 마지막 선물이다.〉

이 글을 쓴 날, 현조는 웃으며 집으로 돌아오다가 칼에 찔려 죽었다. 서린이 어떤 답장을 쓰더라도 받을 수 없는 곳으로 가버렸다.

억지로 봉합하고 간신히 멈추게 한 상처가 다시 터져 버렸다. 깊디깊은 심장에서부터 배어난 시뻘건 핏물이 삽시간에 홍수처럼 눈물을 타고 쏟아지고 있었다. 그리움과 원망. 죄책감과 새로운 슬픔. 되새겨지는 고통이 한꺼번에 밀려들고 있다.

오빠, 오빠, 나한테 이렇게 친절하지 마. 잊지 못하잖아. 너무 착하게 사랑해 주어서 나한테 끝까지 대못 박지 마. 버리지 못하잖아. 나도 오빠를 따라가고 싶어지잖아.

"으흐흐흑. 으으흐흑⋯⋯!"

어느새 서린은 의미도 알 수 없는 아우성을 치며 오열하며 방 바닥을 손가락으로 긁으며 짐승처럼 구르고 있었다.

"나더러 어떡하라고! 오빠, 나더러 어쩌라고 이런 것 보내놓고 죽은 건데! 나더러 어떡하라고—!"

이제 그 누구도 사랑할 수 없게 만들어놓았다. 이제 그 누구하고도 결혼이란 걸 할 수 없게 만들어놓았다. 행복도, 기쁨도 다 빼앗아가 놓고서, 그래 놓고 다른 남자를 사랑하면 그에게로 가라 한다. 뒤돌아보지 말고 행복을 잡아라 축복해 주고 있다.

'어떻게 나더러 행복하라고 축복할 수 있어? 오빠가 주어야 하는 거잖아! 이런 말은 메일 따위로 하지 말고 살아서 정정당당하게 날 바라보면서 멋있게 폼 잡아야지! 마지막까지 나한테 못 박으면 안 되는 거잖아!'

얼마나 울었는지 모른다. 기억도 할 수 없다.

서럽디서러운 감정의 격류에 지쳐 깜빡 잠이 든 것은 새벽 무렵, 그러나 채 한 시간도 잠자지 못했다. 짜증스럽게 오래도록 휴대폰이 울리고 있었던 것이다. 액정에 뜬 전화번호는 명윤의 것이었다.

"여보세요."

목이 쉬어 제대로 말이 나오지 않았다. 틀림없이 이 목소리를 들으면 명윤이는 바보같이 또 울었느냐고 난리칠 거다.

—서린 언니.

하지만 흘러나온 건 명윤의 목소리가 아니었다. 여동생인 명지의 목소리였다. 왈칵 돋아난 불길한 예감에 몸서리가 쳐졌다.

"명지야, 웬일이야?"

철이 일찍 들어, 언제나 침착하던 명지가 길 잃은 어린 짐승처럼 컥컥 울고 있었다. 한 마디 한 마디 내뱉는 것조차 겨워하며 무서운 비극을 토해냈다.

—서린 언니…… 우짜면 좋겠습니까? 우리 언니가 죽었어예.

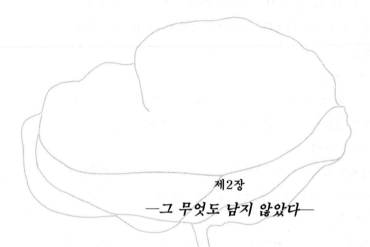

제2장
—그 무엇도 남지 않았다—

명윤은 화장되었다. 평소 무척 좋아했던 푸른 부산 바다에
뿌려졌다.

"택시 안인데 집 앞에 도착했다고 전화까지 했었대요."

"그런데?"

"빌라 삼층이니까, 택시에서 내려 집까지 올라가는 데는 겨우
오 분 정도면 될 텐데, 삼십 분이 지나도 안 들어오니까 이상해
서 동생이 내려가 봤대요."

"그랬더니?"

"일층 바닥에 누워 있더라구요. 머리에 피를 흘리면서 말이
지. 처음에는 단순히 다친 것인 줄로만 알았대. 몸에 온기도 그

대로 남아 있었다네."

서린은 서울에서 문상을 내려온 동료들이 두런두런 이야기하는 것을 흘려들었다. 의미없는 시선으로 멍하니 기창 밖만 응시했다. 이젠 울 기운도 없었다. 슬퍼할 마음조차 남아 있지 않았다.

"나쁜 놈 같으니라고. 이젠 무서워서 택시도 마음대로 못 타겠다. 그치?"

"그러게 말입니다."

범인은 명윤이 타고 온 택시기사였다고 한다. 계단을 올라가는 사람의 핸드백을 뒤에서 낚아챘는데, 하필이면 명윤은 핸드백을 목에서부터 크로스로 메고 있었던 것이다. 백에 몸이 끌려 계단에서 바닥으로 굴러 떨어진 것이다.

"핸드백에 겨우 오만 원 들어 있었단다."

"그것 때문에 살인을 해? 개자식, 여하튼 난 남 목숨 빼앗은 놈은 다 사형시켜야 한다고 봐."

"그러게 말입니다."

서린은 가만히 차가운 볼을 기창에 갖다 댔다. 너무 큰 고통과 슬픔 안에서 이제는 울 힘도 남아 있지 않다. 마음이 얼어붙어, 아무것도 헤아릴 수가 없었다. 모든 것이 허망하고 허무했다.

인간이 견뎌낼 수 있는 고통과 슬픔의 양이란 애초부터 정해져 있는 건지도 모른다. 그 양을 넘어서면 심장이라는 그릇째 무너져 버리는 것인가 보다. 서린의 마음은 말 그대로 손도 댈 수 없고 고칠 수도 없을 만큼 너덜너덜해진 누더기였다. 인간이 가진 정상적인 감정과 생각을 감당해 낼 수 없을 지경이었다.

'내가 가고 싶은 길인데 왜 네가 간 거니? 명윤아, 내가 죽어도 슬퍼할 사람이 없지만 넌 어머니도 있고 어린 동생들도 있잖아. 이런 길 가면 안 되는 사람이잖아.'

부모님은 시원찮은 수입을 올리는 작은 슈퍼를 경영하신다. 이제 대학생이고 고등학생인 두 동생을 건사하는 건 명윤의 몫. 그러고 보면 명윤은 승무원 월급으로 동생들을 공부시키는 반 가장 노릇이었다. 그런 사람이 이토록 어이없이 죽었다.

슬픔보다 더 강한 건 분노였다. 악이라도 쓰고 싶을 정도였다. 죽음의 잔인하고 차가운 손길은 어째서 착하고 선량한 사람에게로 먼저 떨어지는가? 정작 죽고 싶은 사람은 서린 그녀인데.

잔혹한 운명의 칼날이 가차없이 쳐버린 자는 현조였고, 명윤이었다. 아무 죄도 없이 그저 착하고 열심히 삶을 살아가던 사람들뿐이었다. 하지만 서린은 부당하고 잔인한 그 운명에 대항할 방법이 없었다. 안타깝고 슬프고 미안했다. 그럼에도 그들을 위해 할 수 있는 일이라곤, 그저 무력한 눈물뿐이라니. 얄팍한 슬픔 따위라니. 스스로를 비웃는 미소가 비주룩이 다시 새어나왔다.

'이젠 우는 것조차 염치없어.'

이틀 내내 명윤의 빈소를 지켰던지라 형편없이 지쳤다. 제대로 앉아 있을 힘마저도 사라진 지 오래였다. 서린은 홀로 빈집으로 돌아와 병든 짐승처럼 앓았다.

아프지 말아야지, 혼자라는 생각이 들지 않게. 그렇게 결심했는데, 비탄과 슬픔에 젖은 육신이 그것을 허락지 않았다. 반란을 일으킨 것이다. 신열에 젖어 신음하며 뒤척이는 서린의 눈 아래에는 꿈에서도 비탄하는 자의 눈물이 여전히 흐르고 있었다.

피를 토하듯이 진땀을 흘리며 서린은 악몽 안에서 무참하게 앓았다. 흠뻑 젖은 이불과 베개도 내던져 버렸다. 이불이 몸에 닿은 것조차 귀찮았다. 나도 죽고 싶어. 나도 따라가고 싶어. 그러면 현조 오빠도, 명윤이도, 돌아가신 부모님도 다 만날 수 있을 텐데. 나 혼자 이 부질없는 세상에서 무슨 미련이 있다고 살고 있는 걸까. 사그라드는 불길처럼 암흑의 잠에 빠져들며 오직 한 가지만 기원했다.

'이대로 깨어나지 않았으면…….'

같은 시간, 머나먼 서쪽의 나라. 공작궁의 침실에 누워 잠이 든 그 남자도 깊이 앓고 있었다.

이마에 식은땀을 흘리며, 깊이 감긴 눈 아래로 젖은 액체를 흘리면서.

괴로운 신음 소리가 갈라 터진 입술 사이로 새어나오고 있었다.

[제발……. 제발…… 울지 마. 울지 마…… 린…….]

이젠 네 눈물을 닦아줄 수가 없어. 이젠 너를 찾아갈 수도 없어. 불길에 몸이 타는 건 라탄 자신. 그런데 왜 네가 아파하지? 왜 네가 울고 있지? 어째서 매일 밤마다 찾아오는 네가 울고만 있는지. 부디 그대는 행복하기를, 꿈속에서라도 꽃같이 웃는 너의 모습을 보기를…….

[서린, 가지 마…….]

언제나 그렇듯이, 검은 안개가 그녀를 빼앗아간다. 피 흘리는 그녀가 맨발로 끌려가는 모습을 보면서도 그는 아무것도 할 수가 없었다. 소스라치는 악몽으로 가위에 눌리다가 라탄은 벌떡 일어났다.

[서린, 어디 있……!]

텅 빈 침실, 잠이 들었던 때와 마찬가지로 그는 홀로 누워 있었다. 헛된 꿈이었다, 아아, 이 지긋지긋한 꿈.

그는 한 손으로 진땀이 흐르는 이마를 훔쳤다.

[심신이 허약해지니 별 헛것이 다 보이는군.]

스스로를 위안하듯 나지막하게 중얼거렸다.

의사도 이유를 찾아내지 못한 불명열로 심하게 앓고 난 후, 라탄이 회사에 복귀한 지 한 달도 채 되지 않았다. 그의 몸은 엄청나게 수척해져 있었다. 몸무게가 거의 10kg이나 줄었을 정도였다.

그럼에도 그동안 미루어진 일들이라거나 반드시 얼굴을 내밀어야 하는 자리, 또한 인도의 경제 대표로서 참석해야 하는 회의들은 산더미처럼 쌓여 있다. 뿐만 아니라 갑자기 남부 쪽 공장에 화재가 나지를 않나, 공사 중인 지하철 현장에서 사고가 나지를 않나. 때문에 수십 명의 인명 피해까지 났다.

귀신에라도 들린 걸까? 한 달 남짓인데도, 십 년 동안 겪어야 할 악재(惡材)가 계속 이어지니 미칠 노릇이었다. 아무리 게으름뱅이 라탄이라 할지라도, 회사 대표로서의 책임이 있다. 그 역시 에릭 못지않은 워커홀릭처럼 맹렬하게 일해야만 했다.

어젯밤도 그의 전용기는 스위스에서 날아왔다. 세계 경제인 포럼에 인도 대표로서 수상과 함께 참가하고 돌아온 길이었다.

이상하다. 닷새나 다른 나라의 호텔방에서 지내다 고국에 돌아왔다. 언제나처럼 편안해져야 옳다. 그런데도 라탄은 내내 마음이 안정되지 못하고 어디론가 떠나고 싶어 몸이 근질거렸다. 공항에만 오면 생기는 그 충동을 억누르기가 너무 힘들었다.

비행기 한 대가 차창을 스쳐 지나 하늘로 솟구치고 있었다. 하늘빛과 하얀색이 어울린 동체에 빨갛고 파란 태극 무늬가 선명했다. 서울로 가는 한국의 코리아나 항공기였다. 저 비행기를 타면, 아홉 시간만 가면…….

'너를 볼 수 있어.'

둔중한 통증이 심장을 덮쳤다. 하지만 그럴 수 없다. 그러지 않기로 했다. 맹세했다. 우연이 아니라면 이생에서는 다시 그녀

를 보지 않기로 했다. 라탄 자신과 그녀에게, 그녀를 사랑하는
그 남자에게 약속했다.

아름다운 남자의 눈 속에 그만 서글픈 빛이 흘렀다.

서린, 내가 널 생각하는 동안, 너도 날 생각하나? 한 번이라
도 날 기억하나?

겨우 두 달 남짓이다. 하지만 천년만년인 양 길고 아득하게
느껴졌다. 사랑을 잃고, 그 상처를 극복하고 일어나기까지, 지
옥보다 더한 고통의 바다를 건너왔다. 심연보다 더 검고 영원보
다 더 긴 상처를 이겨내야만 했다.

'어리석긴. 시간이 지나면 다 잊을 수 있어.'

아니, 불가능해. 잊을 수 없어. 현실에서는 그토록 매몰차게
그를 거절해 놓고, 얄밉게도 꿈에서는 다가오는 그녀. 그의 품
에 안겨 애틋한 목소리를 그를 부른다. 하지만 눈을 뜨면 보이
지 않아. 사라져 버리지. 언제나 텅 빈 두 팔. 그 안에는 바람만
이 흐르고 있다. 지독한 공허와 무서운 허무만을 껴안고 있었을
뿐. 날 얼마나 더 고문해야 직성이 풀리는 걸까? 서린. 하지만
이건 그녀의 죄가 아니다.

'보고 싶으면, 무작정 널 보러 갈 수 있다면……'

예전이라면 그렇게 했을 것이다. 그렇게 이기적인 남자가 라
탄 자신이었다.

처음 그녀를 만났을 때를 다시 떠올렸다. 싱그럽고 푸른 바람
에 온몸이 휩싸인 듯했지.

사실은 처음부터 알았다. 그녀만이 진짜라는 것을. 그가 찾던 유일한 여신, 라다라는 것을. 하지만 그는 너무 어리석어서 쉬이 그것을 인정할 수가 없었던 거다. 그녀도 똑같은 가짜일 거라고 멍청하게 너무 쉽게 생각해 버렸다. 진심 대신 비릿한 유혹의 덫을 치고 그물을 치고 쫓아다니던 어리석은 그때 일이라니.

'멍청한…… 그런 수법으로 그 사람의 심장을 차지할 수 없다는 건 처음부터 알았던 일이었잖아.'

부드럽지만 조용하게 단호하게 서린이 그가 쳐놓은 덫을 유유히 빠져나갔을 때부터 어려운 게임이 되리라고 생각했다. 하지만 결국 승자는 자신이 되리라 믿어 의심치 않았다. 그와 함께이면 어쩔 수 없이 흔들리는 눈빛을 보이던 서린의 모습에서 오만하게 자신하고 있었던 거다. 원했던 것 그 어떤 것도 손에 넣지 못했던 적이 없었기에 그녀의 사랑도 그러하리라 확신했다.

'하지만…… 그저 난 너에게 스쳐 지나가는 바람 한 자락이었던 거야.'

어떻게 해도 쓰라린 실연의 상처를 아물게 할 수가 없다. 심지어 서린보다 천 배나 예쁜 여자의 유혹도 위로가 되지 못했다. 심지어 노골적으로 그의 피로를 풀어주겠다고 말하며 호텔 방을 찾아온 여자도 있었다. 이름도 기억나지 않는 어떤 공국의 공주였던 것 같은데 말이지.

그 여자가 제안한 것. 그의 피로를 풀어주는 방법이 무엇인지 들어보지 않아도 알 것 같았다. 부드러운 터치로 시작해 관능적이고 농밀한 애무를 거쳐 끈끈한 섹스로 가는 그런 과정들 말이다. 예전에 그가 즐기고 탐닉하던 것들이다. 먼저 나서서 기꺼이 주려는 여자를 보아도 이상하게 마음이 움직이지 않았다.

노골적이고 뻔뻔하기까지 한 유혹 앞에서 절대로 물러서지 않고, 사양하지도 않았던 그 라탄은 어디로 간 거지?

모든 것이 빛을 잃었다. 만사가 시들했다. 석 달이나 지났는데도 라탄의 상사병은 이렇듯이 나을 줄 몰랐다.

오직 자신만 안다 생각하는, 사실은 전혀 그렇지 못한 그 남자가 또다시 맹세했다. 다시 한 번 쓸쓸하게 자신을 위안했다.

'네 생각이 나면, 여전히 네 생각만 할 거야. 네가 나와 같은 것을 보지 않고 다른 것을 생각한다고 해서 나쁜 건 아닐 거야. 내가 널 생각하니까.'

내 모든 것은 너를 감싸 안기 위한 우주를 만드는 것. 네가 행복하다면, 난 두 배로 불행해질게. 너를 잃었기에 감당해야 하는 슬픔과 널 잊지 못해 괴로워하는 미망의 쓰라림까지 다 나의 몫. 그러니 그대는 행복하기를. 부디 절대적으로 행복하기를.

[으_으_음.]

지금껏 언제나 이렇다. 서린만 생각하면 미치도록 아프다. 마음만 아픈 게 아니라 몸까지 아파온다. 참지 못한 미약한 신음이 라탄의 입술 사이로 배어나왔다.

이백 년 전, 고조부가 사용했던 고풍스런 빅토리아 시대의 시계가 충실하게 째깍째깍 소리를 내며 움직이고 있었다. 정적을 깨뜨리고 있다. 라탄은 멍하니 움직이는 시침을 바라보았다. 시간은 왜 이리도 재미없게, 너무나 느리게 흘러가는 걸까.

[라탄, 일어난 거니?]

노크 소리가 나고 문이 열렸다. 카말라가 직접 짜이 잔 쟁반을 들고 들어서고 있었다. 라탄은 얼른 표정을 수습했다. 카말라가 그가 누운 침대에 앉았다. 눈 아래 그늘이 가득히 낀 아들을 걱정스럽게 바라보았다.

[낮잠을 그렇게 오래도록 자면 건강에 좋지 않을 텐데.]

[하지만 피곤해서요. 역시 체력이 약해진 겁니다.]

라탄은 어머니의 양 볼에 가벼운 키스를 하고는 왼손으로 짜이 잔을 받아 들었다.

[하지만 또 오늘 밤에 수상관저에서 만찬이 있지 않니?]

[싫지만 얼굴을 내밀어야 해요, 어머니.]

[네 옷을 준비하고 욕조에 물을 받으라고 일러야겠다. 샤워를 하면 기분이 좀 좋아질 거야. 그보다 팔의 상처는?]

[깁스를 풀었잖아요. 괜찮아질 겁니다.]

삼 주일 전, 체육관에 갔다가 장난삼아, 아니, 반 진심 삼아 펜싱 상대와 진짜 검을 들고 대련을 했었다. 분명 딴생각에 팔린 것이겠지, 큰 부상을 입고 말았다. 뼈가 드러날 정도로 깊은 상처였다. 어제 깁스를 풀었다. 앞으로도 두어 달은 꼼짝없이 붕대를 감고 있어야 한다.

사실 팔 하나를 잃는다 해도 상관없다고 생각했다. 실연의 상처보다는 덜 아플 테니까. 육신의 아픔으로 마음앓이를 망각할 수 있다면 차라리 그것을 택하겠다고 생각했었다.

카말라가 안타까운 표정으로 푸념을 했다.

[제발 좀 조심해 줘. 너무해. 서른이 넘었는데도, 넌 여전히 내 심장을 부수어놓는구나. 그보다 이렇게 아프고 힘든 사람을 또 공식석상에 불러내다니! 수상은 곤란한 문제가 생기면 무조건 널 끌어들이려고만 해. 언젠가 한번 그에게 경고를 해야겠어.]

수상과 어머니는 오래전부터 가까이 지낸 가문의 친구 사이였다.

[그래 주세요. 나보다 좀 더 부지런한 파트너를 찾아야 국정이 순조로울 거라고 부디 충고해 주시기를 바라요.]

[식사 준비를 하마. 씻고 나오렴. 너를 위해 모디가 맛있는 음식을 준비했단다.]

[그러지요.]

[라탄님, 욕실 준비가 끝났습니다.]

사리를 입은 어린 하녀가 들어왔다. 살짝 무릎을 굽혀 절하고 전갈했다. 침대에 그대로 드러누운 채 건성으로 고개만 끄덕였다.

머리로는 샤워를 한 다음 옷을 갈아입고 나가야지 생각을 하고 있었다. 하지만 몸이 움직여지지 않았다.

혼자가 되면 버릇처럼 하는 일. 그는 손 닿는 곳 테이블에 놓인 지갑을 열었다. 그 속에 든 세밀화 한 장을 응시했다.

심장 가까이, 언제나 같이 있는 이 얼굴. 아직은 슬픔을 몰랐을 때, 그녀의 심장을 훔쳐 내는 것처럼 몰두하며, 열광하며 이것을 그렸었다. 잊지 못해. 갈망해. 미칠 것같이 그리워. 약간 고개를 돌린 채 무심히 그를 바라보고 있는 아름다운 처녀. 순결하고 상큼한 미소가 봄비 맞은 꽃처럼 그를 행복하게 만들었다. 이렇게 너를 보면 슬프면서도 무한하게 행복하지.

그는 가만히 사랑스런 연인의 얼굴에 입 맞추었다.

나의 서린. 나의 라다.

나의 이 간절한 입술을, 상심하여 울부짖는 내 심장을 너는 절대로 알 수 없겠지. 사랑이 사람을 죽일 수도 있다는 것을 이제야 알게 되다니, 나는 얼마나 어리석었던 것일까?

단념하고 거두어 버린 손이었는데. 이렇게 너를 보면, 무슨 수를 쓰더라도, 어떠한 비열한 짓이든 악랄한 짓이든 가리지 않고 시도하고 싶어져. 네가 울거나 말거나, 불행하거나 말거나, 너를 나의 세상으로 빼앗아오고 싶어. 발악을 해서라도 널 소유하고 싶어.

하지만 그 어떤 것도 그에게 허락되지 않은 일이었다. 그 누구에 의해서도 뛰지 않는 굳은 심장에 다시금 시뻘건 선혈이 주르르 흘렀다. 간신히 봉합한 상처가 다시 터진 모양이다.

[라탄, 빨리 식사를…….]

무방비한 상태라 내밀한 속내를 그대로 드러내고야 말았다. 라탄은 보고 있던 세밀화를 옷자락 사이에 아무렇게나 쑤셔 넣어버렸다. 당황한 것은 문을 열고 들어오던 어머니 카말라도 마찬가지였다. 그녀는 당황해서는 걸음을 멈추었다. 그녀를 돌아보는 아들 라탄의 눈 속에 가득 서린 음울한 슬픔을 보아버렸기 때문이다. 삶의 빛과 희망 따위는 완전히 꺼져 버린 눈동자. 아무것도 즐겁지 않고 그 어떤 것에도 반응하지 않는 돌덩이 같은 심장을 그대로 보여주고 있었다.

카말라의 등에 저절로 소름이 끼쳤다.

아들의 저런 눈을 한 번 본 적이 있다. 이십여 년 전에 홀로 이 년 동안 인도 전역을 순례하고 돌아왔을 때, 라탄은 지금과 같은 눈을 하고 있었다.

끝나지 않을 심연의 길을 묵묵히 살아내야 하는 천형(天刑)의 죄수마냥. 그건 삶의 기력을 다 빼앗기고 그저 살아내야 하는 노인의 얼굴과도 흡사했었다.

그리고 그날 이후 라탄은 누구에게도 마음을 열지 않았다. 심지어 어머니인 그녀에게조차도 그랬다. 표면적인 친절과 달콤한 미소로 모든 사람을 기만한다. 모든 곤란에서 매끄럽게 빠져나가지만 그것은 전부 다 가식. 그 누구에게도 잡히지 않고 집착하지 않고 머무르지도 않았다.

마치 착각과도 같았다. 삽시간에 라탄의 표정이 달라졌기 때문이다. 상냥하고 부드러운 웃음이 그의 얼굴에 떠올랐다. 그녀가 사랑하는 아들 라탄의 본디 모습 그대로였다.

카말라가 아들을 진심으로 사랑하지 않았다면, 아마 그대로 속아 넘어갔을 것이다. 하지만 그녀는 그를 낳고 키운 사람이었다. 말하지 않고 말하지 못하는 것도 읽어버리는 어머니였다.

아무것도 보지 못한 양, 모르는 척하기로 했다. 그가 감추고 싶다면 모르는 척해야만 하리라.

그녀는 밝은 목소리로 부드럽게 재촉했다.

[물이 식는구나. 모디더러 좀 더 있다가 식사를 준비하라고 해야 하는 걸까?]

[그렇지 않아요. 삼십 분 후에 식당에서 뵙죠.]

라탄이 먼저 그녀를 스쳐 지나갔다. 카말라는 잠시 아들의 뒷모습을 바라보며 그대로 서 있었다.

'애야, 넌 무엇 때문에 그리도 상심하고 슬퍼하고 있는 거니?'

잠시 망설이다가, 카말라는 라탄의 침대가로 다가갔다. 아까 그대로 라탄의 지갑이 아무렇게나 던져져 있었다. 그가 들여다보고 있던 것이 감추어져 있다. 카말라는 흘깃 등 뒤쪽의 문을 돌아보았다. 혹시 아들이 다시 돌아오기라도 하면 어쩌나 두려웠다. 잠시 망설이다가 라탄의 옷자락을 들추었다.

손바닥만한 작은 그림이었다. 여자였다. 그것도 아주 아름다운 여자.

아아, 라탄. 카말라는 나지막이 탄식하고 말았다. 그림 아래에 한 줄의 글이 적혀 있었다. 심장에 흐르는 피와 같이 붉은색으로 적힌 작은 글씨였다. 라탄의 필적이었다.

〈당신을 사랑해.〉

'하지만 외국인이라니. 라탄, 대체 어쩌려고…….'

그와 같은 하이—카스트 계급의 남자는 절대로 로—카스트의 여자와 결혼하지 않는다. 하물며 외국 여자하고는 더더욱이나 불가능하다. 그런데 아들은 이 여자와 미친 듯한 사랑에 빠져 있는 것이다. 그녀의 모습이 담긴 그림을 항상 품에 넣고 다닐 정도로. 자신을 제어할 수 없을 만큼 슬프게 간절하게.

카말라가 기억하기로, 아들 라탄이 지금껏 누군가를 사랑한다고 표현한 것은 그림 속의 이 여자가 유일했다.

역시나 어머니 앞에서 약을 먹지 말았어야 했다.

식사가 끝나고 아시프가 건네주는 알약을 삼키자마자, 질문이 쏟아졌다. 어디가 아프냐, 얼마나 아프냐, 다시 의사를 불러라, 아무래도 미국에 가서 정밀 진단을 받아야 하는 건 아니냐……. 배가 아픈 게 아니라, 골치가 아팠다.

[그저 소화제라구요. 어제 불편한 자리에서 식사를 한 게 좀 나빴어. 이젠 괜찮으니까 너무 걱정하지 마세요.]

[대체 왜 그러는 걸까? 지금까지는 거의 아프지도 않았는데. 지

난번에 입원한 이후로 계속 몸이 상했어.]

[그러게 말이다, 라탄. 아무래도 정밀 진단을 다시 받는 게 어때?]

셋째 누이 지아니가 덩달아 수선을 피웠다. 남편이 해외 근무여서, 당분간 친정으로 돌아와 있는 중이다. 그녀의 두 아들과 딸아이까지 해서 모처럼 적막한 공작궁이 사람 사는 집답게 소란스러웠다.

[그만들 하지. 그동안 아프지 않은 것들을 한꺼번에 다 아팠던 거야. 피곤해요. 이만 일어나겠습니다.]

카밀라가 아들을 바라보았다.

[모처럼 할머니께서 기도원에서 나오신 것 같아. 인사는 드려야 하지 않을까?]

[그러죠.]

라탄은 빠른 걸음으로 식당을 벗어났다.

팔순이 넘는 할머니는 삼십 년 이상을 공작궁에 딸린 별궁에서 기도와 명상으로 하루를 보내고 계신다.

고귀한 마하라자의 딸로 태어나 열다섯 살에 또다시 마하라니가 된 그분. 인도의 역사를 관통하는 격변을 온몸으로 겪어내며 가문과 남편을 지키고 버팀목이 되신 분이다.

이제는 모든 것에서 벗어나 인도인의 유일하고도 절대적인 목표인 모크샤(moksa)에 도달하기 위해 그것을 열망하며 수행하시는 중이다. 라탄이 마음으로부터 가장 존경하는 분이기도

했다.

한 쟁반의 간단한 소식(素食)을 앞에 두고 하얀 사리를 입은 할머니는 기도 중이었다. 그것을 방해하지 않기 위해 라탄은 문 앞에서 십여 분을 기다렸다. 눈을 뜨고 그를 돌아보는 할머니 마야의 눈동자는 젊은 사람처럼 영민하고 맑았다.

[라탄, 너를 보게 되다니, 정말 기쁘구나.]

[오랜만이죠. 늘 건강하시니 정말 기뻐요.]

라탄은 할머니 앞에 마주 앉았다. 할머니는 나비 날개 같은 부드러운 손짓으로 타다 가문의 희망이자 전부인 그의 머리를 만지며 축복의 말을 해주었다. 그녀의 미간 사이에 찍힌 빈디는 삼지안 족의 비안(秘眼)처럼 혜지의 상징이었다.

신상에 대한 기도가 끝나고 나서, 제일 먼저 마야의 눈길이 그의 왼쪽 어깨로 가 닿았다.

[어깨의 상처는 어떠니?]

[나아가고 있어요. 별로 깊은 상처도 아니었는걸요.]

라탄은 어깨와 왼쪽 팔 윗부분을 싸맨 붕대를 쓸어 보였다. 공교롭게도 타다 가문의 문신이 새겨진 바로 그 자리였다. 삼위 일체, 태초의 브라흐마와 존귀한 비슈누, 위대한 춤의 신 시바를 상징하는 세 가지의 상징 문양이 복잡하게 얽히고 겹쳐져서 또 하나의 뚜렷한 문양을 만들고 있었다. 그의 수호신 크리슈나의 마차 바퀴였다.

마야가 한숨을 쉬었다. 눈살을 찌푸리며 흔치 않는 잔소리를 했다.

[두 달이나 붕대를 감고 있어야 하는데도? 까딱했으면 팔 하나를 잃을 뻔한 상처였는데도? 승부도 좋지만, 맙소사! 강철 검을 들고 내기를 하다니. 위험을 찾아다니는 너답다고 생각하지만, 조심해 줘. 카말라가 네 걱정 때문에 하소연하는 걸 듣는 것도 지겹단다.]

[조만간 흉터도 없이 깨끗이 아물 겁니다.]

[자아, 이제 라탄, 제발 나에게만 말해보렴. 네 마음속에 고여 있는 번뇌가 무엇 때문인지.]

[할머니를 속일 수 없군요. 하지만 들으신다 해도 해결해 주실 수 없어요. 그러니 말하지 않겠습니다.]

[나의 라탄, 정말 간절히 바라는 일이라면 우리들의 신께서 그 소원을 들어주신단다. 그것이 옳은 일이면 확신을 가지고, 성취하도록 노력해.]

[그러고 싶지만, 별로 노력할 일은 아닌 것 같습니다. 내가 가진 소원은 썩 옳은 일이 아니거든요.]

너를 가지고 싶은 것. 완전하고 영원하게 소유하고 싶은 것. 네 연인으로부터 너의 사랑을 탈취해 내 안에 가두어놓는 것. 하지만 나의 열망이 너를 불행하게 할 터이니, 나는 그것을 빌지 못해. 성취하도록 노력하지도 않아.

자신의 방으로 돌아오며 라탄은 주먹을 꽉 움켜쥐었다.

문 앞에 아시프와 또 다른 비서 무타가 서 있었다. 나지막이 무슨 말을 주고받다가, 라탄이 다가오자 당황해하는 얼굴로 입을 꾹 다물었다. 라탄은 그들을 노려보았다. 애써 침착한 척하려 했지만, 두 사람 다 그의 눈길을 피하려고 하고 있었다. 심상치 않았다.

[뭘 감추려는 거지?]

[아, 아닙니다.]

[말해봐. 내가 알아야 할 일 같은데.]

[아니, 저, 그게…….]

입을 꾹 다문 채, 라탄은 아시프의 눈을 지그시 노려보았다. 심장 깊이까지 꿰뚫어 보는 듯한 라탄의 시선 앞에서 결국 아시프가 항복했다.

[알려 드려야 할 것 같아서 말입니다. 방금 무타가 소식을 들었답니다. 서울의 이서린 씨…….]

찢어진 심장에서 다시 피가 흘렀다. 동요를 감추려 했지만, 되묻는 목소리가 떨렸다.

[그녀가 왜?]

[유감스러운 소식을 알게 되어서 저도 마음이 무겁습니다. 이서린 씨의 약혼자가 미국에서 사고를 당했답니다.]

믿을 수 없다. 하얗게 질려 라탄은 아시프를 향해 돌아섰다. 상상하지도 못한 소식 앞에서, 라탄의 안색이 하얗게 변했다.

[시비에 휘말려 갱의 칼에 찔려 죽었답니다.]

라탄의 머리 속이 삽시간에 컴컴한 암흑으로 변했다. 그는 한 손으로 얼굴을 싸쥔 채 비틀거렸다.

맙소사, 이런 걸 바라지는 않았어.

해가 지고 어둠이 내렸다. 관리인이 나가달라 몇 번이고 애원할 때까지 라탄은 현조의 봉안당 앞에 석상처럼 서 있기만 했다.

죽으라고 저주한 것은 아닌데 우현조가 죽어버렸다.

사고사라니. 빌어먹을! 그는 이를 악물었다. 착한 일을 하다가 칼에 찔려 죽다니. 복수라 하면 이다지도 완벽하고 통쾌한 복수가 있을까?

적요한 어둠이 깔리고, 주변에 인적이 사라졌다. 그 즈음 아름다운 이방인의 눈 안에서 검고 차가운 것이 스며났다.

물기 어린 눈으로 라탄은 현조의 선량한 웃음을 물끄러미 노려보았다. 너무나 증오스러워 이가 갈렸다.

저 하나가 죽어버린 후, 평생 비탄 속에 살며 다시는 행복을 찾을 수 없는 서린이 걱정되지도 않나. 혼자 살아평생 애처로운 가슴앓이를 할 약혼녀를 남겨두고 저 혼자 이토록 편안하게 웃고 있다니.

대항할 길 없는 죽음으로 도망가 버린 놈과 어떻게 대결할까? 늙지도 않고, 추해지지도 않고, 아름다운 추억 속에서 늘 젊은 그대로 웃고 있는 사내에게 어떻게 대항하여 서린을 빼앗아 온단 말인가? 납골당의 차가움은 너무나 시렸다.

[넌 정말 나쁜 자식이다.]

라탄은 어금니 사이로 나직하게 내뱉었다. 현조의 사진을 노려보는 눈동자에 차디찬 증오와 경멸이 가득했다.

[넌 지금 네가 이겼다고 좋아하고 있겠지? 하지만 넌 죽지 말았어야 했어.]

싸움이 시작되기도 전에 죽음이라는 치명적인 줄에 걸려 먼저 나자빠진 사내 우현조. 그는 최고의 나쁜 짓을 저질렀다.

악착스레 싸워 이기거나 장엄하게 패배하거나, 둘 중 하나여야만 했다. 이렇게 비겁하게 죽어버림으로 해서 아름다운 연인까지 컴컴한 절망의 죽음으로 끌고 가는 놈이라니. 사랑하거나 배신당하거나, 혹은 탈취하여 같이 살거나. 악착스레 살아, 살아 있기에 일어나는 모든 일을 서린과 함께해야 할 의무가 그에게는 있었다. 하지만 그 모든 짐을 그는 서린에게 전부 떠넘기고 자신은 편안한 영면 속으로 도망쳐 버렸다.

이 얼마나 무책임하고 잔인한가?

[정당하지도 공정하지도 못해, 너는. 부디 네가 카르마의 사슬에서 벗어나지 말기를!]

라탄은 생각해 낼 수 있는 가장 최악의 저주를 내뱉었다.

착한 척, 엄청나게 사랑하는 척하더니, 기껏 사랑하는 여자의 눈에 피눈물을 흐르게 만드는 사내였다니. 그런 녀석 따위, 이젠 두렵지 않다. 무섭지 않다. 역시 그는 라탄이 본 바대로 서린의 곁을 지킬 자격이 없는 못난 놈이었다.

[우현조, 어디 한번 해보자고. 넌 그녀를 죽음으로 끌고 가려 하겠지. 하지만 난 내 모든 힘을 다해 그녀를 지키겠어. 절대로 놓치지 않는다. 그녀가 어이없이 네놈이 간 죽음의 길을 따라가게는 하지 않을 거란 말이다. 죽기에는 그녀 나이가 너무 젊지. 남은 생이 너무 아름다워. 넌 그녀더러 그런 것을 포기하게 만들 권리가 없어.]

그는 그녀로 하여금 현조가 흘리게 만든 눈물을 마셔 버릴 테니까. 우는 만큼 그녀를 웃게 만들고, 죽고 싶은 만큼 살게 만들 테니까. 그녀가 불행하다 느낄 여유도 없이 행복으로 몰아붙일 테다. 두고 보자.

[다시는, 널 위해 서린이 울지 않게 될 거다.]

한때 연적이던 남자, 이제는 무서운 사신(死神)이 되어버린 우현조. 아름다운 서린을 명부로 끌고 가려는 가증스런 존재. 라탄은 활활 불타는 눈으로 봉안당 속에 갇힌 그를 노려보았다. 나직하나, 당당하게 선전포고를 했다. 자신의 생 전부를 걸고 맹세했다.

[그녀가 나와 같은 이 세상에 존재하는 한, 너는 절대로 그녀를 못 데려가. 난 그녀와 사랑하고 또 사랑하며 끝까지 살 테니까. 네가 주지 못한 아이를 낳고 같이 키우고, 미래를 만들고, 추억을 만들고, 그리고 같이 늙어서 같이 묻힐 거다. 앞으로의 생 동안 넌 우리 삶 어디에도 길 자격이 없어. 우현조, 네가 그 자격을 먼저 버렸어. 안 그래?]

라탄은 손에 들고 있던 하얀 꽃다발로 우현조의 웃는 얼굴을 후려쳤다. 증오와 경멸의 꽃잎이 우수수 바닥에 떨어졌다.

망설임없이 뒤돌아섰다. 다시는 이 자리를 찾지 않으리라!

'이 세상이 아무리 기쁜 축제 같아도, 그 어디선가에 몰래 우는 사람이 있네' 라고 어떤 시인이 말했던가?

아무도 모르는 네모의 벽 안에서 비탄으로 슬퍼하며 절망으로 끙끙 앓으며, 죽음처럼 깊은 잠에서 유영하고 있는 사람이 있다. 다시는 깨어나지 않았으면 하고 간절히 바라며 가라앉는 육신과 영혼의 무게에 넋을 놓아버린 사람이 있다.

이대로 영원히 깨지 말고 현조와 명윤의 곁으로 갈 수만 있다면…….

그러나 다음날 오후, 서린은 버젓이 살아 눈을 떴다. 아직 이 세상에 남아 있는 것이다.

자조 섞인 허탈한 웃음이 눈물처럼 비어져 나왔다.

부모님도 현조도 없는 세상에, 이제는 명윤조차 사라진 텅 빈 이 세상에 오직 홀로.

살아야 할 이유라고는 하나도 남아 있지 않는 이 세상에.

살고 싶지도 않고 살아남을 까닭 따윈 하나도 없는 이 세상에.

그녀는 왜 아직도 살아 있는가.

멍하니 천장만 올려다보았다.

살아 있으니 배가 고프구나.

기억하기로 무엇인가를 입에 넣은 건 사흘쯤 된 것 같았다. 아니, 십만 년쯤 지났을지도 모른다. 까맣게 타버린 입술이, 염치없는 위장이 마실 것과 먹을 것을 요구하며 아우성을 치고 있었다. 삶의 날것이, 살아 숨을 쉬는 자의 의무인 생생한 야만이 그녀더러 움직이기를 재촉하고 있었다.

서린은 거의 기다시피 하여 주방으로 나갔다. 냉장고 문을 열었다.

김치가 다 떨어졌다고, 고향집에서 새로 김치를 담가오겠다고 약속했었지. 거의 빈 통 안엔 꼬랑지만 남은 배추 가닥 두어 줄기, 시큼한 국물만 바닥에 깔려 있었다. 밥통 뚜껑을 열었다. 언제 한 건지 기억도 나지 않는다. 반 그릇 남짓 남은 노랗게 말라붙은 밥. 김치통과 밥그릇을 바닥에 펴놓고 그대로 주저앉아 한술한술 입에 떠 넣었다.

"……맛이 없네."

목이 메었다. 울 기운도 없어 메마른 눈알이 정말 아팠다. 허공을 노려보며 밥 한술 또 떠 넣는 손길이 바르르 떨렸다. 스스로에게 속삭이는 목소리가 텅 빈 집의 고요를 깨고 있었다.

다 상해가는 식은 밥을, 그래도 살자고 억지로 넘기는 이 순간. 평생 이따위로 살아야 한다는 것이 너무나 무서웠다. 끔찍했다. 삶이 이토록 비루하고 끔찍하고 상해 버렸다는 것에 진저리가 쳐졌다. 이건 정말 끔찍해.

짜고 쓴 짠지처럼 따라붙어 터져 나오는 탄식이 있었다.

"오빠…… 명윤아…… 나, 참…… 힘들다."

힘들다고 말하는 순간, 확실한 실체를 지니게 되어버린 고독함. 더 선명해진 슬픔 앞에서 더 이상은 버틸 힘이 없다. 스스로 자인해 버린 삶의 무게. 가혹한 공허함 앞에서 서린은 이미 가버린 그들에게 혼잣말로 죽은 자들의 목소리로, 메아리 없는 대화를 건네는 것밖에는 할 일이 없었다.

"우리 엄마…… 사망신고 하러 동사무소 가던 날보다…… 지금이 더…… 더 많이…… 힘들다. 오빠."

그날 서린 옆에는 현조가 있었으니까. 바들거리는 손을 꼭 잡아주던 온기가 있었으니까. 같이 울어주던 친구가 있었으니까. 차마 어머니의 사망신고를 하러 왔다는 말을 하지도 못해 창구 앞에서 우두커니 서 있던 그녀를 대신해서 신청서를 대신 써주던 그런 사람들이 남아 있었으니까.

'이거 하기 싫어. 안 하면 안 될까? 오빠, 우리 엄마 돌아가신 거 아는데, 내가 이러면 안 되는 거 아는데, 오빠, 사망신고까지 하면 우리 엄마, 정말 완전히 죽은 거 같아서 싫어! 나 못해' 하고 울부짖던 서린을 너무나 아프게, 너무나 아프게 안아주던 그 사람의 가슴이 남아 있었으니까.

그런데 이젠 아무도 없어, 아무것도 남아 있지 않아. 서린의 손에 쥐어진 삶이란, 이미 죽은 자들의 슬픔보다 더 형편없고 쓸모없는 누더기에 불과했다.

"앞으로 내내 나 혼자 밥 먹어야 해. 현조 오빠, 이런 거 정말 싫어. 오빠, 이런 순간이 너무 무서워."

삶에 젖어들어, 기대게 하고 의지하게 만들었다. 뗄 수 없을 만큼 사랑하게 만들었다. 그래 놓고, 서린 혼자만 남겨두고 모질게 가버렸다.

야속하다 욕이라도 하고 싶은데. 나쁜 사람들이라고 악이라도 쓰고 싶은데. 그럴 수가 없었다. 얼마나 착하고 다정한 사람들이었는지 아는데, 그래서 욕도 하지 못하게 만들었어. 스며들지나 말지, 지울 수 없을 만큼 흠뻑 적셔 버린 후에, 이렇게 뼈아프게 할퀴고 가버리면 남은 사람더러는 어쩌라고?

목이 메여왔다. 그럼에도 서린은 이를 악물며 시큼한 냄새까지 풍기는 누런 밥알을 마저 씹어 삼켰다. 홀로 남은 자의 비참한 슬픔을, 살아 있음의 괴로움을 소리없이 꾹꾹 삼켰다. 죽을 만큼 노력하니, 그래도 염치없는 목구멍이 메마른 밥알을 천천히 넘기고 있었다.

살아 있는 자들에게 허락된 시간. 삶과 세상의 모든 착한 것들, 행복하고 따스한 것들, 예쁘고 희망찬 것들은 억지로 떠먹은 식은 밥그릇 안에서 부패해 버렸다. 그 정도의 가치뿐이었다. 남은 삶이란 오직 그런 의미일 뿐이었다. 그리고 서린은 그 정도의 삶일망정 지키고 지속해야 할 이유도 필요도 가지지 못한 여자였다.

'죽고 싶다.'

소원은 오직 그것 하나. 아무 일도 없었다는 듯, 홀로 삶을 살아갈 자신이 없었다. 그런 것은 끔찍했다.

멍하니 웅크리고 앉아 시곗바늘만 바라보았다. 재깍재깍 걸어가는 시곗바늘이 막막했다. 마음이 아프니 그것마저 슬퍼슬퍼로 울고 있었다. 아파아파 소리치며 시침과 분침이 걸어가고 있었다. 힘들어 힘들어 주절대고 있었다.

"죽고 싶다. 죽고 싶어……."

아무도 모른다. 그녀가 이리도 깊이 아파하는 것을.

그 누구도 달래줄 수 없다. 그녀의 슬픔은.

또한, 그 누구도 그립지 않다. 그리운 사람들은 전부 다 명부(冥府)로 이미 떠났으니까.

이젠 미래의 남은 삶을 생각할 기력 따윈 없다. 심지어 슬퍼할 힘조차 없는 공허한 이 순간. 왜 내가 이 세상에 여전히 머물러 있어야 하는 거지?

염치없이 아픈 입술이 구차하게 살겠다고, 밥을 먹은 입술이 되묻고 있었다.

'내가 왜 이런 세상에 여전히 살아 있어야 하지?'

서린은 결연히 몸을 일으켰다. 골똘히 허공을 노려보며 자문자답했다.

"살아 있을 이유가 없다면 죽으면 돼."

못할 이유가 없다. 그러면 돼. 당연히 그래야만 해.

반드시 해야 할 일이 무엇인지를 이제야 깨달은 기분이었다.

죽겠다는 결심을 하는 순간, 불현듯 홀가분해졌다. 진정한 해답을 찾은 것 같았다. 내내 컴컴하던 눈앞이 환하게 밝아지는 기분이었다.

모든 것에서 자유로워져. 슬픔도 외로움도 없고, 혼자 살아남았다는 미안함과 죄책감도 더 이상은 무겁게 지고 갈 필요가 없어.

서린은 벌떡 일어나 침대에서 벗어났다. 책상 앞에 앉아 두 손으로 얼굴을 감싸 쥐고 잠시 생각에 잠겼다. 이내 결연히 고개를 들고 서랍에서 편지지와 하얀 봉투를 찾아냈다. 추호도 망설임없이 적어 내려갔다.

"이게 뭐야?"

서린이 내미는 봉투를 열어본 박수근 차장이 얼굴을 찡그렸다.

"사직서잖아?"

"네."

"이서린 씨, 왜 그래?"

"이런 몸과 마음으로는 업무를 감당하기 힘들 것 같습니다. 다른 분들께 계속 폐를 끼치는 일도 못할 짓이고요."

덤덤하려 애썼지만, 금세 그렁그렁 눈물이 고이고 말았다. 붉어진 서린의 눈과 박 차장의 안쓰러워하는 눈빛이 부딪쳤다. 그가 일어서서 서린을 소파로 데려갔다. 어린 누이동생에게 하는 것처럼 다정하고 차분하게 설득하려 애를 썼다.

"심정은 충분히 알아. 하지만 이건 아니지. 차라리 휴직을 해. 부장님하고 의논해서 처리해 줄게."

"죄송해요, 차장님. 사표 수리 부탁드릴게요. 아마 긴 여행을 떠날 것 같아요. 언제 돌아올지 기약이 없어요. 언제까지 회사에 폐를 끼칠 수는 없습니다."

"여행 떠났다가 여하튼 나중에라도 돌아올 것 아냐? 덜컥 사표 쓰고 나서 갔다가 돌아와서는 어떻게 하려고?"

"차후 문제는 돌아온 다음, 그때 생각할 작정입니다."

절대로 돌아오지 않을 생각이다. 현조와 함께 신혼여행을 가기로 했던 그곳들을 혼자 돌아볼 작정이었다. 그리고 사랑하는 사람들이 미리 가 있는 그곳으로 갈 것이다. 다람살라를 끝으로 머나먼 히말라야 만년설 안으로 몸을 날릴 결심이었다. 영원한 안식의 잠과 함께 그들을 다시 만나게 될 것이다.

"여행은 얼마나 할 작정인데?"

"한 일 년 정도요."

"그럼 일 년 휴직 처리하자."

박 차장이 딱 잘라 단언했다. 서린의 눈앞에서 사직서를 찢어 버렸다.

"차장님, 이럴 수는 없어요."

"이건 이서린 씨를 위한 게 아니고 회사를 위한 것이니까 너무 부담 갖지 마. 서린 씨 같은 베테랑 승무원 하나 키우려면,

회사가 얼마나 투자를 해야 하는지 알아? 쉽사리 사표 쓴다 그런 말 하지 마라. 푹 쉬다 와. 자네 사정, 윗분들도 다 아시니까 통과될 거다. 안 된다면 내가 단식투쟁이라도 해서 휴직 만들어줄 테니까. 심신 추스르고 재충전해서 꼭 돌아와."

"……감사합니다, 차장님."

명목상은 휴직이나 사실상 사직인 것을 짐작하신 걸까? 그녀를 보내주는 박 차장의 눈이 붉어지고 있었다. 너무나 잘 대해준 동료들, 선배들. 또한 보람찼던 업무를 생각하니 섭섭함으로 가슴이 아려왔다. 하지만 순간일 뿐이었다. 서린은 이미 이 세상 모든 것에 대하여 아무런 미련도, 집착도 없었다.

집으로 들어가는데 휴대전화가 울렸다. 부동산 사장이었다.

—지금 집 사려는 사람이 나왔는데.

"네, 모시고 오세요."

급매물로 시세보다 한참 싸게 내놓았으니, 당장 임자가 나타난 것이다. 아기를 업은 얌전한 아줌마가 부동산 사장을 따라 들어왔다.

"언제 이사할 수 있어요? 우린 좀 급한데."

"제가 다음 주 수요일에 외국으로 나가요. 다음 주 월요일쯤이면 짐을 다 치울 수 있는데요."

"딱 맞춤이네. 월요일부터 도배장판 하고 입주하시면 되겠네."

"그 대신 잔금도 월요일에 맞출 수 있을까요?"

서린의 말에 부동산 사장이 너스레를 떨었다.

"그래야죠. 이쪽에서 집도 싸게 내놓고 편의를 봐주는데 사모님도 신경 좀 써주셔야죠. 안 그렇습니까, 사모님?"

월요일 오전에 잔금을 다 받기로 했다. 부동산 사람들을 보내고 아름다운 가게에 전화를 걸었다. 외국으로 나가느라 재활용할 수 있는 물건은 다 기증하겠다고 말했다. 그들은 다음날 트럭을 가지고 찾아오겠다고 했다.

주말 오후, 부모님의 위패를 가까운 절에다 안치하고 돌아오니, 아름다운 가게에서 트럭이 와 있었다. 어지간한 가구와 쓸 만한 전자제품들을 다 싣고 가버렸다. 금세 아파트는 쓸모없는 텅 빈 상자처럼 변했다.

그 밤 내내, 어질러진 방 안에 앉아 추억이 어린 물건들을 다 정리했다.

누구에게도 줄 수 없고 남길 수도 없는 흔적들을 모아 트렁크에 하나 가득 담았다. 부모님의 사진들, 명윤이나 현조와 찍은 사진들, 온갖 증명서들과 카드 등 정리해야 할 것들이 참 많기도 했다.

오래된 연인이었기에, 깊은 우정이었기에, 사랑한 그 세월의 증거로써 함께 찍은 사진들은 참 많았다. 서린은 맑은 하늘 햇살처럼 웃고 있는 현조의 얼굴을 멍하니 바라보았다. 변함없이 다정한 명윤의 얼굴도 마주 바라보았다. 힘없이 미소 지으며 나직하게 중얼거렸다.

"나도 갈 거야. 그러니까 너무 원망하지 마. 우린 금세 다시 만나게 될 거잖아."

딱히 그러려고 하지 않았는데 쉴 새 없이 투두둑 눈물이 바닥으로 떨어졌다. 참 바보 같다. 곧 만날 텐데. 왜 자꾸 눈물이 나는 거지?

서린과 다정하게 어깨동무를 한 채 웃고 있는 명윤의 사진을 한 장 골라 들었다. 그것을 활짝 웃고 있는 현조의 사진과 함께 지갑 안에 챙겨 넣었다. 전설처럼 아득한 어느 날. 아직은 행복하기만 하던 그런 날. 그 사람이 미소 지으며 했던 이야기가 너무나 생생하게 귀에 들려오고 있었다.

"서린아, 우리 신혼여행은 인도로 갈까?"

다시는 가지 않으리라 맹세한 그곳으로 돌아갈 작정이다. 홀로인 신혼여행을 떠나는 것이다. 서린은 나지막이 대답했다.

"이제야말로 진짜, 우리 같이 가자, 오빠."

결혼식은 올리지 못했으나, 난 언제나 그대의 신부. 둘이 가기로 한 신혼여행을 홀로라도 끝마쳐야지. 이것이야말로 착하고 다정한 당신에게 내가 줄 수 있는 마지막 선물이지.

서린이 떠남을 준비하던 그 시간, 델리의 남자는 앞에 선 비서를 바라보고 있었다. 검고 아름다운 눈썹이 찡그려졌다.

[휴직?]

[그렇습니다. 열흘 전에 같이 살던 친구가 강도를 당해 죽었답니다. 아마 그래서 신변을 정리하고 마음을 정리하기 위해 떠나오려는 모양입니다.]

[그렇군. 또?]

[아파트도 급히 팔았습니다. 짐들은 전부 자선단체에 기증했구요.]

[전부 다 정리하는 것이로군.]

[그런 느낌이었습니다. 델리에는 내일 오후 다섯 시에 도착합니다.]

깊은 생각에 잠겨 라탄은 건성으로 고개를 끄덕였다.

[제가 나가겠습니다.]

[아니, 괜찮아.]

눈치 빠른 아시프는 금세 라탄이 직접 마중 나가겠다는 뜻으로 알아들었다. 휴대용 전자수첩을 접고 고개를 숙여 보였다. 사무실을 빠져나갔다.

라탄은 의자를 빙글 돌렸다. 초점 없는 시선으로 창밖만 바라보았다.

'넌 이곳으로 죽으러 오는구나.'

보지 않아도 금세 짐작할 수 있었다. 그녀의 행동은 다시 돌아가지 않으려는 사람이나 하는 짓이었다. 모든 것을 정리하려는 것이다.

오래도록 그는 그렇게 노을 지는 하늘을 바라보며 앉아만 있었다. 그의 힘으로 어찌할 수 없는 것이 두 개로 늘었다. 한 남자의 생명과 한 여자의 심장 바로 그것.

너를, 내가 대체 어떻게 해야 할까? 이번 생에서 간신히 널 찾았는데, 이렇게 허무하게 잃어버려야 하는 걸까?

라탄은 그만 눈을 감아버렸다. 그 어떤 대답도 찾아낼 수 없었다. 오직 막막한 절망밖에는.

어쩌다 일이 이렇게 되어버렸을까?

불을 켜지 않아 캄캄한 어둠 속에 잠긴 채, 남자는 한 손으로 이마를 괴었다. 그 남자의 심장은 그가 두른 어둠보다 더 새카만 먹물로 젖어 있었다.

'하지만 안 돼. 허락하지 않겠어. 서린, 난 절대로 너를 빼앗기지 않을 거야. 네가 날 저주하고 미워한다 해도, 놓치지 않아. 무슨 일이 있어도 널 죽게 만들지는 않아. 반드시, 우린 함께 이 생을 살아가게 될 거야.'

라탄은 물끄러미 탁자에 놓인 휴대전화를 내려다보다가 폴더를 열었다.

[암바라, 내가 지시한 것은 무리없이 진척되고 있나?]

한국에서 돌아오자마자 라탄은 공작궁의 후궁을 말끔하게 정리하고 깨끗하게 청소해 두라고 지시했다. 팔십 년 만에 그곳에는 마하라자의 고귀한 신부가 들어서게 될 것이다.

[하나도 부족함없이, 필요한 모든 것을 준비해라. 귀하고 아름다

운 것들로만 가득 채워. 내 여자에게 걸맞는 예물을 준비해야지.]

그가 전화를 끊자마자, 다시 벨이 울렸다. 어머니였다.

—[라탄 얘야, 잘 지내고 있는 거지?]

[덕분에요. 여행은 어때요?]

어머니와 넷째 누이 키마는 아이들을 동반하고 어제 유럽 여행을 떠났다. 적어도 6월까지는 돌아오지 않을 것이다. 서린을 공작궁으로 데려갔을 때 어머니가 훼방을 놓으면 곤란하다. 그래서 반년짜리 여행 티켓을 선물해 두었다. 그들은 지금 터키 이스탄불 호텔에 짐을 풀었다. 그곳에서 일주일을 머무를 것이다.

—[덕분에 고맙다, 라탄. 그보다 모함다스와 만났던 이야기가 궁금해.]

[앞으로는 키마 누나 때문에 걱정 안 하셔도 될 겁니다.]

라탄은 명랑하게 대답했다.

'한 번만 더 그런 짓이 벌어지면 제가 곧바로 그 자식을 산 채로 파묻어 버릴 테니까요.'

그의 부드러운 충고에도 불구하고, 눈 하나 깜짝하지 않던 매부의 비열한 눈빛을 생각하니 구역질이 올라오려고 했다. 입으로야 다시는 그런 일이 없을 거라고 말했다. 하지만 그 눈빛은 언제든지 기회만 되면 더한 요구를 할 수 있다고, 그러기 위해서는 아내의 몸에 상처를 내는 일 따윈 마다하지 않을 거란 메시지를 읽었다.

그는 이미 가만히 두고 볼 만한 수준을 넘어섰다. 모함다스 역시 고모부 하잘과 동류의 인간이었다. 그의 경고를 무시했으니 그 다음에 벌어지는 모든 일도 그 인간의 책임이다.

[즐거운 여행이 되시기를 빌어요. 다음에 또 전화 드리죠.]

라탄은 그 인사를 마지막으로 폴더를 접었다. 사무실을 나와 주차장으로 내려갔다.

[공작궁으로.]

그는 후정의 기도실에서 명상 중인 할머니 마야에게로 갔다. 신비하게 피어오르는 보랏빛 향연(香煙) 안에서 깊은 명상에 잠겼던 그녀가 고개를 돌렸다. 문 앞에 우두커니 선 손자를 손짓해 불러들였다. 미소 지으며 볼을 어루만졌다.

[나의 크리슈나 라탄. 대체 여긴 왜 온 거지?]

[제발 저를 축복해 주십사 하고 부탁드리러 왔습니다.]

마야의 지혜롭고 맑은 눈이 손자에게로 향했다.

[무엇에 대한 축복을 바라는 거냐, 라탄?]

[……내가 누군가를 사랑하는 만큼, 그 사람이 자신을 사랑할 수 있게 되기를 바랍니다. 그것을 기원해 주세요.]

[라탄, 비로소 네가 진실하고도 확실한 사랑에 빠졌구나.]

[하지만 그녀는 날 사랑하지 않습니다. 그녀는 죽음을 더 사랑합니다.]

라탄이 한 손을 들어 눈을 가렸다. 사무친 절망을 드러내고야 말았다.

[그녀가 자신의 삶을 열망할 수 있기를, 남은 생을 살아갈 용기를 얻을 수 있도록, 그리고 그것을 제가 도울 수 있게 빌어주십시오.]

그 무엇으로도 흔들리지 않고 변하지 않던 손자의 얼굴은 괴로움과 고통으로 일그러져 있었다. 사랑하는 것이 분명하다. 미친 듯이 열망하는 것이 틀림없다.

그럼에도 라탄은 연인이 자신을 사랑해 주기를 바라지는 않았다. 그것을 기원하지도 않았다. 오직 하나, 이미 명부에 한 발 들어선 그 여자의 생의 빛이 꺼지지 않기를 바라는 열망뿐이다.

[어리석어, 라탄. 네가 간절히 바라면 세상 모든 일이 이루어진단다. 누군가의 도움도 필요없어.]

[그러기를 바랍니다. 하지만 저의 열망으로도 이루어지지 않는 것들이 있어요.]

[라탄, 네가 드디어 그것을 깨달았다니 감사할 일이로구나. 난 언제나 네가 너무 오만하다고 생각했어. 언젠가는 너도 인간의 오욕으로 인해 크게 고뇌할 일이 생길 거라고 믿었다. 드디어 그때가 온 것이로구나.]

[벗어나고 싶습니다.]

[벗어나서는? 예전처럼 인간의 몸으로 신이나 된 양 오만하게 아래를 내려다보며 적당하게 권태롭게 적당하게 짜증내며 적당하게 살아가기를 바라는 건 아니겠지? 얘야, 네가 정말 모크샤에 이르고 싶다면, 인간이 겪는 그 모든 고통과 고뇌와 쓴맛들을 알아야

한단다. 알지 못하는 고통을 극복할 순 없지 않니?]

[고통은 이미 충분히 맛보았어요. 삐뚤어진 나의 열망과 집착 때문에 아파하는 사람을 보았기 때문입니다. 죽음으로 걸어가는 그 사람의 열망에 나의 열정이 질까 봐 정말 두려워요. 사랑하는 사람을 간신히 찾아냈는데, 잡자마자 잃어버려야 한다는 것은 너무 잔인해요. 절대로 그럴 수 없어요.]

손자 라탄이 무엇인가에 대해 두렵다는 말을 한 것은 이번이 처음이었다. 또한 유일했다. 마야는 한숨을 내쉬었다.

[네 무엇을 바친다 해도 그 소망을 지킬 수 있니?]

[물론이죠.]

[그럼 너의 고귀한 자존심을 버리고, 단단한 오만함을 버리고, 교활한 계획이나 술수를 버려야 해. 오직 진실 그것으로만 다가가거라. 너의 불꽃이 그 사람의 죽음과 절망의 차가움을 녹여 버릴 수 있게 열렬히 사랑하거라.]

[그러면 이길 수 있을까요?]

[진실로 사랑하는 것을 이길 수 있는 건 이 세상에 아무것도 없어. 운명마저 바꾸어놓지. 사랑은 죽음보다 강하다고들 하지 않더냐? 나의 라탄, 내가 축복하마. 기도하마. 네가 찾은 그 사람이 네게로 온전히 올 수 있도록, 네가 겸손함을 배우고 진실을 행하고 사랑으로 감쌀 수 있는 능력을 가질 수 있도록. 사실상 그 모든 건 다 네 속에 들어 있지.]

문제가 해결된 건 아니었지만, 홀가분해졌다. 사랑하여 그녀를 살리려는 그의 노력이 헛되거나 잘못된 건 아니라는 것을 알았다. 라탄은 기도원을 나와 하늘을 우러렀다.

'나에게로 와줘, 서린. 기다리고 있어. 너의 생명을 열망하는 내가 여기 기다리고 있어. 제발 내게로 와.'

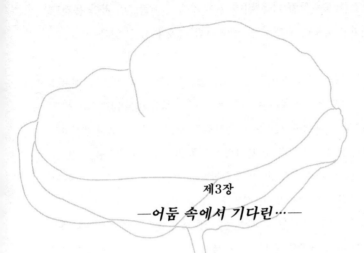

제3장
—어둠 속에서 기다린…—

며칠 따뜻한가 했더니, 매서운 꽃샘추위가 몰아쳤다. 화단·에 핀 노란 산수유 꽃과 이른 매화 봉오리가 매서운 바람에 오들오들 떨고 있었다.

그 꽃들처럼 찬바람 부는 문 바깥에, 서린은 서 있었다. 차마 문 안으로 들어갈 용기도, 엄두도 나지 않았다.

나지막한 독경 소리가 납골당 안에서부터 새어나오고 있다. 망자를 위로하고 천도하는 의식이다. 이승의 인연을 완전히 접게 하고 오롯이 떠나보내는 것이다.

하지만 서린은 사랑하는 그 남자를 떠나보내는 그 자리에 들어가지 못했다. 오지 말라 하였으니까. 잊어버려라 하셨으니까.

비겁한 도둑처럼 기둥 뒤에 숨어 가슴 쥐어뜯으며 차마 울지도 못하고 묵묵히 고개 숙인 채 찬바람 속에 홀로 서 있다.

……금일의 노중고혼 적재원을 풀어달라고 빌고 빌고 또 비나니 구만천궁 올라갈 제, 어두운 길 불 밝히고, 좁은 길은 넓게 닦아 쌍무지개로 다리 놓고, 악한 사자 물리치고, 순한 사자 인도받아 선심선자 마음 돌려 지장보살 인도받아 명부지옥 면하시고, 아미타불 수기받아 엄형대로 가옵실제, 반야용선 잡아타고, 백팔염주 목에 걸고 열두 단추 손목 걸고 연화세계로 탄생하소서.

법사법문 정히 듣고 육갑해원 길을 찾아 인도환생 화류경에 애원독심 원을 풀어 십왕세계 문을 열어 극락세계로 돌아가서 인도환생 하옵소서. 나무아미타불…….

나무아미타불. 나무아미타불.

몇 번이고 몇 번이고 되뇌었다. 그대가 가시는 길이 편안하기를. 부디 편안하게 극락왕생하기를…….

'하지만 오빠, 쉬이 가지 못하는 거 알아. 내가 걱정되어서, 홀로 남은 내가 어찌 살까 걱정되어서 자꾸만 자꾸만 뒤돌아보며 가지 못하는 거 알아.'

서린은 기둥에 등을 댄 채 멍하니 웃었다. 떨어지는 가슴의 핏물 대신 그저 바보처럼 웃었다. 떠나가는 그 사람이 눈물 흘리는 그녀를 볼까 봐. 살아남아 더 슬픈 그녀 때문에 머뭇거릴까 봐.

십여 분 후에 독경 소리가 끝났다. 향내가 더욱 짙어졌다. 두런두런 사람들이 행장을 정리하고 납골당을 나오는 기척이 들렸다. 현조의 사십구재가 끝난 것이다. 반사적으로 서린은 기둥 뒤로 한 발 더 물러섰다. 더 깊은 구석으로 몸을 감춰 버렸다.

시아버지가 될 뻔한 우 이사님이 스님과 함께 먼저 모습을 드러냈다. 고모니 사촌이니 다른 가족들과 함께 영조도 이내 나왔다. 옆의 사람에게 거의 몸을 맡긴 채로 기운 하나 없이 시어머니 홍 여사도 나타났다. 서린이 숨어 있는 곳을 스치며 두런두런 이야기를 나누고 있다. 이런 자리에 모습을 드러내지 않은 서린을 원망하고 꾸짖고 있었다.

"형수 끝내 안 오네요."

"먼저 오지 말라 딱 자른 애를 왜 기다려?"

"그래도……."

"여기 안 온다고 해서 모질다고 하지 마라. 제 속은 오죽할까?"

"서린이, 밥이나 제대로 먹고 사는지 모르겠다. 전화도 안 받고……. 어디 외국 비행 중인가."

나직한 우 이사의 말끝으로 홍 여사의 목소리가 쨍하니 울렸다.

"먼저 잘라라, 끊어줘라 난리치던 양반이 쓸데없이 걔한테 전화는 왜 하고 그래요? 간신히 아물어가는 애를 또 울리려고?"

"아, 누가 뭘 어쨌다고 그러나? 걱정이 돼서 하는 말이지. 의지할 사람 하나 없는 애잖나."

"그리 걱정되면 현조 없어도 우리 품에 끼고 살면 되지. 내가 그렇게 말할 때는 버럭 역정 내시던 양반이 왜 또 이러시우?"

"그럼 젊은 애더러 이왕 죽은 애 품고 홀로 늙어라 할까? 백 번 생각해도 그건 잘한 일이네. 산 사람은 살아야지."

"내 말이 그 말이우. 홀로 살 수 있을 때까지 우리가 품어주자 고 한 것 아닙니까? 현조가 제 없어도 서린이 안아주라고, 잘해 주라고 날마다 당부하던 걸 기억 못하시우? 제 놈 없으면 아무 도 없는 외로운 애라고, 그렇게 잘해주라고 하던 걸 품어주기는 커녕 먼저 내쫓고 모질게 잘라주어서 당신은 참 홀가분하겠수."

결국은 눈물바다, 채 말을 잇지도 못하고 축축해져 버리는 홍 여사의 목소리도 차츰차츰 멀어져 갔다. 납골당을 울리는 발소 리들도 서서히 멀어져 갔다.

아아, 아버님. 어머님. 저는 이렇게 큰 사랑을 받고 있었군요.

서린은 한 손으로 얼굴을 싸쥐었다. 뱉어내지 못한 비탄과 오 열이 한숨으로 내려앉았다.

현조를 다시 만나면 꼭 말해주리라. 그녀가 살아생전 어떻게 사랑받았는지, 그분들이 얼마나 그녀를 사랑해 주셨는지. 하지 만 죄송하다고, 감사하다고 말 한마디 못하고 떠나는 그녀를 그 분들은 과연 용서해 주실까?

델리의 힌디라 간디 공항.

비행기에서 내리던 순간, 피부에 직접적으로 다가오던 건 시큰하도록 서늘한 냉기였다. 오르르 솜털이 돋았다.

더운 나라라 해도, 인도 역시 겨울이다. 깊은 밤 델리의 기후는 서늘했다. 비행기에서 내리며 서린은 들고 있던 점퍼를 반팔티 위에 겹쳐 입고 배낭을 짊어졌다.

짐은 단 하나. 돌아가지 않을 터이니 거추장스런 준비 따원 필요없다. 델리에서 하루나 이틀 정도 쉬며 몸을 추스를 작정이었다. 그런 다음 바라나시로 갈 예정이다. 현조의 영혼을 위해 기도해야 하기 때문이다. 부디 강물을 따라 그의 영혼이 깨끗하게 정화되어 천국으로 걸어가기를. 그 뒤를 따라갈 그녀를 위해서라도.

생각만 해도 가슴이 저민다. 눈물 대신 시뻘건 핏방울이 떨어질 것만 같다. 서린은 어느새 뻑뻑해진 눈을 몇 번 깜빡였다.

울지 마.

스스로에게 엄히 타일렀다. 우는 것은 이제 소용없다는 것을 알아버렸다. 아무리 눈이 짓무르게 운다 해도 그는 다시 돌아오지 않는다. 그녀가 그곳까지 찾아가지 않는다면, 다시 만날 수 없다는 것을 너무도 잘 알고 있다.

지겹도록 지루한 입국 수속을 마치고 홀로 출국장을 걸어나왔다. 푹하니 고개를 숙인 채 그 누구하고도 시선을 맞추지 않은 채 서린은 걸었다.

택시를 잡으려고 막 문을 나서던 몸이 누군가에 의해 가로막혔다. 고개를 들었다. 색 바랜 입술 사이에서 저절로 억눌린 신음이 새어나왔다.

[라…… 탄.]

그가 선글라스를 벗어 들었다. 슬픔 가득한 서린의 눈동자와 그만큼 아픔이 담긴 라탄의 시선이 마주쳤다.

아무 말도 하지 않았다. 또한 아무 말도 하지 못한다. 두 사람은 서로를 바라보며 우두커니 마주 서 있기만 했다.

너무 많은 이야기가 있어, 한 마디도 하지 못하는 모순. 너무 많은 슬픔이 살갗을 저며 바깥으로는 내뱉을 수 없는 비애.

[여긴…… 어떻게……?]

바들거리는 입술이 간신히 물음을 토해냈다. 대답 대신 그가 손을 내밀었다. 툭 떨어진 서린의 손을 잡았다. 얼음 같은 연인의 하얀 손등에 뜨거운 입술을 눌렀다. 안타까워, 가슴이 아파 나지막이 중얼거렸다.

[손이 아주 차다.]

말 한 마디만 더 하면 주르륵 눈물부터 흐를 것 같은 검은 눈동자가 그를 바라보고 있다. 그 눈동자는 심연보다 더 깊고 아픈 것을 가득 담고 있었다. 그러한 서린의 눈이 그에게 대답을 촉구하고 있었다. 그가 이곳에 어떻게 나타난 것인지 설명을 하라고 요구하고 있었다.

[친구의 일은 유감이야. 신의 뜻대로. 부디 그녀가 스스로의 카르마를 벗어나기를.]

그 말 한마디로 충분했다. 서린은 라탄이 그녀에 대해 모든 것을 알고 있다는 것을 알아버렸다. 명윤의 일뿐 아니라 현조의 일까지 남김없이 몽땅.

맹세를 지킨 걸까? 영원히 널 잊지 않겠다던 약속대로 그는 아주 멀리서, 모습은 드러내지 않으면서 내내 그녀를 지켜보고 있었음이 분명했다. 어떤 것도 놓치지 않고, 하나도 잊지 않고 그녀를 기다리고 있었던 거다. 이렇듯이 델리로 나타난 그녀를 잡기 위해, 조롱 속으로 날아드는 비둘기를 노려보고 있는 매서운 송골매처럼.

라탄은 얼어붙은 서린의 눈동자를 지그시 노려보았다.

[마음은 꽁꽁 얼어붙어 있어. 왜 네가 이런 모습으로 내 앞에 서 있는 거지?]

대답을 듣고 싶은 것은 아니었다.

이미 알고 있었다.

공항 문 옆에 서서 고개를 숙이고 천천히 걸어오는 서린을 바라보던 순간, 다가오는 죽음의 그늘을 보았다. 연인의 하얀 얼굴엔 어둠의 베일이 둘러져 있었다. 그의 짐작이 맞았다. 그녀는 길을 찾아서, 이제는 영원히 잃어버린 한 남자의 영혼을 쫓아 억겁의 죽음을 찾으러 여기 이곳으로 먼 길을 돌아온 것이었다.

[다시는 오지 않겠다고 했으면서.]

그건 마치 원망처럼 들렸다. 서린은 공허한 눈동자로 아름다운 남자의 얼굴을 바라보았다. 가만히 고개 저었다.

[당신을 만나러 온 게 아니에요.]

[이곳으로 온 이상, 넌 나에게로 온 거야.]

무엇이든 제멋대로 해석하지.

[가자.]

그가 서린의 손을 잡아 막무가내로 끌었다.

[라탄, 안 돼요. 제발 놓아주세요.]

어째서 이 남자는 그녀로 하여금 항상 애원하게 만들까. 하지 말라, 놓아달라 빌게 만들까? 그날도 예외는 아니었다.

[쉿, 아무 말도 말고 날 따라와. 어떤 경우에도 널 해치지 못해. 알잖아?]

그 대신 가슴을 부수죠. 서린은 절망적으로 생각했다. 나의 자아와 이성을 빼앗고, 현실을 잃어버리게 하고, 꿈속에 살게 해요. 그래서 달콤한 지옥 속에 헤매게 만들어요. 지독한 배신을 하게 만들고도 두려움을 없애고 죄악감조차 느끼지 못하게 했어요.

[나는 가지 않겠어요. 라탄, 놓아주세요. 당신하고 아무 상관도 없어요.]

[상관있어. 네 일은 전부 내 일이야.]

다시 한 번 저항해 보았으나 단번에 일축당했다. 마지못해 손을 잡힌 채 그를 따라갈 수밖에 없었다.

그의 차는 공항 문 바깥에 세워져 있었다. 주차위반을 단속해야 할 경찰이 오히려 그의 차를 지켜주고 있는 것을 바라보며 서린은 한숨을 날렸다. 그렇다. 적어도 이곳은 이 남자가 지배하는 왕국인지도 모른다.

이내 두 사람들 태운 차는 공항을 서서히 빠져나갔다. 창백한 가로등이 외롭게 서 있는 길을 달렸다. 갑자기 라탄이 길가에 차를 세운 것은 그때였다.

[말해봐. 넌 무슨 생각으로 여기로 온 거지?]

잡힌 손을 빼려고 했지만 그가 놓아주지 않았다. 무엇이든 대답을 해야만 할 것 같았다. 차창 밖만 응시하며 나직하게 속삭였다.

[내가 가야 할 길을 찾으려고요.]

영원히 흘리지 못할 눈물처럼 영원히 녹지 않는 만년설의 포근한 품으로. 그녀는 오직 그곳으로 가기 위해 여기로 와야만 했다.

그가 움켜잡은 손에 강하게 힘을 주었다. 그 아픔으로 인해 현실로 돌아왔다. 고개를 돌렸을 때, 울적함이 가득한 눈동자가 그녀를 기다리고 있었다. 라탄이 속삭였다. 현실을 직시하라 준엄하게 충고하고 있었다.

[네가 찾고 싶어하는 길은 이 세상 어디에도 없어, 서린.]

[이 세상에 있는 길을 찾으려고 하는 것도 아닌걸요.]

[하지만 네가 살아가야 할 곳은 이 세상이야.]

[내가 이 세상에서 살아야 할 이유를 하나만 말해봐요.]

서린의 말은 소리로 만들어진 얼음이었다. 듣고 있는 라탄의 심장마저도 삽시간에 얼려 버렸다.

[이 세상 누구와도 연이 없어요, 나는. 가장 사랑하는 남자가

칼에 찔려 죽을 때 아무것도 모른 채 웃고 있던 여자예요. 무엇에도 희망이 없어요. 이젠 그 누구도 사랑하지 않아요. 애써 이룰 일도 없어요. 나를 기다리는 사람도 없고, 내가 기다릴 사람도 없어요.]

[너에게는 내가 있어.]

너무나 낮고 부드러워 서린의 얼음을 물로 만들어 버린다. 차디찬 손을 따뜻하게 데워주는 그 온기라니. 당신은 이런 온기로, 가슴 미어지는 향기와 매혹으로 날 묶어 단번에 지옥에 몰아넣었어요. 서린은 입술을 깨물었다.

[아니요, 당신과 나는 이미 연이 끝났어요. 더 이상은 내 일에 상관하지 말아요, 라탄.]

[너는, 이곳에 죽으러 온 건가?]

그는 본능적으로 알고 있는 거다. 그녀가 이곳으로 생의 마지막 여행을 떠나온 것을.

하지만 굳이 대답하고 싶지 않았다. 삶과 죽음은 이미 중요하지 않았다. 생각조차 이제는 무의미하다. 바람 부는 대로 떠밀려, 발길 닿는 대로 방황하다가 어느 날, 그러한 방황이 끝날 즈음에 눈을 감으면 그뿐. 새삼스레 산다, 죽는다 하는 말조차 낯설었다. 서린은 혀끝으로 힘겨운 한마디를 밀어냈다.

[……가능하다면 그것도 나쁘지 않죠.]

[정말 가증스런 거짓말쟁이로군.]

그가 가차없이 비웃었다. 왈칵 노여움이 일었다. 분노한 서린

의 눈과 내심을 읽을 수 없는 불가사의한 라탄의 눈동자가 마주
쳤다. 맞부딪쳐 푸른 불꽃이 튀었다. 라탄이 선명한 입술을 야
비하게 일그러뜨렸다.

[죽기 위해 이곳으로 돌아와? 웃기지 마. 넌 이곳으로 살러
온 거야.]

[더 이상은 무례한 간섭 따윈 듣지 않겠어요!]

서린은 날카롭게 소리쳤다. 하지만 그는 그녀를 내버려 두지
않았다. 가냘픈 어깨를 두 손으로 움켜쥐고 억지로 자신에게 돌
렸다.

[싫어도 현실을 직시해. 넌 나를 만나러 온 거야. 나에게 애원
하러 온 거야. 지금도 그래. 온몸으로 날 살려달라고, 나는 살고
싶다고 절규하고 있어!]

[그렇지 않아요!]

[그렇다면 왜 한국에서 죽지 않았어? 죽을 작정이었다면 이
것저것 왜 따지는 거지? 그냥 네 집에서 뛰어내리지 그랬어? 왜
그러지 못한 거지, 비겁한 서린?]

강하게 항변하려던 입이 그만 막혔다. 가차없고 잔혹한 질문
앞에서 서린은 대답할 말을 잃고 말았다.

맞는 말이다. 처절하게 아프고 절망한 상태라면, 살 의미가
없고 아무것도 연결된 것 없어 외로웠다면, 살 이유가 없었다
면. 그래, 자신은 왜 서울에서 죽지 못한 거지? 옆에 앉은 남자
가 내보이는 새파란 비웃음이 날선 비수가 되어 여린 심장을 헤

집었다.

　[멀디먼 여기까지 죽으러 왔다? 엄청나게 멋을 부렸어. 인정해. 넌 죽고 싶지 않은 거야! 어찌하든 살 이유를 찾고 싶었던 거야!]

　[아니, 아니에요! 그렇지 않아.]

　흐느끼면서도 서린은 끝내 강하게 반발했다. 그러나 그녀의 목소리는 처음처럼 확신하는 것은 아니었다. 잔인하나 치열한 말이 얼어붙은 심장을 가늘게나마 금 가게 한 것이 분명했다.

　[거짓말하지 마. 내가 모를 줄 알아? 가족도, 약혼자도, 친구도 다 죽었지만 넌 그래도 살고 싶은 거야. 그래서 비겁하게 도망친 거야. 살아남은 것이 미안해서 내게로 숨으러 온 거야!]

　잔인하게도 라탄은 멈추지 않았다. 계속해서 고함질렀다. 서린의 어깨를 움켜쥔 손가락에 가득히 힘이 주어졌다. 시퍼런 멍을 남겼다.

　[처음부터 네 영혼은 알고 있었어. 나만이 너에게 구원이 될 거라는 것을. 우린 반드시 만날 거라는 것을……. 우리 둘은 만나 함께해야 하는 운명이라는 것을. 그래서 여기로 도망친 거야. 안전한 내 품 안에서 어찌하든 살아남아 보려고. 모든 것을 잊게 해주는 나를 찾아온 거야.]

　[……아니에요. 아니…… 에요. 나는 절대로…… 그런 것은…… 아냐! 절대로, 아니라구요!]

　아니라고 소리치는 목소리가 처절했다. 서린이 악을 쓰고 있었다.

차라리 터뜨리면 나을 텐데. 상처를 삼키기만 하는 것이 더 무섭다.

조용히 목 안으로 삼켜진 상처와 고통과 분노는 안으로 안으로만 파고든다. 피부를 뚫고 혈관을 타고 파고들어 뼈까지 녹여 버리는 독한 고름이 된다. 마지막까지 나쁘게 도발하고 악랄하게 자극했어도 서린이 잔잔하게 자신의 고통을 부인하고 대범하게 넘겨 버렸다면 라탄은 지독히 두려워했을 것이다. 그러나 그녀는 악을 쓰며 소리치고 울어주었다. 다행히도!

라탄은 서린의 얼굴을 넓은 가슴 안에 끌어안았다. 나직하게 명령했다.

[울어.]

지금은 너의 눈물을 용서하지. 라탄은 차가운 시선을 들어 아직은 어둠뿐인 창밖을 응시했다.

'네 눈물이 마르려면 아직은 시간이 더 필요할 테니까. 너와 내가 함께할 평생이라는 긴 시간 동안에서, 두어 달 정도쯤 참아줄 수 있어.'

이왕 죽어버린 연적(戀敵)을 위해 그의 신부가 잠시 울어주는 것쯤은 관대하게 용납할 수 있다.

'지금은 울어도 돼, 지금은……. 내 곁에 있는 한 넌 다시는 울지 않게 될 테니. 앞으로 흘릴 눈물 따윈 없어. 내가 절대로 용서하지 않을 테니까.'

차를 타고 거의 한 시간 이상을 간 것 같았다.

복잡한 델리 시내를 벗어나 차는 아주 한적한 길로 들어섰다. 얼마 후, 거뭇한 어둠 속에서 화려한 조각으로 장식되고 조명등이 켜진 거대한 문이 나타났다. 그 문은 내내 또다시 우람한 가로수가 서 있는 반듯한 직선의 길로 이어지고 있었다. 길의 끝에는 빛나는 보석처럼 아름답고 아취 어린 성이 장중하게 서 있었다.

두 사람이 탄 벤츠가 미끄러지듯이 그 길을 지나, 문 앞에 멎었다. 불빛에 비친 분수가 홀로 속절없이 치솟았다 떨어지고 있었다.

문 앞에 서서 기다리고 있던 하얀 제복의 하인이 달려와 차 문을 열어주었다. 라탄이 키를 그에게 던져 주고 나서 돌아서 조수석 문을 열었다. 팔을 잡아끌어 내리게 했다.

[공작궁이다. 나의 본가지.]

[여기는 왜?]

의아한 듯 물어오는 검고 깊은 서린의 눈. 영원히 아물지 못한 상처의 흔적과 함께 검은 눈물의 흔적이 가득 담겨 있었다. 다시 건드리면 아까처럼 소나기가 되어 흘러내릴 것이다. 우기도 아닌데, 라탄의 가슴에도 그 순간 가득 비가 흘렀다.

라탄은 연인의 보드라운 뺨을 어루만졌다. 위로하듯 고개를 숙여 하얀 이마에 가볍게 입 맞추었다.

[넬 처음 본 순간부터 이곳으로 데려오고 싶었어.]

[내가 왜 이곳에 와야 하죠?]

[괜찮아, 우리 집이야. 내 옆에 있어.]

그렇다면 넌 언제나 안전하고 행복하게 될 거야. 네가 가야 할 길을 찾게 될 거야. 네가 가는 길의 끝은 바로 나. 난 그 녀석과는 달라. 절대로 널 잃지 않을 거야. 너 역시 나를 잃지 않을 거야. 약속해. 말없는 말[言]로 그는 맹세했다.

[우리의 집에 온 것을 환영해, 서린.]

라탄은 상심에 젖은 신부의 하얀 손을 잡았다. 옆에 선 남자의 말없는 강요에 못 이겨 서린은 마침내 공작궁의 문을 들어섰다.

밤인지 낮인지조차 알 수가 없다. 그녀가 들어선 방은 오색의 빛으로 가득 차 있었다.

벽을 따라 낮은 접시에 담긴 수백 개의 촛불 때문이었다. 황백색 불꽃이 너울거리며 타오르고 있었다. 하지만 실제로 그 정도의 초가 불을 밝히고 있는 건지는 알 수가 없다. 그저 '많다'라는 생각이 그렇게 착시를 일으킨 것인지도 모른다. 혹은 촛불이 켜진 벽에 박힌 수많은 거울 조각 때문일 수도 있을 것이다.

흔들리는 수많은 빛의 꽃들 때문에 서린은 자신이 선 이곳이 어딘지를 잊어버렸다. 살아 있는 현실의 세상이 아니라 아스라한 몽환의 안개 속을 헤매는 그런 기분이 들었다. 숨이 막혔다. 그녀의 영혼마저 액체처럼 풀리고 몽롱하게 변하는 것 같았다.

[여기가, 어디죠?]

[공작궁의 후궁. 사랑스런 여인이 머무는 방이지.]

그가 서린의 손을 잡아끌었다. 창가의 비단 소파에 앉혔다. 깨끗한 이마에 입 맞추며 속삭였다.

[우린 당분간 여기서 머물 거야.]

너도 아니고 나도 아니었다. 라탄은 명확하게 말했다. 우리라고. 더 이상의 말은 없었지만 그의 눈이 말하고 있었다. 내가 원한다면 평생.

[함께?]

[당연하지.]

서린이 고개를 흔들었지만 라탄은 전혀 개의치 않았다. 이 방에 들어선 순간부터 제멋대로 그녀를 지배하려는 기운이 더 강해지고 있었다. 무슨 말을 어떻게 해도 듣지 않으려 한다.

[내 방은 저 문을 넘어서 있다. 괜찮아. 네가 원하지 않는 이상은 누구도 우리를 방해하지 않아.]

서린은 그를 피하기라도 하듯이 일어나서 창가 쪽으로 몸을 돌렸다. 등을 돌린 채 물끄러미 바깥을 내다보았다. 아름답게 꾸며진 중정과 분수, 그리고 하얗게 빛나는 창공의 달이 아련하게 보였다. 혼잣말처럼 중얼거렸다.

[여긴, 참 이상한 곳이군요.]

단지 벽 하나를 넘어온 것일 뿐이다. 그런데도 익히 알아온 세상과 너무 다른 곳으로 와버렸다.

하도 복잡하게 꺾어지고 이리저리 오르락내리락거려, 방향 감각을 상실하고 말았다. 거대한 문을 지나 끝이 보이지 않는 긴 복도를 지났다. 차가운 대리석과 두터운 양탄자와 금과 은의 행렬로 이어지던 그 길. 한참 후에 그들을 가로막은 것은 우람한 담. 중간에는 복잡한 조각으로 장식된 거대한 문이 박혀 있었다. 문 위에는 황금종이 매달려 있던 것도 기억났다.

기이하기로는 그들이 서 있는 이 방도 마찬가지였다.

전등 대신 촛불로 방을 밝히는 것 하며, 전통적인 인도의 방식과 색채로 꾸며진 방의 장식 또한 낯설기는 마찬가지. 자그마한 실내 분수에는 향기로운 장미 꽃잎이 가득 떠 있었다.

그녀가 선 창 또한 바깥을 볼 수는 있지만 유리창은 아니었다. 창 사이에는 다시 복잡한 문양의 조각이 가득한 투각벽이 서 있었다. 그러니까 방 안의 사람은 바깥을 내다볼 수는 있지만 바깥의 사람은 누구도 그녀를 볼 수 없는 구조였다.

등골이 서늘했다. 자꾸만 이상한 예감이 들었다. 그의 손에 잡혀 들어오던 순간, 서린은 자신이 결코 이곳에서 쉬이 나가지 못할 거란 예감으로 몸을 떨었다. 강한 팔이 억센 힘으로 서린의 팔을 움켜잡았다. 억지로 그에게 향하게 만들었다.

[널 잃고 싶지 않아.]

강한 힘이 느껴지는 목소리였으나 사실 간절한 애원이었다.

[……라탄.]

[떠나지 않는다고 말해. 절대로 내게서 떠나지 않는다고 약

속해.]

　[약속은.]

　서린의 눈동자와 라탄의 눈동자가 슬프게 마주쳤다.

　[깨어지기 위해 존재한대요.]

　[슬픈 이야기는 하지 마. 싫어.]

　[약속은, 반드시 지켜야 하는 거라고 생각했어요.]

　[그런데?]

　[평생 서로만 사랑하고 같이 행복하자던 그 약속. 내가 먼저 어겼어요. 당신을 만나 흔들려 버렸거든요.]

　아아, 크리슈나. 라탄은 서린의 볼을 가만히 어루만졌다.

　그런 죄를 짓게 만든 건 바로 그 자신.

　서린이 아릿하게 미소 지었다. 보는 것만으로도 심장이 내려앉을 것 같았다. 아릿한 슬픔이 묻어났다. 이 여자의 상큼한 미소를 바라보는 것만으로도 행복하던 때가 있었는데. 이제는 가슴이 아파 힘들다. 그녀의 미소는 미소가 아니라 깨어진 유리 조각을 뱉어내는 것 같았다. 라탄의 심장에 와서 그대로 박혔다. 강한 그 심장을 가루처럼 짓이기고 있었다.

　[그랬더니 질세라 그 사람도 어겨 버리더라구요.]

　[바스! 린.]

　[한 번도 내게는 거짓말을 하지 않은 사람이었거든요. 그러던 사람도 너무 어이없이 어겨 버렸어. 입으로 뱉어낸 약속 따윈, 절대로 영원하지 않아.]

라탄이 무릎을 꿇고 서린의 허리를 강하게 죄었다. 사랑하는 여자를 올려다보며 간절하게 애원했다.

[그래도 네 약속은 듣고 싶다. 어리석다고 욕해도 좋아. 내가 사랑하는 너는 약속을 정직하게 지키려고 노력하는 착한 사람이니까.]

[착한 사람은……]

서린은 멍하니 중얼거렸다. 몸을 감싼 그의 팔을 밀어냈다. 편안하고 달콤했지만 세상에서 가장 불편하고 두려운 곳이 바로 이 남자의 품 안. 오래 사랑한 남자를 잊어버리는 죄를 지으면서도, 그것이 죄인 양 느껴지지 않았다. 흔들리고 갈등해 버렸다.

[절대로 누군가를 배신하지는 않아요.]

이토록 강렬하고 지독히 아름답지. 하지만 맹독 같은 남자에게 중독되어 버린 대가를 누가 치렀는지 기억해. 아프게 깨문 입술이 정신을 들게 만들었다. 행복해질 자격이 없어. 눈물을 그칠 자격도, 이 사람의 아름다운 품에 안주할 자격도 없어.

[그런 죄, 내가 짓게 만들었지.]

순간, 심장이 빳빳이 굳었다. 숨이 막혔다. 저 남자가 지금 자신의 죄악을 고백하는가? 그녀만큼 아프게, 절망스럽게 자인하고 있는가? 절대로 그의 입에서 들을 거라 생각하지 못했는데.

하지만 그 역시 거짓말을 하고 있다. 그가 저지른 것이 아니라 함께 지었다. 서로 향일해서는 안 되는 마음을 자르지 못한 죄. 그의 집착이, 그녀의 허약함이 죄악을 만들었다. 그 죄악의 검은 웅덩이에 빠진 사람은 어이없게도 현조였다. 순결한 희생물로, 붉은 피는 그가 흘렸다.

그녀를 올려다보는 검은 눈이 젖어들고 있었다.

[그런 죄, 평생 갚을 테니. 우리만 살아 있는 죄, 그 벌은 내가 받을 테니, 넌 그만 슬퍼해. 네 죄가 아니야. 그러니까 어디에도 가지 마. 내 곁에 있어.]

현조와 명윤이 죽은 건 서린의 죄가 아니라고 말해주는 이 사람. 하지만 위로는 되지 않았다. 그럼에도 이상하게 눈 아래가 축축이 젖어들고 있었다. 절대로 불가능한 일을 바라고 있는 이 남자. 이러한 슬픔에 대한 빚을 갚을 때까지, 현조에게 저지른 죄를 씻을 때까지 한시도 편안한 잠을 자지 못할 거야.

[내 곁에 있어. 그럼 아프지 않아.]

그가 계속 속삭이고 있었다. 달콤한 거짓의 약속을 해주고 있었다. 하지만 상처는 스스로 아무는 것. 그 누구도 한 사람의 눈물을 대신 씻어줄 수는 없다.

[널 만나기 전에는, 내가 원한다면 못 이루는 일 따윈 없다고 믿었어.]

라탄이 고개 숙여 서린의 차가운 손에 입 맞추었다.

[하지만 이제 알아. 네 마음은 내 것이 아니야. 그것을 갖기 전에는 난 못 죽어. 멍청한 그놈처럼은 죽고 싶지 않아.]

[바보 같은 사람이야. 정말…… 당신이란 남자는.]

[네가 울면, 다시 떠나면 내 심장이 터질 거야. 그러니까 날 살려줘.]

서린이 공허한 눈빛으로 웃었다.

라탄은 너무나 가슴 아파 자기도 모르게 서린의 무릎에 얼굴을 묻었다. 이것은 웃음을 가장한 눈물. 울음조차 염치없다 생각하여 스스로에게 허락하지 못하는 이 여자를 어쩌면 좋을까?

그래서 바보처럼 그도 같이 웃었다. 웃으며 울었다. 구름에 묻힌 달빛같이 울면서 웃었다. 어째서 사랑하는 이가 곁에 있는데 눈물이 나는가?

자신이 아프니 이 세상의 다른 사람의 아픔이 비로소 보였다. 이런 이유로 사람들은 슬퍼하고 살았구나. 그러나 드디어 알게 된 인간들의 감정. 게다가 눈물은 너무나 무거워. 너무나 사무치고 절실해. 선택이 가능했다면, 솔직히 이런 것들은 알고 싶지 않았다.

남자의 마음을 모르는 서린은 파리한 꽃잎 같은 입술로 그에게 애원하고 있었다.

[라탄, 부탁해요. 간절하게 애원해요. 날 놓아주세요. 바라나시로 가게 해주세요. 난 아직, 현조 오빠를 정식으로 보내지 못했어. 망자(亡者)에 대한 예의를 지켜야 해요.]

[안 돼. 내 옆이 아니면 넌 어디고 갈 수 없어. 절대로! 네가 갈 곳은 나 말고는 이 세상에 없어.]

더 이상은 말하지도, 듣지도 않을 거란 뜻이 명확했다.

[샤워라도 하고 쉬어. 피곤할 거야. 새로운 밤은 아주 힘들 테니.]

그는 서린을 홀로 놓아두고 몸을 돌려 사라졌다. 그가 사라지자마자, 기다렸다는 듯이 다른 쪽의 문이 열리고 사리를 입은 어린 하녀가 나타났다. 낮은 탁자에다가 음식이 든 그릇들을 올려놓았다. 상냥하게 웃으며 서툰 영어로 권했다.

[조금이라도 드세요.]

서린은 멍하니 음식을 내려다보았다. 잠시 망설이다가 탁자 앞으로 다가앉았다. 그나마 입에 들어갈 것 같은 망고 한쪽을 집어 들었다. 비로소 오랫동안 잊었던 시장기가 몰려들고 있었다. 기계적인 손놀림으로 입으로 가져갔다. 입 안에서 구르는 것을 꼭꼭 씹었다.

아얏. 자신도 모르게 서린은 이맛살을 찌푸리고 있었다. 참을 수 없을 만큼의 통증이 입 안에서 몰려들었기 때문이다. 하지만 심장의 아픔은 더 컸다.

하얀 난 한쪽도 집어 잘랐다. 포삭포삭 씹었다. 메마른 입을 축이기 위해 과일 주스를 마셨고, 따끈한 김을 피워 올리고 있는 머시룸 오믈렛도 조금 먹었다. 한 번 시작하니, 오랫동안 잊었던 식욕이 맹렬하게 되살아나기 시작했다. 멜론도 먹었고, 이름 모를 닭요리도 먹었다. 그러한 서린의 식욕은 지켜보고 있던 하녀를 흐뭇하게 만든 것이 분명했다. 따뜻한 미소를 지으며 고개를 끄덕였다.

[주인님께 많이 드셨다고 전하겠습니다. 꽁장히 기뻐하실 거예요.]

하지만 하녀가 나가자마자, 서린은 힘없이 풀쩍 목을 꺾었다. 두 손으로 목을 휘감았다. 배 안이 요동치고 있었다. 방금 전 먹었던 음식들이 전부 다 반란을 일으키는 것이다. 토할 것 같아. 서린은 미친 듯이 화장실을 찾아 문들을 다급하게 열어젖혔다.

화장실의 변기를 발견하자마자, 무릎을 꿇고 그대로 토해냈다. 방금 전 먹었던 음식들이 소화도 되지 못한 채 뱉어져 그대로 변기의 물과 함께 휘돌아 사라졌다.

현조가 죽은 이후, 서린의 상태는 내내 이런 식이었다.

눈꼬리 아래로 눈물 한 방울이 맺혔다. 도르르 떨어졌다. 알 수가 없었다. 그녀는 여기 왜 앉아 있는 걸까? 왜 죽고자 발버둥치면서도, 아직도 살아남아 음식을 목구멍으로 넘기고 있을까? 혼자 살아남은 것이 미안하고 무서워 또다시 음식을 뱉어내고 있구나. 나는 지금 대체 무엇을 하고 싶은 거지.

서린은 머리를 흔들었다.

'생각하지 마. 생각이란 걸 하면 안 돼.'

생각을 하기 시작하면 그녀의 영혼은 늘 길을 잃는다. 암흑 속에서 갈 길을 찾지 못해 헤매게 된다. 절망과 비탄의 강물을 마시며 액체로 녹아 흐르게 된다.

한참 동안 한 손으로 얼굴을 가린 채 주저앉아 있던 그녀는 천천히 손을 내렸다. 눈 아래 묻은 액체를 지워 버렸다. 아직은 울 때가 아니다. 울면 안 돼.

세면대로 다가가 차가운 물을 틀고 얼굴을 푹 담갔다. 몸의 말단까지 찌르르르 울리는 냉기가 화들짝 정신이 들게 만들었다. 비로소 사방을 살피고, 스스로의 상태를 돌볼 수 있을 만큼의 기력이 회복되었다. 서린은 고개를 들고 자신이 선 곳을 둘러보았다.

천장부터 시작해서 벽과 바닥까지 전부 다 대리석으로 만들어진 호사스런 욕실이었다.

정묘하고 아름다운 조각들이 사방의 벽을 가득 채우고 있어, 고대의 기묘한 화원에 들어온 기분이었다. 벽에 핀 꽃들은 딱딱한 석화(石花)이나 생화 못지않게 화려한 자태를 뽐내고 있었다. 꽃들, 하나하나 손으로 조각해서, 색칠을 하고 보석으로 상감하여 만든 보물이었다.

그 방의 가장 깊숙한 쪽으로 마찬가지로 아름다운 꽃들이 새겨진 야트막한 벽이 하나 서 있었다. 그 뒤로 샤워와 목욕을 할 수 있게 욕조가 있었다. 들판의 웅덩이처럼 바닥을 파서 만든 꽃잎 모양의 욕조였다. 아래로 걸어 들어갈 수 있게 몇 개의 계단이 만들어져 있다.

넘칠 듯 더운물이 찰랑거리고 있는 욕조에는 붉은 꽃잎이 둥둥 떠 있었다. 이 세상에서 가장 좋은 향기가 풍겨나고 있었다.

잠시 망설이다가, 무겁고 구겨진 옷을 벗었다. 살며시 한 발을 욕탕 안으로 밀어 넣었다. 발목을 감아오는 더운물의 감촉이 세상에서 가장 치명적인 유혹 같았다. 그대로 무너지고 싶었다. 그래서 서린은 그렇게 했다.

손 닿는 곳에 놓인 향기 좋은 비누에도, 두툼하고 보송한 타월에도, 심지어 몸을 닦는 바스 스펀지에도 붉고 노란 꽃이 피어 있었다. 그녀가 들어와 있는 이곳은 오직 여인들만을 위한 공간이라는 것을 그러한 사소한 것들로도 분명히 확인할 수 있었다.

머리를 감고 샤워를 했다. 다시금 뜨거운 욕조 안에 들어가 더운물 안에서 노곤함을 풀었다. 깜빡 잠이 들었던 것일까? 누군가가 벽 뒤에서 움직이는 은밀하고 부드러운 기척에 서린은 깜빡 내려놓았던 정신을 차렸다.

[……거기 누구 있어요?]

대답이 없었다. 대신 서둘러 문 닫히는 소리가 났을 뿐이다. 서린은 잠시 망설이다가 욕조에서 나왔다. 두터운 수건으로 알몸을 가린 채 벽 밖으로 나왔다. 아까 벗어둔 그녀의 옷가지가 사라졌다. 멍하니 화장대 의자로 쓰임직한 긴 의자를 노려보았다. 벗어놓았던 구겨진 옷 대신, 그 자리에 잠옷같이 나풀거리는 하얗고 얇은 원피스 같은 것이 새 속옷과 나란히 놓여 있었다.

"이걸 나더러, 입으라는 건가?"

어차피 잠자리에 들 테니, 상관없을 테지. 잠시 망설이다가 서린은 자신을 위해 준비된 잠옷을 몸에 걸쳤다. 맨몸에 닿는 새틴의 서늘한 감촉이라니. 피부 위로 미끄러운 물이 떨어지는 것 같았다. 그 옷을 입는데, 마치 폭군에 정복당한 망국의 처녀가 된 기분이 들었다. 원치 않는 남자를 맞이하여 그를 잠자리에서 모셔야 하는 그런 비운의 처녀.

망상은…… 서린은 스스로를 비웃었다.

현실과 유리된 이상한 곳에 들어와 있으니, 상상도 이상하게 흘러가는 모양이다.

하지만 혹여 라탄이 그녀의 방에 들어와 있을까 불안한 마음이 아주 없지는 않았다. 욕실 문을 여는 손길이 가늘게 떨리고 있었다. 하지만 그녀는 틀렸다. 자신도 모르게 옥죄여졌던 한숨이 저절로 새어나왔다. 그녀의 방은 오직 텅 빈 고요와 정적으로만 가득할 뿐이었다.

오늘은 푹 자두는 거야. 스스로에게 다짐했다. 그리고 내일 다시 한 번 라탄에게 애원하리라. 그녀를 보내달라고 부탁할 것이다.

지칠 대로 지친 심신이다. 포근한 침대가 그녀를 유혹하고 있었다. 안식을 약속하는 순백의 침대에 올랐다. 눕자마자 서린은 이내 죽음처럼 깊은 잠에 빠졌다.

하지만 그녀는 다시 틀렸다.

라탄은 그녀를 홀로 버려둔 것이 아니었다. 그녀를 떠난 것도 아니었다. 벽 하나를 사이에 두고 그녀를 지켜보고 있었을 뿐이었다.

벽 하나를 사이에 둔 그와 서린의 방은 교묘하게 감추어지고 위장된 투각벽으로 이어져 있었다. 서린의 방에서는 그의 방이 보이지 않으나, 그의 방에서 그녀의 모습은 환히 보였다. 공작궁을 만든 그의 조상이자 쾌락적인 마하라자는 그가 선 그 방 그 자리에 서서, 밤을 즐겁게 해주기 위해 분주히 단장하는 신부를 몰래 훔쳐보곤 했다고 전해진다.

이날, 벽 하나 저쪽의 여인 역시 그러했다.

애염의 지옥 속에서 울부짖고 있는 왕자를 구원하기 위해, 그의 모든 즐거움을 만족시켜 주기 위해 데려와진 아름다운 처녀 신부였다. 그의 모든 것을 자극하는 순백의 유혹이었다. 영혼의 밑바닥까지 자극하고 불타오르게 하는 금단의 갈망이었다. 검고 아름다운 머리카락은 반쯤 젖은 채 허리까지 흔들리고 있었고, 아른한 알몸을 가린 잠옷은 하얀 구름자락 같았다.

아무것도 모르는 무방비한 얼굴로 서린이 돌아섰을 때, 라탄은 그의 신부가 얼마나 아름다운지, 얼마나 순결하게 유혹적인지 보아버렸다.

서린은 그의 꿈속에서 만난 그대로, 그가 알고 탐닉하고 맛보고 갈망한 그대로, 그의 가장 깊은 욕정과 관능을 자극하고 탐미하게 만드는 달빛의 비밀이었다. 반투명한 하얀 잠옷 아래, 부드럽게 흔들리는 우윳빛 굴곡진 살결, 두 다리 사이로 흔들리는 어슴푸레한 비밀의 그늘과 반쯤 벌어진 채 창백한 장밋빛으로 변한 입술까지. 그녀의 전부는 젖과 꿀과 꽃향기로 만들어진 신화(神話)였다.

벽 저쪽에 선 남자의 몸이 팽팽하게 긴장되고 있었다. 그 여자를 갈망하고 소유하고자 원하는 탐욕으로 입 안이 말라왔다.

그녀에게 닿고 싶었다. 안고 싶고 만지고 싶고 흡입하고 싶었다. 그녀의 모든 것을 그로 채우고 싶었다. 그녀의 모든 것을 핥고 찢고 부수고 삼키고 빨아들이고 싶었다.

그에게 준비되고 허락된 생명의 잔을, 핏물을, 영혼의 전부인 그녀를 원해서, 원하다 못해 그의 단단한 몸과 뜨거운 영혼이 부들부들 떨리고 있었다.

주먹을 움켜쥐고 있었나 보다. 남자의 강한 손톱이 깊숙이 손바닥을 파고들었다. 미약하나마 그러한 아픔은 효과가 있었다. 따끔거리는 통증은 그에게 짧으나마 이성을 되돌려 주었기 때문이다.

후들거리는 다리를 억지로 가누며 그는 돌아섰다. 서린에게로 달려가고자 하는 열망을, 격렬한 애욕을 그녀와 함께 나누고자 하는 욕망을 참아냈다. 아직 때가 아니었다. 그녀와 함께하려면 기다려야만 한다. 둘의 시간은 아직 멀었다. 그를 받아들이려면 서린은 기력을 회복해야 할 것이다.

둘이 함께하는 시간 내내, 오래 기다려 온 욕망과 뜨거운 갈증을 풀어헤치려면, 아마 그들은 한잠도 자지 못할 것이다. 원하고 또 원하고 다시 원하는 그를 받아들이려면 그의 신부는 푹 자두는 것이 좋을 것이다.

[아가씨, 저어, 아가씨…….]

누군가가 그녀를 부르고 있는 것 같았다. 꿈속에서인지, 현실인지도 모르는 그런 혼몽 속에서 서린은 돌아누웠다.

조금만 더, 조금만 더 자고 싶다. 모처럼 만끽하는 이 다디단 잠에서 깨고 싶지 않았다. 가닥가닥 갈라진 신경이 지칠 대로 지친 육신 안에서 가라앉았다. 깊은 잠 안에서 물속의 물감처럼 풀려 나가고 있었다.

눈을 뜨고 싶지 않았다. 언제나 그랬다. 눈을 감은 채 이대로 깨어나고 싶지 않았다. 잠은 잠시라도 고통을 잊게 해주니까. 홀로라는 끔찍한 현실을 가려주니까. 게다가 지친 몸에 닿아 온몸을 감싸주는 침구의 부드러움과 포근함은 너무나 유혹적이었다.

[아가씨, 이제 그만 일어나시는 게…….]

누가 자꾸 그녀를 깨우려 하는 거지? 그런데 이 낯설고 불편한 기분은 무엇이지? 그녀는 어디에 와 있는 건가? 누군가가 그녀의 머리맡에서 소곤거리고 있었다. 서린은 눈을 번쩍 떴다.

[잘 잤어, 게으름뱅이 공주님?]

침대 옆에 라탄이 서 있었다.

청바지 위에 하얀 셔츠 차림이었다. 샤워를 한 지 얼마 되지 않은 듯 이마를 덮은 머리카락이 조금 젖어 있다. 그녀를 내려다보며 빙글거리고 있었다. 어젯밤 그녀에게 음식을 가져다준 어린 하녀도 옆에 서 있었다. 쟁반을 들고 있었다.

서린은 본능적으로 이불깃을 목 위로 끌어올렸다. 누군가가 그녀의 침대 곁에 가까이 다가오는 일은 익숙지 않았다. 하지만 라탄은 너무 자연스럽게 침대에 앉았다. 수천 번이나 그런 일을 해본 듯싶었다.

[피곤한 건 알지만, 이제 일어나는 게 어떨까? 오후 세 시야.]

황망해서 저절로 얼굴이 붉어지고 말았다. 낯선 집에서 이토록 게으른 잠에 빠지고 말다니. 서린은 민망해서 어쩔 줄 몰라 하며 서둘러 몸을 일으켰다.

[까마득히 몰랐어요. 시간이 그렇게 된 줄은…….]

[피곤했던 것 알아. 하지만 무엇이든 좀 먹고 다시 쉬어. 어젯 밤도 먹는 둥 마는 둥 했잖아.]

그 말이 신호인 것인가. 어린 하녀가 무릎 위에 식사가 담긴 은쟁반을 놓아주었다.

[저기…….]

[왜?]

서린은 잠시 망설이다가 부탁했다.

[잠시 나가주시겠어요? 옷을 갈아입고 식탁에서 식사를 하겠어요.]

[침대에서 차를 마시고 아침 식사를 하는 건 너의 특권이야. 이 애는 그 일을 하기 위해 고용된 거고. 만약 네가 거부하면 이 앤 할 일이 없어지지. 해고되어 떠나야만 해.]

[저런…….]

서린은 본능적으로 생글거리는 어린 소녀를 바라보았다. 라탄이 손을 내밀어 오렌지 하나를 집어 껍질을 깠다.

　[참고로, 데르다는 여기에서 일하는 것으로 식구들을 부양해. 네가 이 애의 시중을 거부한다면, 이 애의 일곱 식구가 생계를 위협받게 되지. 자, 먹어. 즐겁게 식사하자구. 그리고 자비롭게 이 애가 할 일을 남겨줘.]

　소녀가 살짝 허리를 굽혔다. 말은 하지 않았지만, 서린의 시선이 한결 풀린 것을 눈치 챈 모양이다. 그것으로 자신이 여주인에게 받아들여졌다는 것을 느낀 것이다. 감사의 뜻이 가득 담긴 선명한 눈동자가 아름다웠다. 순박하고 다정한 미소가 귀여웠다.

　그래도 서린이 먹지 않으니, 답답증이 생긴 모양이다. 라탄의 무례한 손가락이 허락도 없이 불쑥 입술 사이로 들어왔다. 오렌지 과육이었다. 메마른 입술을 적시는 오렌지 과육은 아주 달고 즙이 많았지만, 헐어버린 입속은 그것마저 받아들이지 못했다. 아주 시고 아파 고통스럽게만 느껴졌다.

　[맛있어?]

　[……네.]

　그렇게 대답하지 않으면 그가 계속 이런 짓을 할 것이다. 서린은 체념처럼 무조건 긍정했다. 어차피 잠시 후면 토해 버릴 음식이다. 먹지 못할 이유가 없다.

　[지금 한창 오렌지가 맛있을 때지.]

얌전하게 자신의 뜻에 따르는 서린이 대견하다는 표정이었다. 검은 눈동자에는 미소가 춤을 추고 있었다.

[필요하면 내가 부를 테니 나가도 좋다. 나가서 마님의 옷이나 준비하렴.]

소녀가 고개를 숙여 보였다. 문을 닫고 조용히 사라졌다.

[짜이? 아니면 라시?]

대답도 듣지 않고 그가 크리스털 병을 집어 들어 라시를 따라 주었다. 부드러운 액체가 목을 간신히 넘어갔다.

[식사하고 나서 쉬어. 조만간 아주 힘들 테니까.]

[무슨…… 뜻이에요?]

서린은 흠칫해서 되물었다.

[우린 우리나라의 관습에 따라 결혼할 거야. 무려 일주일이나 걸리지. 힘들 거야.]

[내가 알아들을 수 있게 말해요!]

서린이 약간 짜증스럽게 내뱉었다. 라탄이 힌디어로 말하면 무슨 말인지 알아들 수 없어 불안해지곤 했다. 라탄이 미소 지었다.

[별거 아냐. 푹 쉬라는 뜻이야.]

불안해하는 서린의 눈동자가 한껏 커져 있었다. 라탄은 씩 웃으며 다시 힌디어로 선언했다.

[거부해도 어쩔 수 없어. 공작궁에 들어온 순간부터 도망칠 수 없다는 것을 짐작했을 텐데? 아무 말도 하지 마. 넌 내 신부가 되는

거야.]

[무슨 말을 하는 거예요?]

서린의 얼굴에 묻은 불안과 의혹이 더 짙어졌다.

[당신은 날 찾아 인도로 왔어. 그것으로 충분해.]

[라탄! 당신, 지금 무슨 말을 하고 싶은 거냐구요!]

[넌 그냥 여기에 서 있어. 내가 다가갈 테니까. 구애(求愛)는 남자의 몫. 긍지 높은 바라트의 남자로서 내 어머니의 명예를 걸고 너를 쫓아가겠다는 말이야.]

[그런 억지가······.]

항의하려던 서린의 입이 거칠게 다가간 라탄의 입술에 의해 막혀졌다. 하지만 짐작한 대로 오렌지 과육과 상큼한 과일 향이 나는 연인의 입술은 쉬이 열리지 않았다.

하지만 그는 너무 약았다. 시작은 거칠었지만, 이내 살살 달 래듯이 부드럽고 섬세하게 변해간다. 꼭 다물린 입술을 혀끝으로 아이스크림 녹이듯 건드리고 핥았다. 한참을 그렇게 애원하듯이 달랬지만 끝내 서린의 입술 안으로 침범할 수가 없다.

자존심이 상하고 화라도 난 것일까? 갑자기 그가 아랫입술을 아플 정도로 세게 깨물었다.

[아얏······.]

비명 소리가 저절로 새어나왔다. 아픔에 못 이겨 완강하게 닫 고 있던 입술을 벌리고 말았다. 입술 끝에 한 방울 붉은 피가 맺 혔다.

그 틈을 놓치지 않았다. 치명적이고 사악한 유혹을 담은 라탄의 혀가 미끄러지듯이 그녀의 입 안으로 침입했다. 섬세하게, 강력하게, 혹은 잔혹하게 애태우듯이 움직이기 시작했다.

단지 마주친 건 두 개의 혀, 두 개의 입술뿐, 서린의 두 손이 그의 가슴을 강하게 밀어냈다. 강력한 수치심과 본능적인 거부였다. 하얀 볼에는 새빨간 양귀비꽃이 피어 있다. 하지만 소용없었다. 두 사람의 육체 전부를 삽시간에 물들여 버리는 섬세한 분홍빛 유혹은 계속되었다.

그러다가, 라탄이 갑자기 움직임을 멈추었다.

혀끝으로, 탐욕스런 입술로 서린을 조금씩 점령하고 길들여 가던 동작을 스스로 끝내고는 벌떡 일어났다. 그의 가슴을 밀어내던 서린의 손을 잡아 풀었다.

[더 이상은 안 돼. 서린. 넌 나에게 이 이상을 허락해서는 안 돼.]

익숙지 못한 애무에 당혹해서, 아니, 그를 본능적으로 받아들인 스스로에 경악하고 부끄러워서, 서린의 검은 눈동자는 거뭇 암흑이 서려 있었다. 그쯤에서 멈추었던 것은 라탄으로서도 더없이 어려운 일이었나 보다. 거무스름한 피부가 다소 벌겋게 변해 있다. 내려다보는 시선은 갈망과 못다 이룬 욕망으로 탁해져 있었다.

라탄이 두 손으로 신부가 될 여자의 어깨를 짚었다. 더없이 진지한 눈빛으로 다짐했다.

[아직은 아니야. 내 신부가 되기 전까지 넌 나를 거부할 권리가 있어. 너를 존중하겠다고 맹세했어.]

[라탄, 제발 내가 알아들을 수 있게 말해주세요. 당신이 힌디어로 말하면 난 알아들을 수가 없어요. 무슨 말을 하는 거죠? 내게 원하는 게 뭐예요? 당신은 나를 수치스럽게 했어요. 왜 내게 이런 짓을 하는 거죠?]

당혹하다 못해 거의 절망적인 두려움에 떨고 있는 눈동자를 무시했다. 라탄은 싱긋 웃으며 가증스럽게 다시 맹세했다.

[타다 가문의 아들로서, 내 모든 명예를 걸고 지금은 물러나지. 나의 린, 네가 나의 신부가 되면 난 신랑의 권리로 너의 모든 것을 소유하겠어. 그땐 어떤 반항도, 거부도 허락지 않아. 기쁘게 행복하게 나를 환영하라고 명령하겠어.]

그는 침대가에서 몸을 일으켰다. 아무렇지도 않은 얼굴을 하고 말짱하게 그녀를 속였다.

[별것 아냐. 난 다만 당신이 다른 사람을 만날 정도로 조금 회복되면 내가 사랑하는 한 분을 만나달라고 너에게 부탁하는 거야.]

[누구를……?]

[나의 할머니.]

[할머니가 계셔요?]

[그래. 너를 굉장히 보고 싶어하셔.]

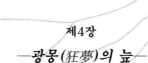

제4장
─광몽(狂夢)의 늪─

서린은 발코니에 놓인 장의자에 멍하니 앉아 있기만 했다. 앞의 탁자 위에는 손도 대지 않은 음식 쟁반이 차갑게 식어가고 있다. 그 위로 햇살이 까무룩하니 얼룩져 떨어지고 있었다.

일주일 내내, 똑같은 시간이 되풀이되고 있다. 아무것도 할 수 없고, 무엇을 해야 할지도 몰랐다. 하고 싶지도 않았고, 할 생각도 없었다. 아침부터 저녁까지 심신상실증 환자인 양 멍하니, 태양의 그림자가 서쪽에서 동쪽으로 걸어가는 궤적만 지켜보았을 뿐이다.

또렷하게 자기 의견을 밝히고 만사 분별있게 헤아리던 서린은 어디로 사라진 것일까? 공작궁에 들어온 이후, 마냥 무력하기만 하고 연약한 맨얼굴을 드러내고 있다는 것을 알았지만 어찌할 수가 없었다.

될 대로 되라지, 무작정 흘러가기만 하면 되는 것 아닌가. 어차피 다 부질없는데.

며칠 동안은 성마르게 먹어라, 입어라, 잠을 자라 채근하던 라탄도 이젠 지친 걸까. 그녀에게로 오면 가만히 옆에 앉아 있기만 한다. 차가운 손을 꼭 움켜쥐고 하늘만 바라보며 서린이 알아듣지 못하는 힌디어로 나직하게 중얼거리곤 했다. 알아듣지 못해도 상관없다. 지상의 인간이 말하는 지상의 언어는 서린에게는 전혀 의미없는 것이었다.

[아가씨.]

다가온 사람은 데르다였다. 서린은 공허한 눈동자를 돌렸다. 하녀의 품속에는 농염하고 화려한 자태를 자랑하는 붉은 히비스커스 꽃다발이 안겨 있었다.

[주인님이 보내신 거예요.]

데르다가 다가와 꽃다발을 서린에게 건네주었다. 서린은 받을 생각도 하지 않고 멍하니 바라보기만 했다.

지난 일주일 동안 라탄은 데르다를 통해 하루마다 한 번씩 이런 식으로 선물을 보내주었다. 서린은 한 번도 원하지 않았고, 불필요한 것들뿐이었다. 정교한 세공이 된 금팔찌, 루비 목걸이, 알알이 보석이 박힌 인도 슬리퍼, 혹은 언제 입을지도 모르는 아름다운 사리들 같은 것이었다.

서린이 받을 생각을 하지 않으니 데르다가 알아서 먼저 물러났다.

[꽃병에 꽂아놓겠습니다.]

서린은 고개를 끄덕였다. 꽃을 꽂아놓고 돌아온 데르다가 라탄의 말을 전했다.

[한 시간 후에 주인님이 맞으러 오신대요. 마하라니님을 뵈어야 한다구요. 마하라니님은 살아 있는 신과 같은 분이랍니다. 누구든 그분을 뵈러 가려면, 최상의 예절을 갖추어야 한다고 말씀하셨어요. 그러니 부디 점잖은 옷차림을 해달라고 부탁하셨거든요.]

거부할 사이도 없었다. 한꺼번에 달려들어 온 하녀들에 의하여 서린은 반강제로 욕실로 끌려 들어갔다.

향유를 넣은 대리석 욕조에서 목욕을 하고 거울 앞에서는 머리단장을 했다. 라탄이 보내준 붉은 꽃도 머리장식에 한몫했다. 하녀 한 명은 무릎을 꿇고 앉아, 서린의 손톱과 발톱에 붉은 물을 들이고, 그것으로도 모자라서 암적색 염료로 손등과 발등에 이상야릇한 문양을 가득 그려주기까지 했다.

대체 왜 그러느냐고 물어도 누구 하나 속 시원하게 대답해 주지 않았다. 다만 극도의 조심성과 존경스러움을 표현하며 그녀를 치장하는 데만 골몰할 뿐이었다.

어느새 서린은 인도의 신부처럼 우아한 사리 차림이 되었다. 하녀들이 그녀에게 입힌 것이다. 심홍색 비단 사리는 정교하게 금사(金絲)로 신비한 꽃과 초본 문양을 박음질한 것이었다. 문양마다 진주, 터키석, 루비와 자수정, 라피스라줄리 같은 보석이 박혀서 뜻밖에도 묵직한 느낌이었다.

그것으로도 모자라서 하녀들은 그녀의 가르마 탄 머리카락 사이로 화려한 보석띠를 늘이고, 귀걸이, 목걸이와 팔찌를 걸게 했다. 열 손가락 전부 다 반지를 끼우고, 그것으로도 모자란 듯 열 개의 발가락찌까지 갖춘 후, 마지막으로 진분홍색 술이 달린 보석 박힌 슬리퍼를 신겨주었다.

라탄이 방으로 들어온 건 그때였다.

라탄 역시 전통복장 차림이었다. 보석과 자수로 가득 장식된 갈색 1)구르따(kurta)를 입고 어깨에는 황금빛 비단 2)감차(gamchha)를 늘어뜨렸다. 힌두 전통화 속에서 막 빠져나온 고귀한 황제 같았다. 그가 사리 차림의 서린을 바라보더니 빙긋 웃었다. 만족스러워하는 기색이 역력했다.

[아름다워, 서린.]

[내게 왜 이런 옷을 입혀요?]

그를 바라보는 공허한 눈동자가 의아함을 가득 담고 있었다.

[우리 할머니를 뵈러 가는 길이잖아. 내 할머님은 한때 인도에서 가장 지체 높은 분이셨어. 3)마하라니(Maharani)였다고. 격

----

1)구르따(kurta): 인도 남자의 전통복장. 무릎까지 내려오는 긴 로브 모양이나 앞이 터져 있지는 않다
2)감차(gamchha): 인도 남자의 전통복장으로 어깨 위로 내려뜨리는 긴 스카프
3)마하라니(Maharani): 인도의 각 주를 다스리던 지방의 왕(마하라자)의 아내. 즉 왕비

식을 갖추어서 적당한 존경심을 표현해야 해.]

아무리 그렇다 해도 지나친 거 아니냐고 한마디 할 법도 하다. 그러나 서린은 더 이상은 아무 말도 하지 않았다. 지금 자신에게 닥친 일을 거부하지도 않고, 이성적으로 어떤 일이 일어나고 있는지 따지지도 않았다. 라탄이 짐작한 대로 그녀는 그에게 반항할 힘도 없었고, 또한 생각하기도 귀찮았다. 예전의 야무진 서린 같으면 어림도 없는 일이다. 지금 그의 앞에 선 여자는 서린의 얼굴을 한 인형에 불과했다.

[가자. 할머님이 기다리셔.]

라탄이 서린의 손을 잡아 방에서 끌어냈다. 두 사람은 건물을 나와 후정(後庭)으로 접어들었다. 공작궁은 건물 자체도 웅장하고 화려한 모습이었으나 정원의 규모도 대단했다. 만약 모르는 사람이 들어섰다면 정교하게 관리하는 국립공원에라도 들어섰다고 오해할 정도였다.

[이곳이 어째서 공작궁인지 알 것 같아?]

갑작스런 물음에 서린은 그를 올려다보았다. 라탄이 서린의 몸을 돌려 세웠다.

푸른 잔디밭과 울창한 수목 사이, 화려한 열대화가 핀 이곳저곳에 한가로이 하얀 공작들이 노닐고 있었다.

[저놈들은 우리 할머니의 취미 생활이시지. 우아하다는 이유로 하얀 공작을 좋아하시거든.]

희귀한 공작새 때문인지, 전통복장을 차려입고 걸어가는 이 남자의 존재 때문인지 이유는 알 수가 없다. 그들이 걸어가는 정원은 그들 두 사람의 모습처럼 고대의 그림과 똑같았다.

다시 라탄이 턱으로 한 방향을 가리켰다. 소박한 단층의 정자 모양 집이었다. 저물어가는 햇살을 받아 황금빛으로 빛나고 있었다.

[기도원이야. 할아버지가 돌아가신 이후, 할머니께서 저곳에서 사십 년 동안 기도하고 단식하며 수도 중이시지. 단 한 발자국도 정원 바깥으로는 나가지 않으셨어.]

[사십 년 동안이나……?]

[대신 세상이 할머니 앞으로 오지.]

[어떻게?]

[우리 할머닌 이미 성인의 경지에 오르셨어. 삼생(三生)을 보신다 하지. 나를 비롯하여 우리 바라트를 움직이는 사람들은 종종 할머니의 조언을 필요로 할 때가 많아. 어쨌든 마하라자의 딸로 태어나 당신 역시 마라하니로서 한 세기를 살아오신 분이니까.]

정자의 문은 닫혀 있었다. 하지만 어디선가 신비로운 향기가 풍겨나는 것 같았다. 라탄이 조용한 목소리로 인기척을 냈다. 주인더러 들어가기를 청했다. 서린이 아는 한, 그는 가장 겸손하고 착한 표정을 짓고 있었다.

[할머니.]

[라탄, 들어오렴.]

문 안에서 나지막한 목소리가 답했다.

양탄자가 깔린 기도원의 좁은 방 안에는 희미한 촛불 하나만
이 타고 있었다. 정체를 알 수 없는 은은한 향기는 앞에 놓인 향
로에서 풍겨 나오는 것이었다. 신을 향한 연보라빛 향기가 자욱
하게 서려 있었다.

신상 앞에서 하얀 사리 차림으로 엎드려 기도하던 노인이 천
천히 몸을 일으켰다. 문 앞에 선 두 사람을 향해 돌아앉았다.

[서린, 인사해. 내 할머니셔.]

마야가 서린에게 인자한 미소를 지었다. 서린도 라탄의 말에
따라 살며시 고개를 숙여 인사했다. 집안의 어른을 만나는 자리
이니 꽤나 긴장한 모양이다. 동시에 어리둥절한 표정이기도 했
다. 그건 이 세상 사람 같지 않은 마야의 모습 때문이었다.

아주 기품 높은 황녀 같았다. 또한 부처님처럼 인자한 인상이
었다. 하얀 사리 자락 사이로 비쳐 보이는 머리카락은 하얗게
눈이 내렸다. 더없이 늙은 것 같기도 하고 또한 더없이 젊은 것
같기도 했다. 이 세상 사람이 아닌 듯싶다. 탈속한 이의 허허로
움과 깨달은 자의 명민한 혜지가 일렁이고 있었다. 그래서 나이
를 가늠하기가 더욱더 힘들었다. 노인의 미간 가운데 찍힌 붉은
점은 마치 신비로운 제3의 눈처럼 보였다.

라탄과 서린은 말없는 시선에 따라 그녀 앞에 놓인 붉은 비단
방석에 나란히 앉았다.

[드디어 네 신부를 만나는구나.]

꾸미지 않아도 그냥 빛이 나는 사람이었다. 눈 밝은 손자가 오래도록 기다려 온 반려이다.

오랜 수도 끝에 삼생을 보는 심안이 이미 열렸다. 단 한 번의 시선으로도 마야는 단번에 서린의 본신이 지닌 업을 보아버렸다. 저주는 아직도 계속되고 있는 것인가? 윤회의 사슬 안에서, 이리도 오래도록 돌고 돌아 마침내 만났지만 늘 안타깝게 헤어져야만 하는 운명. 하지만 이번에는 부디 그들이 좀 더 강건하기를.

[아주 아름다워. 눈이 부시는구나. 역시 네 신부다워.]

마야가 라탄을 응시하며 조용히 말했다. 함께해야 할 연인들. 그러나 지금껏 함께하지 못해 손자는 아마도 오래도록 고독을 겪었을 테고, 저 아이도 인간사 여러 가지 슬픔이나 아픔들을 견뎌내야 했을 테지.

[하지만 살아 있지 않습니다.]

마야는 고개를 끄덕였다. 라탄의 말대로 이미 서린의 생명의 빛은 거의 꺼진 상태였다. 손자 라탄은 그러한 연인의 슬픔과 절망에 대하여 그만큼 아파하고 있었고.

두 사람은 지금 슬픔과 절망으로 함께 묶여 있었다. 하지만 그것 역시 생. 기쁨과 행복의 맛은 슬픔과 불행의 맛을 통해 분명히 알게 되는 법이다.

[하지만 넌 이 사람을 단념할 수 없을 테고? 그렇지, 라탄?]

[그렇습니다. 그러니 저를 이 사람과 묶어주십시오. 이 사람만이

나의 반려입니다. 내 운명입니다. 만에 하나 이 사람이 먼저 저승으로 가더라도, 다시는 나를 잃어버리는 일이 없게. 나를 기억할 수 있도록…… 우리를 연의 끈으로 아주 강하게, 단단히 묶어주십시오.]

[라탄, 사랑은 절대로 일방적인 것이 아니란다. 하나의 심장으로 두 사람의 삶을 지탱할 순 없어.]

[괜찮습니다. 제가 두 몫을 할 겁니다.]

[심장 없는 사람을 사랑하는 일은 아주 힘들지. 대가를 바라지 않고 사랑해야 하니까. 결국은 네 심장도 뜯겨 나갈 거다. 사라진 마음을 되찾는 건 생각보다 더 힘든 일이야.]

[하지만 이 사람이 존재하지 않는 것보다는 나을 겁니다. 아프다는 건 적어도 내가 살아 있다는 증거일 테니까요.]

마야는 고개를 끄덕였다. 손자의 손을 잡아 축복했다.

[나의 라탄. 네가 드디어 인간의 나약한 사랑을 받아들였다니 축하할 만한 일이야. 하지만 한 번도 그런 것을 경험하지 못한 네가 이렇듯이 인간의 강렬한 고통과 절망을 견뎌낼 수 있을지 모르겠구나.]

[절망은, 기대할 것이 있어야 가능한 것이죠. 나는, 이 사람에게 아무것도 바라는 게 없어요. 오직 내 곁에 살아주는 것만 제외한다면.]

[……인간이 죽는 것이나 나뭇잎이 떨어지는 것이나 다 똑같은 것. 죽음은 삶의 일부. 살아 있는 것이 곧 죽어가는 것.]

시를 읊듯이 마야가 나직하게 중얼거렸다. 라탄의 얼굴이 일그러졌다. 그녀는 알아듣지 못하는 힌디어로 주고받는 조손간의 이야기에서 소외된 채 서린은 바닥만을 노려보고 있었다. 그녀의 눈은 죽음처럼 공허했다. 그것을 마야도 보았고, 라탄도 보았다.

자신이 무슨 일을 당하고 있는지도 모른 채 그에게 이끌려 온 것이다. 그녀의 손자는 아직도 순리라는 것을 자신이 만들 수 있다고 믿는가 보다.

'하지만 어쩔 수 없지. 그게 네 천성인걸. 네가 오만을 버리는 건 숨을 거두는 바로 그 순간일 테지.'

가볍게 고개를 끄덕이며 마야는 나지막이 한숨을 쉬었다.

[하지만 그래도 네가 같이 가겠다면······.]

[같이 가겠습니다.]

아주 강하게, 한 마디 한 마디 심장에 박음질하듯 라탄이 맹세했다.

[내 곁에는 이 사람이 있어야 합니다. 생이든 죽음이든 우린 같이 있어야 해요. 그래야 우린 완전해질 겁니다.]

[그 누구도 널 막을 수는 없을 거다. 그래, 라탄. 내가 어떻게 도와주면 될까?]

[이 사람을 오늘 밤 내게 신부로 주십시오.]

[성급하고 욕심도 많지. 좋아, 물어보자꾸나.]

마야가 서린을 향해 고개를 돌렸다. 인자한 목소리로 물었다.

[서린, 이토록 욕심 많고 오만하며 제멋대로이지만, 당신에 대한 사랑만이 유일한 진리인 나의 손자에게 당신의 남은 생을 허락하겠어요?]

[할머니께서 무슨 말씀을 하시는 거죠?]

[당신이 마음에 든다는 말씀이야. 대답해, 서린. 할머니께선 당신이 당분간 공작궁에서 머무르시기를 바라. 그러겠느냐는 질문이야.]

얼굴빛 하나 변하지 않고, 라탄은 태연하게 서린을 속였다. 이렇게라도 하여 서린을 신부로 삼는 일에 그는 전혀 양심의 가책을 느끼지 않았다. 이것이야말로 하늘이 전한 순리라고 믿고 있기 때문이었다.

무슨 짓을 해서라도 그녀를 삶으로 끌고 나와야 했다. 쉽사리 명부로 끌려가지 못하도록 지상의 단단한 굴레 하나를 만들어야 하기 때문이다.

어른께서 이렇게 초대를 해주시는데 거절하기란 쉬운 일이 아니었다. 마지못해 서린은 두 손을 모으고 공손히 고개를 숙여 감사의 뜻을 표현했다.

[환영해 주셔서 감사드립니다. 그렇다면 며칠만 신세를 져도 괜찮겠습니까? 저는 이내 바라나시로 가야만 하거든요.]

[망자를 보내기 위해 바라나시로 가는 건 나쁘지 않아. 라탄, 이 아이에게 시간을 주렴. 채우려면 버려야 하는 법이지.]

마야는 서린이 하는 말을 고스란히 알아들었다. 아직 서린은 살아 있는 자의 비탄을 삭이지 못한 것이다. 파랑이 가라앉으려면 시간이 필요한 법이다. 그녀의 가슴앓이를 이해하지 못할 이유가 없었다. 그러나 할머니의 권유에도 불구하고 라탄은 미소를 지으며 거부의 뜻으로 고개를 끄덕였다.

[나 아닌 다른 남자를 위해 내 신부가 눈물을 흘리는 일을 제가 허락할 거라고 생각하시나요? 4)베나레스는 죽은 자의 도시. 보내지 않습니다. 이 사람은 살아 있고, 나와 함께 삶을 누려야 하니까요.]

[고집쟁이 녀석. 사랑은 강하게 당기면 당길수록 도망간다는 것을 아직도 모르다니.]

[그녀가 한 발 도망가면 나는 두 발 쫓아가겠습니다.]

[너도 언젠가는 놓아주고, 풀어주어, 사랑을 얻고 돌아오게 하는 법을 배우게 될 거다.]

그 말을 끝으로 마야는 나비처럼 우아한 동작으로 두 손을 내밀었다. 라탄은 치맛자락 위에 떨어져 있는 서린의 한 손을 잡아 마야의 손 위에 놓았다. 마야의 남은 손은 라탄이 잡았다.

마야가 기도하는 신방에는 정방형 화로가 놓여 있다. 바라트인의 결혼식에 있어 화로 〈판달〉은 신성한 불의 신 아그니가 지켜보고 증인이 되어준다는 상징이므로 특히 중요하다. 이미 판

----

4)베나레스: 바라나시. 갠지즈강 연안에 위치한 힌두교의 으뜸가는 성지(聖地). 인도 우타르프라데시 주에 있는 도시. '바라나스'라고도 불린다. 바라나시라는 이름은 바라나시의 북쪽과 남쪽이 바루나(Varuna)강과 앗시(Assi)강 사이에 끼여 있는 것에서 유래했다

달에는 발간 불이 타오르고 있었다. 소원을 들어준 할머니께 라탄은 가벼운 목례로 감사의 뜻을 표현했다.

마야는 사랑의 운명이 묶인 두 사람의 손을 잡은 채 눈을 감고 잠시 간절한 축복의 기도를 올렸다.

모든 차원, 심원한 우주에 홀로 편재한 삼억 삼천의 신에게, 이름은 다르되 유일한 그분에게. 무엇보다 화신의 본체인 브라흐마, 비슈누, 시바 신에게. 이들의 마음을 묶어주시기를. 이들의 영혼을 묶어주시기를. 이들의 삶을 묶어주시기를.

[스스로의 마음을 짚어, 정직한 마음의 길을 따라, 확고한 사랑을 따라가거라. 그러면 원하는 것을 얻을 수 있을 테니.]

마야가 순결한 하얀 천을 집어 들었다. 라탄의 옷자락과 서린의 사리 자락을 함께 묶어주었다.

서린의 눈이 둥그레졌다. 놀라움을 가득 담고 있었다. 그러나 어른 앞에서, 그분이 행하시는 일을 캐물었다가는 버릇없다 할까 봐, 조심하는 게 분명했다. 차마 묻지는 못하고, 고개를 숙였다.

[서린, 우린 이것을 불 속에 던져야 해.]

라탄이 먼저 쌀 한 줌을 집어 화로 속의 불에 던졌다. 역시 서린은 영문도 모르고 그가 시키는 대로 쌀을 집어 화로 속에 던졌다. 그녀가 잘 모르는 힌두식 의식이거나, 마야를 만날 때 해야 하는 관습이라고 생각하는 것이다.

마야가 미소 지었다. 라탄도 웃었다. 이제 그의 신부가 된 서린의 손을 잡아 뜨겁게 입 맞추었다.

[마이 톰세 카르타 홍, 서린.]

[교활한 녀석. 언젠가 넌 거짓된 이날의 대가를 치러야 할 거다.]

[그땐 할머니께서 도와주셔야 해요. 내 거짓을 방조하신 분이 할머니이시니까요.]

라탄이 몸을 일으켰다. 두 손을 모아 이마에 대고 마야에게 축복을 빌어주어 감사하다는 뜻을 표현했다. 서린 또한 작별인사인 줄 알고 라탄의 동작을 따라서 두 손을 모아 이마에 대고 절했다.

[네 신부는 시간이 필요해, 라탄.]

돌아서는 그들에게 마야가 마지막으로 나지막하게 당부했다.

[억지로 얻을 수 있는 것은 아무것도 없단다. 특히 사랑은.]

하지만 그녀의 낮은 충고는 허공중으로 흔적없이 사라졌다. 오랜 시간 동안 갈망해 왔던 신부를 얻은 기쁨에 들떠 아무것도 들을 수 없고, 볼 수 없는 손자에게는 가 닿지 않을 것이다. 마야는 설레설레 고개를 흔들었다.

'쉽지 않을 거다, 라탄. 너의 신부는 보기와는 달리 강철같이 강하고 곧은 의지를 가진 애야.'

[힘들 거라고 분명히 경고했지 않니, 애야.]

라탄은 조모와 기도원에 나란히 마주 앉아 있었다. 마야가 홍차를 한 모금 마셨다. 잔을 내려놓으며 앞에 앉은 손자를 응시했다. 서린을 속여 신 앞에서의 결혼식을 올린 지 일주일이 지난 후였다. 마야가 나직하나 냉철하게 지적했다.

[영혼은 몸에 구속되지 않지. 몸은 네 곁에 있어도 마음은 방황하게 될 거라고 말했다. 그것마저 질투하고 화를 낸다면 넌 그 애를 영영 잃게 될 거다.]

[하지만……]

[하지만은 없어, 라탄. 망각할 시간이 필요하고, 상처를 치유할 여유가 필요하고, 숨을 쉴 자유가 필요하단다. 네가 구속하면 할수록 그 앤 더 도망치고 싶어할 거야.]

[그렇다고 해도, 단식은 너무한 거 아닙니까?]

[너에게 시위하는 거라고 생각하는 거냐?]

마야가 재미있다는 얼굴로 손자의 뿌루퉁한 얼굴을 바라보았다.

비록 근근이 하루를 보내고 있기는 하지만 서린의 마음을 갉아먹는 비탄의 벌레는 쉬이 죽지 않았다. 아무리 좋은 것을 가져다주어도, 아무리 즐거운 것을 같이하자 하여도 묵묵부답. 라탄이 아무리 주변을 돌고 돌아도 그녀의 마음은 언제나 굳게 닫힌 문이었다.

빨리 현조를 따라가야만 하는데, 바라나시로 가야 하는데, 하는 서원이 오직 서린을 지탱하게 하는 유일한 힘이다. 그럼에도 그에게 잡혀 그러한 뜻을 이루지 못하고 있다.

죄책감인지, 절망인지 그도 저도 아니면 그녀를 잡아두고 있는 라탄에 대한 말없는 반항인지 서린은 지금껏 거의 먹지 않았다. 먹으면 이내 토해 버리고 마는 사람을 어찌하란 말인가. 참기 힘들 정도로 깊은 슬픔 때문에 완전히 굳어져 버린 영혼을 쉽사리 함락시킬 수 있다고 믿었다니, 정말 어리석었던 거지.

라탄은 쓰디쓴 입맛을 다셨다. 그것을 감추기 위해 다시 차를 마셨다.

거의 먹지 않는 서린은 이내 탈진했다. 정말 미칠 지경이었다. 모든 일을 작파하고 옆에만 붙어 앉아 어떻게라도 무엇을 좀 먹여볼까 고민 고민 중이었다.

과일과 담백한 식사를 즐기는 서린을 위해 부드러운 수프와 온갖 무르익은 과일을 내놓게 했다. 예전에 그녀가 그의 아파트에 머물던 때 잘 먹었던 음식들을 떠올렸다. 새로 구운 난과 맛있는 5)빠니르로 만든 음식들. 서린이 좋아했던 램 커리 같은 음식뿐 아니라, 일부러 한국 요리사를 수소문해 한국 요리까지 만들어 내놓았지만 소용없었다.

숨을 쉬는 것조차 힘겨워 보이는 사람에게 무리한 요구를 하고 싶지는 않았다. 하여 두 사람은 아직 첫날밤도 치르지 못한 형편이었다. 무한한 인내력으로 기다리고만 있는 중이었다. 당연히 라탄의 심기는 엄청나게 구겨져 있었다.

그러한 기색을 마야가 읽지 못했을 리가 없다. 짐짓 모르는 척 한마디 던졌다.

----

5)빠니르(paneer): 숙성시키지 않은 인도식 치즈

[네 신부가 너무 약해서 아직도 카마의 즐거움을 누리지 못한 것을 불평하는 눈치로구나.]

[할머니!]

버럭 소리 지르는 손자의 얼굴이 시뻘게져 있다. 오직 진심. 열정. 광기. 손자의 병은 그러하다. 넌 그 애를 정말로 사랑하고 진실의 가슴으로 괴로워하는구나.

마야는 속으로 한숨을 쉬었다. 운명이라면 어쩔 수 없지. 도 망갈 수 없으니. 그녀는 다시 캐물었다.

[그래, 지금 그 앤 무엇을 하고 있니?]

[아무것도 하지 않아요.]

[아무것도?]

[그냥 멍하니 앉아만 있죠. 내가 말하면 들어요. 웃으라고 하면 미소 지어요. 정원으로 이끌면 따라와요. 하지만 그뿐이죠. 몸은 이곳에 있지만 넋은 다른 곳에 가 있는 것 같아요.]

[그렇구나. 그건 우려할 만한 일이구나.]

[왜 먹지 않는 거죠? 이젠 굶어 죽으려고 하는 걸까요?]

[글쎄다. 직접 물어보지 그랬니?]

[내 앞에서는 먹어요. 그래서 물을 수도, 화낼 수도 없어요.]

[그런데?]

[이내 다 토해 버리죠.]

[……사는 게 귀찮아서 그런 거란다.]

마야가 나직하게 말했다.

[네 할아버지가 돌아가셨을 즈음에 내가 그랬지. 관습에 따라 사티(Sati)를 하라는 압력마저 반갑고 감사할 지경이었으니까. 그가 없는 세상에서는 단 하루도 살고 싶지 않았지. 그는 죽었는데, 나는 살아 있다는 사실이 가장 끔찍한 배신이요, 죄악처럼 여겨졌거든. 지금 그 애가 그렇단다.]

[바보같이······.]

혼잣말처럼 내뱉는 라탄의 눈이 거뭇하게 깊어지고 있었다. 금세 젖어들 것만 같았다. 타인의 일에 대하여 조금의 관심도 없는 오만한 손자가 저토록 비통한 표정을 짓는 것은 마야로서도 처음 보았다.

[바보가 아니라 정직해서 그런 거란다, 라탄. 그 애의 성격상, 죽은 약혼자를 잊고 너를 받아들인 것을 용납하거나 잊어버리고 사는 건 불가능할 거다.]

[빌어먹을!]

[차라리 애초에 그녀가 바란 대로 베나레스에 보내주었다면 좋았을 텐데. 적어도 그렇다면 그녀가 망자에 대한 예의를 지키지 못하고 너에게 묶여 버렸다는 쓸데없는 죄책감은 느끼지 않았을 테니 말이다.]

정곡을 찌르는 말에 라탄이 잠시 한 대 얻어맞은 표정을 지었다. 멍하니 마야를 바라보았다. 너무나 슬프고 괴로운 기색을 감추지 못하며 아주 낮은 목소리로 되물었다.

[그런······ 건가요?]

[그래.]

[엄밀하게 말하면 그를 배신한 것도 아니에요. 왜 그녀는 그에게 그토록 집착하고 떨쳐 내지 못하는 거죠?]

처음으로 라탄은 다른 사람 앞에서 솔직하게 분통 터뜨리고 화를 내고 말았다. 마야에게 화를 내는 것은 아니었다. 서린의 영혼을 칭칭 묶어놓은 가증스런 사신(死神) 현조에게 항의하는 것이었다.

[누군가가 죽으면 살아서 맺은 인간의 약속은 끝나는 겁니다. 그것을 두고 배신이라고 하지는 않아요!]

[그럴 수도 있지.]

[배신으로 따지자면, 그 자식이 먼저 한 것 아닌가? 결혼을 약속해 놓고, 평생 행복하게 살자고 해놓고, 제 놈이 먼저 죽어버렸는데. 남겨지고 배신당한 건 그 사람이야. 그런데 왜 살아 있는 서린이 벌을 받는 거죠? 불공평해요!]

마야가 혀를 찼다. 어리석은 그를 동정하는 표정이었다.

[라탄, 넌 언제나 삶이 공평하고 공정하다고 생각하는 거냐? 그렇다면 신은 왜 카스트를 만들었겠니? 네 업에 따라 현생의 삶은 언제나 네가 갚아야 할 빚만큼 불공평해지는 거란다.]

[난 카스트 따위를 말하는 것이 아닙니다. 내 여자가 당하고 있는 부당한 슬픔과 불행에 대해서 화가 난다는 거죠!]

[넌 그 애의 불행과 슬픔에 들어갈 수 없어서 분통 터지는 거야. 위대하고 거만한 라탄. 세상을 전부 가진 네 힘으로도 그것을 덜어

주거나 망각하게 해줄 수 없을 것 같아서 더 절망스러운 것이고. 아니냐?]

바늘 끝으로 찌르듯이 파고드는 마야의 말에 아니라고 대답할 수가 없었다. 한동안 침묵하던 라탄은 나직하게 대답했다.

[……그런 것 같습니다.]

[이미 죽음의 경계로 한발 파고든 사람을 삶으로 이끈다는 건 쉬운 일이 아니라고 분명히 경고했다, 라탄.]

마야의 말은 가차없었다.

[넌 네 아내를 위해서 열 몫의 인내와 사랑과 이해와 기쁨과 행복을 주겠다고 맹세했어. 겨우 일주일 전이었다. 그렇지 않니?]

[그랬죠.]

[그런데 그 애가 한두 끼를 굶는 것 때문에 벌써부터 화를 내고 안절부절못하고 절망하는 그 유약함으로 대체 무엇을 하겠다는 거냐? 네가 견뎌내고 참아내야 할 일은 앞으로 이것보다 훨씬 더 잔혹하고 크고 힘들지도 모르는데 말이야.]

알고 있어요, 할머니. 알고 있다구요.

기도원을 나서며 라탄은 한숨을 내뱉었다.

서린에 대한 어찌할 수 없는 이 사랑은 지독한 행복이자 불행이라는 것을 그는 분명히 알고 있었다. 이것의 시작이 첫눈에 빠져 버리고 만 운명이었기 때문이다. 도망갈 수도, 피해갈 수도 없는 운명. 끝내 말려들 수밖에 없는 잔혹한 홀림이었다.

그녀에게 시간이 필요하다는 점을 머리로는 알고 있다. 하지만 비겁하고 유약한 가슴이 받아들이지 못하는 것이다.

'계속해서 먹는 것을 거부한다면, 다른 방도를 써야지. 링거 주사라도 맞게 하든지 강제로 입을 벌려 먹이든지.'

하지만 그 일은 필연적으로 다시 상처가 될 것이다. 서린에게 이 이상의 상처를 얹을 수가 없다는 것이 라탄의 고민이었다.

그의 세상에 날아온 연인에게 고통과 눈물, 불행은 이미 충분했다. 그는 따뜻하고 온화한 것들, 기쁘고 즐겁고 행복한 햇살만 주고 싶었다.

서린은 창가의 소파에 앉아 있었다. 그가 나갔을 때 그대로, 우두커니 앉아만 있다. 보지 못하고 갈 수 없는 그 어떤 머나먼 곳만 응시하고 있는 것이다. 내내 그랬다.

라탄은 그녀의 뒤로 가 섰다. 두 팔로 여린 몸을 꼭 끌어안았다. 며칠 새 눈에 띄게 야위어 버린 몸이었다. 조금만 힘을 주면 금세 부서져 버릴 것만 같았다.

[뭘 보고 있어?]

[그냥……]

[그럼 무슨 생각했어?]

[……풍장(風葬)이란 거.]

[풍장?]

되묻는 라탄의 목이 꽉 메어왔다. 본능적인 두려움으로 그는 그녀의 몸을 죄고 있던 팔에 힘을 주었다. 깨끗한 정수리에 얼굴을 묻어버렸다. 제발 이러지 마, 서린. 말없는 말로 애원했다.

이어지는 나직한 목소리가 종이 한 장의 무게처럼 약했다.

[당신은 풍장이란 거 알아요?]

[몰라. 그런 거 생각해 보지 않았어.]

[풍장이란 거 말이죠. 누군가에게 들었는데요, 그냥 시신을 들판에 버려두고 바람이, 비가, 세월이 씻어가는 것을 기다리는 거예요.]

라탄은 서린의 몸을 돌이켰다. 두 손을 잡아 키스했다. 그의 팔에 잡힌 그녀의 팔은 핏기라고는 없었다. 말간 살결 아래 새파란 핏줄이 드러났을 정도였다.

[가만히 누워서…… 세월이 다가오는 것을, 죽음을 만들어주는 것을 기다리는 거야.]

[바보 같아.]

[그래도 참 착하게 느껴져. 나 나중에…… 라탄, 그렇게 말갛게 죽고 싶어. 약속해요.]

[듣기 싫어, 그런 말! 대체 뭘 약속하라는 거야?]

[나에게 그때가 오면, 지금처럼 날 방해하지 않기로.]

[싫어!]

[제발 약속해요.]

그녀의 눈이 공허한 눈물을 담고 그를 올려다보고 있었다.

[우리의 진실에 대고 맹세해요, 라탄. 그런 날이 오면, 나를 내버려 두겠다고. 나를 놓아주겠다고.]

[그런 날이 오면…….]

라탄은 하얀 이마에 입 맞추었다. 나직하게 맹세했다.

[우리 둘이 나란히 누워 바람을 맞자. 죽음이 걸어오는 것을
바라보며 손 잡고. 어디든 우린 같이 있어. 넌 혼자가 아니야.
언제나 내가 곁에 있을 테니. 그것을 잊지 않는다고 약속하면,
널 내버려 둘게.]

환생하고 또 환생해서 우리가 다시 만날 수 있도록 날마다 기
도하겠어. 나의 서린. 그땐 네가 울지 않는 세상을 만나면 좋을
텐데. 내가 널 제일 먼저 만나 사랑하고 깊이 또 사랑하고. 다시
사랑해서, 더없이 사랑해서. 우리 둘의 눈빛만 만나는 그런 사
랑을 하게 되기를.

[부탁이 있어요.]

차마 그를 마주 바라보지 못한다. 시선을 떨어뜨린 채 서린이
속삭였다. 목소리를 내는 일조차 엄청난 기력을 필요로 하는
듯, 겨우 들릴 정도로 낮은 목소리였다.

[말해봐.]

[나한테, 빨리…… 싫증내 줘요.]

[뭐라고?]

[당신이 나한테 정나미 떨어지면 난 떠날 수 있잖아요. 나에
게서 욕심나는 것 있으면 다 가져가요. 난 가진 게 별로 없지만
원한다면 다 줄게요. 그리고 빨리 싫증내 버려요. 떠나게 해주
세요.]

라탄은 한 손으로 그녀의 턱을 잡아 자신에게로 향하게 했다.

고개를 가로저었다.

[한국에서는 이렇게 하는 것이 거절의 의미라고 했지?]

[라탄.]

[너한테 싫증나서 보내주는 일이 가능하다고 생각해? 그런 일은 영원히 일어나지 않아. 그러니까 단념해.]

[난, 반드시 바라나시로 가야 해요. 부탁해요.]

검은 눈에 맑은 눈물이 고이고 있었다. 지금껏 그가 본 서린의 눈물만으로도 큰 바다를 이룰 수 있으리라.

라탄은 대답 대신 서린의 손을 잡아 가슴에 가져다 댔다.

[울지 마. 여기가 무척 아파. 참을 수 없을 만큼.]

사랑하는 사람이 울어서, 괴로워해서, 가슴속으로 붉은 피 흘리고 있는 남자는 간신히 내뱉었다.

[내가 대신 아프고 싶어.]

[제발…… 라탄. 내가 가야 한다는 건 당신도 알고 있잖아요.]

[떠나고 싶으면 일단 많이 먹고 건강해져.]

[그러면, 건강해지면, 나를 보내줄 건가요?]

서린이 기어들어 가는 목소리로 물었다. 물기 어린 커다란 눈이 애원하고 있었다. 라탄은 서린의 얼굴을 가슴에 묻게 했다.

그녀가 꼭 바라나시로 가고 싶다면 충분히 배려해 줄 수 있다. 하지만 지금 이대로 이렇게 조금만 자극해도 눈물부터 쏟아내는 그녀를 어떻게 보낸단 말인가? 한 발자국을 걷는 것조차 힘겨워하는 이런 건강 상태로 어떻게 내보낸단 말인가?

그때 똑똑 노크 소리가 나고 데르다가 들어왔다. 새로 마련한 음식이 담긴 쟁반을 탁자 위에 놓았다. 라탄은 서린의 손을 잡아 탁자 앞으로 데려갔다. 그녀의 손에 포크를 들려주었다.

[먹어. 약속해. 맹세해. 네 몸이 건강해진 다음에, 바라나시로 보내줄게.]

물기 어려 흑마노처럼 보이는 서린의 눈동자가 정말이라는 듯이 올려다보고 있었다. 라탄은 허락한다는 뜻으로 서린의 두 손을 잡아 자신의 가슴에 갖다 댔다. 싱긋 웃어 보이기까지 했다. 가증스럽게 내뱉었다.

[물론이지. 우리 둘이 함께 가야지.]

힌디어를 알아듣지 못하는 서린이다. 순수하게 보내주겠다는 허락의 의미로 알아들은 것이다. 젖은 눈 속에 반짝 희망의 빛 조각이 돌았다. 고개를 숙이고 한참 동안 가만히 있더니, 서린이 마지못해 하얀 난 한 조각을 건드렸다. 그것을 조금 떼서는 입에다 넣었다.

건강해지면 바라나시로 보내준다는 한마디 헛된 말이 그녀에게는 삶을 지탱할 유일한 끈이라는 것이다. 숨이 붙어 있는 한, 그곳에 반드시 가야만 한다는 거다. 이미 그녀를 버리고 죽어버린 놈의 영혼을 위하여.

[그래, 먹어. 많이 먹어야 해. 그래야 바라나시로 가지.]

라탄은 싱긋 웃으며 그녀에게 라시를 따라주었다. 억지로 먹고 있는 서린의 모습을 바라보는 남자의 눈은 더없이 차디찼다.

'베나레스로 가면 너를 버리고 배신한 그놈을 위해 같이 푸자를 올리자구. 너는 그놈의 안식을 빌 테지만 난 그놈이 끝없는 지옥불에서 영원히 타기를 기원할 테니까.'

욕실로 들어가는 서린의 뒷모습을 바라보는 라탄의 눈동자에 검은 분노와 질투의 불길이 이글거렸다.

죽어버렸지만 여전히 깊이 사랑받고 있는 남자, 살아 있는 여자를 옭매고 있는 죽은 자에 대한 부질없는 질투였다. 이미 신화가 되어버린 망자(亡子)를 대항해서 싸울 방도를 알지 못한다는 것. 정말 끔찍한 패배감에 기막힌 절망이었다.

저녁 내내 라탄은 팔짱을 낀 채 서재 앞의 컴퓨터에 앉아만 있었다.

비웃음을 머금은 채 아시프가 짜이 한 잔을 앞에다 놓아주었다. 일을 하는 것도 아니고 멍하니 화면만 응시하고 있는 꼴이 영 한심한 모양이다. 밤은 깊어가는데, 서린의 침실에는 들어갈 엄두조차 내지 못하고 안절부절못한 채 맴돌이만 한다는 말이다. 보란 듯이 두툼한 서류철을 앞에다 탁 놓았다.

[사실, 지금은 런던이나 뭄바이 사무실에 계셔야 하는 것 아시지요?]

[내가 해야 할 일이 있어?]

[사실상 제가 하는 모든 일은 다 회장님이 하셔야 하는 것 아닙니까?]

노골적인 비아냥이다. 라탄은 아시프를 힐끗 노려보았다.

[내가 일 안 하는 건 오래된 버릇이잖아. 새삼스레 왜 그래?]

[그래도 완전히 정신은 빼놓고 다니지는 않으셨죠. 가끔 가다 사람들 고삐도 적당하게 잘 죄고 말입니다.]

[그런데 지금은 내가 그 일을 못하고 있다? 얼이 빠져 있다?]

[간단히 말하자면 그렇습니다. 지금 회장님은 아르셀로 건(件) 때문에 전력투구, 총지휘 중이어야 하는 것. 아시지요?]

[무엇이든 적당한 때가 되어야 하고 정해진 주인이 있는 법이야. 그깟 회사, 못 살 것 같으면 안 사면 그만이야.]

라탄은 간단히 내뱉었다.

아시프가 똥줄이 타서 안달복달하는 이유를 모르는 바 아니다. 타다 철강은 지금 세계 제2위인 아르셀로 철강과 적대적 인수합병을 선언한 상태였다. 만약 이 합병이 성사된다면, 타다—아르셀로는 연간 조강능력 일억 톤을 상회하는 유일무이한 철강회사가 될 것이다.

이왕 덩치를 불리기 시작한 것이라면 그 누구도 추격할 수 없게 완전히 판도를 갈아엎어 버리자는 게 라탄의 신념이었다.

누구도 따라잡을 수 없을 만큼 강력해지고 거대해지면, 경쟁자들은 알아서 도태된다. 그 다음은 회사 저 혼자서 저절로 굴러가는 거다. 회장인 그는 다시 한량이 되어 유유히 니스에서 신혼여행을 보내거나, 크루즈 여행 중의 수영이나 쇼핑, 히말라야 등반이나 하며 여유롭게 놀 수 있는 거다. 그는 오로지 편안하게 〈놀기 위해〉 일하는 사람이었다.

그런데 그 일을 시작한 주역인 총수 라탄이 정작 남처럼 뒷짐 지고 물러선 모양새이니, 아무짝에도 쓸모없어 보이는 연애질에만 정신이 팔려 있으니 불안해서 환장하고 있는 모양이다.

이 자식이 뭘 잘못 먹었나? 새삼스레 잔소리를 하고 난리야? 라탄은 대수롭지 않게 내뱉었다.

[나 대신 그런 일을 하라고 거액을 주고 미탈을 고용한 거잖아. 일은 일 잘하는 사람에게 맡겨둬. 난 지금 그런 사소한 일보다 더 중요한 프로젝트 중이야. 인생의 유일무이한 사업을 하고 있는 거 안 보여?]

[마님의 일이 아무리 중요하다 해도, 총수로서의 양심도 좀 지켜주시기를 부탁드립니다. 일에도 신경 좀 써달라는 이야기죠. 이 일에 목줄 달린 인간들이 몇 십만 명입니다.]

[몇 억이래도 좋아. 나한테는 서린의 손가락 하나가 더 중요해. 잔소리는 딱 질색이야. 방해하지 마. 네 잔소리 때문에 내 일생의 프로젝트가 망가진다면, 어머니께 모터사이클 일을 확 불어버려.]

아무래도 작은 협박 정도는 해둘 필요가 있을 것 같았다. 라탄은 아시프를 노려보며 나른하게 쏘아붙였다. 작정하고 잔소리를 하려던 게 분명하다. 무어라 중얼거리던 아시프가 찔끔했다. 금세 얼굴이 하얘졌다.

십칠 년 전, 라탄이 납치를 당한 원인이 아시프가 모터사이클에 기름을 채워 넣지 않아 벌어진 일이었다는 것을 아는 사람은 딱 둘이다. 당사자인 라탄과 그러한 부주의함으로 주인을 위험에 빠뜨린 아시프뿐이었다. 결정적인 순간에 언제나 라탄에게 꼼짝도 하지 못하는 원인이기도 했다.

[그때 아버지가 알았으면 넌 그 자리에서 산 채로 땅에 묻혔어. 알지? 덤으로 네 식구들까지 작살났을걸?]

[알고말고요…….]

아시프가 침울하게 뇌까렸다. 라탄의 책상에 놓았던 서류철을 잽싸게, 조용히, 자발적으로 거두어갔다.

[입 닥치고 일이나 해, 아시프 다왈라싱. 건방지고 버릇없고 잔소리쟁이인 너만을 내 옆에 두는 이유가 뭐겠어? 언제나, 너는 일하고…….]

[회장님은 노시지요.]

아시프가 체념 어린 목소리로 중얼거렸다.

[그렇지. 그게 우리 둘의 완벽한 분업 시스템이지. 주인인 나의 권리는 너에게 '패스'할 수 있다는 거 아니겠어? 억울하면 너도 네 개인비서를 고용하든지.]

아르셀로가 몇 시간 전에 제시한 인수합병의 조건이 화면에 떠 있었다. 턱을 고인 채 그쪽의 제시 숫자를 노려보았다. 머릿속으로 손익을 체크했다. 한 번 더 강하게 밀어줄 필요가 있다. 그는 이 일을 지휘하고 있는 철강의 미탈 사장에게 이메일로 비밀지령을 내렸다. 이것으로 오늘 밥값을 다 했단 말이지. 미련 없이 돌아서서 방을 나오는데 등 뒤에서 아시프가 중얼거렸다.

[오늘은 마님의 방에서 주무실 수 있으려나……. 손가락 하나도 못 대고, 침만 삼키고 계시지. 차—암 심란하겠네. 히스테리가 생기는 이유를 알 만하네, 에휴.]

[이 자식이! 놀리냐?]

마지막 복수심을 단념하지 못하고 끝까지 깐죽이고 있다. 아픈 데를 직격으로 찔린 터이니, 울컥할 수밖에 없다. 결국 라탄은 아시프의 엉덩이를 걷어차 주고 말았다.

'젠장, 완전히 웃음거리가 되고 말았군.'

침실로 가기 위해 복도를 걸어가다가, 라탄은 발길을 멈추었다. 굳게 닫힌 신부의 방을 노려보았다.

바라보기만 해도 피가 끓어오르는 여자를 침대에다 데려다 눕혀는 놓았는데, 손가락 하나도 대지 못한다니. 정말 착해졌어, 라탄 나발 나와르완지 타다.

'아니지, 멍청해진 거지.'

라탄은 한숨을 쉬었다.

천하의 지골로라는 명성이 완전히 바닥에 떨어졌다. 그렇다고 강제로 안을 수도 없고. 선명한 입술이 심술맞게 삐뚤어졌다. 손가락 하나만 대도 여자들이 스스로 넘어진다던 그 '유혹의 신'은 어디로 간 건가.

하지만 건드리면 부서질 것만 같은 사람을 감히 품을 수가 없었다. 욕구 불만으로 발광할 것만 같았다. 어차피 평생 동안 안을 사람이니, 당분간은 참아주지. 라탄은 주먹을 움켜쥐었다.

불이 꺼져 어두컴컴한 침실에는 비단이불이 마찰하는 부드러운 소리만이 들려오고 있다. 잠시 망설이다가, 라탄은 살며시 침실 문을 열었다. 서린이 불편한 표정을 지으며 몸을 뒤척이고 사분거리고 있었다.

악몽이라도 꾸는 건가. 걱정스러워 라탄의 이마에 작은 주름이 졌다. 그러나 이내 작은 뒤채임은 가라앉았고, 분홍빛 입술 사이로 다시 평온한 숨소리가 새어나오기 시작했다. 기운이 많이 쇠해 있는 터라, 일단 잠이 들면 서린은 죽은 사람처럼 깊은 잠을 자곤 했다.

라탄은 마치 '6)섬너필리어(Somnophilia)'인 양, 잠이 든 연인을 무한한 시선으로 응시했다.

영원히 깨어나지 못한 채 잠들어 있다면 좋겠다. 평생 이 자리에서 나를 기다리게.

아주 잠시. 기약없는 기다림에 지쳐, 애달픈 외사랑에 미쳐 버린 남자의 심장에 악마가 스며들었다. 격렬한 애증(愛憎)의 이름으로, 삽시간에 검붉은 광기의 그물로 칭칭 감겨 버리고 있었다.

이 여자를 영원히 곁에 머물게 할 수 있다면……. 완전히 소유할 수 있다면.

자신도 모르게 라탄의 두 손이 서린의 가녀리고 하얀 목으로

---

6)섬너필리어(Somnophilia): 잠 애호증. 잠에 대한 병적인 집착을 가진 사람을 뜻한다. 섬너스(Somnus 로마신화의 잠의 신)와 뭔가에 대한 병적 애호를 뜻하는 연결형 필리어(philia)를 결합시켜 만든 단어로서 잠든 이성에게 성적 욕구를 느끼는 사람이다

다가가고 있었다. 목을 감싼 손아귀에 서서히 힘이 주어지기 시작했다.

차라리, 죽어. 서린. 죽여줄게.

그래서 떠나지 말고 영원히 내 곁에 있어.

기껏해야 이삼 분, 힘을 준 채 가만히 누르고 있으면, 그대로 영원이 된다. 이 여자는 그에게 소유되는 것이다. 어차피 죽고자 발악하는 이 여자. 죽여 버린들 어때. 아무 데도 가지 않아. 영원히 내 소유가 될 수 있어. 평생 동안 이 자리에 누워, 날 기다릴 거야. 내 곁에 있어줄 거야…….

'정신 차려, 라탄!'

바로 그때. 다행히도 그의 뇌리 속으로 섬광 같은 이성이 돌아왔다. 라탄은 소스라쳐 서린의 목을 조르던 손을 떼어냈다.

[미쳤구나. 완전히 미쳤어, 라탄.]

끔찍하고 어리석은 충동을 비웃는 목소리가 어둠 속에 울려 퍼졌다.

죽음은 패배였다. 명부의 우현조에게 절대로 서린을 넘겨주지 않겠다고 맹세했었다. 그런데 그런 자신이 서린을 죽여 버릴 생각을 하다니, 라탄은 유약한 스스로에게 너무나 경악하고 말았다.

그 정도로 그를 뒤흔드는 이 여자에 대한 두려움과 그렇게 집착하는 스스로를 동시에 두려워하며 몸을 떨었다. 그만큼 비참했다. 겨우 이 정도의 기다림에 굴복하고 말다니. 이 정도의 애

달콤에 무너지고 말다니. 그녀가 한 발 도망가면, 그는 두 발자국 따라가겠다는 맹세를 한 게 불과 일주일 전인데.

망설이던 라탄은 샌들을 벗어 던지고, 침대 위에 살며시 올라가 누웠다. 10㎝쯤 떨어진 자리, 서린의 곁에 처음으로 누웠다. 그녀의 향기가 묻은 얇은 이불을 슬쩍 끌어당겨 보았다. 툭 떨어진 하얀 손이 그의 심장 아주 가까이 닿았다.

내 곁에 있어.

언제나, 이렇게.

우리 같이 살자. 반드시 행복해지자.

라탄은 서린의 희미한 실루엣을 바라보며 마음속으로 간절히 기원했다.

'더 이상은 욕심내지 않아. 아직은 그래. 당신의 비탄과 고통이 시간에 밀려 희미해질 때까지, 난 여기서 기다릴게. 그러니 너도 빨리 네 속에서 나와줘. 너를 기다리는 나를, 너만을 바라보는 나를 너도 빨리 찾아줘, 서린.'

부드러운 정적과 신부의 숨소리를 자장가 삼아, 라탄도 어느새 스스로도 모를 잠에 빠져들고 있었다.

서린의 곁에 가지 못해 욕구 불만으로 맴돌이를 하던 이 며칠이 꿈만 같이 느껴졌다. 언제 들었는지도 모를 아련한 안개 같은 그런 잠 속에서 유영하던 순간이다. 문득, 민감한 피부가 밤의 냉기를 느꼈다. 라탄은 자신도 모르게 흠쩍 놀라 눈을 떴다.

바깥으로 나가는 문이 닫히고 있었다. 그가 느낀 냉기는 문이 열렸을 때 새어들어 온 바깥 공기 때문이었다. 그는 벌떡 일어났다. 분명히 침상에 누워 잠이 들었던 서린이 사라졌다. 구겨진 침대는 텅 비어 있었다.

[서린!]

연인의 이름을 소리쳐 부르는 목소리에는 근원적인 불안과 공포가 어려 있었다. 채 옷자락을 여밀 새도 없다. 라탄은 맨발 그대로 뛰쳐나갔다. 어슴푸레한 달빛만이 흐르는 밤의 공작궁. 마치 몽유병 환자처럼 별빛이 떨어지는 차가운 대리석 바닥을 잠옷 바람 그대로 맨발로 걸어가고 있는 서린이 보였다.

[서…….]

다시금 소리쳐 부르려다 그만두었다.

달빛 아래, 어둠 속으로 하얀 발을 움직여 조금씩 멀어져 가는 그녀의 뒷모습이 꿈과 같았기 때문이다. 덧없는 환몽(幻夢). 달빛이 만들어낸 창백한 환각. 크게 소리를 지르면 그대로 서린이 허공으로 사라져 버릴 것 같은 두려움에 심장이 잠시 멎었다.

'바보. 정말 바보.'

아직도 그의 연인은 단념하지 않았다. 그에게서 도망치는 불가능한 일을 시도하고 있나 보다.

라탄은 달빛과 정적을 따라 그녀가 사라진 복도 모퉁이를 향해 걸어가기 시작했다.

'도망갈 수 있다고 믿는다면, 잘못 생각했어. 서린.'

이 세상 안에서 서린이 그를 피해 도망가는 것은 불가능하다.

쫓고 또 쫓아갈 테니까.

그의 사랑이 얼마나 넓고 큰 그물인지 어리석은 연인은 언제쯤 알아줄까? 함께 얽힌 그들의 운명을 피해 살아가는 일은 사실상 불가능하다는 것을 언제쯤 깨달아줄까?

사냥감을 포착한 표범처럼, 치명적인 일격을 위해 지루한 기다림을 감내하는 맹수처럼, 그는 한 발자국, 한 발자국 연인의 발자국을 짚어나갔다. 침묵을 두른 채 끝없이 서린을 쫓아갔다.

꿈을 꾸었다. 앞뒤도 없고 장면도 연결되지 않는 토막 난 생선 같은 비릿한 꿈들. 흩어진 꽃잎처럼 휘날리는 기억들과 괴로움들. 그 안에서 신열이 돋은 것일까? 입술이 메마르다. 괴롭게 뒤척이다 서린은 눈을 떴다.

누군가 부르고 있다. 간절하게 애타게. 그리운 목소리가 부르고 있었다.

서린아.
서린아, 여기야. 어서 와, 서린아.
서린아.

그 목소리를 따라간다.
어둠을 따라, 사무친 간절함을 품고 걸어가고 있다.
그가 누굴까?

부르는 대로, 막연한 그리움에 젖어 달의 미로를 걷는다. 발바닥 아래에서 느껴지는 서늘한 대리석의 촉감이 그녀를 이끌었다. 자꾸만 자꾸만 걷게 만들었다.

어디로 가야 할 것인지, 어디로 가고 싶은 건지도 알 수가 없다. 발이 움직이는 대로, 눈에 보이지 않는 누군가가 불러내는 대로 기계적으로 움직이고 있었을 뿐이다.

계단을 올라가고 내려갔다.

몇 개인지도 모를 문을 열었다.

끝이 보이지 않는 회랑을 지났는가 하면, 셀 수도 없을 만큼 많은 모퉁이를 꺾어 지나갔다.

어둠에 잠긴 정원을 넘어 미로 같은 복도를 수없이 가로질러 걸었다.

담을 둘러 막다른 곳. 서린은 두 손으로 무거운 문을 활짝 밀어 열었다. 대답하지 않는 침묵을 향해 나지막이 속삭였다.

"나야, 오빠."

괴괴한 침묵이 대답 대신 돌아왔다.

분명히 불렀으면서 어디에도 없는 그 사람. 하지만 찾고 싶어. 만나고 싶어. 닿고 싶어.

서린은 간절한 두 손을 내밀었다.

아직 말하지 못한 것이 너무 많아. 제발 한 마디라도 할 수 있다면…….

미안하다고, 오빠가 죽는 그 순간조차 살아, 웃고 즐거워하던 것에 대하여 정말 미안하다고 사과할 수만 있다면. 하느님. 하지만 난 그대를 보내기 전에 다른 인연을 받아들이고 말았지. 그 죄를 어찌 씻을까? 난 죽어서도 지옥에 가고 말 거야. 그래서 착하고 착한 당신을 절대로 만나지 못할 거야.

서린은 어둠을 향해 다시 한 발을 드밀었다.

"어디 있어? 오빠?"

하지만 언제나 거기에서 끊기지. 그 잔인한 시간에 멈춰서는 움직이지 않지. 캄캄한 단애에서 떨어지듯 모든 것은 바로 그 지점에서 단절되고 말지. 기쁨도, 행복도, 삶도, 꿈도 칼로 잘라낸 듯 움직이지 않지.

"대답해. 거기 있어?"

[서린.]

"……현조…… 오빠?"

누군가 그녀를 부르고 있다. 서린은 고개를 돌렸다.

불이 꺼져 있어, 동굴처럼 보이는 거대한 방문 앞에 그가 서 있다. 소리없이 다가온 남자가 밤바람에 서늘해진 손을 꼭 잡았다. 다정하게 머리카락 위로 키스하며 물었다.

[잠이 오지 않아?]

라탄?

몽환의 이끌림 속에서 부유하고 있던 서린의 영혼이 화들짝 깨어났다. 선혈 같은 오열이 새어나왔다.

현조가 아냐! 그는 오지 않아. 이미 내 곁에 없어.

흘리는 줄도 모르는 눈물이 어느새 하얀 볼을 적시고 있었다. 그림자처럼 선 남자를 무섭게 노려보다가 서린은 그에게 달려들었다. 숨을 쉴 수 없을 정도로 아파오는 가슴을 쥐어짜듯 그 남자의 옷깃을 잡아뜯었다.

"싫어! 당신이 싫어! 이 모든 게 다 싫어! 날 내보내 줘! 가게 해줘!"

라탄은 신음을 삼켰다. 서린의 눈에 잠긴 그에 대한 증오를 생생히 읽었기 때문이다.

지금 그녀는 이 세상 그 누구보다도 그를 원망하고 증오하고 있었다. 천 배 이상으로 그의 유혹에 무너져 버린 자신을 미워하고 원망하고 있었다.

"날 잔혹한 배신자로 만들지 마! 아직도 얼마나 날 고통 주고 싶어요? 당장 내 앞에서 꺼져요. 당신은 날 잡을 자격이 없어. 이 나쁜 놈아! 더 이상 날 흔들지 마!"

서린의 울부짖음이 고요한 정적을 찢었다. 마치 미친 여자인 양 서린은 계속해서 그의 가슴을 떠밀며, 후려치며 오열하고 있었다. 생각을 넘어선, 이성을 넘어선 광기. 그저 입에서 흘러나오는 대로, 정직한 영혼으로, 끓어 넘치는 비탄과 원망, 흔들려 버린 자신에 대한 미움과 부끄러움으로 울부짖는 것이었다.

약혼자가 칼에 찔려 차가운 바닥에서 피 흘리며 죽어갈 때, 아무 슬픔 없이 웃고 있던 그녀 자신을. 용서할 수가 없어! 그 착한 남자를 놓아두고 이 남자를 생각하며, 그에게 안겼던 기억으로 흔들렸었지. 그토록 가증스런 배신을 저지르고 만 스스로를 단죄하듯이 영혼의 선혈을 토해내고 있는 것이었다.

"사라져 버려! 당장 꺼져 버리란 말이야! 당신이 미워! 끔찍해! 당신이 내 몸에 닿는 게 끔찍해."

여자는 남자가 알아듣지 못하는 한국어로 절규하고 있었다. 하지만 그는 그녀가 무슨 말을 하는지 다 느낄 수 있었다. 그녀가 필사적으로 그를 밀어내고, 미워하고, 증오하고, 원망하고 있다는 것을 폐부 깊이 절감하고 있었다.

하지만 아무리 참혹하고 모욕적인 말을 퍼붓는다 해도 소용없다. 서린은 라탄에게서 떨어져 나올 수가 없다. 서린이 자신을 옥쥔 팔에서 빠져나오려고 발버둥 쳤다. 수없이 부드러운 머리카락에 키스하며, 괜찮다고, 진정하라고, 사랑한다고 속삭였다. 수천 번, 수만 번. 무한히 그저 모든 것을 감내하며……. 어린 아기를 달래듯이, 간절히 속삭였다. 진심으로 애원했다.

[제발, 제발 이러지 마. 서린, 제발…….]

이 여자가 아프지 않을 수만 있다면 가진 것 전부를 다 내놓을 수 있다. 언제쯤이면 이 여자가 꿈에서라도 울지 않게 될까? 아아, 종말의 시바 신이시여. 제발 이 여자 말고 나를 징벌하기를…….

"내가 죽었어야 했어. 차라리 내가 죽었어야 했어!"

서린이 허리를 꺾으며 그야말로 피 토하듯 통곡했다. 라탄은 산산조각이 나버린 가엾은 연인을 굳게 껴안았다. 끝끝내 놓아주지 않았다.

[가야 해. 나를, 가게 해줘요.]

울며 흐느끼며 서린이 되풀이하던 것은 오직 그 말뿐.

[괜찮아. 괜찮아……. 내가 있을게. 언제나 네 곁에 있을게……. 괜찮아. 다 괜찮아질 거야. 사랑해, 사랑해, 사랑해.]

라탄은 품에 끌어안은 서린의 머리에 얼굴을 묻고 말았다. 비에 젖은 목소리가 아무리 애원한다 해도 보내줄 수 없어. 널 잃을 순 없어.

[나를 불러요. 기다리고 있어. 그 사람을 만나야 해. 보내야 해! 라탄, 제발. 제발 나를 그 사람에게 보내줘요.]

[진정해, 서린. 제발 진정해. 꿈이야. 넌 지금 아주 몹쓸 꿈을 꾸고 있는 거야.]

갈수록 라탄의 목소리는 낮아졌다. 뭉개지고 깨어져 버린 채, 가늘게 오열을 토해내고 있는 가엾은 연인을 끌어안은 팔에 힘을 주었다. 어느새 그의 눈 아래도 축축해지고 있었다.

[내가 대신 죽었어야 했는데……. 내가 죽어야만 했는데……. 그 사람 놓아두고 당신 만나 버렸는데……. 미안해서, 죄송해서…… 내가 어떻게 살아? 내가 어떻게 그 사람을 잃고 당신하고 살아? 왜 내가 아니라 그 사람이 벌을 받은 걸까? 왜?]

왜냐고, 라탄 역시 큰 소리로 묻고 싶었다.

그 자식은 어떻게 이 애처로운 여자를 홀로 남겨두고 죽어버린 걸까? 감히 어떻게, 이토록 서러운 사람을 놓아두고 혼자 명부로 떠나 버릴 수 있을까? 이렇게 아파하고 슬퍼할 여자를 버릴 수 있었을까?

[라탄?]

[그래.]

서린이 빛이 꺼진 눈으로 그를 올려다보고 있었다.

[말해봐요. 내게 가르쳐 줘.]

목소리는 나직했으나, 그 속에 든 슬픔은 여전히 강렬한 불꽃을 튕기고 있었다.

[……이렇게 우린 살아 있는데……. 그는 왜 죽은 거죠?]

이것에 대답할 수 있다면, 무엇을 더 바라랴. 난생처음, 라탄은 입이 막혔다. 아무 말도 할 수가 없었다.

[아무 죄도 없는데, 그 사람은 정말 아무 죄도 없는데, 왜 그 사람이 죽은 거죠?]

눈물을 흘리며 그를 노려보고 있는 서린의 모습은 당장에라도 정적 속으로 흩어져 버릴 듯이 가냘프고 애처롭기만 했다. 세게 안는 것만으로도 부서질 것만 같았다. 하지만 그녀가 스스로를 자해하고 절망해서 고통스러워하는 꼴은 볼 수가 없었다.

시간이 진정제가 된 모양이다. 내내 통곡하던 서린이 마침내 몸부림을 멈추었다. 기운이 쇠진한 것이다. 힘없는 훌쩍임만이 축축하게 가라앉은 어둠을 찢고 있을 뿐. 아주 오랜 동안 침묵이, 숨죽인 오열만이 두 사람 사이, 허허로운 가슴을 흘러 지나갔다.

라탄은 작은 위로처럼, 슬픈 구애처럼 차갑고 창백한 연인의 입술에 몇 번이고 키스했다. 투각된 창문과 벽 사이로 무심한 달빛이 스며들어 왔다. 온통 눈물로 젖은 두 사람의 얼굴이 푸르스름한 그림자로 흔들리고 있었다.

제발 울지 마. 내가 있어. 네 곁에 있는 날 봐줘. 나랑 살아. 영원히. 함께. 남자는 몇 번이고 몇 번이고 신부의 머리카락에 입술을 부비며 마음속으로 속삭이고 있었다.

암전(暗轉).

혹은 단절(斷絕).

괴로운 꿈속에서 솟구쳐 나온 기억들이, 거기서 끊기고 말았다. 물기 젖은 슬픔과 두려움과 후회와 죄책감은 강한 그 남자의 존재에 묻혀 물러나고 있었다.

어둠의 망령들이여, 물러가라.

삶이 뿜어내는 빛의 입자들에 묻혀 유령들이 흐려지고 만다. 살아 있는 남자의 눈빛 아래서, 너무나 강렬하고 너무나 압도적인 그의 거부와 분노 앞에서 무력하게 물러나고 만다. 그 누구도 서린을 라탄에게서 탈취해 갈 수는 없다. 부서진 기억들은, 슬픈 유령들은 다시 사라지고 있다.

[서린.]

[라탄?]

가날픈 목소리가 대답했다. 꿈과 현실의 경계가 무너졌다.

[그래, 나야.]

[내가, 왜 여기 있는 거죠?]

서린으로서는 알몸이 거의 비추어 보이는 얇은 잠옷 바람에 맨발인 자신의 모습을 이해할 수 없다는 얼굴이었다. 허무한 눈동자 안에 들어 있는 것은 새삼 순수한 놀라움이었다. 자신 앞에 있는 사람은 오직 라탄일 뿐. 그녀의 이름을 불러준 사람은 현조가 아니라는 것을 이제야 비로소 명확하게 깨달은 것이다.

[글쎄, 왜 그랬을까?]

[……당신은 왜 여기 있어요?]

[당신이, 여기, 있으니까.]

서린이 검고 깊은 남자의 눈을 응시했다. 이 밤 내내 그는 잠도 자지 않고 몽유병자처럼 움직이는 그녀의 궤적을 따라 그림자처럼 따라온 건가?

[내가, 꿈을 꾸었나 봐요.]

울다 지친 목소리가 축축하게 가라앉아 있었다. 방금 전까지 광란의 오열을 터뜨린 스스로를 기억조차 하지 못하는 얼굴로 보였다. 라탄은 가볍게 긍정했다.

[그래, 그럴 수 있어.]

[내가…… 자면서 여기까지 걸어온 건가요?]

[아마도.]

[난, 미친 건가요?]

서린의 목소리는 갈수록 희미해졌다. 몸을 숙여 귀를 기울이지 않으면 알아들을 수 없을 정도로 낮아졌다.

라탄은 손을 내밀어 서늘한 볼을 쓰다듬었다. 남자의 가슴이 연인의 애처로운 모습 앞에서 다시 눈물을 흘리고 있었다. 하지만 그는 억지로 웃었다. 아무것도 문제될 것 없고, 걱정할 것도 없다는 듯 자신만만하게 대답했다.

[설마. 절대로 그렇지 않아!]

그가 다시 서린의 차가운 입술 위에 다정하게 키스했다. 온기. 살아 있는 사람. 이 세상에 확실하게 존재하는 자의 감촉. 비로소 분명한 현실이 다가왔다.

서린이 가만히 라탄의 가슴에 머리를 기댔다. 따뜻하게 껴안아주는 사람을 그녀 역시 꼭 끌어안았다. 그것만이 위로이고 그것만이 구원인 것같이.

두 사람은 그렇게 서로의 온기에 의지한 채, 막막한 절망을 같이 견뎌내고 있는 것이다. 안타까워하면서, 그러나 어쩌지 못하는 마음을 깊이 묻은 채, 오직 침묵으로 서로를 강하게 포옹했다.

[자도록 해. 내가 당신을 지킬 테니…….]

라탄은 손을 들어 축축하게 젖은 서린의 머리카락을 이마에서 떼어냈다. 다정하게 쓸어 올려주었다. 서린은 이제 가녀린 숨소리만 낼 뿐 대답이 없다.

[안심해. 언제나 당신 곁에는 내가 있어. 걱정하지 마. 잘 자.]

너무나 다정하고 착한 남자의 품 안에서 완벽하게 안전을 느낀 것일까? 격렬한 흥분과 오열 끝에 탈진한 것인지도 모른다.

이내 서린의 몸은 축 늘어지고 말았다.

잠이 든 것인지, 아니면 반정신을 잃은 것인지. 눈을 감고 깊은 숨소리를 내는 연인의 몸을 끌어안은 채 라탄은 어두운 방바닥에 그대로 주저앉았다.

역시, 약이라도 먹여 억지로 잊게 하고 잠을 재워야 하는 걸까? 라탄은 허공을 응시했다. 계속해서 이런 일이 되풀이되면, 유약해진 서린의 신경은 갈기갈기 찢어지고 말 것이다.

왜 잊지 못하는 걸까. 먼저 배신하고 먼저 그녀를 버린 그 나쁜 놈을, 서린은 왜 아직도 사랑하여 마음을 접지 않는가. 그를 잊게 하는 것은 영원히 불가능한 일인가.

라탄의 젖은 눈이 사납게 어둠을 노려보았다.

[우, 현, 조.]

지그시 이를 악물었다. 닿지 않는 저곳에 버티고 선 가증스러운 사신(死神)을 노려보았다. 너무나 증오하게 된 그 이름 석 자를 가만히 씹었다. 새삼 돋아나는 미움과 분노를 참을 수가 없었다.

'단념해, 개자식아. 서린은 이제 네 여자가 아니야. 보답받지 않아도 좋아. 날 사랑하지 않아도 좋아. 하지만 이 여자는 살 거야. 나랑 같이 살 거야. 이 세상이 끝나는 날까지 헤어지지 않아. 넌 서린을 못 데려가! 절대로!'

하지만 라탄은 그 밤까지도 이날의 몽유병이 어떤 징조인지 알지 못했다. 자면서도 죽은 자의 목소리를 듣는 그녀의 상태가

얼마나 심각한지, 말없이 하루 종일 평화롭기까지 한 얼굴로 고
요하게 앉아 있는 그녀의 속내가 실상은 얼마나 불안하고 위태
로운지 그때까지는 손톱 끝만큼밖에 알지 못했다.

제5장
—카마와 타나토스—

나뭇가지 사이로 떨어져 가는 태양이 유난히도 붉었다.
사방에는 꽃이 만발하고 수목이 푸르다.

떨어지는 햇살을 멍하니 응시하며 서린은 신부의 방에 앉아
있었다. 언제나 한자리에 놓인 인형처럼, 내내 그 자리였다.

햇살 닿는 곳에 나가면 땀부터 흐르는 인도의 기후. 한국인인
서린으로서는 여간해선 적응되지 않는 것이었다. 탁자 위에는
무르익은 온갖 과일과 포삭한 난이 담긴 바구니, 그리고 과도가
놓여 있었다. 과도의 날카로운 날에 햇살이 떨어져 번쩍 빛이
흘렀다. 데르다가 하도 채근을 해서 망고 하나를 잘라 반쪽을
먹었다. 그러나 더 이상은 먹고 싶지 않았다. 사실은 몸이 받아

주지 않았다.

　대신 서린은 버릇처럼 손을 뻗어 데르다가 가져다 놓은 약상자에서 검은 알약을 하나 꺼내 삼켰을 뿐이었다.

　오늘 내내 한 일이라곤 오직 그것뿐이었다. 약간은 달콤하고 많이 쌉싸래한 맛. 꼭 진한 초콜릿 봉봉을 삼키는 것 같다.

　영양제는 엊그제부터 라탄의 강권에 따라서 먹게 되었다. 먹고 나면, 이상할 정도로 몸이 가벼워지는 기분이 들었다. 한없이 바닥으로 추락하기만 하는 마음마저 붕 떠서 하늘로 솟구치는 것 같다. 그렇지 않아도 갈피 잡을 수 없는 심장이 수천 개로 쪼개져서는, 서로 다른 출구를 향해 마구 달려가는 그런 느낌이었다.

　혼란은 더 깊어지고, 얽힌 생각들은 한층 더 복잡해지고, 비탄은 더 깊이 가라앉아 걸쭉해진 암흑이 된다. 그녀의 영혼을 차근차근 삼키고 만다. 그러면 나른하게 잠이 온다. 깨고 나면 더 우울해지고 마는 잠이지만.

　혀끝에 녹아나는 알약 개수만큼 또 하루가 간다.

　오후 내내 혼자였다. 처음이었다.

　서린을 공작궁으로 데려온 이후, 한 번도 곁을 떠난 적 없던 라탄은 잠시 볼일을 보러 외출을 했다. 사무실로 나간다고 했던가.

　그가 곁에 있을 땐 그의 존재가 너무 압도적이어서, 감히 다른 것을 떠올릴 수가 없었다. 그의 명령을 받고, 광폭하고, 제멋대로인 애욕에 공명하는 일 말고는 다른 어떤 것도 할 수가 없었다. 이것저것 헤아릴 엄두조차 내지 못했다.

'내가 공작궁에 온 후로 대체 얼마나 지났을까.'

대답없는 질문을 스스로에게 해놓고는 서린은 한숨을 내쉬었다.

분명 지난주에 한 달이 지난 것까지는 헤아린 것 같은데……그 뒤로는 숫자를 세는 것까지도 단념해 버렸다. 이곳의 시간은 너무나 더디고, 또한 너무나 빠르다. 사람들이 사는 세상에서 완전히 벗어난 기이하고 불가사의한 이곳에서 서린 자신은 또한 무엇을 하고 있는 걸까?

생각이란 너무 힘겨웠다. 고구마처럼 딸려오는 숱한 상념들. 피할 수 없는 현조와 명윤의 얼굴이 그녀를 미치게 만들기 때문이다.

'현조 오빠. 명윤아…….'

욱신, 온몸이 저렸다. 이름만 떠올려도 에이듯 견딜 수 없는 죄책감과 고통이 따라온다. 칼날 위를 맨발로 걷듯, 아프고 처참하고 미안하고 불편한 그것에서 언제쯤 자유로워질까.

아무도 없는 이 세상에 살아남은 자는 서린 자신. 아무리 현조 대신 명윤 대신 죽어야 했다고 울부짖어도 달라질 건 아무것도 없다. 달라지지도 않았다.

위선자.

따라 죽을 용기도 없는 비겁자.

같이 죽는다 해놓고 그만 그 남자 등 뒤에 숨어 도망쳐 버린 겁쟁이. 그 남자가 만들어놓은 쾌락과 환락의 유리성 안에서 염치없이 단 즙을 마신 자.

스스로를 난도질하는 아우성에 귀를 막고 싶었다. 하지만 내가 도망칠 곳은 이 세상 어디에도 없어.

'바보같이. 기억은 어디로든 따라와. 알고 있잖아. 내가 그곳으로 가지 않는 한 벗어날 수 없어.'

언제쯤 라탄이 만든 화려한 감옥을 벗어나, 바라나시로 갈 수 있을까? 그녀만의 이별의식을 행할 수 있을까?

서린의 텅 빈 눈동자 속에 슬픔의 맑은 빛이 어렸다. 그녀의 발길을 가로막은 헛된 짓을 하는 그 남자가 아니라면, 죽어가는 그녀를 대신해서 두 몫을 살려 하는 어리석은 짓을 하는 그 남자만 아니라면 이미 그녀는 그곳에 도착했을 것이다.

'잠시만 더 기다려 줘.'

서린은 고개를 들었다. 저만치 서서 그녀를 바라보고 있을 두 사람을 향해 나날이 되풀이하는 서러운 사과를 다시 되뇌었다.

'나 정말 나쁜 사람인 거 알아. 오빠를 기억하는 것조차 미안한 사람 된 거 알아. 염치없어. 하지만 알아줘, 오빠. 잊지 않았어. 오빠 따라가는 거 포기하지 않았어. 그냥 잠시 지체하는 것일 뿐이야.'

망자에게 시간은 덧없는 것일 테니. 어차피 반 망자가 된 그녀에게도 남은 건 무한한 시간과 적막. 그리고 생을 두고 꺼내도 다 못다 쓸 만큼의 슬픔과 회한이 전부이니.

간신히 멈추었던 눈물이, 몽롱한 시간 속에서 굳어졌던 슬픔의 액체가 눈 아래를 적시며 흐르기 시작했다. 그러나 서린은 손을 들어 그 눈물을 사납게 지워 버렸다.

한 달, 두 달? 일 년? 이 년?

상관없다.

그녀가 사랑했던 모든 사람들이 간 그곳은 인간의 시간과는 상관이 없다. 십 년, 백 년을 늦게 간다 해도 그저 그들에게는 찰나. 아주 잠시 늦은 것일 뿐. 그들은 기다려 줄 테니까.

꼭 가. 갈 테니까, 기다려 줘. 슬픔은 잊는 것이 아니니까. 그저 굳어져서 딱지가 앉는 것일 뿐이니까.

서린은 한 손으로 입을 막았다. 가여운 현조의 영혼과 못지않게 서러운 그녀 자신의 영혼을 위해서 잠시 기도했다.

여하튼 바라나시로 보내준다고 약속했으니까. 서린은 지그시 입술을 깨물었다. 주먹을 꼭 움켜쥐었다. 쥐꼬리만한 희망을 홀로 되뇌었다.

"건강해지고 잘 먹으면, 여행을 할 수 있을 만큼 나아지면 보내준다고 했으니까. 맹세했으니까……. 그러니까……."

라탄의 부질없는 약속을 맹세라 여기며, 그러한 맹세를 되새기듯 몇 번이고 중얼거렸다.

몸을 일으켜 침대 옆에 놓은 상자 쪽으로 다가갔다. 배낭 속에 든 지갑을 찾으려 했다. 그 안에 서울에서부터 가져온 현조

의 사진이 들어 있다. 그가 없을 때 현조와 명윤의 얼굴을 한 번
만 다시 보아두고 싶었다. 미안하다고, 미안하다고, 보고 싶다
고, 그립다고 나도 곧 갈 거라고 다시 약속하고 싶었다.

라탄이 곁에 있을 때는 어림없는 일이다. 그러니 제 물건을
살피는 일에도 도둑처럼 은밀하게, 교활하게 굴어야 한다.

상자 뚜껑을 열고 배낭을 찾으려던 손이 멈칫, 움직일 줄 몰
랐다.

"분명히 여기 넣어두었는데……."

서린은 허리까지 굽힌 채 상자의 속을 살폈다. 그러나 어디에
도 배낭은 보이지 않았다. 마야를 만나러 갈 때 입었던 사리와
슬리퍼만이 들어 있었을 뿐 그녀가 애타게 찾는 것은 들어 있지
않았다. 말짱하게 사라졌다.

무엇인가 가슴 안에서 뚝 소리를 내며 부러졌다. 서린은 라탄
에 대한 무서운 분노와 배신감으로 비틀거렸다.

이런 짓을 명령할 수 있는 사람은 라탄뿐이다. 서린이 현조를
몰래 추억하는 일조차 참지 못하여 가방까지 몰래 치우게 한 것
이 분명했다. 그녀가 떠날 수 없게, 몇 겹의 벽 안에 가둔 것으
로도 모자라서 아예 도망갈 수 없게, 여권이며 지갑까지 다 감
추어 버린 것이다.

언제든 떠날 수 있을 거라고, 조금만 더 기다리면 그가 보내
줄 거라고 믿었는데……. 그래서 지금껏 기다린 건데. 힘겨이
참고, 억지로 견디며 이 어처구니없는 시간을 지나오는 건

데…… 감히 나를 까맣게 기만하고 가증스럽게 속이기까지 해?

분노와 배신감, 실망에 사로잡힌 서린은 이제 거의 광란 상태였다. 검게 젖은 눈동자가 불안스레 움직였다. 더 이상은 자유를 구속하는 그 어떤 것도 참아낼 인내가 남아 있지 않았다. 떠나리라, 어떤 수를 쓰든 간에!

구르가온의 사무실에 잠시 들러야 하는 일이 생겼다. 몇 시간 만에 업무를 마치고 공작궁으로 돌아온 라탄은 곧바로 신부의 방으로 갔다.

마침 서린의 시중을 드는 데르다가 나오고 있었다. 손에는 하나도 건드린 흔적이 없는 음식 쟁반이 들려 있었다. 저절로 라탄의 눈썹이 위로 치켜 올라갔다.

[또?]

[네, 주인님.]

자신의 죄인 양 소녀는 어쩔 줄 몰라 하고 있었다.

[제가 아무리 권해보아도 드시지 않으세요. 한 개만 드세요 하고 애원하니까, 겨우 망고 한쪽을 잘라 드셨는데…….]

[그랬는데?]

[드시자마자 또 토해 버리시는 거예요. 다시 만들어서 가져다 드렸지만 욕실에서 도통 나오지 않으시네요.]

안타까워 어쩔 줄 몰라 하고 있다. 데르다의 눈에서는 금세 닭똥 같은 눈물이 뚝뚝 떨어질 기세였다.

[다시 장만해 오거라. 따뜻하게, 더 맛있게.]

[네, 주인님.]

아무래도 요리장인 모디에게 한마디 해야겠다. 서울로 사람을 보내 한국 음식을 만드는 요리사를 데리고 오라고 명령할까. 초일류 요리사이면 뭣 하나? 뭐든 좋으니까, 소중한 사람이 먹을 수 있는 것 좀 만들어오라고 고함이라도 치고 싶었다.

방문을 열었다. 정적이 두려운 것인가. TV가 혼자서 웅얼거리고 있었다. 하지만 방은 텅 비어 있었다. 라탄의 심장이 바닥으로 추락했다. 산산조각 부서졌다. 깊이 숨어 있던 불안과 공포가 삽시간에 수면을 차고 올라왔다. 라탄은 연인의 이름을 소리쳐 불렀다. 절박하게, 거의 절규처럼!

[서린!]

정적. TV의 아나운서가 뉴스를 읊었다. 서린 대신 대답했다.

라탄은 방 안으로 뛰어들어 갔다. 가장 가까운 침실의 부속실 문을 열어젖혔다. 그들이 함께 식사를 하는 곳이다. 하지만 그곳에도 그녀의 모습은 보이지 않았다. 불안에 떨고 있는 심장의 고동이 더욱더 불길한 소리를 냈다.

[서린! 어디 있어? 서…….]

저 여기 있어요. 대답 대신 저쪽 닫힌 욕실 문 안에서 물소리가 희미하게 새어나오고 있었다. 서린이 목욕을 하고 있는 모양이다.

라탄은 욕실의 문에 등을 기댔다. 눈을 감고 거칠어진 호흡을 가라앉혔다. 스스로를 비웃는 쓴웃음이 저절로 새어나오고 있었다.

'어리석은······.'

불치병. 평생 지고 가야 할 애달픈 열병.

서린은 아무 데도 가지 않는다. 절대로 그의 곁을 떠나지 못한다. 그가 그것을 허락하지 않을 테니.

몇 번이고, 몇 번이고 중얼거렸다. 서린은 그의 곁에 있다고, 떠나보내지 않을 거라고, 여전히 그와 같이 이 세상에 살아가고 있다고 되뇌고 나서야, 간신히 심장의 박동이 정상으로 돌아왔다.

하지만 이 불안, 이 공포, 이 애달픈 설움은 어찌할까. 곁에 두어도 외롭고, 온몸으로 얼싸안아도 멀디먼 그 사람의 사랑은 언제쯤 그의 것이 될까? 이 문을 열고 들어가면 분명히 있을 그 사람의 심장은 아직도 얼어붙은 얼음 조각. 죽음의 가시덤불로 뒤덮인 그것을 완전히 얻기 전까지는 결코 치유되지 않을 테지.

'대체 언제쯤 당신은 당신의 암흑 속에서 벗어나, 나에게로 와줄래? 온전히 내 곁에서 삶을 살아줄래?

슬픔이 비주룩한 미소로 흘러내렸다. 그들 사이에 깊이 뿌리 박혀 그들의 사랑을 파괴하고 있는 죽음의 그림자. 연적 현조를 밀어내지 못한다면 두 사람에게는 미래란 것이 없었다.

'하지만 아직까지는 당신이 내 곁에 있어. 좋아. 이것만으로도 족해.'

서린 곁에는 라탄이 있고, 라탄의 곁에는 분명히 서린이 있다. 다시금 슬프게 스스로를 위로할 수밖에 없다. 아침이 밤이 되도록, 아니, 그 다음날 아침이 또 밝아올 때까지, 하루하루. 세상일은 전부 잊고 슬픈 연인의 곁에서 애달프나마 작은 행복의 꿈을 꾸면 되는 거다. 그러한 순간이 모여 영원이 될 테니까. 그 누구도 그녀를 데려갈 수가 없다.

라탄은 뒤돌아섰다. 자신의 방으로 돌아가 옷을 갈아입을 작정이었다. 몇 발자국 걸어가다가 그는 흠칫 멈추어 서고 말았다.

무심코 넘긴 데르다의 말이 문득 떠올랐다. 서린이 한 시간이나 욕실에서 나오지 않았다는……. 그의 심장이 뚝하고 멎었다.

[빌어먹을!]

욕설을 내뱉으며 라탄은 욕실로 박차고 들어갔다.

더운물이 넘치는 커다란 욕조 안에 시든 꽃송이처럼 서린의 몸이 축하니 걸쳐져 있었다. 자욱한 피비린내가 더운 김과 함께 욕실을 가득 채우고 있었다.

옷을 입은 그대로 팔목을 긋고 물속으로 들어간 것일까? 서린이 자해를 한 도구인 과도는 물속에 떨어져 있었다. 하얀 팔목에서 끊임없이 새어나온 피가 커다란 욕조 속의 물을 벌겋게 물들여 놓았다.

라탄은 양복이 젖는 것도 아랑곳하지 않고 욕조 안으로 뛰어들어 갔다. 미친 듯 서린의 몸을 안아 바깥으로 끌어냈다. 끊임없이 피가 흘러나오는 하얀 팔목의 상처를 살폈다. 동맥출혈이었다. 팔목을 위로 치켜올리고, 두 손으로 상처를 눌렀다. 아시프를 부르는 목소리는 상처 입은 맹수가 내지르는 단말마의 절규였다.

[아시프! 아시프!]

라탄의 고함 소리에 아시프가 문을 박차고 침실로 달려들어 왔다. 욕실 안에서 자해를 한 서린의 참혹한 모습 앞에서 그 역시 충격을 받았나 보다. 우뚝 멈추어 섰다.

[맙소사!]

[뭐 하고 있어? 빨리 **지혈**할 것을!]

라탄의 고함 소리에 아시프가 정신을 차렸다. 급한 김에 손에 닿는 대로 타월을 이로 물어뜯어 찢었다. 라탄은 임시방편으로 그것으로 서린의 팔목을 칭칭 동여맸다. 하지만 금세 그것조차 벌겋게 피로 물들었다. 다른 수건을 상처 위에 덧대며 그는 다급하게 지시했다.

[**조그 박사에게 수혈 준비하라고 연락해! 빨리!**]

아시프가 휴대폰을 꺼내 급하게 공작궁의 의무실과 조그 박사에게 연락을 하는 사이, 라탄은 내내 피 흐르는 서린의 팔목을 수건으로 감싸 위로 치켜든 채 바닥에 주저앉아 있었다. 부들부들 떨며, 미칠 것 같은 공포에 질려 어찌할 바를 모르며. 어찌하든 서린을 그에게서 데려가려는 자, 그 누구인지도 모를 '존재'에 대하여 분노하며.

서린의 입술은 새파랗게 변해 있었고, 호흡은 이미 쇠진해져 있었다. 간단한 응급처치를 하기 위해 의무실의 의사가 후궁까지 뛰어오던 오 분의 짧은 시간, 그의 생에 있어 가장 길고 끔찍한 순간이었다.

삼십 분 후, 조그 박사가 구급차와 함께 도착했다. 팔목의 상처를 봉합하고 수혈을 해주었다.

치료를 마치고 침대 곁에서 초초하게 맴돌이를 하던 라탄에게로 돌아섰다.

[너무 많이 피를 흘렸는데, 괜찮을까, 박사?]

[일단 수혈을 하고 상처를 꿰맸으니까요. 고비는 넘겼습니다. 하지만 몸이 굉장히 쇠약해요. 대체 저 아가씨에게 뭘 어떻게 한 겁니까?]

[……먹지 않아요. 아무리 해도 안 돼.]

라탄은 씁쓸하게 내뱉었다.

[흠. 자살을 시도할 정도면 굉장히 큰 정신적인 충격이 있었나 보군요.]

[한 달 사이에, 약혼자와 가장 친한 친구가 사고로 죽었어. 혼자 살아 있다는 것에 굉장한 절망과 죄책감을 느끼고 있더군요. 산다는 것에 공포를 느끼는 것 같아.]

[좋지 않군요. 보다 전문적인 치료가 필요할 것 같습니다. 상담을 할 수 있게 정신과 동료를 보내 드리죠.]

[다른 방도는?]

[일단은 우울증 증세이니, 약물 치료를 병행하는 것도 좋을 것 같습니다.]

[신경안정제를 먹이고 있긴 하지만…….]

말꼬리를 흐리는 라탄을 조그 박사가 힐끗 노려보았다. 엄하게 추궁했다.

[그것뿐입니까?]

[……약간의 7)오피움도. 잠을 거의 자지 않았거든. 가벼운 몽유병도 있었고.]

라탄은 실토할 수밖에 없었다. 조그 박사가 혀를 찼다. 경솔한 그를 꾸짖는 동작이었다.

[좋지 않아요. 오피움은 독이 아닙니까. 아무리 소량이라도 민감한 사람에겐 치명적이죠. 당장 치우세요. 환각에 빠지면 치명적인 일을 저지르기가 더 쉬워집니다.]

[그리라도 해서 여하튼 잠을 재워야 할 것 아니냐고!]

[근본적인 치유가 필요해요. 좋은 음식과 맑은 공기, 즐거운 일들, 기쁘고 행복한 경험들. 그게 약이죠. 환자에게 육체적인 일이나 운동을 권장합니다. 몸이 바쁘고 힘들면 잠이 들게 마련이죠. 몸이 건강해지면 마음도 따라서 밝아지고요. 결국은 삶에 대한 기력을 찾을 겁니다.]

[상처가 아물고 나면 그렇게 하지.]

한바탕 소동이 끝났다. 사람들이 사라졌다.

----

7)오피움: 아편(opium)

라탄은 침대에 누운 서린 곁에 다가가 앉았다. 하얀 얼굴에 몇 올 떨어진 검은 머리카락을 넘겨주었다. 손가락으로 가만히 핏기가 가신 입술을 건드렸다.

[서린.]

까딱했으면 잃어버릴 뻔한 연인의 이름을 불렀다. 남자의 나직한 목소리가 조용한 침실을 울렸다. 그 안에 현현한 존재가 소중한 기억을 잃어버린 무정한 연인을 원망하고 있었다.

[이렇게 죽으면 날 벗어날 수 있을 거라고 생각했어? 그랬어? 이따위 짓으로 날 떼어낼 수 있을 거라고 생각했어? 천만에. 우린 그럴 수 없어. 잘 들어! 그러지 못해서 우린 다시 만나게 된 거야.]

만나고 또 만나고 다시 만나고.

윤회를 넘어서는 그 먼 곳에서까지. 두 사람은 만난다. 반드시 만난다. 거듭하는 생을 통해. 닿고 싶어 태어나지만, 닿지 못하여. 그래서 다시 태어나는 거다. 그가 없는 삼억 삼천의 우주를 그녀가 맴돌았던 것처럼 그의 존재 역시 그녀를 찾아 삼억 삼천의 우주를 수억 겁 동안 맴돌았다. 하지만 그대를 만나지 못했다. 끝내 그대를 사랑할 순 없었다.

드디어 이번 생에서 너를 만났는데, 이렇게 닿았는데…….

[널 잃을 순 없어. 널 놓을 순 없어. 제발 날 보아줘. 너만 찾고 너만 기다린 날 너도 알아봐 줘.]

왜 모를까, 그들이 운명이라는 것을. 그녀의 운명은 이미 죽어버린 우현조가 아니라 바로 라탄 자신이라는 것을 어떻게 증명할 수 있을까.

라탄은 서린의 손을 잡아 몇 번이고 몇 번이고 입 맞추었다. 간절하게 기도했다. 언제나 널 기다리는 내 목소리가 부디 너에게 가서 닿기를. 언제나 너를 찾아 헤매는 나의 염원이 너의 마음을 열기를.

제발 날 보아줘. 너도 나를 찾아야 해, 너도 나를 그리워하여 닿아야 해. 내가 너를 향일하듯이 너도 날 향일해야만 해. 서린. 나의 라다.

달칵 문 열리는 소리가 들렸다. 트리샤를 뒤에 딸리고 마야가 들어왔다. 후궁의 소동이 조용한 기도원까지 전해진 모양이다. 마야가 침대 곁으로 와 창백한 얼굴로 잠든 서린을 내려다보았다. 라탄은 맥없이 중얼거렸다.

[죄송해요. 제가 할머님의 조용한 기도를 방해하고 말았군요.]

[그런 소리 하지 말아라. 네 반려의 일이야. 나에게도 조금은 책임이 있어. 그래, 상태는?]

[여하튼 수혈을 했으니까요. 곧 깨어날 겁니다.]

[좀 더 세심하게 보살펴야 했는데. 미안하구나.]

[그렇지 않아요. 누가 곁에 있어도 그녀 스스로 살아갈 의미를 찾지 못하면 소용없어요. 똑같은 일이 되풀이되겠죠.]

마야가 라탄의 옆에 앉았다. 자살을 기도한 서린보다 더 많은 충격을 받고 더 깊이 괴로워하는 손자의 손을 잡았다 간곡하게 충고했다.

[라탄. 충고하건대, 이 애가 회복되면 부디 베나레스로 보내줘. 홀로 정리하게 기회를 주렴. 스스로 상처를 치유하는 것이야말로 정답이라면 넌 이 애에게 그런 기회를 빼앗으면 안 돼.]

[……생각해 보겠습니다. 하지만 회복된 다음이에요. 지금은 안 돼요. 건드리기만 해도 깨어질 것 같아.]

[인간은 생각보다 강하단다, 얘야. 이 애가 스스로 목숨을 끊을 결심까지 하고, 또 서슴지 않고 그것을 시도할 정도라면, 이 아이의 속에 감추어진 것은 네가 아는 것보다 강하고 단호해. 너의 유리벽 안에 가둘 생각만 하지 말아라. 너처럼, 제 발로 서고 제 발로 걸어가는 이 세상 모든 인간처럼 이 애 또한 우주의 유일한 신이야.]

[알아요, 알고 있어요. 하지만…….]

[하지만은 없어, 라탄. 이 애의 사랑을 얻고 싶다면 이 애의 고통과 슬픔의 세상도 같이 껴안아야만 해.]

그때였다. 서린의 몸이 미약하게나마 움직이기 시작했다. 라탄과 마야가 동시에 소리쳤다.

[서린!]

[아가, 정신이 드니?]

느릿느릿, 한 장 꽃잎같이 얇은 눈꺼풀이 떨렸다. 차마 다시 살아 눈을 뜨는 것도 죄스럽다는 동작 같았다. 한동안 머뭇거리던 눈동자가 열렸다. 다시 세상과 살아 있는 사람들을 마주 보았다.

제일 먼저 서린과 라탄의 눈동자가 마주쳤다. 라탄은 어리석
고 가련한 연인에게 속삭였다.

[바보. 정말 바보, 서린.]

[음. 나, 정말 바보 같아요.]

서린이 새하얀 입술에 서럽디서러운 미소를 머금었다. 차마
울지 못해 그만 웃고 마는 허탈한 미소였다.

[생각으로는…… 참 쉬운 것 같았는데. 죽는 일, 이런 것
도…… 제대로 하지 못했어요.]

아아, 크리슈나. 제발 이 가여운 사람의 영혼을 불쌍히 여겨
주시기를.

가슴이 아파 미칠 것 같다. 라탄은 서린의 손에 거푸 상냥하
게 입 맞추었다. 그것밖에 줄 것이 없었다. 그것밖에는 위로가
없었다.

마야가 쯧쯧 혀를 찼다.

[괜찮은 거냐? 어리석은 짓을 했어. 서린.]

[죄송해요, 할머님. 죽으면, 잊을 수 있을까 해서……. 그런데
참 질기네요. 어디로든…… 따라…… 오네요.]

서린은 나직하게 중얼거렸다. 라탄에게 하는 것이라기보다는
스스로에게 되뇌는 되새김이었다. 어느새 실금 같은 눈물이 슬
그머니 흐르고 있었다.

서린은 자신의 손을 꼭 부여잡고 있는 라탄의 눈동자를 응시

했다. 오직 그녀만을 향일하고 있는 그 사람에게, 간절히, 정말 간절히 부탁했다.

[기억은, 지워지지가 않아. 쉬고 싶은데…… 잊고 싶은데…… 한 번이라도 좋으니 푹 자고 싶은데…… 불가능해요. 라탄, 제발 날 좀 쉬게 해줘요. 잊게 해줘요…….]

살아 있는 자는 그 누구도 쫓아오지 못하는 곳으로, 세상의 시끄러운 일도, 슬픔과 고통이 사라지는 그런 곳으로 가고 싶었다. 부모님과 현조와 명윤이 가버린 그곳으로, 아니, 끝없이 그녀를 부르는 현조의 목소리조차도 들려오지 않는 그런 곳으로, 생자(生者)와 망자(亡者)의 두 그림자도 따라오지 못하는 머나먼 곳으로 가고 싶었다.

하지만 불가능했다.

아무리 도망쳐도, 도망치고 또 도망쳐도 절망의 검은 물결은 사라지지 않는다. 우주의 어느 곳에든 슬픔은 비탄은 독초처럼 자라고 있었다. 갈 곳이 없어. 도망칠 곳이 없어. 잊을 수 있는 곳은 어디에도 없어. 결국은 이승에 머물러 이 참담함을 건너야 하는 건가. 죽음 속에까지 들어가 보았는데도, 도망칠 수 없어.

이제는 싫어도 받아들여야만 하는 생인가 봐. 반 체념이자 반 포기인 깨달음이었다.

보름 후, 공작궁.

정원에 선 서린의 왼쪽 팔에는 아직도 붕대가 감겨 있다. 그녀는 작은 물초롱을 들고 꽃송이에게 물을 뿌려주고 있던 참이었다. 저녁 햇살을 받아 자잘한 물의 입자에 무지개가 피어오르고 있다.

[힘들지 않으세요? 적당하게 하세요. 한꺼번에 이러시면 또 아프실 거래요.]

마치 어린 병아리를 돌보는 어미닭이 된 것 같다. 서린이 한 발을 옮길 때마다, 데르다가 안절부절못하며 잔소리를 퍼부었다. 다섯 발자국 뒤에는 할 일도 없는 정원사까지 서성대고 있다.

'잠시도 혼자 두지 않는군.'

그럴 수밖에 없겠지. 엷은 쓴웃음이 새어나오고 있었다.

그녀가 스스로 팔목을 그은 자해 소동을 일으킨 지 보름밖에 지나지 않았다. 그녀를 둘러싼 주변 사람들의 신경이 곤두서 있을 것이 당연했다. 한숨이 또 절로 나왔다.

라탄이 집에 있었다면, 그 또한 단 한순간도 그녀 곁에서 떨어지지 않았을 것이다. 아무리 싫다 해도 같은 침대에 누워 그녀를 끌어안고서야 잠을 잔다. 지금이라면 분명히 물도 들어 있지 않은 물초롱을 들고 곁에서 기웃거리고 있겠지. 말로는 꽃을 돌본다 하면서도 발로는 작은 꽃들을 함부로 짓밟으면서 말이다.

그러나 그는 지금 공작궁에 없다. 사흘 전, 새벽 일찍 뭄바이로 가버렸다. 그곳에 타다그룹의 본사가 있다고 했다. 밤 열 시에 긴급한 업무적 연락을 받고는 잠시 다녀와야 한다고 했다.

며칠이긴 하지만 서린을 혼자 두고 가는 것을 못내 안타까워하고 있었다. 정말 미안해하는 얼굴이었다.

[미안, 린. 귀찮지만 어쩔 수 없어. 아무리 허수아비인 나라해도 가끔은 해치워야 할 일이 있어.]

[난 괜찮아요.]

[사흘쯤 걸릴 거야. 철강 쪽 중요한 회의가 있거든. 뭄바이에서 볼일을 보고 또 방갈로르까지 다녀와야 해. 과학원의 기금 조성 기념식에 참석해야 하거든.]

그가 잠시 집을 비웠을 때 사고가 났다. 떠나면서도 내내 불안했던 것이리라. 그래서 데르다뿐만 아니라 주변 사람들에게 전부 다 서린을 돌보라고 명령하고 떠난 것이 분명했다.

'난 내 힘으로 죽지도 못한 바보잖아요, 라탄. 그러니까 이럴 필요 없어요.'

돌아오면 분명히 말을 해야지.

계속되는 데르다의 채근으로 서린은 흙으로 더러워진 손을 씻을 수밖에 없었다. 정원사가 잘라준 장미꽃을 안고 방으로 돌아오면서 서린은 약간의 불평을 털어놓았다.

[날 너무 과보호하지 마, 데르다. 나도 이 정도의 일은 할 수 있을 만큼 회복되었어. 의사선생님도 말씀하셨잖아, 적당한 운

동을 해야 한다고.]

　[그래도 이런 일은 하녀들이 하는 거예요. 마님이 하실 만한 일이 아니라구요. 제발 그늘에서 음악을 들으시든지 보석을 고르시든지 하시라구요.]

　종알대는 데르다를 뒤에 딸리고 후궁으로 돌아왔다. 방으로 돌아와 샤워를 마치고 시키는 대로 갓 만든 짜이와 과일과 간식 한 접시를 먹었다.

　[이제는 제법 드시네요. 기뻐요.]

　데르다의 말에 서린은 그저 무표정하게 고개를 끄덕이기만 했다.

　'못 죽어서 산다'는 말이 있다. 그 말의 뜻이 무엇인지, 이제는 알 것도 같다. 죽지 못하면 꾸역꾸역 살아야 하는 것. 사람들은 삶의 고통을 어찌할 수 없는 천형으로 견디며 뚜벅뚜벅 걸어가는 모양이다.

　상담을 하러 온 정신과 의사는 서린더러, 자살을 기도한 그 일이 심장의 고름을 터뜨린 일이었다고 말했다.

　[차라리 다행이라고도 할 수 있습니다. 쌓아두고 터뜨리지 못한 슬픔이 병의 원인이었어요.]

　의사의 말이 맞는지도 모른다. 쌓이고 쌓여 심장을 갉아먹던 비탄의 독이 팔목의 핏물과 함께 빠져나간 모양이다. 아예 넋을 놓고 헤매는 일이나, 견딜 수 없을 만큼 처절한 비통함은 이제 덜하다.

다시 되풀이할 만큼 착하고 정당한 짓은 아니다. 하지만, 여하튼 자살 시도라는 극단적인 행위가 오히려 서린 스스로 느끼는 죄책감이거나, 고통과 괴로움을 희석하는 면죄부의 역할을 한 모양이다. 현조와 명윤이 사는 나라로 가는 일이 그토록 힘들다는 것을 알아버렸다. 결국은 이 세상에서 좀 더 견뎌야 하는 것을 인정했다. 그러니 오히려 쉬웠다.

건강을 회복하고 기력을 되찾으면, 반드시 바라나시로 보내준다고 라탄은 분명히 약속해 주었다. 몸을 지탱할 기력이 더 많이 생겨났다. 그의 말이 옳다. 원하는 여행을 계속하려면 건강해져야만 한다.

아무리 아니라 해도 시간은 치유의 힘을 가진 법이다. 심신을 완전히 놓아버렸던 처음의 상황에 비해서 서린의 상태는 많이 호전된 편이었다.

이제는 헐었던 입 안도 다 아물었다. 식사량이 나아졌다. 억지로나마 마야에게서 요가도 배우고, 매일 아침마다 두 시간이나 걸리는 호숫가까지 산책을 한다. 팔목의 상처가 조금씩 아물기 시작한 며칠 전부터는 정원에 나가 꽃도 심는다. 몸이 피곤하니 밤에는 잠을 자게 된다. 확실히 몸의 상태가 나아지니, 생각만 해도 핏물 흐르는 슬픔도 다소 진정된 것 같다. 눈물 고인 상처는 아물어가고 슬픔의 환부에 더께가 앉아가는 모양이다.

배낭의 일도 서린 혼자의 오해였다는 것이 밝혀졌다.

데르다가 서린이 입고 들어온 옷을 빨아서는 드레스 룸에다가 배낭과 같이 따로 챙겨놓은 것이었다. 서울에서부터 챙긴 여권과 지갑이며 심지어 볼펜 한 자루까지 그대로 들어 있었다. 그 일 때문에 그나마 마음이 좀 풀렸다. 그녀를 잡아두고, 제멋대로 삶을 뒤흔들려 하는 라탄에 대한 원망과 미움도 그만큼 옅어졌다.

[작은 마님.]

마야의 시중을 드는 트리샤였다. 마야만큼 늙은 그녀가 주인의 전갈을 전했다.

[작은 마님, 마하라니님께서 같이 저녁식사라도 하자 하시는군요.]

[할머님께서요?]

[부디 늙은이의 즐거움을 빼앗지 말아달라고 간곡히 부탁하셨습니다.]

거의 매일, 라탄과 함께 기도원으로 마야를 만나러 갔다. 힌디어만 말하던 첫날과는 달리 마야는 능숙한 영어를 구사했다. 깜짝 놀라하는 모습을 보고는, 사내처럼 호탕하게 웃어 보였다.

[나이가 들면 할 일이란 공부뿐이지. 이제는 일본어와 한국어도 공부하고 싶구나. 심심하면 언제든 들러줘. 젊은 아이들과 이야기를 나누는 건 언제나 즐거운 일이니까.]

싱긋 웃으며 서린에게 윙크를 하던 마야였다. 인자한 미소만으로도 사람의 마음을 편안하게 만들어주었다. 서린이 초등학교 때 돌아가신 외할머니가 살아 돌아오신다면 저럴까 싶었다.

아마도 라탄은 마야에게도 자신이 없는 동안 서린을 돌보아 달라고 부탁한 것이 틀림없다. 아무것도 할 일 없이, 쓸모없는 붙박이장처럼 앉아 있는 것도 너무 힘들다. 심연으로만 빠져들게 하는 괴로운 상념 속에서 허우적거리는 것보단 마야를 만나 저녁식사라도 하는 것이 낫겠지.

서린은 대답을 기다리고 있는 트리샤를 건너다보았다. 작은 목소리로 허락했다.

[할머님께 십 분 후에 뵙겠다고 전해주세요.]

[알겠습니다, 작은 마님.]

[그리고, 저기요.]

뒤돌아서려던 트리샤가 서린을 바라보았다. 서린은 두 여자에게 작은 목소리로 일렀다. 공작궁에 들어온 이후 첫 번째로 그녀 자신의 의사를 분명히 밝혔다.

[죄송한데요, 이제부턴 저를 마님이라고 부르지 마세요. 전 여러분의 마님이 아닌걸요.]

언제고 한번은 꼭 이야기해 두리라 생각했던 것이다.

공작궁에 들어온 이래 데르다를 비롯한 하녀들은 언제나 서린더러 '마님'이라고 불렀다. 너무나 큰 저항감을 일으키는 호칭이었다. 듣고 있기가 너무 괴로웠다. 현조가 죽은 지 채 몇 달도 되지 않았는데, 가증스럽게도 라탄을 거부하지 못하고 아직도 살아 있다. 그의 곁에 머무르며 온갖 호사를 누리고 있는 비겁하고 유약한 자신의 모습이 자꾸만 상기되어 끔찍했다.

[내 이름은 서린이에요. 이서린. 다음에는 이름을 불러주세요.]

[알겠습니다, 마님.]

또 마님이라고 하네. 서린은 한숨을 쉬었다. 소 귀에 경을 읽는 것도 아니고. 대체 어떻게 한담.

마야의 기도실로 갔을 때 이미 식사 준비가 되어 있었다.

호사스런 기도실의 치장이 어색할 정도로 마야의 식사는 초라했다. 갓 만든 난 한 접시. 아무것도 뿌리지 않은 날채소 한 접시와 소스 한 종지가 전부였다. 그러나 서린 쪽으로 옮겨진 쟁반은 달랐다. 하얀 쌀밥에 김. 김치볶음과 미역국. 거기다가 노릇노릇한 굴비구이까지 곁들여져 있었다.

깜짝 놀라는 서린더러 마야가 씩 웃었다.

[널 위해 요리장더러 한국 음식을 부탁했단다. 흉내는 낸 것 같아.]

[이런 건 기대하지 않았어요. 정말 감사합니다.]

[넌 기운이 필요해. 익숙한 음식은 사람으로 하여금 기운이 나게 하지. 요즈음은 한국 음식을 구하기가 쉬워져서 다행이야. 아무래도 라탄더러 널 위해서 한국 요리사를 한 명 구하라고 말해주어야겠구나.]

[그러실 필요는 없어요. 전 곧 떠날 사람인걸요.]

[글쎄다. 그건 두고 보면 알겠지. 먹자꾸나. 음식이 기다리고 있잖니?]

마야는 떠난다는 서린의 말을 듣지 못한 척, 먼저 난 한쪽을 집어 들었다.

인도에 도착한 이후 처음이다. 서린은 비로소 제대로 된 식사를 했다. 마야의 말이 맞았다. 익숙한 음식은 사람을 기운나게 만들었다. 식사를 끝낸 두 사람 앞으로 트리샤가 다가왔다.

[차를 올리겠습니다.]

[그래 줘.]

차와 신선한 과일이 담긴 은쟁반을 놓아주고는 트리샤가 조용히 바깥으로 나갔다. 마야가 찻잔을 들며 서린을 바라보았다.

[라탄은 언제쯤 돌아온다지?]

[정확하게는 잘 모르겠습니다만, 오늘은 돌아온다고 알고 있습니다.]

[그렇구나. 그 앤 할 일이 아주 많지만 잘도 피해 다니지. 게으름뱅이 녀석. 마침내 피할 수 없는 시간이 도래한 모양이로군. 고생이나 잔뜩 하면 좋겠어.]

마야가 콧방귀를 뀌었다. 서린은 다시 홍차포트에서 차를 따랐다.

[그래, 어제의 외출은 재미있었니?]

[네?]

처음에는 마야가 무슨 말을 하는지 알 수가 없었다. 그러다가, 서린은 어제 아침나절, 자신이 저지른 멍청한 소동을 떠올리고는 그만 얼굴을 붉히고 말았다. 그녀는 라탄이 공작궁을 비운 때를 이용해서, 사람들 눈을 피해 살며시 떠날 생각을 했던 것이다.

물론 라탄이 경고하지 않은 건 아니었다. 그 남자에게는 마음을 읽는 눈이 있는 게 분명했다. 출발하기 전, 차창을 내리더니 나직하나 강압적인 목소리로 윽박질렀다.

[그럴 수도 없겠지만, 서린. 내가 없다고 몰래 떠나는 그런 발칙한 짓은 저지르지 않기를 바라. 보내준다고 약속했어. 그러니 도망은 치지 마. 내가 네 다리의 심줄을 끊어놓는 것을 바라지는 않을 테지?]

설마 죽이기야 하겠어? 하는 배짱이었다. 그가 떠나자마자 서린은 무작정 배낭을 메고 방을 나섰다. 문제는 아무리 후정을 돌고 돌아도 바깥으로 나가는 문을 찾을 수가 없었다는 것이었지만.

어찌어찌하여 결국 본관까지는 나갈 수 있었다. 허리에 총을 찬 건장한 사설 경호원들이 그녀 앞을 가로막았던 것은 그때였다. 아무리 설명해도, 그들은 한 마디도 알아듣지 못한다는 표정이었다. 결국은 담 바깥에도 나가지 못하고 방으로 되돌아올 수밖에 없었다.

정말 어리석지 뭐야. 새삼스레 쓴웃음이 머금어지고 말았다.

[아가, 아직도 너의 카르마를 피해서 도망갈 수 있다고 믿는 거냐?]

[네?]

홀로의 생각에 잡혀 있던 서린은 깜짝 놀라 깨어났다. 멍하니 마야를 바라보았다. 이마에 찍힌 노인의 비니가 신비한 비안(秘眼)마냥 그녀를 응시하고 있다.

마야가 손을 들어 신단 앞에 놓인 화로에 다시금 향료 한 줌을 집어넣었다. 잦아드는 것도 같던 가느스름한 연기가 향로에서 다시 피어오르기 시작했다.

[저어, 무슨 말씀을 하시는지 모르겠어요.]

적절한 어떤 표정을 지어야만 하는데 그런 표정이 정작 무엇인지 알 수가 없다. 또한 그런 표정을 지어야 한다는 것조차 어색하고 거짓말 같아서 차라리 바보처럼 웃고 말거나 백치처럼 못 알아듣는 시늉을 하게 될 때가 있다. 지금 서린이 딱 그랬다.

[글쎄, 사람은 곤란한 문제가 생기면 먼저 외면하거나 도망부터 치려고 하지. 난 말이다, 네가 언제쯤 내 손자에 대해서 진지하게 고민해 줄까 궁금하단다.]

[……언제나 전 라탄에 대해서 고민하고 있어요.]

다만 해답을 찾지 못할 뿐이죠. 말없는 대답을 들은 것마냥 마야가 싱긋 웃었다. 고개를 가볍게 끄덕였다.

[넌 어찌할 바를 모르고 있는 게 분명해. 그 앤 너무나 압도적이고 불가사의하고 심지어 당황스런 존재라고 말할 수 있을 테니.]

[라탄을 진정 이해할 수 있는 사람이 있을까요?]

[아마 너라면 가능하다고 생각한다만. 넌 그 애의 반려니까.

하지만 아직은 같이 있으면 조금은 멍해지고, 또 표류하는 기분이 들 게다. 이해해. 어쩔 수 없어. 그 애의 사고는 보통 사람들로서는 이해하기 힘드니까.]

[라탄이 저에게 아주 당황스런 사람이라는 건, 옳습니다.]

[하지만 너무나 사랑스럽지. 그렇지 않니?]

마야가 다시 서린을 건너다보았다. 늙은 노인답지 않게 윙크까지 했다. 아주 쾌활하고 짓궂은 표정이었다.

[그야말로 미친 듯이, 너무나 열정적으로 널 사랑하는 남자니까. 그런 남자에게 여자는 오래도록 저항하기 힘들어. 너도 아마 느끼고 있을 거다. 조만간 넌 그 애의 품 안에서 새로운 세상을 찾게 될 거라는 걸 말이다.]

마야의 말은 너무나 가차없고 직접적이었다. 무어라 대답할 말이 없어지고 말았다. 심장을 직격으로 찔린 기분이 들었다. 서린은 고개를 숙인 채 찻잔만 어루만졌다.

그렇지 않다! 하고 강하게 고함치고 싶었지만, 그러기에는 차마 염치가 없었다.

말로는 죽는다 하면서도, 버젓이 아직도 살아 있다. 현조를 보내지도 못한 채 그 남자에 의하여 휘둘리고 있는 서린 자신의 원죄. 무엇보다, 그를 원망하고 미워하는 마음은 갈수록 옅어지는 것이 진실이었기에.

마야의 말대로 그녀에게는 오직 주기만 하는 그 남자. 그녀를 기만하고 유린했다고 증오했지만, 결국은 그것이 그녀를 살린 것이다. 거칠고 난폭하기는 했으나 결국은 라탄이 그녀에게 삶을 다시 선물한 것을 부정할 수는 없었다. 그 남자를 계속 미워하는 것은 부당한 일이었다. 옳지 않았다.

그렇다고 해서 현조를 말짱히 잊고 라탄의 품 안에서 새로운 삶과 세상을 꿈꾸고 찾겠다는 것은 아니다. 그것이야말로 또 한 번의 무서운 죄악을 저지르는 것이다. 서린은 그토록 뻔뻔하게 그러한 죄악을 다시 저지를 용기가 없었다. 자격도 없었다.

서린은 기어들어 가는 목소리로 대답했다.

[저는, 잘 모르겠습니다.]

[난 정말 너희 둘이 걱정스럽구나.]

마야가 가볍게 한숨을 쉬었다.

[자신의 것인데도 가장 알기 어려운 것이 마음이기는 하지. 지금의 너희들을 보면 위태롭기는 해. 그 앤 보나마나 제 식대로 너에게 생각할 기회도 주지 않고 밀어붙이고 있을 테고, 넌 거의 본능적으로 도망치려 하고 있을 테고. 누군가가 좀 도와주지 않는다면, 너희 둘은 결국 함께 껴안고 벼랑으로 떨어질 수밖에 없었을 거다. 난 너희들을 도와주고 싶을 뿐이야.]

[그렇다고 해도, 저희 일에 너무 깊이 관심을 주시는 건 부담스러운 일입니다. 저나 라탄 둘 다 자신의 일을 알아서 하는 성인이잖아요.]

[난 아흔이잖니? 기껏 서른 해도 살지 못한 주제에 말이 많아. 너희 둘은 내겐 갓난아기나 다를 바 없어.]

이 나이가 되면 안 될 일도, 못할 일도 없단다, 라는 듯 마야가 당당하게 되받아쳤다.

그만 서린은 자신도 모르게 살짝 소리 내어 웃고 말았다.

이상하다. 마야와 마주하여 그녀의 이야기를 듣고 있으면 세상이 평온해진다. 인간사 모든 근심걱정들, 비탄과 고통이 한낱 티끌처럼 여겨진다. 깊은 상처조차 흘러가는 순간의 일상사. 아무것도 묻지 않고 아무것도 탓하지 않지만, 전부 다 이해받고 위로받는 그런 느낌이다.

순간이나 다시 찾은 웃음소리. 아주 잠시이긴 했지만 서린은 둘러싼 비탄의 베일을 벗어 던졌다.

'정말 아름다워. 과연 락쉬미의 화신이라고 불릴 만해.'

마야는 마음속으로 홀로 탄식했다. 웃음 짓는 서린을 보니, 오랜 수행 끝에 평상심을 거의 유지하는 그녀조차 순간적으로 멍해질 정도였다.

아흔 해 가까이 살아온 그녀로서도 처음 볼 만큼 고운 아이. 지금껏 내내 그늘지고 비 내리던 하얀 얼굴에 무지개가 피었다. 여린 꽃잎처럼 발그레 붉어지는 볼. 고운 눈매가 반달 모양으로 순하게 풀어진다. 서린이 웃음을 지으니 주변을 둘러싼 공기 전부가 미묘한 은방울 소리를 내며 같이 기뻐하는 것 같았다.

'저런 아이이니, 잊을 수 없고 자르지도 못한 거지.'

서린의 일이라면 애달파 어찌할 바를 모르는 손자의 마음을 살짝 엿본 것 같아 가슴이 아팠다. 애잔해지는 눈빛을 감추려 마야는 고개를 숙이고 차 한 모금을 마셨다.

아주 잠시 모든 것을 잊고 웃던 서린이 갑자기 뚝하니 웃음을 멈추었다. 삽시간에 그 얼굴이 흐려지고 말았다. 어찌 보면 상중(喪中)인 자신의 처지가 떠오른 거다.

서린의 웃음소리가 사라진 바로 그 자리. 터무니없이 가볍고 꽃향기 만발하던 공기가 그만 무겁고 어두워지고 말았다. 안개마냥 축축한 물기를 머금었다. 마야는 자신이 라탄이라 해도, 그녀의 어깨를 잡아 흔들며 다시 웃어라 명령했을 거라고 생각했다.

서린이 한 손으로 얼굴을 가렸다.

[제가 다시 웃을 수 있을 거라고는 생각하지 못했어요.]

진심으로 괴로워하고 미안해하는 목소리였다.

[변명할 필요 없단다. 웃음은 눈물과 함께 다니는 형제라지. 동전의 앞뒷면과도 같아. 우리 인간의 삶이 그런 거란다. 아가, 이 세상 그 누구도, 언제나 웃을 수만도 없고, 늘 울고 있을 수만도 없어.]

[하지만 웃는 게 죄스러워요. 웃으면 안 될 것 같아요.]

[망자(亡者)에게 미안해서 말이냐?]

[……네.]

[살아 있는 네가 죽어버린 자신으로 인해 늘 울고 산다면, 결코 죽은 그 사람도 좋아하지 않을 텐데. 죽은 사람이 널 진심으로 사랑했다면 말이다. 자신이 못다 한 삶의 행복과 단즙을 너

만이라도 마음껏 누리기를 바랄 거야.]

[그럴…… 까요?]

[내가 아는 한, 그렇다고 생각해. 네 전 약혼자가 널 정말 사랑했다면 말이다. 내 남편도 죽는 순간, 마지막으로 나에게 부탁했어. 마음껏 삶의 기쁨을 누리고, 자기에게로 돌아와서 내가 겪은 그 모든 것을 이야기해 달라고 말이다. 가장 아름다운 축복을 주고 떠났지, 그 사람은.]

[……그 사람은 정말 절 사랑해 주었는데, 전 그만큼…… 진실하지도, 한마음이지도 못했어요. 그 사람을 잊지 못하고, 마음에 고인 응어리가 풀리지 못하는 것은…… 그래서 그런가 봐요. 미안해서……. 나만 살아 행복해지면…… 그 사람에게 염치가 없어서…….]

얼굴을 가린 손 사이로 조금씩 물기가 새어나오기 시작했다. 굳어져 버렸던 얼음의 눈물이 잠시의 틈만 주자 그만 다시 풀려 흘러나오고 있었다. 어찌할 도리가 없었다.

[죽어야 할 사람은 저였어요. 그 사람은 살아야 했구요. 천지 사방 혼자였거든요. 난 죽어도 가슴 아파하거나 울어줄 사람 하나 없지만…… 그 사람은 너무나 많은 사람들이 사랑했던 사람이었거든요. 차라리 그랬다면 좋았을 텐데.]

[글쎄다. 그건 아닌 것 같구나.]

마야가 얼굴을 가려 버린 서린의 손을 잡아끌어 내렸다. 젖은 볼을 여전히 타고 흐르는 맑은 눈물을 가만히 닦아주었다.

[좀 더 다행인 죽음이라거나 더 나은 죽음이 있을 리 없잖니? 어떤 삶을 살았든 사람이 죽으면 똑같이 세상 전부가 사라지는 거란다.]

[그럴까요?]

[그럼, 그렇고말고. 네가 죽었다면, 너를 사랑한 그 남자 역시 똑같은 이유를 대며 아파하고 평생 슬퍼하겠지. '내가 대신 죽었어야 했어' 자책하고 미안해하면서 말이다. 그렇게 생각하는 건 어리석은 일이야.]

그리고 널 잃은 내 손자 역시 죽음보다 더한 절망 속에서 산산이 부서지고 말겠지. 마야는 나직하게 한숨을 쉬었다. 그것이야말로 정말 끔찍한 일이지. 라탄의 곁에 있어야만 너의 눈물이 마를 수 있다는 것을 언젠가 너도 알아주면 좋으련만.

마야가 두 사람의 잔에 차를 다시 부었다. 서린의 눈물이 진정될 때까지 가만히 기다려 주었다.

서린이 흐르던 눈물을 간신히 수습했다. 살짝 부운 눈두덩, 발그레해진 눈 밑만 아니라면 눈물이 흘렀는지 알아차릴 수 없을 정도였다. 맑간 비에 씻긴 하늘마냥 눈물마저도 고운 아이. 정말 오만한 손자를 미치게 만들만 하다고 마야는 새삼스레 되새겼다.

[가능한 한 생각 따윈 하지 않으려고 해요.]

서린이 아주 낮은 목소리로 다시 마야에게 속마음을 설핏 드러냈다. 마야 또한 초점을 잃고 헤매는 서린의 시선을 따라 대리석 기둥 사이로 내다보이는 푸른 정원을 내다보았다.

[생각을 하면…… 너무나 혼란스러워서…… 가만히 앉아 있을 수가 없거든요. 나는 지금…… 무엇을 하고 있는 걸까요?]

누군가에게 해답을 듣고자 묻는 것이 아니었다. 스스로도 헤아릴 길 없이 혼란스러운 자신의 처지와 어지러운 상념을 들여다보는 중이었다.

[이렇게 제가 살아 있는 것이 맞는 일인가요? 아무렇지도 않은 얼굴을 하고 라탄의 곁에 머물고 있는 것이…… 옳은 일일까요? 내가 지금 무슨 짓을 하고 있는 거죠? 깊이 사랑하고, 결혼을 약속했던 사람이 죽은 지 이제 겨우 석 달 반, 지났어요. 그런데 난 왜 라탄 곁에 살아남아 있는 거죠? 무슨 염치로요? 그 사람을 어떻게 보내려고 이렇게 뻔뻔하고 염치없는 짓을 하고 있는 걸까요? 이렇게 무참한 배신을 저지르고 말다니, 저승의 그 사람은 얼마나 날 원망하고 있을까요? 전…… 반드시 천벌을 받고 말 거예요.]

까만 눈이 물기를 머금고 마야를 응시하고 있었다.

[할머님께서는 삶을 아주 오래 사시고, 또한 지혜로우신 분이시니 제게 대답을 해주실 수 있을 거예요. 전, 언제쯤 바라나시로 갈 수 있을까요?]

[언젠가는 라탄이 널 그곳으로 데려다 줄 거다.]

[그때까지 기다릴 수가 없어요. 어떻게든 전 가능한 한 빨리 바라나시로 가야 해요.]

[거기로 가선 무엇을 하고 싶은 거냐?]

[그 사람을 정식으로 보내주고 싶어요.]

[이해하겠어. 당연히 그래야지.]

선선히 인정해 주고, 서린의 입장을 이해해 주는 마야의 말에 서린의 마음도 따라 풀렸다. 그토록 꺼내기 어렵던 속내의 말이 입술에서 술술 새어나오고 있었다.

[인도로 신혼여행을 오기로 약속했거든요. 혼자라도, 그 길을 다 돌아야만 조금이나마 마음이 편안해질 것 같아요. 전…… 그 사람이 죽을 때 아무것도 모르고 마냥 즐겁게 놀고 있었어요. 말짱히 살아 숨 쉬고 있었죠. 게다가 다른 남자까지 생각하면서 말이죠. 지금이라도 늦었지만, 안녕이라고…… 미안하다고…… 말은 해야 하잖아요. 정식으로 그 사람과 작별인사를 해야만 해요. 그래야만 해요.]

[네가 정말 바라는 일이면 이루어질 게다. 네 뜻이 그러하다면, 라탄도 이해할 거야.]

[부디 그래 주기를 바라요.]

[그 애도 너를 사랑하는 것은 너의 과거와 기억과 비탄과 소망까지 다 감싸 안는 것이란 것을 배워야 해. 비록 받아들이기 쉽지 않겠지만, 네가 가르쳐 주면 되잖니. 하지만 서린.]

마야가 정색을 하고 서린을 불렀다.

[단 한 가지, 아흔 해나 세상을 살아온 노인의 말을 한번 들어 보겠니?]

[말씀하세요. 경청하겠습니다.]

[네 약혼자가 죽었다고 해서, 남은 네가 절대로 행복해서는 안 된다는 말은 부디 하지 말아라.]

입이 막혔다. 무어라 대답하고 싶은데 할 말이 없었다. 침묵하는 서린을 바라보며 마야가 말을 이었다.

[긴 삶을 가진 자가 행복할 거라고 믿는 건 착각이야. 백 년을 살아도 불행과 고통뿐인 삶이 있는가 하면, 한순간을 살아도 찬란한 빛살처럼 행복한 삶도 있는 법이란다. 네 삶이 죽은 약혼자의 삶보다 길다고 해서, 더 행복해진다 해서 그것이 죄는 아니야. 그것은 두 사람의 카르마가 다르기 때문이란다.]

[하지만…….]

[배신으로 따지자면, 너를 놓아두고 먼저 죽은 그 남자의 잘못이 더 커. 그리고 죽음이 닥치면 삶 속의 약속이나 인연은 저절로 끊어지는 법이란다. 다른 사람을 만나 행복을 찾는 것이 죄이거나 잘못은 아냐. 그 남자가 널 진심으로 사랑했다면 오히려 네가 자기를 빨리 잊고 새로운 행복을 찾기를 바랄 거라고 난 믿는단다. 살아 있는 자의 눈물은 죽은 자의 사슬이야. 족쇄이지. 바라나시로 가면 '안녕' 하고 정식으로 작별인사를 하렴. 그리고 넌 돌아서서 홀로 새 길을 가야 해. 그게 네 의무란다.]

서린은 멍하니 탁자 위에 춤추는 햇살만 바라보았다.

오빠, 그래?

내가 오빠를 잊고 새로운 길을 가기를 바라?

오빠가 간 그 길을 따라 내가 가는 거 싫어?

그녀가 죽지 못한 건 그것을 현조가 바라지 않아서일까?

서린은 두 손으로 얼굴을 가렸다. 오열 같은 목소리가 나직하게 새어나왔다.

[무슨 일을 해도, 어떻게 흔들려도 착하게 웃어주던 사람이에요. 덮어주고, 안아주고, 사랑해 주던 사람이거든요. 그런 사람을, 어떻게 잊어요? 어떻게 홀로 버려둬요? 절대로 그러면 안 되는 거잖아요. 따라가진 못하더라도, 정식으로 안녕이라는 작별인사를 할 수 있어야 할 텐데…….]

서린은 제발 자신이 그럴 수 있기를 간절히 바랐다.

제6장
—살아 있어 우리는 삶을 걸어가야 한다—

아무 할 일 없이 하루를 보내는 것보다는 무엇이라도 하는 게 낫다. 그날도 서린은 데르다가 질색하는 것도 아랑곳하지 않고 이불을 들고 나가 발코니 난간에 걸어놓았다. 막대기로 먼지를 탁탁 털어냈다. 햇살 아래 먼지의 자잘한 입자가 흩날렸다.

[이런 일을 직접 하시면 안 돼요, 마님. 하녀들이 비웃는다구요! 게다가 속옷 빨래까지 하시다니! 정말 창피해 죽겠어요.]

데르다는 이제 완전히 울상이었다. 서린더러 두 손을 모아 빌 정도로 사정을 하고 있다. 서린은 들은 척 만 척 이불을 다시 개켰다. 야무지게 대꾸했다.

[비웃으라고 그래. 난 내 팬티까지 남의 손에 맡길 만큼 염치

가 없지 않아.]

[여긴 한국하고 달라요. 빨래는 당연히 8)도비왈라가 하는 일
이란 말이죠. 마님이 직접 하시면 그런 일을 하는 사람들은 어
떻게 살겠어요? 각자의 할 일은 각자에게 맡겨주세요. 제발요.
그리고 여긴 공기가 건조해서 이불을 굳이 햇빛에 말릴 필요가
없다니까요.]

[그래도 침구는 햇살에 보송하게 말리는 게 최고야.]

[아직 팔도 다 낫지 않으셨잖아요.]

[실밥 풀었어. 이젠 수영까지 해.]

입씨름 같지도 않은 입씨름을 계속하며 서린은 한아름 방석
들을 들고 다시 발코니로 나갔다.

[부지런한 아내는 억만금의 재산보다 더 귀중한 존재라고 하
지. 보기 좋구나.]

등 뒤에서 목소리가 들렸다. 두 여자는 고개를 돌렸다. 마야
가 인자한 미소를 가득 담고 문 앞에 서 있었다.

[어머나, 할머니.]

마야가 방 안으로 들어왔다. 늘 따라다니는 트리샤는 커다란
바구니를 들고 있고, 뒤에 선 또 다른 하녀는 오색 꽃잎이 수북
이 담긴 쟁반을 들고 있었다.

[난 항상 일하지 않는 자는 먹지도 말아야 한다고 주장해 왔

---

8)도비왈라: 인도에서는 빨래하는 일을 천하게 여긴다. 그래서 전문적인 세탁부
도비왈라에게 빨래를 맡긴다. 이들은 천민이며 세습된다

어. 너도 나와 같은 생각이라니 기쁜걸.]

서린은 마야에게 자리에 앉기를 권했다. 하녀가 들고 있는 꽃잎 가득 담긴 쟁반도 받아 들었다.

[문득 네가 심심해할 것 같다는 생각이 들었단다. 열심히 일을 하고 자기 힘으로 살아가던 사람이 갑자기 할 일을 빼앗기고 익숙지 못한 생활 방식에 놓이게 되면 곤란에 빠지지. 한데 여기 와보니 너도 참 바쁜걸. 오늘은 네가 나를 좀 도와주었으면 하고 왔는데. 괜찮겠니?]

[다 끝났어요. 당연히 도와드려야죠.]

[다음 주는 9)바산타판차미축제야. 사와르와티 여신을 위해 옷을 만들어야만 해. 여신에게 바칠 꽃사슬도 만들어야 하고.]

[제게 일을 시켜주셔서 감사합니다. 사실, 이곳에는 제가 할 일이 거의 없어요. 쓸모없는 인간이 된 것 같아요.]

[이해한단다. 네가 무료함의 악마에 빠져 쓸데없는 생각을 또 하기 전에 널 바쁘게 만들어야지. 트리샤?]

[네, 마님.]

[하늘정원에서 차를 마시겠어.]

[준비하겠습니다.]

[자, 아가. 팔 좀 빌려다오. 오후만 되면 관절염이 날 아주 괴

---

9)바산타판차미축제:북인도 지방에서 열리는 봄맞이 축제. 학문의 여신인 사라스와티 여신을 기리는 날이다. 여신의 가마가 유채꽃밭을 지나가면 사람들이 노랑 옷을 입고 행렬을 지어 따라가며 노래를 부르고 연도 날린다

롭히는구나.]

마야가 손을 내밀었다. 서린의 팔을 잡고 끙 하며 몸을 일으켰다. 이럴 때면 그녀가 아흔 살에 가까운 노인이라는 사실이 느껴졌다.

서린은 꽃잎 쟁반을 들고, 마야는 지팡이를 짚어가며, 침실의 발코니에 이어진 긴 회랑을 걸어갔다.

회랑의 끝에 하늘정원이 있다. 이층의 회랑 끝 모퉁이에는 작은 실내 정원이 있는데, 그 안에는 공작궁을 전부 내려다볼 수 있게 아름답고 섬세한 공중누각이 하나 있었다. 그 정자가 있는 작은 인공 정원을 하녀들은 하늘정원이라고 불렀다.

원래 하늘정원의 대리석 공중누각은 신부의 야외 침실이었다고 한다. 그래서인지 누각 안에는 한참 더운 여름철에 시원하게 잠을 잘 수 있게 비단 천개가 드리워진 대리석 침상이 놓여 있다. 아름답게 꾸며진 후궁의 정원과 잔디밭을 내려다볼 수 있게 벽 한쪽도 완전히 트여 있었다.

마야가 정원을 볼 수 있는 위치에 놓인 대리석 소파에 앉았다. 안뜰의 활짝 핀 화목들과 푸르른 관목들을 찬찬이 내려다보았다. 흐뭇하게 중얼거렸다.

[아주 아름다운 정원이지?]

[네.]

서린도 마야 곁에 앉았다. 함께 건물 안의 중정을 내려다보았다.

[무굴제국의 정원은 저렇게 네 부분으로 나뉘지. 생명의 원천을 상징하는 분수를 중심으로 세상을 구성하는 물, 불, 공기, 흙을 표현하는 거란다.]

[할머님의 말씀을 들으면 모르던 것을 알게 되어 즐겁습니다.]

[다행이구나. 네가 늙은이의 잔소리를 싫어하면 어쩌나 걱정했거든.]

서린의 입술에 살며시 미소가 떠올랐다. 마야하고 있으면 웃는 건 이토록 쉬웠다.

[이곳을 사람들은 카펫 정원이라고들 부른단다.]

[카펫 정원이라니요?]

[잘 살펴보렴. 대리석으로 정원의 테두리를 카펫 문양처럼 만들어놓고 수목들을 심었지? 네 방에 깔려 있는 카펫과 정원의 문양이 똑같단다.]

[아, 그렇군요.]

서린은 자신도 모르게 감탄했다. 정원을 카펫의 문양처럼 만들다니, 그 정도의 정교함과 화려함. 정성스러움은 생각해 본 적이 없었다.

[사시사철, 어디를 보든 향기가 바람에 날리고, 보는 눈이 즐겁도록 꼼꼼하게 색들을 맞춰 꽃을 선택했지. 이곳은 후궁의 여인들이 제일 좋아하는 곳이었어. 수로(水路)에는 늘 푸른 물이 흐르고, 작은 새들이 노래하지. 다들 여기 나와서 차를 마시고

물담배를 피우고 수다를 떨곤 했어. 상인들이 옷감이나 보석을 가지고 들어오면 고르기도 하고 말이야. 가끔씩 악사들이 악기를 연주하러 들어오기도 했단다. 그러면 다같이 노래를 부르기도 하고 그랬지.]

[할머님의 말씀을 듣고 있으면 제가 어디 동화 속 나라에 들어온 것 같아요.]

[이 집 담을 넘어, 세상은 현기증 나게 많은 변화가 생겼다고 들 하더구나. 라탄만 하더라도, 그 애가 들고 다니는 그 노트북 컴퓨터라든지 휴대전화라는 것, 난 아주 못마땅해. 잠시도 사람을 가만히 놓아두지 않거든. 하지만 이 집의 담장 안에만큼은 아직 좋았던 그 시절이 그대로 간직되어 있지. 적어도 내가 살아 있는 한은 계속 그럴 거야.]

[공작궁은 살아 있는 국보와도 같다고 생각합니다.]

[앞으로는 네가 이 집을 그렇게 만들 테지. 부탁하마. 이 집의 정수를 부디 잘 간직해다오.]

감히 그 말에는 대꾸할 수가 없었다.

설핏 어두워지는 서린의 기색을 읽지 못한 척 마야가 일어나서, 대리석 탁자로 다가갔다. 날이 슬슬 저물어가니 밝은 불을 보고 날벌레들이 날아들어 온다. 하녀들이 벌레들을 쫓을 수 있게 향기로운 연기가 피어오르는 등잔들을 벽에다 걸고 있었다.

두 여인은 비단방석이 깔린 의자에 마주 앉았다. 꽃잎 쟁반을 사이에 두고 투명한 실에 꿰어진 커다란 바늘을 건네받았다.

[이 실에다 꽃잎을 꿰는 거다. 금잔화는 같은 색으로만, 그리고 장미는 하얀색과 붉은색을 번갈아 꿰는 거야. 꽃사슬을 만들어 신상의 목에 걸어드리자꾸나.]

마야는 바구니에서 거의 다 만들어진 화려한 여신의 옷을 꺼냈다. 노란색 비단으로 만들어진 옷을 마지막 마무리를 위해 옆에 앉은 하녀에게 건네주었다.

[정성껏 수를 놓으렴. 신에 대한 공양은 오직 정성된 마음뿐이야.]

마야도 서린처럼 쟁반에서 꽃잎을 한 줌 집어 들었다. 신에게 바칠 꽃을 꿰기 시작했다.

[할머니, 내일 아침에 제가 기도원으로 가요. 저랑 같이 식사를 해주시겠어요? 거의 매일 혼자 식사를 하는 건 좀, 쓸쓸하고 재미가 없어요.]

[내일은 라탄이 곁에 있어줄 텐데? 그보다, 네 시중을 드는 데르다가 있지 않니? 그 애랑 같이 식사를 하는 것으로 아는데?]

[같이 식사하자고 말해도 사양만 하는걸요. 몇 번이고 권해야만 전 식탁에서, 그 앤 문가에 앉아 식사를 하는데, 이것을 같이 식사한다고는 말할 수 없잖아요?]

마야가 혀를 찼다.

[저런, 그렇구나. 하긴 우리나라에서는 같은 카스트가 아니면 식사도 함께하지 못한다는 관습이 있긴 해. 정말 웃기지만.]

인도 공화국은 평등한 인권을 보장하는 민주주의 국가라고 알고 있다. 그럼에도 불구하고 수천 년을 이어온 불합리한 카스트의 관습은 극복되지 않고 있다. 어처구니없는 불평등한 일이 뻔히 벌어지고 있었다. 이를테면 하녀와 주인이 같은 자리에서 식사를 하지 못하는 일들 말이다.

한국에서 태어나고 자란 서린은 절대로 이해할 수 없는 일이었다. 그러나 이런 것조차도 전통이요, 현실이라 하는데 어쩌랴?

무엇보다 부당한 대접을 받고 있는 당사자인 데르다가 그러한 불합리하고 불평등한 일을 너무나 자연스럽게 받아들이고 있었다. 하위 카스트인 데르다는 주인인 라탄의 반려인 서린과는 하늘과 땅만큼이나 차이나는 신분인 것이다. 그녀를 대접해주는 것이 오히려 괴로움에 빠뜨리는 일이라 하니 어쩌란 말인가.

얼마 후, 차도구가 올려진 쟁반을 들고 트리사가 다가왔다. 데르다도 꽃이 가득 담긴 물병을 들고 따라왔다. 다채로운 색의 장미, 색색 가지 글라디올러스, 푸른 잎들과 이름 모를 여러 가지 꽃들이 짙은 향기를 내뿜으며 함께 담겨 있었다.

[오늘은 꽃이 무척 싱싱한걸. 서린, 너는 이 화병에 꽃꽂이를 해주겠니?]

서린은 꽃사슬 하나를 다 꿰었다. 꼼꼼한 솜씨를 눈여겨본 마야가 만족한 미소를 짓는다. 이번에는 섬세한 조각이 된 대리석

화병을 건네주었다.

[오늘 밤, 춤추는 시바 신을 위해 네 꽃으로 자정의 공양을 하자꾸나.]

[정식으로 꽃꽂이를 배운 적이 없어서 잘될지 모르겠지만 최선을 다해보겠습니다.]

사소한 일이지만, 조금은 즐거웠다. 서린은 예전에 잠시 다녔던 꽃꽂이 강습에서 배운 것을 떠올리며 꽃을 꽂기 시작했다. 가지런히 줄기를 정리하고 시든 꽃잎을 떼내고 배색을 맞추었다.

열심히 전체적인 색감과 조화를 생각하며 꽃을 꽂는데, 한동안 그 모양을 유심히 지켜보던 마야가 불쑥 말했다.

[꽃들이 너를 좋아하는구나.]

[감사합니다. 제가 초등학교 시절에 돌아가신 아버지께서는 회계사였는데요, 어렸을 적에 시골에서 자라셨대요. 자연이 좋다고 집에다가 참 많은 꽃과 나무를 심고 가꾸었어요. 그래서인지 꽃들이 참 좋아요. 나중에 돌아가신 어머니와 꽃집을 할까 하고 이야기를 나누시는 것을 들은 적도 있었답니다.]

[다행이야.]

[네?]

[가드닝에 취미를 가지는 건, 여주인으로서의 당연한 의무란다.]

마야가 꽃사슬을 내려놓고 차를 따랐다.

[내가 구자라트의 아마다바드 궁에 머물 때 말이다. 그때 난 어린 새색시였지. 난 하루에 세 시간씩 규칙적으로 정원을 가꾸었단다. 내 하녀들과 후궁들은 바라트에서 가장 아름다운 정원이라고 칭송해 마지않았어. 심지어, 영국의 공주까지 내 정원에서 차를 마시고 싶어했지. 우린 그녀를 위해서 깜짝 생일파티를 열어주었지.]

마야의 말 한 마디 한 마디가 바로 역사였다. 어디선가 밤새의 아름다운 울음소리가 들려오고 있었다. 실바람이 불어왔다. 분수 위로 피어오른 연꽃 향기까지 실어왔다.

[인도는 무척 더운 나라인데, 밤이면 서늘해요. 새벽이면 춥기까지 하더라구요.]

[아무래도 아직은 봄이니까 그렇겠지. 게다가 건기이니 공기가 건조해서 그런 게지. 하지만 여름은 정말 끔찍하단다. 50도까지 육박하니까.]

[어머나, 50도까지 올라가나요?]

[여름의 델리는 사람 살 곳이 아니야. 태양이 사람 껍질까지 익혀 버리는 것 같아. 그래서 그맘때쯤이면 이 집 식구들 전부 다 시원한 곳으로 도망가곤 한단다. 방갈로르 별장이나 캐나다쯤으로 말이야. 게으름뱅이 라탄 녀석까지도 그 무거운 엉덩이를 들고 아예 알래스카쯤으로 떠나 버린단다.]

[왜 그를 두고 만날 게으름뱅이라고 말하시나요?]

[사실이니까. 그 앤 언제나 어찌하면 일을 피할 수 있을까만

을 궁리하거든. 내 평생 그 애처럼 움직이기 싫어하고 바닥에 달라붙은 녀석은 처음 본다니까. 따개비 같아.]

[어머, 그렇지 않아요. 라탄은 한 번도 바닥에 붙어 있었던 적이 없어요. 지나치게 활동적이죠. 하루 종일 수영만 한 적도 있는걸요.]

서린의 눈이 동그래지고 말았다. 자기도 모르게 반박하고 말았다.

마야가 슬쩍 미소 지었다. 라탄에 대하여 대꾸하는 서린의 모습에서 조그마한 희망의 싹을 보았기 때문이다. 거의 두 달이나 같이 붙어 지냈으니, 하기는 아무리 마음이 죽은 사람이라도 완전히 무관심하기란 어려울 것이다.

[하긴 그렇구나. 요즈음 그 앤 네 옆에 찰싹 달라붙어 있었지. 죽도록 일 안 하는 건 마찬가지지만.]

서린의 볼이 그만 빨개지고 말았다. 쓸데없이 라탄의 일에 관심을 가진 모양새가 어쩐지 민망했다. 발가락 끝이 간질간질했다. 마야는 서린의 붉어진 얼굴을 보지 못한 척 꽃으로 시선을 돌렸다.

[트리샤.]

마야가, 갑자기 수선스럽게 하녀를 불렀다.

[오, 맙소사. 크리켓 경기 시간이야. 내 휴대용 TV는 어디로 간 거지?]

[여기 있습니다, 마님.]

오, 맙소사, 트리샤가 들고 온 것은 마야를 위한 소형 TV였다. 팔순 넘은 마야가 아직도 운동 경기의 승부에 흥분하는 것이 너무나 신기하게 느껴졌다. 모든 사람은 공작궁의 가장 큰 어른인 마야를 두고, 속세를 완전히 벗어난 신인처럼 묘사했다.

[실례의 말씀이지만, 할머님 연세에 운동 경기에 열광한다는 것은 쉽지 않죠.]

[쉿, 비밀이란다.]

마야가 눈을 끔뻑였다. 서린은 은근히 재미있어, 마야를 다시 놀렸다.

[기도원 벽감에 최신형 위성 TV가 설치되어 있다는 것을 아는 사람은 많지 않을걸요. 바깥의 사람들은 할머님을 두고 인간사와는 완전히 절연한 분으로 생각하고 있어요.]

[사람들에게 방해받지 않고 조용히 TV를 볼 수 있는 곳은 기도원뿐이거든. 지금 내가 제일 좋아하는 크리켓 팀 경기를 방영하는데, 승부가 궁금해서 견딜 수가 없구나. 아, 난 언제나 델리 팀을 응원해. 사람은 연고지 팀을 좋아하는 법이거든. 라탄에게는 절대로 비밀이야.]

[어째서죠?]

[아직까지 그 앤 내가 뭄바이 팀의 팬인 줄 굳게 믿고 있거든. 그 애는 뭄바이 크리켓 팀의 가장 유력한 후원자란다. 그야말로 돈을 물처럼 쏟아 붓고 있지. 그런데 내가 델리 팀을 응원한다는 것을 알아봐. 난리날 거다. 그 애와 난 숙적 관계야.]

주름진 얼굴이었지만 검은 눈동자는 젊은이처럼 생기있게 반짝이고 있었다. 참을 수 없다. 서린의 입가에 미소 방울이 폭하니 맺혔다. 그렇게 웃고만 스스로가 미안하고 부끄러워 금세 지워지기는 했지만.

[웃으렴, 서린. 정말 보기 좋아.]

마야가 조용히 말했다. 순간적으로 얼어붙어 버린 서린의 얼굴을 향해 가만히 고개를 끄덕였다. 손을 잡아 토닥여 주었다.

[죄가 아니란다, 아가.]

[하, 하지만, 전…… 전…… 웃으면 안 되는 사람인걸요. 웃을 수 없어요. 그러면 안 되는 거잖아요.]

웃음을 죄라 말하는 이 여자. 생기라고는 거의 남아 있지 않다. 처연한 슬픔과 고통이 다시 아로새겨졌다. 보고 있는 마야는 너무나 가슴이 아팠다.

[무엇이든 처음이 힘들단다, 아가. 그렇지만 해야 해.]

[충고는 감사하지만, 저는…… 저는…… 다시 사는 일을 할 수가 없을 것 같아요. 할 기력도 없거니와 그럴 염치가 없는걸요.]

[하지만 해야 한단다. 다시 웃는 일도, 슬픔을 지우는 것도, 생을 다시 선택하는 것도 네 의무야. 몇 번이나 말했잖니.]

마야가 엄하게 말했다.

[힘들다 말하지만, 슬픔과 고통의 그 순간이 지나, 비탄의 다리를 건너면 네 시간은 다시 시작되지. 삶은 그런 거야. 다리를

건너는 것을 두려워하지 마. 연습하렴. 그래야 한단다. 날 봐, 아직도 삶이 계속되고 있으니, 그 의무를 다 하고 있잖니? 이 나이에도 크리켓 승부에 연연해하는 것 말이야.]

[할머님은 저와 다르세요. 열정이 대단하시잖아요.]

[열정이라. 듣기 좋구나.]

마야가 크게 소리 내어 웃었다. 웃음소리 또한 맑고도 힘찼다.

[너도 곧 그렇게 될 거야. 네가 마음을 잡기만 한다면, 금세 네 속에 숨은 생기를 다시 피워 올리게 될 거란다. 난 알아. 너의 남은 삶은 더할 나위 없이 고귀해. 세상의 아름다운 꽃을 전부 피워 올리는 사람이 될 거다.]

[감사합니다. 하지만 전 할머님이 생각하시는 만큼 그렇게 대단한 사람이 아니에요.]

[그런 말 하지 마. 누구든 사람은 그 속에 위대한 신성을 품고 있어. 우주의 전부란다. 우린 삶을 통해 우리 속에 숨은 그 신성을 이뤄내는 데 힘을 쏟아야만 해.]

기도에 심취하고 수행을 하시는 분이라 하였다. 첫인상은 아주 신비하고 불가사의했다. 인간 세상의 일과 감정에서 벗어나 초탈한 분이라고만 생각했는데, 그건 전적으로 서린의 오해였다. 팔순 넘은 나이답지 않게 쾌활하고 넓은 이해심. 삶에 대한 끝없는 열정과 넓은 통찰력은 이제 막 생을 시작한 어린아이와 같았다.

[나이가 많다고 해서 열정이 사라지거나 사랑하는 것들이 지워지는 건 건 아니란다, 아가. 영원은 순간이 이어지는 것일 뿐이지. 나이는 사람들이 이름 붙인 무형의 길이일 뿐, 삶의 기쁨을 누리는 데 아무런 장애가 되지 않아. 영혼은 언제나 청춘이란다. 절대로 늙지도 않고 죽지도 않지.]

[그래요. 할머닌 백 살이 넘어도 사실 거예요.]

들릴 거라 생각하지 않았던 목소리가 갑자기 등 뒤에서 들려왔다.

"어머나."

[라탄! 언제 돌아온 거냐?]

두 여인은 놀라 동시에 고개를 돌렸다. 라탄이 정자 기둥에 몸을 기댄 채 서 있었다. 막 출장에서 돌아온 사람답게 구겨진 양복 차림이었다.

[오 분 전에요, 할머님.]

꽃송이를 들고 있던 서린의 손가락이 그만 살짝 떨렸다. 이 세상 그 누구도 가질 수 없는 그만의 독특한 향기가 다가와서 그녀의 몸을 옭아맸기 때문이다.

라탄의 눈에도 부드러운 기쁨이 어려 있었다. 자신이 사랑하는 두 여인. 마야와 서린이 나란히 앉아 신에게 바칠 화환을 만들고 있다. 그것을 지켜보며 얼마나 안도했는지, 신만이 아시리라.

서린은 어디에도 가지 않았다. 이곳에서, 그의 집에서 그를 기다려 주었다. 그는 신부 곁으로 다가가 두 팔로 얄따란 어깨를 꼭 끌어안았다. 깨끗한 정수리에 가볍게 키스했다.

[향기가 좋은데?]

[……장미꽃이니까요.]

[난 당신의 체취를 말한 거야.]

본능적으로 하얀 손끝이 멈칫했다. 라탄이 쿡쿡 웃었다. 새틴처럼 유혹적인 음성이, 서린의 심장을 직격했다. 떨림과 관능의 분홍빛으로 물들였다.

[정말 사랑스러운 신부라니까. 착하게 기다리고 있었군. 격무에 시달리고 돌아온 신랑을 위해 차까지 끓여준다면 더 기쁠 텐데.]

[그런 거 아니에요.]

[나의 귀여운 린. 부인한다고 해서 날 그리워했을 당신 마음이 가려지는 건 아니지.]

무엇이든 제멋대로 해석한다, 그녀의 기분이나 의사와는 전혀 상관없이 무엇이든 제멋대로이지. 능글거리는 말을 잘도 뱉어내는 그 입술을 찰싹 때려주고 싶을 정도였다. 그가 다시 연인의 검은 머리카락 위에 입술을 비볐다. 사정했다.

[짜이 한 잔만 부탁할게. 당신이 만든 것을 마시고 싶어. 하루 종일 아주 처참한 날이었거든. 악전고투였어.]

[미안해요. 난 짜이를 만들 줄 몰라요.]

서린은 거짓말을 했다. 인도에 취항하는 항공기의 승무원은 짜이 정도쯤은 만들 수 있게 연수를 받는다. 라탄이 몸을 기울여 하얀 이마에 키스했다. 진지한 눈동자로 부탁했다.

[그럼 배워. 나쁜 일은 아니잖아. 안주인이 끓인 짜이의 맛은 그 집안의 품위를 보여주지. 아주 중요한 일이야.]

[난 당신 집안 안주인이 아니잖……]

긴 손가락이 서린의 입술을 가로막았다. 고집스런 검은 눈이 웃고 있었다. 부드러운 강요였다.

[넌 배우게 될 거야. 반드시.]

그가 구석에 앉아 있는 트리샤에게 힌디어로 무엇이라 명령했다. 서린을 다시 돌아보았다.

[너에게 짜이 만드는 법을 가르쳐 주라고 말해두었어. 반드시 아삼 티를 쓰고 아주 진하게. 먼저 샤워 좀 해야겠어. 복잡하고 꼴불견인 일들이 너무 많았지. 속세의 때를 씻고 다시 보러 올게. 잠시 후에 뵙지요, 할머님.]

입술에 가벼운 키스를 남기고는 라탄이 돌아서서 정자를 걸어나갔다.

[정말 힘들었나 보군.]

마야가 혼잣말을 했다. 서린은 고개를 돌렸다. 지금까지 만든 장미꽃 사슬을 쟁반에 놓으며 마야가 중얼거렸다.

[지금껏 지친 얼굴을 한 저 애를 본 적이 없어. 하지만 이번에는 다르구나. 하긴 아주 중요하고 큰일을 처리하고 있기는 해. 서린, 라탄을 위해 차라도 한잔 만들어주려무나. 힘든 일은 아니잖니?]

[하지만 저는…….]

[너를 미친 듯이 사랑하는 남자에게 조그만 자비를 베풀어줘. 저 앤 일 년치 일을 한 달에 끝내고, 한 달에 치를 일을 하루 만에 끝낸단다. 정말 격무에 시달린 모양이야. 기운나게 할 것이 필요해.]

마야의 간곡한 부탁을 무시할 수는 없었다. 솔직히 서린의 무심한 눈으로 보아도 그의 안색은 정상이 아니었다. 거의 회색이 될 정도로 질려 있었다. 오죽했으면 무심한 심장에도 자디잔 물결이 일었을까. 서린은 갈등 서린 눈빛으로 그 남자가 사라진 모퉁이를 바라보았다. 마야가 다시 부탁했다.

[나도 갓 만든 짜이를 마시고 싶구나. 부탁해.]

망설이다가 결국 서린은 꽃병을 놓고 일어났다. 노인이 그렇게까지 말하는데 끝까지 무시할 수가 없었던 것이다.

[트리샤, 죄송하지만 저에게 짜이 만드는 법을 가르쳐 줄 수 있어요?]

[물론이지요. 영광입니다. 준비를 해서 방으로 찾아뵙지요.]

[죄송해요, 할머님. 더 이상 도와드리지 못하게 되었네요.]

[괜찮아. 거의 다 끝난걸. 너만을 기다리는 신랑에게로 빨리 가주렴. 그게 나를 더 기쁘게 해주는 일이야.]

서린은 마야에게 가볍게 목례를 하고는 하늘정자를 떠나갔다. 두 노인의 눈이 그녀의 등을 따라갔다.

[저 앤 착해. 트리샤, **너도 이젠 느끼겠지만.**]

[마님의 눈은 틀림없으시죠.]

평생 동안 마야의 지척에서 시중을 들어온 트리샤가 대답했다.

[게다가 아주 아름답고 상냥하지. 너는 운이 좋아. 내내 좋은 안주인을 만나니까 말이야. 내가 죽더라도 너는 여전히 여기서 행복하게 지낼 수 있을 게다.]

[주인님 말씀을 못 들으셨어요? 마님은 백 살 넘어까지 사실 거예요.]

[오래 살면 신경통만 늘지, 좋은 건 없지. 그나저나, 카말라는 언제 돌아오는 거지?]

[5, 6월은 되어야 할 겁니다. 반년간 집을 비운다고 하셨으니까요. 키마 아가씨 아가들의 유치원 문제도 있고, 런던에 별장을 얻었으니까요. 한동안은 집에 돌아오시지 않을 겁니다.]

[그 애가 돌아오면 큰 소동이 생길 거다. 카말라는 아직까지 제 아들이 제 손아귀의 인형인 줄 알거든. 게다가 그 허영이라니. 아들이 고른 저 애를 며느리로 받아들이려면 한동안 괴로울 거야.]

[라탄님은 고집이 세죠. 마님이 이길 만한 상대가 아닙니다.]

마야는 고개를 흔들었다.

[그건 맞아. 하지만 트리샤, 눈에 보이지 않는 관습이나 전통이라는 게 있는 법이란다. 한 개인이 쉬이 뛰어넘기란 힘든 법이지. 게다가 카말라는 라탄을 낳은 어미야. 절대로 호락호락하지 않단다. 제 아들에 대한 욕심이 여간 아니거든. 카말라가 돌아와서 방

해를 하기 전에, 라탄이 빨리 저 애의 심장을 차지하면 좋으련
만…….]

[작은 마님은 무척 아름다우시만, 기운이 몹시 어두워요, 마님.
지난번 일을 생각해 보세요. 좋지 않습니다.]

[그 앤 여기 오기 전에 어려운 일들을 많이 겪었어. 그래서 그렇
단다. 하지만 곧 라탄이 기운을 차리게 해주겠지. 그보다 빨리 그 애
에게 가서 제 신랑이 좋아하는 차를 어떻게 만들어줘야 하는지 가르
쳐 줘. 양귀비 즙을 듬뿍 넣어주렴. 나도 곧 가볼 테니.]

마야는 트리샤를 재촉했다. 늙은 하녀가 쿡쿡 웃었다.

[주인님에게는 그런 것이 필요없어요, 마님. 작은 마님이 한 번
웃어만 주어도 금세 기력이 충만해지실 테니까요.]

[그건 그렇구먼.]

짜이를 만드는 건 별로 어려운 일이 아니다. 우유를 끓여서는
홍차와 생강을 넣고 거기다가 계피 조금, 설탕을 원하는 만큼
듬뿍 넣고는 우려내는 것이다.

차 잎과 생강 건더기를 걸러내야 한다. 홍차와 우유 향기가
반반 섞인 달콤한 갈색 액체가 망 아래로 떨어졌다. 잔을 가득
채웠다. 부드럽고 달콤한 향기가 풍겼다.

[맛이 어떠세요?]

[잘 모르겠어요, 트리샤.]

트리샤가 만든 짜이는 맛있었지만, 지나치게 달았다. 한국인

인 서린에게는 낯선 맛이었다. 아직도 이질적인 인도와 똑같은 느낌이었다.

[인도 분들은 다 이 짜이를 좋아하시지만, 전 좀 익숙지 않아서요. 사실 전 커피를 더 좋아해요.]

서린은 약간 미안한 마음을 담아 대답했다. 그리고는 망설이다가, 자신의 냄비에는 설탕의 양을 삼 분의 일로 줄여 넣었다.

[커피 도구를 가져다 드리겠습니다.]

옆에 서 있던 데르다가 생글 웃으며 참견했다.

[사실 공작궁 어디에고 커피를 마실 수 있게 도구가 마련되어 있답니다. 주인님은 홍차만큼 커피를 좋아하시거든요. 아가씨도 비슷하시네요.]

[그런가?]

[카말라님은 라탄님께서 미국에서 공부하신 때문에 커피를 좋아하신다고 말씀하시죠.]

[카말라님?]

[주인마님이요. 라탄님을 낳으신 분이요.]

데르다가 눈을 동그랗게 뜨며 대답했다.

[라탄의 어머님?]

[네.]

[그럼 그분은 지금 머물고 어디 계시지? 여기 계신데도 내가 인사도 드리지 못한 거니?]

서린은 약간 당황해서 물었다. 공작궁에서 마야 말고는 라탄의 가족들을 한 번도 보지 못했다. 그래서 그녀의 부모님이 그러하듯 라탄의 부모님도 다 돌아가셨다고 지레짐작하고 있었던 것이다.

[마님은 지금 집에 안 계세요. 한 달 전에 유럽 여행을 떠나셨어요. 반년 있다가 돌아오신대요.]

[행복한 향기로구나.]

문에서 들려오는 목소리에 데르다와 서린의 대화는 거기서 끊기고 말았다. 그녀가 만든 짜이 맛이 궁금했던 모양이다. 마야가 방 안으로 들어왔다.

[신부가 만들어주는 한 잔의 짜이라. 바라트 남자들이 집으로 돌아왔을 때 가장 원하는 것이지. 갓 만든 짜이만큼 맛있는 건 없단다. 나도 한 잔 주겠니?]

[그럼요. 앉으세요. 처음 만든 것이라서 맛은 보장할 수 없지만요.]

서린은 마야에게 자리를 권했다. 공손하게 짜이를 잔에 부어 올려드렸다. 마야가 서린이 만든 짜이 잔을 들어 한 모금 마셨다. 연꽃 같은 미소가 인자한 얼굴이 가득 맺혔다.

[짜이는 만든 사람의 마음이 배인다고 믿어. 너의 짜이는 부드럽고 온화해. 향기는 진하지만 맛은 착하구나.]

과분한 칭찬이었다. 서린은 수줍어서 어찌할 바를 모르며 나직하게 속삭였다.

[감사합니다.]

[라탄이 널 사랑하겠어. 그 앤 트리샤가 만든 짜이는 너무 달다고 언제나 불평을 늘어놓곤 해. 이것을 마시면 그런 말은 절대로 안 할 거다. 바라트 남자들은 입맛에 딱 맞는 맛있는 짜이를 만들어주는 아내를 정말 사랑하지.]

　그렇지 않아도 붉어진 얼굴이 더욱더 뜨거워졌다.

　마님이라고 불리는 것에도 저항감이 들었는데, 마야마저 대놓고 서린더러 라탄의 아내라고 말하니 어디로 시선을 둘 데가 없었다. 서린은 어찌할 바를 몰라 고개를 숙였다. 괜히 짜이를 끓인다고 나선 것에 대해 깊이 후회하고 말았다.

　라탄과 연결된 모든 것은 서린에겐 솔직히 감추고 싶은 은밀함이었다. 부인하고 싶은 수치이기도 했다.

　현조에게 묶여 있는 마음을 그대로 놓아둔 채, 라탄의 곁에 머물러 있는 주제이면서, 그녀의 손은 지금 무슨 짓을 하고 있는 건가. 라탄을 위해 차를 만들다니. 부끄럽기도 하고 당혹스럽기도 했다.

　이런 식으로 서서히 비겁하게 현조를 잊어가는가. 순간순간 생의 밝은 빛이 흐르는 시간의 조각에 휘말려 당신을 영원히 기억하겠다는 약속. 잊지 않고 따라가겠다는 맹세를 다시 한 번 저버리는 여자가 되고 마는가. 머릿속이 순간적으로 울컥 아프게 변해가고 있었다.

　샤워를 끝내고 옷을 갈아입은 라탄이 방으로 들어온 건 그때였다.

어지간히도 목이 말랐는지, 손수 커다란 잔 가득히 짜이를 따라 단숨에 마셨다. 목젖이 울룩거렸다. 라탄의 눈이 둥그렇게 변했다.

[아, 굉장한 맛. 서린, 당신이 만든 거야?]

[……트리샤가 했어요.]

[작은 마님이 다 하신 거랍니다. 솜씨가 있으셔요.]

마지못한 대답에 트리샤가 거들었다. 라탄이 싱긋 웃으며 딱 잘라 선언했다.

[이제부터 난 당신이 만든 짜이만 마실 거야!]

그가 탁자에 잔을 놓고는 서린 옆 자리에 앉았다. 홍차 향기 묻은 서린의 손가락에 자신의 손가락을 얽었다. 얽힌 손가락 하나하나에 상냥하게 입 맞추었다. 다른 사람들이 보고 있거나 말거나 전혀 상관없다는 얼굴이었다.

[잘 지냈어? 난 당신이 그리워서 너무 힘들었어. 하루 종일, 헤어져 있는 내내 시간을 세고 있었어. 당신은 내가 그리웠나? 내가 조금은 보고 싶었어?]

마야가 손자의 모습을 바라보며 미소 지었다. 힌디어로 그를 놀렸다.

[사람들이 보는 앞에서 손가락에 키스하는 건 빨리 사랑하고 싶다는 신호이지. 내가 비켜주어야 하는 거냐, 라탄?]

[한시라도 빨리 이 사람을 사랑하고 싶지만 그렇다고 해서 할머니를 쫓아낼 순 없죠.]

그가 다시 고개를 돌려 도망치려는 서린의 입술에 끝까지 따라가며 키스했다.

[난 아주 성실한 바라트의 남자라고. 10)아르타의 의무를 다 했으니 이젠 그 열 배의 시간만큼 너와 더불어 11)카마의 의무를 다 할 작정이야.]

[카마의 의무?]

의아해하는 서린의 눈동자를 바라보며 마야가 웃었다. 라탄 대신 설명해 주었다.

[카마는 쾌락의 여신 라티의 남편이고 아프락사스들의 주인이지. 애욕과 연애를 주관하는 신이란다. 꽃으로 된 활과 꽃으로 된 다섯 개의 화살을 가지고 날아다니지.]

[어머나, 그리스 신화의 에로스 신과 흡사하네요.]

[사실 난 그리스 사람들이 우리 바라트에서 그러한 신의 개념을 가져갔다고 생각해. 서양의 역사? 기껏 몇 천 년에 불과한 어린애지. 우리 바라트의 역사는 하늘이 처음 열리던 그때부터였어.]

마야가 화려한 꽃그림이 새겨진 포트메리온 잔을 탁자에 놓

---

10)아르타(artha): 인도인의 두 번째 삶의 목표. 인간의 소유 본능에 바탕을 둔 권력 및 재물, 재산의 향유, 그리고 이득을 뜻한다. 인도인들은 인생에서의 부의 추구가 인간의 정당한 행위임을 주장한다

11)카마(kama): 감각적 쾌락과 성적 향락을 의미한다. 인도인은 인간 생활에서 욕망이 대단히 큰 비중을 차지한다는 점을 인정하며, 카마 신이 임재하면 욕망이 일어난다고 믿는다

았다. 정색한 얼굴이 되어 손자를 바라보았다.

[라탄, 뭄바이의 일은 제대로 처리하고 돌아온 거냐?]

[아, 네. 그럭저럭.]

[게으름을 피울 때는 피우더라도, 일을 할 때는 제대로 해줘.]

[제대로 하고 있어요. 할머님이 걱정하실 정도는 아니라구요.]

[아르셀로와의 합병 건은?]

[아리트야와 미탈이 잘 처리하고 있어요.]

[네게 회사를 팔 거라고 생각하니?]

[아르셀로에게는 다른 대안이 없어요. 러시아 쪽에서 당근을 내미는 모양이지만 우리 쪽이 훨씬 더 주주의 입맛에 맞는 조건을 내걸고 있죠. 인간은 제 눈앞의 이익에 절대로 저항하지 못하는 법이니까요.]

여전히 건성인 대답이 돌아왔다. 입술로는 대답하면서도, 반쯤 들은 척 만 척, 손자는 오직 곁에 앉은 서린의 하얀 얼굴만을 홀린 듯이 바라보고 있었다.

정말 어쩔 수 없군, 마야는 엷은 한숨을 쉬었다. 열심히 듣고 있는 서린을 바라보며 하던 이야기를 마저 설명해 주었다.

[카마가 화살을 쏘아 인간의 가슴에 맞히면 그 사람은 욕망으로 가득 차게 되지. 그 어떤 위대한 왕들도 카마의 화살에 쏘이면 어쩔 수 없어. 심지어 신들조차도. 불길에 몸이 타고 마음이 말라붙는 욕망에 젖어 갈증에 시달리며 열정을 구하게 되지.]

[말이 나왔으니 말인데, 할머니, 우리를 위해 할머니의 침상

밑에 감추어두신 12)카마수트라를 서린에게 내주시는 게 어떨까요?]

라탄이 마야에게 빙글거리며 말했다. 힌디어로 빠르게 내뱉었다.

[내 연인은 카마의 학습이 무척 부족해요. 타고난 아름다움으로 남자의 열정을 미칠 듯이 자극하지만, 그것을 채워주는 건 아직 서투르죠.]

마야가 엄한 눈으로 손자를 노려보았다.

[잊지 말아라, 라탄. 바라트의 긍지 높은 남자는 13)다르마와 14)모크샤의 의무도 함께 가졌다는 것을.]

[완성된 카마의 기쁨 또한 모크샤에 이르는 또 하나의 길이죠. '사랑하는 여인을 품에 안고, 남자는 세상을 잊는다'라는 구절을 잊으셨나요?]

[뻔뻔하기 이를 데 없구나, 라탄.]

두 사람 사이에 오가는 말을 알아듣지 못해 서린이 호기심 어린 눈동자로 그들을 바라보고만 있다. 손자를 잠시 노려보던 마

---

12)카마수트라: 산스크리트로 쓰인 고대 인도의 성애(性愛)에 관한 경전이자 교과서. 4세기경 성자 바짜야나가 편찬한 책으로 힌두교의 성 사상과 윤리를 집대성한 세계 3대 성전의 하나이다

13)다르마(dharma): 도덕률의 준수, 보다 엄격한 의미에서 종교적, 도덕적 법칙 인간의 정서적인 충동과 소유 본능에 방향성을 제시해 주며, 인간을 정신적인 자각으로 인도하는 일종의 법

14)모크샤(Moksha): 해탈. 인간의 궁극적이며 최고의 가치

야는 서린에게로 고개를 돌렸다. 찬찬하게 설명을 해주었다.

[카마수트라는 우리나라의 오래된 고전이란다.]

[아, 그래요? 그럼 저에게 좀 빌려주세요. 가끔 심심할 때도 있거든요.]

[인도의 궁중 여인들은 항상 남편을 기쁘게 해야 할 의무가 있어. 그래서 어린 나이부터 사랑의 기술을 연마한단다. 카마수트라는 육체적으로 사랑하고 사랑받는 열정의 기술을 적어놓은 안내서이지.]

설마 그 책이 음란한 포르노그래피란 말인가? 그런 책을 빌려달라고 말했으니 이런 낭패가.

삽시간에 서린의 얼굴이 다시 홍당무가 되고 말았다. 당황해서 어쩔 줄 몰라 했다. 마야가 서린의 민망함과 오해를 풀어주려는 듯 손을 저었다.

[아니야, 아가야. 당황해하거나 나쁘게 생각할 건 없단다. 카마수트라는 성교의 경험을 쌓을 기회가 없는 처녀들에게 정말 필요한 책이니까.]

[함께 나누는 열정의 즐거움은 결혼 생활에 있어 아주 중요한 요소이지. 앞으로 우리가 함께 나눌 것들을 상상해 봐. 카주라호의 미투나, 기억하고 있지?]

라탄은 한술 더 떴다. 귓전에 훅하니 다가오는 뜨거운 입김. 나직한 목소리가 암시하는 은밀한 관능이 절절 끓고 있다. 함께 보았던 카주라호의 미투나, 애욕에 가득 찬 신상들을 상기시킴으로 하여 이제는 서린을 완전히 불에 익은 가재로 만들어 버렸다.

[천오백 년 전에 브라만인 바찌야나는 원만한 부부생활을 위해 결혼을 앞둔 처녀들에게 밤의 다양한 즐거움을 누리는 데 필요한 이론과 훈련이 반드시 필요하다고 생각했지. 그래서 만든 책이야.]

마야는 서린더러 부끄러워할 필요가 없다는 뜻으로 가볍게 고개를 끄덕여 보였다. 계속해서 카마의 학습이 어째서 필요한지 설명해 주었다.

[브라만들은 지혜로운 자들이야. '열정은 덧없으며, 그럼에도 결혼 생활은 계속된다' 는 것을 분명히 알고 있었으니까. 부부가 깨달은 사랑을 평생 생생하게 유지하기 위해서는 그러한 사랑을 유지하는 가르침이 필요하다는 것을 알았거든. 그래서 그런 책이 나온 거란다. 너에게 유용할 거야. 그들은 부부 사이의 섹스조차도 신에 이르는 길이라고 생각했어. 우리가 가진 힌두교의 믿음은 단순한 말이 아니란다, 아가. 생활 속에서 현현(顯現)되는 삶의 방식이지. 네 옆의 남자도 수천 년 동안 이어진 그러한 가르침 속에서 살아온 사람이고, 조만간 너도 그러한 생활 방식 속에서 살아야 해.]

[아니, 저는…….]

조만간 떠날 사람인걸요. 지상의 살아가는 일에는 별로 관심이 없는 사람인걸요, 그렇게 말하려다가 서린은 꿀꺽 삼켰다. 마야가 버릇없다고 생각할까 봐서였다.

[너에게 우리가 살아가는 방식을 강요하지는 않겠지만, 처음부터 맞지 않는다고 생각하며 밀어내지도 않았으면 좋겠구나. 아가, 마음을 닫아버리면 살아 있는 게 아니지. 부디 열린 마음으로 네 남자가 살아가는 방식을 이해해 주렴.]

[말씀이 무척 어려워요. 듣기만 해도 머리가 이상해져 버리는 것 같은데요.]

[너도 언젠가는 그것을 이해할 수 있을 거야. 우리의 '15)사나따나 다르마'는 전 우주를 덮고 있는 그물이란다. 성글지만 그 어느 것도 놓치지 않는. 네 카르마 역시 그것을 통해 정화되지.]

알아듣기 쉽게 인도의 문화와 종교에 대해서 찬찬히 설명해 주는 마야를 라탄은 고마운 눈으로 바라보았다. 서린에게 말해 주고 싶고, 가르쳐 주고, 싶고 함께 나누고 싶은 것이 얼마나 많은지. 그가 사랑하는 것을 그녀도 사랑하는 것. 그가 살아가는 이 세상을 그녀도 살아가는 것이 그의 유일한 꿈이었다.

마야가 자리에서 일어났다.

[맛난 짜이 맛을 보았으니 난 이만 돌아가마. 서린, 내일 수리아 신의 목욕을 도와주는 일은 잊지 말아줘.]

[알겠습니다.]

라탄과 서린은 일어서서 마야를 배웅했다. 데르다와 트리샤도 사라지고, 방 안에는 이제 두 사람뿐. 라탄이 억센 팔로 서린

---

15)사나따나 다르마: 영원한 법(法)이란 의미의 힌두어. 인도 사람들은 자신들이 믿는 힌두교를 그렇게 부른다

을 끌어당겼다. 자신의 허벅지 위에 앉혔다. 갈망하여 쫓아가는 눈동자와 도망치는 눈동자가 조용하나 치열한 싸움을 벌였다. 결국 마침내 만나고야 말았다.

[뭣 하고 지냈어?]

[그냥······.]

[그런 게 어디 있어?]

[할머님과 함께 시바 신에게 공양할 꽃다발을 만들었어요. 이불을 털었고 아침엔 잠시 수영도 했고······.]

[내 생각은 얼마나 했어?]

대답할 사이도 주지 않았다. 쏟아지는 소낙비 같은 키스, 아무리 피하려 해도 어쩔 수가 없었다. 같은 침대에서 잠을 자게 된 이후, 마지막까지 가지 않았을 뿐이지, 이런 식으로 치열하게 다가오는 키스와 애무는 서린을 옭아매는 라탄의 그물이었다.

[난 숨 쉬는 사이사이, 내내 당신만 생각했어.]

굶주린 탐욕, 주린 갈증. 이 남자 앞에서는 아무것도 생각할 수 없다. 그 누구도 떠올릴 수가 없다. 열기의 키스와 키스 사이, 피부에 닿으면 그만 데어버릴 듯 뜨거운 시선이 죽어버린 서린의 애욕을 재촉하고 있다.

카마. 정열과 애욕의 시간.

그의 손길이 닿는 곳은 전부 다 액체가 된다. 서린은 다시 어지러운 혼몽 속을 헤엄친다. 최면에 걸린 사람처럼, 그의 욕망에 노예처럼 굴복하고 따라가는 수밖에는 다른 방법을 알지 못한다.

기억이, 슬픔이 죄책감이 달뜬 열기와 살아 있는 육체를 가진 자의 쾌락 속에서 부서지고 만다. 서린의 현재를 지배하는 포악한 독재자인 그 남자. 그 사이에는 죽음이란 것이, 잊혀져 가는 망령 따윈 새어들 틈이 없었다.

모순이 시작되고 있다. 체념의 한숨이 새어나왔다. 텅 빈 가슴이 죄어들고 있었지만 어쩔 수가 없었다. 라탄의 곁에 있으면, 아무 생각도 할 수가 없다. 이성적으로 생각하거나 행동할 수가 없다. 그가 아닌 다른 것을 보거나 생각하거나 인식하는 것조차 가능하지 않다.

라탄이 고개를 들고 당당하게 선언했다. 천진난만한 장난꾸러기 같은 검은 눈동자가 기쁨의 춤을 추고 있었다.

[아까 할머니가 가르쳐 주셨잖아? 바라트 남자의 네 가지 목표를. 지금은 카마의 시간이야. 헤어져 있던 만큼 같이 있자.]

[라탄…….]

[키스해 줘, 제발. 나에게 한 번만 키스해 줘, 린.]

말로는 서린더러 키스를 해달라는 것이지만, 결국은 성급하게 약탈하려는 그의 입술이 먼저 다가온다. 라탄은 그렇게 또다시 서린의 눈을 기억을, 추억을 가로막아 버렸다. 느리나 집요하게, 차근차근 서린의 세상에 심장에 자신의 존재를 채워가고 있었다.

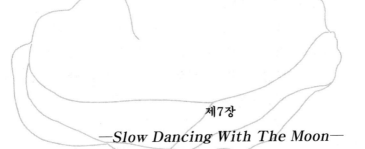

제7장

―Slow Dancing With The Moon―

[저 자식, 다음 시즌에는 반드시 잘라 버리고야 말겠어!]

라탄이 험한 욕설을 내뱉었다. 꽃꽂이를 하던 서린은 고개를
돌렸다.

TV 수상기에는 크리켓 경기 중계방송이 떠 있었다.

원정 경기를 떠난 뭄바이 크리켓 팀 한 명이 싱겁게 아웃을
당하고 있었다. 붉은색 유니폼에 묻은 흙먼지를 탁탁 털며 망연
자실 웃고 있다. 영국의 식민지였던 나라답게 인도는 과연 크리
켓의 나라였다. 스물네 시간 줄기차게 크리켓 경기만 보여주는
채널이 따로 있을 정도였다.

[이 대목에서 웃음이 나오냐, 자식아? 아, 짜증나는군! 저런

놈에게 내가 돈을 처발랐단 말인가! 제길, 이번 시즌도 앞이 보이지 않는군. 그냥 확 갈아엎어?]

라탄이 투덜거리며 거칠게 리모컨으로 채널을 돌려 버렸다. 춤추고 노래하는 힌디 영화프로를 지나 투니툰 채널을 지나 오래된 연속극 채널을 지나 미국 리얼리티 쇼 프로그램을 지나 두바이 발, 중동 회담장 장면을 지나 마침내 인도 현지 CNN 뉴스 채널이 나왔다. 그가 리모컨을 던져 버렸다.

[아, 정말 재미없군.]

그가 소파에 벌러덩 반 누워버렸다. 탁자 끝에 발을 올리고 멍하니 천장만 바라보았다.

[이번에도 십 분이네요.]

[음?]

그가 옆에 앉은 서린을 돌아보았다.

[당신이 TV 보는 것 말이죠. 한 채널을 십 분 이상 고정하지 못해요.]

[어. 그랬나?]

[정신 사나워. 화면이 아주 풍차처럼 돌아가는군요. 그렇게 할 일이 없으면 낮잠이라도 자는 게 어때요?]

[할 일이 없는 게 아니라 하기 싫은 거야.]

[게으름뱅이.]

서린이 작은 목소리로 종알거렸다. 그리고는 꽃을 꽂던 자신의 일로 돌아갔다. 라탄은 서린의 옆얼굴을 바라보며 씩 웃었다.

그가 무엇을 하는지, 나가든지 들어오든지 그동안은 도통 관심이라곤 보이지 않던 서린이다. 그런데 이 근래는 다르다. 분명 작기는 하나, 하나씩 하나씩 변화가 생기고 있었다. 무엇보다 제대로 먹었다. 더 이상은 몽유병에 걸린 것처럼 밤에 넋을 잃고 헤매고 다니지도 않는다.

의사의 처방대로 생각을 헤매고 다니는 대신 몸을 움직이기로 한 모양이다. 마야에게 간단한 요가를 배우는 중이고, 하루에 한 번 앞뜰에 나가 풀을 뽑는 일도 한다. 아침마다 호숫가까지 두 시간이 넘게 그와의 산책에도 따라온다. 검은 유령처럼 흔들리며, 이리저리 쓸리기만 하던 때에 비하면 장족의 발전이었다. 안색도 한결 밝아졌다.

'좋아, 계속 이런 식으로 살면 돼.'

라탄은 저쪽 탁자에서 중국 도자기 꽃병을 들고 오는 서린을 바라보며 실쭉 미소 지었다. 시간은 약이다. 지금은 싫다 앙탈해도 그와 함께 지내는 삶에 점점 더 익숙해질 것이다.

라탄은 탁자에 놓인 약병을 들어 흔들어보았다. 달그락거리는 소리가 났다.

[서린.]

서린이 한 손에 꽃줄기를 든 채 그를 바라보았다.

[오늘 아침에 약 먹었어?]

[……으, 음.]

라탄의 엄한 시선 앞에서 거짓말을 하려던 서린이 결국은 체념의 표정을 지으며 고개를 흔들었다.

　[이젠 괜찮아요. 영양제라는데, 이걸 먹으면 기분이 하루 종일 붕 뜬 듯해서 이상해요. 안 먹을래요.]

　[몸에 좋은 거야. 우울한 기분을 많이 가시게 해주잖아. 내가 그만두랄 때까지 먹어.]

　[식욕도 제대로 돌아왔어요.]

　[아직은 만족스럽지 않아.]

　[충분해요. 어젠 수영도 했잖아요.]

　[기껏 25m? 난 예쁜 거북이 한 마리가 떠 있는 줄 알았다니까.]

　짐짓 놀려대는 라탄을 향해 서린이 힐쭉 화가 난 표정을 지었다. 이제는 생생한 속의 감정을 더 자주 드러낸다. 라탄의 기분이 다시 조금 더 좋아졌다.

　[안 먹으면 내가 먹여준다. 나랑 키스하고 싶어 약을 안 먹는 것으로 오해해 버릴 거야.]

　결국 서린이 투덜대는 표정으로 검은색 알약을 받아 들었다.

　[약인데, 굉장히 달콤해. 초콜릿 맛이 나요.]

　[널 위한 특제 영양제야. 몸에 좋은 건 넣으라고 말했어.]

　[확실히…… 이 약을 먹으면 밤에 잠이 잘 오긴 해요.]

　중얼거리며 서린이 대리석 항아리 안에 가득 담긴 꽃 중에서 분홍색 장미 한 송이를 꺼냈다. 마야의 부탁으로 타다 가문의 수호신인 시바와 사티에게 바칠 꽃들이다. 청화백자 꽃병에다가 분홍색과 하얀 장미를 사방으로 조화롭게 꽂아줄 작정이었다.

라탄은 서린이 다듬고 있는 장미 한 줄기를 집어 들어 향기를 맡았다.

[언제부터 할머니 꽃꽂이 전담이 된 거야?]

[즐거운 일이잖아요. 하루 종일 아무것도 하지 않고 방에만 있으면 정말 싫어.]

[아무것도 하지 않는 게 아니잖아. 쇠약해진 몸과 마음을 회복하는 중이지. 당신은 지금껏 너무 열심히 일하며 살았어. 몇 달 동안은 빈둥거릴 권리가 있다고 그랬잖아.]

[그래도 싫어요. 내일은 할머님께서 장미정원을 만드는 책을 빌려주신대요. 열심히 읽어보고 실습을 할 예정이에요.]

[가드닝은 여주인의 아름다운 의무이지. 좋아. 이거 끝나고 나서, 나랑 놀아주면 용서해 줄게. 우리 둘이 할머님이 빌려주신 카마수트라, 같이 읽으면서 실습하지 않을래?]

뻔뻔한 라탄의 말에 아시프가 헛기침을 했다. 그는 저쪽 책상머리에 앉아 라탄에게 온 편지들을 정리하고 있던 중이었다. 꽃줄기를 자르러 가위를 들고 있던 서린의 손가락도 부르르 떨렸다.

[라탄, 자꾸 그런 말을 하면 가위로 찔러줄 거예요.]

[꽃만 사랑하지 말고 당신 곁에 붙어 앉은 나도 좀 사랑해 달

라는 이야기야.]

　시무룩한 얼굴로 라탄이 푸념했다.

　[나는 죽도록 고생해서 일 해치우고 자기한테 빨리 돌아왔더니, 나는 봐주지도 않고 말이야. 막 화나려고 그래. 꽃꽂이 따위, 할머니더러 알아서 하라고 그래. 내일 나랑 요트 타러 가자.]

　[언제나 놀 궁리만 해.]

　[라탄님은 언제나 TV 채널을 세 개 이상 틀어놓고 지내시죠. 세상 돌아가는 모든 것을 알고 싶어하니까요. 그리고 일 문제에 대해서 말한다면, 제 의견은 그렇습니다. 하기 싫은 일도 해야할 일이라면 해야 하는 법이지요. 하지만 라탄님은 하기 싫으면 안 하십니다. 정말 '팔자 좋다' 라고 할 수 있지요.]

　아시프가 서린 앞에서 감히 라탄의 흥을 늘어놓는 발칙한 짓을 저질렀다.

　[입 닥치고 일이나 하지 못해?]

　라탄은 몸을 일으켜 똑바로 앉았다. 애꿎은 아시프에게 버럭 소리 질러주었다.

　[인생은 짧고 일 따위나 하면서 늙어 죽을 순 없지. 아시프, 나 대신 일 잘하고 있지? 하나라도 문제가 생기면 다 네 탓이야.]

　아시프가 고개를 돌리며 무어라 입속으로 웅얼거렸다. 분명 속으로 욕을 하고 있는 거다. 그럼에도 한마디라도 더 했다간 금세 날벼락이 떨어질 것 같다. 금세 아첨의 모드로 전환했다.

[하지만 놓치시는 건 없으니까요. 언제나 노는 척하시면서 다 헤아리고 있죠. 회사의 주인은 그런 역할을 하게 만들어진 자리이니까요.]

[말 잘했어, 아시프. 네가 내 체면을 세워주는구나. 그래서 하는 말인데, 내가 시킨 일은 다 끝냈냐? 어떻게 처리했는지 가져와 봐.]

라탄이 손가락을 까딱했다. 아시프가 자리에서 일어나 서류철을 그에게 건네주었다. 건성으로 두어 페이지쯤 뒤적거리다가 돌려주었다. 먼 산을 바라보는 모호한 눈빛이었지만, 그 안에 들어 있던 것은 칼날처럼 서늘하고 푸른 것이었다. 라탄은 아시프만이 알아들을 수 있게 힌디어로 내뱉었다.

[약해. 더 확실하게 줄들을 잘라 버려.]

[정말 작정하신 겁니까?]

[키마 누나가 돌아오기 전에 완전히 끝내야지. 멍청한 누나가 울며불며 어머니 앞에 넘어지면 내가 좀 귀찮아지거든.]

[알겠습니다.]

라탄이 아시프에게 은밀히 지시한 것은 매부인 모함다스의 일이었다. 다시는 꼴사납게 거들먹거리지 못하도록, 그와 그의 집안과 관련된 회사들을 서서히 말라붙게 만들고 있는 중이었다. 키마가 돌아오기 전까지 그를 완전히 재기불능으로 만들어버릴 작정이었다. 완전히 나락에 굴러 떨어진 그가 자신의 바짓

자락을 붙잡고 애원할 때까지 몰아붙일 참이었다.

델리에 계속 남아 있으면 모함다스가 눈치를 채고 귀찮게 굴지도 모른다. 적당한 때에 종적을 감춰주는 것도 나쁘지 않지. 한 두어 주 후에 다른 곳으로 떠나볼까?

[집에만 있으면 심심하잖아. 서린, 우리 생각난 김에 두바이나 가서 쇼핑이나 하고 오지 않을래? 파리도 좋고.]

대답이 없었다. 라탄은 고개를 돌렸다. 서린은 가위를 손에 든 채 넋을 잃고 TV만 바라보고 있었다.

〈……라자스탄 주 데오릴라 마을은 열여덟 살에 죽은 룹 꺼워드를 기리기 위한 사당이 있는 곳으로 유명하다.〉

힌디어에 영어 자막이 나오는 방송이었다.

〈1987년 9월 그녀는 남편을 화장시키는 불에 자진해서 뛰어들어 침착하게 기도를 올리고는 남편과 함께 죽었다.〉

라탄의 이마에 그만 주름살이 졌다.

TV 화면은 데오릴라에 있는 초라한 사당 앞에서 경의를 표하는 사람들을 비추고 있었다. 대부분이 여자들이었다. 1987년이면 기껏 이십여 년 전이다. 아직까지도 남편과 함께 불에 타 죽는 장례 풍습이 살아 있는 조국 인도. 그러한 야만적인 풍습을 비난하기는커녕, 신성한 일이라고 칭송하는 나라.

〈……아직도 많은 인도의 여성들이 사티를 기리기 위해 세워진 이러한 사당에 가서 경의를 표하고 있다. 이렇게 하면 아기를 낳지 못하는 여성들은 아기를 낳을 수 있거나 중병을 고칠 수 있다고 믿고 있다. 남편을 위해 불에 타 죽은 가련한 여성은 이제 명실상부한 신(神)으로 승격된 것이다.〉

[꿈도 꾸지 마!]

라탄은 서린이 손에 든 가위를 빼앗으며 윽박질렀다. 화면을 보던 서린이 흠칫 깨어났다. 멍하니 그를 돌아보았다.

[무슨, 말이에요?]

[저딴 걸 대체 왜 보는 거야?]

라탄은 신경질적인 동작으로 리모컨을 눌러 버렸다.

[저건 단지 시대착오적이고 야만적인 관습이야, 없애야 할 것들이라고. 방송에서 호들갑스럽게 떠들 것도 아냐. 저런 일을 칭송하는 사람이 있다면 정신병자일 뿐이야.]

[칭송하는 건 아니잖아요.]

[여하튼! 미친 것들이 하는 미친 짓 따위엔 관심 두지 마.]

[……라탄, 나한테 화내는 거예요?]

서린이 작은 목소리나마 침착하게 물었다. 그가 화를 내는 것을 처음 본 것이다. 엷은 두려움이 서려 있었다.

[설마, 내가 당신에게 화를 내다니. 가능하지 않은 일이잖아.]

언제나 그녀 앞에서 상냥해야 한다는 것을 잠시 잊어버렸다. 라탄은 후회하며 서린의 볼을 감싼 검은 머리카락을 귀 뒤로 넘겨주었다.

[다만 저런 건 난센스라는 말을 하고 싶은 거야. 딴생각하지 말라고. 나랑 있을 때는 나만 생각해. 그게 당신의 권리이자 의무잖아.]

그것을 상기라도 시켜주듯, 라탄의 강한 입술이 서린의 하얀 목을 강하게 빨았다. 이내 소유의 표식으로 자줏빛 꽃자국을 남겼다. 아시프가 보거나 말거나 상관없다는 동작이다. 민망해진 얼굴로 아시프가 슬며시 일어나 문을 열고 사라졌다. 서린이 질색하는 얼굴이 되어 한 무릎 물러났다. 집요하게 따라가는 그의 입술과 손길을 피하려 했다.

[그만 해요, 민망해. 싫어.]

[싫어? 화가 나려고 하는군. 내 품속에서 사랑하는 일을 민망하다고 하다니.]

오히려 더 뻔뻔해졌다. 라탄의 거무스름하고 강한 손이 이번에는 뿌듯하게 연인의 봉긋한 젖무덤을 움켜쥐었다. 무례하고 공격적인 입술이 연인의 향기를 탐욕스럽고 게걸스럽게 흡입했다.

[망신이야. 제발 이런 거 하지 마요.]

서린이 반항했다. 수줍은 얼굴이 새빨갛게 달아오르고 있었다. 밀어내는 손길에 야무지게 힘이 들어가 있었다. 하지만 갖고 싶어 안달하는 남자에게 그러한 반항은 더한 유혹으로 느껴진다. 자꾸만 지분거리고 싶게 만들었다.

[싫어. 내 사람을 사랑하는 일이야. 내 마음대로 할 거야.]

[라탄, 제발……. 난 아직 상중(喪中)이에요. 이런 짓 싫어요. 제발 하지 마요.]

[같이 산책해 주겠다고 약속하면 그만둘게.]

그러겠다고 대답하지 않으면 당장에라도 옷자락을 찢고 깔아 뭉갤 기세였다. 농담이 아니라는 듯 눈빛이 번쩍이고 있었다.

그럴 리 없다고 생각은 하지만, 어쩐지 이번은 그의 심장이 그렇게 야만적으로 뛰고 있다는 생각이 들었다. 당장 강제로 몸을 빼앗길 것만 같은 위기감에 정신이 번쩍 들었다. 그러고 보니, 이 남자의 얼굴에 너무나 많은 가면이 덧씌워져 있다는 것을 잠시 잊었다. 서린의 심장이 콩닥콩닥 뛰었다.

[알았어요. 호숫가까지 같이 걸어가요.]

[좋아.]

라탄은 씩 웃으며 긴 팔로 그녀를 꼭 끌어안았다. 말랑하고 부드러운 귓불을 살근 씹었다. 자신의 고집이 또다시 승리를 거둔 것이다.

하지만 서린의 심기가 좋을 리 없다. 그녀의 의지와는 전혀 상관없이 제 뜻대로 모든 일을 끌고 간다. 너무 제멋대로이고 지배적인 남자야. 그녀를 짓누르는 강한 남자에 대한 심술과 반감이 새삼 치솟았다.

[여하튼 원하는 건 뭣이 되었든 다 가져. 못됐어, 정말!]

서린이 입술을 내밀고 날카롭게 투덜거렸다.

[칭찬해 줘서 고마워, 나 원래 나쁜 놈이잖아. 아얏.]

갑자기 그가 참을성없는 어린아이처럼 짤막한 비명을 토해냈다. 이맛살을 찌푸리며 엄살을 피웠다.

[서린, 자기가 지금 내 상처를 건드렸어. 날 좀 살살 다뤄줄래? 난 부드러운 애무가 좋아. 거친 자극은 싫어.]

[맙소사.]

서린이 당황해하며 몸을 돌이켰다. 그녀의 팔이 아직도 붕대를 풀지 못한 왼쪽 어깨를 누르고 있었다.

[미안해요. 너무 아무렇지도 않은 얼굴을 하고 있으니, 당신이 어깨랑 팔을 다친 환자라는 것을 종종 잊게 돼요. 대체 언제 나아요? 붕대는 언제 푼담?]

[열심히 소독하고 약 바르고 있어. 이제 한 두어 주만 참으면 돼.]

[대체 어떻게 된 거예요? 할머님 말씀으로는 펜싱을 하다가 다쳤다던데.]

[좀 심심했었어. 사내라면 다가온 도전을 피하지 않는 법이고. 이튼 학교 동문이었지. 까불고 있잖아. 그래서 진검으로 승부를 본 거야.]

[그래서 어깨가 통째로 잘릴 정도로 큰 부상을 입어요?]

서린이 기가 막히다는 표정을 감추지 않았다. 흔치 않은 잔소리를 했다.

[정말 당신의 무모함을 어떻게 다스려야 하나요? 할머님이 당신이 눈앞에 없으면 조마조마해하는 마음을 이해할 것 같아요. 아이도 아닌데 제발 좀 조심해 줘요. 자기 몸은 자기가 아껴야 하잖아.]

[아니, 틀렸어.]

라탄이 팔을 내밀어 서린을 다시 가슴 안에 끌어당겨 안았다. 그를 걱정해 주는 한 마디만으로도 그의 기분은 벌써 천국을 날아가고 있었다.

[내 몸은 자기가 아껴줘야 하는 거야. 자기가 내 몸과 영혼의 주인이잖아. 대신 난 당신을 아껴주고. 이런 게 부부 아니겠어?]

[말을 말지, 말을. 붕대나 풀어봐요, 상처 좀 보게.]

[싫어. 아직 다 낫지 않았다고. 남자는 원래 자존심으로 먹고 사는 거야. 불리한 자신을 드러내는 멍청한 짓은 안 해.]

라탄은 정중하게 거절했다. 어깨 거의 반을 수술 바늘로 바느질해 놓은 모습을 보면 심약한 서린은 기절하고야 말 것이다. 꾸준히 물리치료를 하지 않으면 왼쪽 팔을 잘 쓰지 못할 거란 경고를 받았다. 하지만 그러한 육체의 고통보다 연인을 잃었던 마음의 아픔이 더 끔찍했었다.

[쳇, 허세쟁이.]

서린이 좋알거리며 그를 밀어내려 했다. 어림없지. 라탄은 두 팔과 다리로 연인의 따뜻하고 부드럽고 하얀 몸을 완전히 구속했다. 움직이지 못하게 만들었다. 그대로 소파에 눌러 버렸다. 등과 가슴이 하나로 꼭 붙었다. 서린의 얼굴을 뒤로 돌려서는 장미꽃 향기 나는 입술을 훔쳐먹었다.

언제나처럼 꿈같고 전쟁 같고 영원 같은 키스, 마지못한 체념. 더 이상은 어쩔 수 없어 무저항으로 받아들이던 서린이 눈을 떴다. 그 눈에는 안타까운 애원이 서려 있었다.

[라탄.]

[음?]

[내가 이곳에 온 지 얼마나 되었나요?]

[몰라.]

[시간을 잃어버렸어. 며칠이나 지난 건지, 헤아릴 수가 없어요.]

[헤아리지 마. 우린 여기에, 평생 함께 있을 거야. 우리 둘의 시간만 생각해. 사람들이 살아가는 시간에 대해서 관심 갖지 마.]

[어떻게 그렇게 살아요? 말도 안 돼요.]

라탄은 싱긋 미소 짓고 말았다. 딴청을 피듯 서린이 알아듣지 못하는 힌디어로 시를 읊었다.

[시바는 신의 천 년 동안 파르바티와 사랑에 빠졌네. 파르바티에게 조금만 닿아도 의식을 잃을 정도였네. 여신 또한 시바에게 닿기만 해도 무의식의 세계에 빠졌네. 두 사람은 사랑하는 천 년 동안

낮인지 밤인지 전혀 알지 못했네.]

서린의 얼굴이 샐쭉 토라진 것이 되었다.

[반칙했어요. 내가 알아듣게 말하기로 약속했으면서.]

[당신도 약속 어겼어. 힌디어를 배우기로 약속했잖아.]

그 말에는 대답하지 않았다. 그의 어깨 너머를 바라보며 혼잣
말처럼 중얼거렸다.

[나, 많이 건강해졌는데.]

[흠?]

서린이 곁눈질을 했다. 할까 말까, 조심스레 말을 고르는 눈
치였다.

[당신도 이제 인정했잖아요. 나, 식사도 잘하고 운동도 꾸준
히 하고…… 많이 진정되고 회복되었다고.]

[말하고 싶은 게 뭐야?]

[바라나시, 가고 싶어요. 가게 해줘요.]

[나중에.]

[나중 언제쯤이요? 약속했잖아요. 내가 회복되면 그곳으로
보내준다고 맹세했잖아요.]

[당신이 내 아들을 한 다섯쯤 낳아주면. 그 후에.]

[싫어. 또 힌디어로 말해. 그러지 말아요! 내가 알아듣게 말해
줘요.]

[조만간. 내가 델리에서 볼일이 다 정리되면 같이 가자.]

[혼자라도 가게 해줘요. 나 정말, 거기 가서…… 해야 할 일

있어요. 알잖아요. 정리하고 작별인사하고…… 그리고…….]

[반드시 돌아온다고 맹세하면.]

그렇다고 쉬이 대답할 수가 없었다.

잠시의 머뭇거림이나 침묵이 부인의 뜻으로 들렸나 보다. 그가 허탈하게 웃으며 손가락으로 부드러운 머리카락을 쓸어내렸다.

[당신이 대답하지 않으면, 나도 안 돼.]

[말로 하는 약속, 영원하지 않아요.]

[지킬 약속만 하면 돼. 바라나시, 보내줄게. 그리고 돌아와. 살아. 나랑 살아. 평생 동안. 그것만 맹세하면 내일이라도 보내줄게.]

그러나 서린은 여전히 침묵으로밖에 대답할 수가 없었다. 아무것도 정해진 것이 없는 불확실한 이 순간. 그녀 자신의 감정과 마음들을 도무지 설명할 수가 없었기 때문이다.

단 하나, 유일한 소명은 여하튼 바라나시로 가는 것. 일단 안녕을 해야 한다는 것이다.

약속한 대로 정식으로 명윤과 현조를 보내야만 한다. 그렇게 시간을, 사람을, 추억을 야무지게 매듭짓고 나야, 이생에 남든 머물든 떠나든 대답할 수 있을 것 같았다. 이런 것을 라탄에게 설명할 수 있다면…….

라탄이 서린의 몸을 일으켜 안았다. 자신의 몸 쪽으로 돌려 세웠다. 슬픔 가득한 눈동자를 들여다보며 나직하게 윽박질렀다.

[다시 돌아올 생각이 없는 거지? 이곳을 떠나기만 하면 날 싹 잊고, 지우고, 어둠 속으로 가버릴 작정이지? 그래서 대답하지 못하는 거잖아.]

[라탄······.]

정말 그에게 설명하고 싶었다. 이제는 설명할 수 있을 것 같았다. 하지만 이 남자, 조금도 기회를 주지 않는다. 서린을 믿지 못하기 때문이다. 어쩌란 말인가?

서린의 입에서 무슨 말이 나오든 떠난다는 뜻으로 이해하기에, 잠시도 떨어져 있지 않으려 한다. 바라나시라는 단어만 꺼내도 표정이 달라지고 마는걸. 말로는 보내준다 하면서 온몸으로 가시를 곤추세우고 거부를 드러내는걸. 새로이 시작하려면 지금까지의 시간을 정리해야 한다는 것을 왜 모를까?

[내가 왜 계속 '노'라고 말하는지, 그 이유는 네가 더 잘 알아.]

[알아요. 하지만 나는······.]

[하지만은 없어. 네 대답에 따라서 내 행동도 달라져. 명심해. 너의 자유는 네가 만드는 거야. 자, 이리 와!]

그가 서린의 팔을 강하게 잡아당겨 침대 쪽으로 끌어올렸다. 강한 몸으로 빈틈없이 덮어버렸다.

[벌을 받아야지, 공주님. 감히 내 곁에서 떠난다는 말을 한 대가를 치러야 할 것 아냐?]

[라탄! 으읍······.]

강압적인 키스가 서린의 입을 또다시 빈틈없이 막아버렸다. 폭압적이지만 그만큼 배덕스럽고 달콤한 입맞춤 아래로 또다시 캄캄한 밤이 걸어온다. 살아 있어 죄스러운 시간이 또 그만큼 간다. 출구가 없는 애욕의 굴레와 미로에서 언제쯤 벗어날 수 있을까. 이런 건 아무 소용이 없어. 마야의 말대로 영혼은 자유로운 것. 언제까지나 구속할 수 없다는 것을 이 남자는 언제쯤 깨달아줄까?

[저리 가요.]

[싫어.]

[신경 쓰여요.]

[난 아무 짓도 안 하잖아. 자기를 도와주고 있다고.]

[제발 저리 좀 가요! 저 봐, 저 봐. 또 가지를 부러뜨렸어!]

공작궁의 아침.

호숫가에 조성된 장미 정원 안에서 서린과 라탄은 실랑이질 중이었다.

며칠 전부터 내내 라탄은 서린이 장미만 사랑한다고 내내 불평하고 있었다. 곁에 떨어지기는 싫어, 꽃순을 잘라주는 서린 옆에서 건성으로 물초롱을 들고 왔다 갔다만 한다. 통통한 줄기를 툭 하니 부러뜨리며 심술을 부렸다.

[난 약한 꽃을 괴롭히는 사람이 진짜 싫어요.]

[난 착한 남편을 애달게 하는 아내가 정말 싫어.]

[내가 뭘 어쨌다고요? 항상 당신하고 같이 있잖아요. 날 혼자 내버려 둔 적도 없으면서 왜 그래요?]

[우리 둘만 있는 적도 없잖아. 아침이면 정원에 나가서 꽃을 돌보고, 점심식사는 할머니와 같이하고는, 오후 내내 요가 한다고 나오지 않고. 저녁때는 데르다와 힌디어 공부하고. 도대체 나하고 놀아줄 시간은 하나도 없는 거잖아. 긴 하루 중 나는 만날 쥐꼬리만큼만 가져.]

[라탄! 방해하지 말고 저리 가요! 난 정말 경고한 거예요.]

드디어 조용한 서린의 목소리에도 짜증이 덕지덕지 묻었다. 한 발 물러선 라탄이 물초롱을 획 던져 버렸다. 지지 않고 큰 소리로 쏘아붙였다.

[당신을 그리고 싶단 말이야. 그런데 왜 안 된다고만 해?]

가뭇한 햇살 아래 꽃들과 선 서린을 보다가, 갑자기 붓을 잡고 싶은 욕망이 생긴 모양이다. 어제부터 라탄은 계속해서 모델이 되어달라고 칭얼대고 있었다.

[안 돼요. 할머님이랑 요가 해야 해.]

[모처럼만에 돋은 의욕인데 협조 안 해줄 거야?]

[할머님이랑 같이 그려줘요.]

졸리다 못한 서린은 마침내 타협책을 제시했다. 라탄은 단번에 일축했다.

[싫어. 반드시 당신만이라야 해.]

[왜요?]

[나의 캔버스가 당신이란 말이야.]

[뭐라구요?]

[16)멘디. 들어봤지? 헤나로 문신을 그리는 거야. 당신 몸에 봄날의 장미를 그리고 싶어.]

[맙소사. 내가 그것을 허락할 것 같아요?]

[왜 안 돼? 당신은 다 내 것인데.]

그가 당연하다는 듯이 뱉어냈다. 라탄이 서린의 팔을 잡고는 거의 질질 끌다시피 하며 그의 화실이 있는 본관으로 걸어가기 시작했다. 그 서슬에 장미 줄기가 툭 하니 다시 꺾여 나갔다.

[오늘은 순진한 우리 자기가 충격받지 않게 손목에만 그릴게. 긴장하지 마. 됐지?]

[제발 평범하게 종이나 캔버스에 그려줘요. 어떻게 내 손등에 그림을 그려?]

[아름다운 여인의 몸은 세상에서 가장 아름다운 화폭이지. 언젠가 우린 우리 서로의 몸에 가장 황홀하고 뜨거운 그림을 그리게 될 거야. 섹스는 인생에 있어 가장 멋진 예술이야.]

[라탄, 입 닥쳐요! 정말 정원 가위로 찔리고 싶어요?]

티격태격하며, 툭닥거리며 걸어가는 두 사람은 뒤에서 마야와 트리샤가 흐뭇하게 웃고 있는 것을 알지 못했다.

[저 아이, 정말 많이 좋아졌어.]

---

16)멘디: 힌디어로 문신을 의미함. 천연 염료를 이용하여 손, 전신, 발, 정강이 전체에다 레이스, 꽃, 페이즐리 무늬 등을 날카롭고 가는 선으로 표현한다

[그런 것 같습니다. 여하튼 라탄님이 워낙에 정성을 쏟으시니까요.]

[제 삶을 넘겨준 반려이니, 그럴 밖에. 제 아무리 죽은 자의 그늘이 강하다 해도, 시간과 삶의 햇살 앞에서는 당할 수 없지. 부디 라탄이 저 애가 마지막 정리를 완전히 할 수 있게 빨리 베나레스로 보내주면 좋으련만. 새로운 시작을 하려면 과거를 깨끗이 정리해야만 해.]

[쉬이 보내주실까요?]

[얻으려면 버리고, 잡으려면 떠나보내야 하는 법도 있다고 그렇게 말해주었건만. 어리석은 녀석 같으니라고.]

[그만큼 애지중지하시는 거죠. 하긴 저도 라탄님이 저렇게 집착하고 애달아하는 걸 본 건 여하튼 처음이니까요.]

그렇게 해서 서린은 그날 오후 내내, 꼼짝없이 라탄의 화실에 잡혀 있었다. 바보처럼 두 팔을 쭉 내민 우스꽝스런 꼴이 된 채로 말이다.

[자아, 이제 끝났어.]

라탄은 만족스러운 미소를 지으며 하얀 이마에 입 맞추었다. 투각벽 안으로 보라색 어스름이 곱게 걸어 들어오고 있었다.

서린의 하얀 손등과 손바닥, 팔목에까지 그가 공들여 그린 멘디가 새겨져 있었다. 밤색과 붉은색, 검은색 천염염료로 그려진 덩굴과 꽃그림, 이상야릇한 문양들이 서린의 양손과 팔목에까지 가득히 장식하고 있었다.

서린이 손등에 새겨진 문양을 유심히 내려다보았다.

[이게 무슨 뜻이죠?]

[문양이면서 문자야. '그대에게 신의 가호와 축복이 있기를'.]

[하지만 라탄, 이런 것을 손에 그린 채 나돌아다닐 수가 없어요. 잘 지워지지도 않는데.]

[괜찮아. 이 주일이면 저절로 없어지잖아.]

그가 장난꾸러기처럼 미소 지었다.

[자, 이것이 창피하다면 넌 이것이 사라질 때까지 보름은 더나에게 구속되어야겠군.]

[사라지자마자 다시 그릴 거면서.]

서린이 새치름하게 대꾸했다. 두 팔을 그에게 내어준 채 꼼짝 않고 움직이지 않는 것은 은근히 힘든 일이었다. 라탄은 싱긋 웃었다.

[맞아. 그 다음에 네 손에다가 너는 나의 것이라는 글을 새겨줄게. 그 손으로 날 애무해 주면 정말 황홀할 거야.]

기가 막혔다. 무심하게 굴어야지, 냉담하게 무시해야지 하는데도, 이렇게 틈만 나면 그녀를 자극하고 놀려대는 이 남자를 참아내기란 너무 힘들었다. 실실거리는 라탄의 얼굴을 빤히 노려보다가 마침내 참지 못하고 쏘아붙였다.

[당신, 너무 **뻔뻔**한 거 아닌가요? 나만 보면 만날 그 생각만

하죠?]

[응.]

[기가 막혀서. 오늘 밤부터는 내 방에 오지 마요. 당신 방에
가서 자요! 대체 왜 자꾸 내 침대에 눌어붙어 자는 척하는 건
데?]

[너무 야속하게 군다, 자기. 미칠 듯이 사랑하는 아내와 함께
있는데, 그럼 남자가 어떤 생각을 해야 해? 난 아주 정상이라고.
그리고 한 가지 더, 내 방 자기 방 자꾸 따질래? 부부 사이에 내
방 네 방이 어디 있어? 우리 방이지.]

[자꾸 부부 사이니, 내 아내니 헛소리 할 거예요? 기가 막혀.
일은 안 하고 만날 이러니, 할머님이 당신더러 내 옆에 딱 붙어
사는 따개비라고 부르지.]

[응. 따개비 맞아, 서린. 그런데 당신의 섹시하고 착하고 커다
란 따개비가 지금 열렬히 사랑하고 싶대.]

[내가 말을 말지, 말을…….]

서린이 주먹을 꼭 움켜쥐고 부르르 떨었다. 주먹을 쥐니 도드
라진 피부 위에서 갈색 꽃과 검은 풀이 어지럽게 엉켰다.

[이렇게 능청맞게 굴 때면 정말 이로 콱 물어뜯어 버리고 싶
어.]

혼잣말을 하며 이를 갈았다. 라탄은 한결 더 능청을 떨었다.

[자기가 사랑을 나눌 때 물어뜯는 걸 좋아하는 줄은 여태 몰
랐어. 좋아, 오늘 밤은 내가 자기 취향대로 자발적으로 물어뜯

겨 줄게. 내 온몸에 당신의 하얀 이 자국을 남겨달라구. 정말 황
홀할 거야.]

[닥치지 못해요?]

핫하하 웃으며 라탄은 몸을 일으켰다. 허리를 굽혀 두 손으로
서린의 허리를 잡아 일으켜 세웠다.

[당신에게 미친 섹시한 따개비의 소굴을 구경하지 않을래?
당신이 내게 미소 지어준 기념으로 공작궁의 미공개 궁전을 개
방하도록 하지. 오늘 밤은 그곳에서 식사하자. 기분 전환이 될
거야.]

[여기 말고도 또 다른 궁전이 있어요?]

[당신이 구경한 곳은 전체의 삼분지 일도 안 돼. 이 공작궁이
하룻밤이면 다 돌아다닐 수 있는 조그만 달팽이 껍질인 줄 알
아?]

라탄이 인터폰을 들어 간단하게 식사 준비를 명령했다. 그리
고 서린의 손을 잡은 채 마야의 기도원 방향과는 반대로 길을
잡았다.

어둠이 고양이 걸음을 하고 그들을 따라왔다. 두 개의 정원을
지나, 몇 겹의 담을 넘었다. 거의 삼십여 분을 걸었다. 진보랏빛
정적과 어둠 안에서 반짝이는 하얀 대리석으로 지어진 아름다
운 소궁(小宮)이 나타났다.

[놀라지 마. 이곳은 우리나라의 국보야.]

그가 날렵하게 선 기둥을 지나 커다란 휘장을 걷었다. 안쪽으

로 걸어가 벽의 전등 스위치를 올렸다.

[시시마할.]

귀속으로 나직한 목소리가 새어들어 왔다.

[거울궁전이라는 뜻이야.]

라탄이 서린의 몸을 돌려 사방을 둘러보게 만들었다.

촛불을 연상시키려는 듯 일부러 희미하게 밝혀진 전등불 아래, 그 방의 모든 것은 조각난 오색 햇살로 반짝이고 있었다. 그들의 몸 위로도, 얼굴 위로도 빛을 받아 반짝이는 거울과 오색 보석의 광채가 가득 찼다.

[그래, 맞아. 벽 전부에다 유리와 보석으로 조각을 했지. 사방에 수백 개의 촛불을 밝히고, 밤 내내, 황홀하게 빛나는 이곳에서 연회가 벌어졌어. 하지만 손님들을 진짜 감탄시킨 건 저 벽만이 아니야.]

라탄이 발밑을 내려다보았다. 서린 역시 그의 시선을 따라 차가운 바닥을 내려다보았다.

[아.]

[그래, 바닥도 거울이야.]

나란히 선 그들의 모습이, 수면에 비친 그림자인 양 거꾸로 박혀 있었다. 반짝이는 빛의 먼지 안에서, 수십 개, 수백 개의 영상으로 흔들리고 있었다.

그가 발걸음을 옮겼다. 방 가장 깊숙한 곳에 위치한 벽을 등에 진 거대한 대리석 좌대로 가서 앉았다. 좌우에 공작이 서 있고, 사방의 기둥에는 비단 휘장이 드리워져 있다. 양탄자와 보석과 비단으로 꾸며진 황제의 자리였다.

그 앞에는 낮은 대리석 식탁이 놓여 있었다. 그곳엔 이미 붉은색 식탁보가 깔리고 뚜껑이 달린 은접시들이 여러 개 놓여 있었다.

[이리 와.]

라탄이 오만하게 그녀를 불렀다. 무엇에 이끌린 것마냥 서린은 그를 향해 비틀거리며 다가갔다. 거부할 수가 없었다. 자석에 이끌린 쇠붙이마냥 그는 그녀를 자신의 안으로 끌어당기는 기운을 가지고 있었다.

라탄이 서린의 팔을 잡아당겨 자신의 허벅지 위에 앉혔다.

좌대 위에는 호사스런 양탄자가 깔려 있었고, 사방에 비단으로 만들어진 팔걸이용 쿠션이 가득 놓여 있었으므로 차갑지는 않았다. 그의 시선이 좌대 주변에 선 두 마리의 칠보 공작에게로 다가갔다. 서린의 눈도 따라갔다. 아낌없이 보석을 박아 만든 대리석 공작은 불빛을 받아 마치 살아 있는 것처럼 보였다.

[잔치가 벌어지면, 이 공작의 몸 안에 향료를 넣어 태우지. 움푹한 바닥의 수반에 물을 채워선 장미꽃잎을 가득 뿌리고 말이야.]

귀에 들리는 나직한 목소리가 아련한 꿈의 여운 같았다. 텅빈 방이 어느새 사람들로 가득 찬 연회장으로 변해가고 있었다. 라탄의 목소리가 만들어내는 환상 안에서 서린의 눈앞에 사치스런 연회를 즐기는 장면이 생생하게 펼쳐졌다.

[손님들은 좌우에 놓인 비단 방석과 쿠션에 기대앉아서 먹고, 마시고, 춤추었지. 악사들은 저 벽 아래 자리 잡았지. 내 증조부는 그 시대의 가수 한 명을 너무 좋아해서 아침마다 자신의 방 아래에서 노래를 부르게 했다더군. 잔치가 벌어지는 날이면, 그는 아마 저 자리에 앉아 구성진 목소리로 내 증조부를 찬양하는 노래를 했을 거야.]

귓속으로 17)비나, 18)사랑기, 19)시타르, 20)따블라와 같은 생경스럽고 신비로운 인도 악기 이름이 그 자체가 신비로운 고대 음악인 양 들려왔다.

라탄이 손을 뻗어 앞에 놓인 은접시 뚜껑을 열었다. 음식들에서는 아직도 김이 모락모락 나고 있었다.

[그리고 그들은 이런 음식을 먹었어.]

그가 야들거리는 양고기 한쪽을 손가락으로 집어 입 안에 넣

---

17)비나: 인도의 현악기 전체를 가리키기도 한다. 시타르도 비나의 일종이다. 일반적으로 아치형 하프를 일컫는다

18)사랑기: 사랑기는 프랫이 없는 현악기로써 활로 연주되는 것이다. 대개의 많은 북인도 악기들 가운데 사랑기는 인간의 소리를 가장 가깝게 재현해 낼 수 있어서 보컬 리사이틀에 가장 적절한 악기이기도 하다

19)시타르: 류트과에 속하는 악기로서 공명판을 위하여 알맞은 호리병박과 티크 나무로 만들어진다. 인도 음악가들 사이에 가장 대중적으로 연주되는 현악기인 시타르는 해외에서도 인도의 대표적인 악기로 매우 잘 알려져 있다

20)따블라: 인도의 전통 북. 음 조절을 할 수 있는 몇 안 되는 타악기이다. 세계에서 가장 어려운 악기라고도 불린다. 푸자를 올릴 때 반드시 필요한 악기이며 인도 연주자들은 가문 대대로 따블라 연주를 계승한다

어주었다. 서린은 길고 감각적인 남자의 손가락이 시키는 대로 먹고 마셨다. 부드러운 수프. 향기로운 쌀밥과 매운 마살라 맛이 나는 생선을 먹었다. 쫄깃한 닭고기와 고소한 빠니르, 아스파라거스와 완두콩 줄기도 먹었고, 치즈와 초콜릿 과자도 먹었다. 무르익은 토마토와 망고를, 포도알과 시원한 수박을 먹었다.

그가 서린의 목을 젖히고 농밀한 키스를 퍼부었다. 키스만이 아니었다. 신의 음료인 진한 포도주가 넘어왔다. 혀를 타고 흐르는 키스의 맛처럼 진하고, 향기롭고, 그리고 혼란스러웠다.

어느새 그들은 둘만의 잔치에 빠져들었다. 환상 안에서 시공을 잊어버렸다. 무엇이 현실이고 무엇이 꿈인지, 어느 것이 사실이고 어느 것이 환상인지 다 잊혀졌다. 헤아릴 수 없었고, 분간할 수 없었다.

[무희들은.]

서린은 라탄이 가리키는 대로 넓은 방 저쪽을 응시했다.

아름다운 음악에 맞추어 화려한 원색 사리 자락을 휘날리는 무희들이 그곳에서 춤을 추고 있는 것만 같았다. 그들이 흘리는 땀방울이 보였고, 그들이 내뱉는 유혹의 웃음소리가 들리는 것 같았다. 그들의 발목에 매달린 금방울이 잘랑거리는 소리를 들을 수 있었다.

[고귀한 손님들을 위해 춤을 추었지. 하지만 그러한 연회에 여자들이 참석하는 것은 엄격하게 금지되었다군. 오직 영주와

남자 손님들만 이곳에 들어왔어.]

[어째서?]

[이곳에 들어오는 무희와 시중드는 기녀들은 몸에 두른 사리 말고는 속에 아무것도 입지 않았어. 상상해 봐. 바닥이 거울인 이 방에서 남자들이 무엇을 보았을지.]

더운 입김이 귓속으로 화악 몰려들었다. 동시에 서린의 몸도 새빨갛게 불타올랐다. 상상을 가능케 하는 그의 목소리는 가장 지독하고 음란한 미약(媚藥)이었다. 단지 포도주 한 모금이었는데. 어째서 이렇게 눈앞이 어지러운 건지. 온몸이 뜨겁게 달아오르는 건지.

라탄이 붉은 꽃잎으로 뒤덮인 서린의 볼에 입 맞추었다. 맹세하듯 속삭였다.

[언젠가 우리는 이곳에서 결혼식을 치를 거야. 벽마다 수백 개의 촛불을 밝히고 수천 명의 손님이 지켜보는 가운데, 넌 나와 함께 앉아 영원히 함께할 맹세를 하게 될 거야.]

[하지만 라탄, 나는…….]

거절을 말하려는 순간, 서린의 입술은 긴 손가락에 의해 멈추어졌다.

[우리나라 결혼식에 있어 신부는 아무런 발언권도 없어.]

[말도 안 돼요.]

[왜 말이 안 돼? 결혼은 부모와 신랑이 결정하는 거야. 당신은 부모님이 없으니 내가 당신의 다우리를 지불했어. 그러니 우

리 결혼은 내 뜻대로 하는 거야.]

[그런 게 어디 있어요? 당신이 언제 내 다우리를 지불했다는 건데요? 내가 원하지 않는 일을 당신 마음대로 해치우는 짓은 언제쯤 그만둘래요?]

환상은 바닥에 떨어졌다. 날카롭게 되받아치는 서린의 목소리가 유리 벽에 부딪쳐서는 산산조각 깨어졌다. 그러나 라탄은 꿈쩍도 하지 않았다.

[당신은 나고 나는 당신이잖아. 당신의 이름으로 결혼식 날 내게 지불할 다우리를 스위스 은행에 예치해 놓았어. 당신 자존심이 훼손되지 않을 만큼의 거액이야.]

[라탄! 당신 정말······.]

[자, 자! 골치 아프게 입씨름하지 말자. 일어날 일은 일어날 테니까. 더 좋은 것을 보여줄게.]

너무 어이없고 황당했다. 정말 화가 나려고 했다. 큰 소리로 항의하려 했지만 소용없었다. 라탄이 서린의 말을 싹 무시하고 몸을 일으켰기 때문이다.

그가 방을 가로질러 건너편 벽 움푹하게 파인 벽감 가까이로 다가갔다.

[이리 와봐. 좋은 것을 구경시켜 줄게.]

고집스레 외면한 채 꼼짝도 하지 않았다. 온몸으로 정말 화가 났다는 것을 보여주려고 했다. 라탄이 혀를 찼다.

[내 신부는 정말 고집쟁이라니까.]

[난 당신 마음대로 조종하는 인형이 아니에요!]

[당신이 차라리 인형이었다면 좋겠어.]

그가 나직하게 내뱉었다. 서린은 그를 노려보았다. 라탄도 서린을 마주 응시했다. 느물거리고 능청맞기까지 하던 아까와는 달리 어쩐지 좀 슬픈 얼굴이었다.

[적어도 도망갈까 봐 걱정하지 않아도 되니까. 게다가 인형은 말이나 잘 듣지. 날카로운 혀로 심장을 깨버리는 짓은 안 하거든. 가끔씩 생각하곤 해. 정말 그렇게 당신이 죽고 싶다면 차라리, 죽여줄까? 그런 다음 박제로 만들어 버릴까? 평생 동안 지금의 모습대로 내 침대에 누워, 나만 기다리겠지. 어디에도 가지 않고……. 나쁘지 않아, 그런 생각. 괜찮아. 가끔 그래 볼까 생각하고 있어.]

[……당신은 미쳤어!]

자신도 모르게 서린은 격렬하게 소리치고 말았다. 그가 씩 웃으며 고개를 흔들었다. 이것은 긍정의 뜻? 아니면 부인의 뜻.

[맞아.]

그가 단걸음에 다가와 서린의 팔목을 난폭하게 움켜쥐었다. 움켜잡은 팔목에 키스했다. 고개를 들고 조용히 속삭였다.

[자꾸 내 인내심을 시험하지 마, 린. 경고한 거야. 넌 시시각각 나를 미치게 만들어. 내 심장이 어디까지 견뎌낼 수 있을지 나도 알지 못해. 자신이 없어.]

[부디 당신의 인내심이 빨리 바닥이 나기를 바라요! 그러면

날 놓아줄 거죠?]

　[아니.]

　그가 빙그레 미소 지었다. 지독히 음산하고 잔혹한 미소였다. 아직도 어리석은 날개를 파닥이며 날아갈 수 있을 거라 믿는 바보 같은 이 여자.

　[나만을 위해 준비된 신부를 놓치느니, 차라리 죽여 버리지.]

　서린이 왈칵 숨을 몰아쉬었다. 치열한 싸움. 두 사람의 눈동자는 한 치의 빈틈도 없이 맞물려 있었다. 그가 서린의 팔을 억지로 잡아끌고는, 아까 자신이 서 있던 벽 앞으로 데려갔다. 벽감 안에는 정교한 세공이 된 단검들이 가지런히 놓여 있었다.

　[우리 조상들의 허풍스런 유물이지. 이건 증조부가 허리에 차고 다니던 거야. 메트로폴리탄 박물관이 발간한 인도 마하라자의 소장품이라는 책에도 소개된 적이 있어. 멋지지 않아?]

　그가 집어 든 단검은 은으로 세공하고 붉은 보석을 가득 박은 초승달 모양의 단검이었다. 그가 칼집에서 검을 빼냈다. 아주 오래된 것일 텐데도, 날카로운 칼날의 기운이 서늘한 오한을 느끼게 만들었다. 라탄이 서린을 바라보았다. 기묘한 미소가 그 입술에 위험하게 잡혀 있었다.

　[그렇게 전해지고 있어. 옛날에 우리 선조들은······.]

　뜨거운 입김이 서린의 목 아래 정맥에 와 닿았다. 긴장한 몸이 여린 꽃대궁처럼 속절없이 흔들렸다.

　[신부가 달아나면 말이야. 이리로 끌고 와서는 이 단검으

로⋯⋯.]

설마! 비명을 지를 사이도 없었다. 서늘한 칼끝이 서린의 하얀 목을 살짝 건드렸다. 그리고 파란 정맥선을 따라 아래로 흘렀다. 삽시간에 온몸에 오그르르 소름이 돋았다.

서린은 본능적으로 목을 돌려 시선을 피하고 말았다. 그녀를 보호해 줄 것처럼 손에 닿은 얇은 비단 휘장을 움켜잡았다. 하지만 피부 끝을 간질이고 있는 칼날은 멀어지지 않았다. 잔인하고 차가운 감촉이 피부 끝을 타고 심장 안으로 돌격했다. 그것이 만들어내는 공포와 두려움은 지독히도 새파란 색을 가졌다. 당장에라도 피를 부를 것만 같은 잔혹한 기운이 심장을 차고 올랐다.

그가 히죽 웃었다.

[어떻게 했을까? 서린, 한번 맞춰봐.]

몰라요. 난 말할 수 없어. 상상하지도 않을 거야. 서린은 필사적으로 고개를 흔들었다. 하지만 라탄의 검고 어두운 눈빛은 족쇄였다. 반 체념. 반 공포로 물든 서린의 눈빛을 잠식한 채 결코 놓아주지 않았다.

두근두근.

두근두근.

심장의 박동 소리가 그들을 둘러싼 침묵을 산산조각 내는 것만 같았다.

예리하고 딱딱한 칼날이 피부 속 5㎝만 뚫고 들어와도, 서린

은 그토록 바라는 암흑의 안식 속으로 들어갈 수 있다. 죽음이
란 이다지도 가깝고, 이다지도 아득한 것이었다. 죽기 위해 이
곳으로 온 터가 아니던가. 가슴을 열고 환영해야 옳을 텐데. 생
에 익숙한 육신과 삶을 갈구하는 정직한 본능이 아우성을 치고
있다. 싫어, 하지 마. 제발 날 더 이상 두렵게 하지 말아요.

라탄이 히죽 웃었다. 서린의 눈이 말없이 전하는 절망과 공포
를 읽은 것이다. 그가 나른하게 속삭였다.

[겁내지 마. 설마 사랑하는 신부를 죽이기야 했겠어?]

[그, 그럼……?]

[다시는 도망가지 못하게 다리의 심줄을 잘라 버렸지.]

이것은 더 끔찍하다. 공포로 새하얗게 질린 신부의 다리에서
흐르는 붉은 핏줄기가 보이는 것 같았다. 비릿한 피 비린내가
콧속으로 가득 퍼지고 있었다.

입술로는 미소 짓고 있었지만 라탄의 검은 심연 같은 눈은 조
금도 웃고 있지 않다. 자신의 말이 절대로 농담이 아니라는 것
을 증명하고 있는 것이다.

[근사하지 않아? 제 것이 되지 않는 신부를 완전히 소유하기
위해서, 아내의 심줄을 잘라 버리는 신랑이라니. 그 지독한 근
성이, 집착과 소유욕이 정말 마음에 들어. 내 피에 그런 것이 흐
르고 있다니, 정말 유쾌해.]

그가 장난처럼 칼날을 높이 쳐들었다. 진정하고자 애를 썼으
나, 와들와들 떨리는 몸을 가눌 수가 없었다. 서린은 그만 눈을

꼭 감아버렸다.

[두려워? 무서워?]

악마의 속삭임.

[그래, 네가 도망치면 나도 서슴지 않고 이런 짓을 할 거라는 것을 알고 있지. 그렇지 않아?]

[노, 농담하지 말아요. 나, 나를 거, 겁주려는 거죠?]

[설마, 서린. 농담이라니! 신혼의 침상에서 신랑을 버리고 도망친 신부라니. 그런 배신이 어디 있어? 우리 바라트의 남자들은 자존심이 강하거든. 다시는 그런 짓을 하지 못하게 벌을 줘야지.]

이 사람은 진심이야. 정말 내 다리를 끊어버릴 거야. 그렇게 해서라도 날 잡아두고 싶은 거야. 서린은 두 손으로 얼굴을 가린 채 필사적으로 고개를 흔들었다.

하지만 지옥의 사자인 양 다가오는 음산한 목소리를 피할 순 없었다. 하지 말아요. 제발 날 해치지 말아요. 하지 마. 더 이상은 견딜 수 없어!

이성은 그럴 리 없다고 말하는데, 감정은 두려움에 질려 있다. 극도의 공포와 긴장을 견디다 못해 서린은 외마디 비명을 질렀다.

[제발, 라탄!]

[장난이야.]

그가 씩 웃으며 손에 들고 있던 단검을 내던져 버렸다. 대리석 바닥에 금속이 부딪치는 소리가 짤랑 맑은 소리를 냈다.

[놀라기는……. 바보, 내가 널 어떻게 해치겠어? 널 해치느니, 차라리 내가 죽어. 알잖아?]

비로소 숨을 내쉴 수 있었다. 악몽에서 깨어난 기분이었다.

어찌할 수가 없다. 방금 전까지는 손도 댈 수 없을 만큼 단단한 쇠이더니, 금세 헤실거리는 미소 한 번으로 사방의 공기를 녹진하게 데워 버린다.

이 남자는 열풍이고 뜨거운 물이다. 아무리 단단한 것도 녹여 버리고 허물어지게 하고 젖어들게 만든다. 냉담하고 차가운 서린마저도 단번에 활활 끓는 물로 만들어 버린다.

서린은 다른 벽 앞으로 걸어가는 라탄의 뒷모습을 갈등 서린 눈초리로 바라보았다. 무엇이 진심일까? 단지 장난을 쳤을 뿐이라고 말하지만, 왜 아까의 모든 것이 다 진실로 느껴질까? 그와 함께하는 순간마다, 감정이 요동을 쳤다. 롤러코스트를 타는 것만 같았다. 고통과 행복, 삶과 죽음. 거짓과 진실, 꿈과 현실이 얽혀 아무것도 분간할 수가 없다.

라탄이 몸을 돌려 서린을 바라보며 싱긋 웃었다.

[마하라자였던 우리 증조부는 상당한 로맨티스트였던 것 같아.]

라탄이 선 벽 앞에는 티크로 만들어지고 은과 상아, 무지갯빛 자패로 상감이 된 낮은 콘솔이 놓여 있었다. 그 위에는 고풍스런 축음기가 있다. 번쩍번쩍 빛나고 커다란 나팔이 달린 모양이, 그것도 틀림없이 아주 오래된 골동품일 것이다.

그가 서랍 속에서 낡은 LP 판을 찾아 축음기 위에 올렸다. 손잡이를 한참 동안 뱅글뱅글 돌렸다. 이내 긁힌 것도 같은, 부드럽고 관능적이면서 동시에 처연하기도 한 소녀의 가녀린 음성이 들려오기 시작했다.

[Slow Dancing With The Moon. 어때, 서린?]

그가 다가와 손을 내밀었다. 허리를 약간 굽힌 채 정중하게 춤을 요청했다. 살짝 눈을 치뜬 채, 그녀를 올려다보며 미소 짓는 그 얼굴이 비단 같았다. 봄바람 같았다. 서린의 얼음 같은 심장에조차도 버석 금이 갈 정도였다.

방금 전의 폭압적이고 잔혹한 모습은 어디로 사라진 것일까? 이 남자의 심장은 대체 몇 겹으로 이루어져 있을까?

[밤은 길어. 춤추자.]

삶이란 노래하는 것. 춤추는 것.

Sweet little cherry blossom, blooming before her time.
Moving her lips to her favorite song,
cherishing every rhyme.
Swaying her hips to the rhythm,
humming along with the tune.
Lost in her own little dream world,
slow dancing with the moon…….

여리고 수줍은 소녀처럼 나직하고 떨리는 목소리가 달빛처럼 방 안에 가득 차 흘렀다.

밤의 빛살 조각 같은 노래. 그 안에서 두 개의 그림자가 물 위에 떠돌듯 은밀하게 선율을 타고 흘렀다.

머리 위에서 들리는 낮은 허밍. 이건 구애의 노래, 너를 내게 달라 애원하는 애절한 댄싱. 모든 것을 잊고 너와 함께 잠시나마 Slow dancing with the moon.

신비로운 달빛의 최면에 걸렸다. 그만 모든 것을 잊었다. 두 사람은 삽시간에, 낯설고 아뜩한 시공 속으로 빠져들어 갔다.

사랑하는 남자가 사랑받는 여자를 품에 안고 달빛을 닮은 음악 안에서 달빛처럼 춤을 춘다.

자신도 모르는 사이, 서린의 몸이 라탄의 가슴 안으로 살며시 기울어졌다. 달빛처럼 은밀하고 관능적인 그 남자의 눈을 바라보며, 그 바다 같은 품에 안겨, 달빛 아래서, 아주 천천히, 덧없고 아름다운 거품처럼 가볍게 춤을 추고 있었다.

이 남자만으로, 이 남자와 함께인 이 시간만이 전부인 것 같이. 단지 함께 있으므로, 그렇기에 아무것도 필요하지 않아. 삶의 전부가 충족되는 이 곱고 슬픈 환상의 세계.

서린은 라탄에게 안겨 Just a dreamy—eyed kid slow dancing with the moon.

음악이 끝났다. 그러나 머리 위에서 그가 부르는 나직한 허밍은 계속되고 있었다. Just a dreamy—eyed kid slow dancing with the moon…….

이미 사라진 노래이나, 나른한 여운으로 남아 아직도 흐르고 있다. 마주 선 두 사람의 침묵을 충만하게 만들었다. 라탄이 그의 품에 완전히 들어온 서린을 꼭 안았다. 머리 위에 턱을 얹고 가만히 속삭였다.

[행복해?]

[……네. 지금은, 그런 것 같아요.]

서린은 잠시 망설이다가 정직하게 대답했다. 순간이기는 하지만 지난 일들, 슬픔과 아픔들, 죄책감과 미안함들. 다 잊어버렸다. 그녀를 안은 이 남자만이 유일한 실존. 존재하는 단 하나의 시공이었다.

[좋아.]

그가 살짝 고개를 숙여 서린의 깨끗한 이마에 입 맞추었다. 달빛같이 사랑스럽고 다정한 키스였다. 그런 다음 간절하게 속삭였다.

[이렇게 살면 돼. 시간은 저절로 흘러. 춤추며, 행복하며, 순간을 즐기며. 서린, 사랑하자. 그리고 우리, 함께 살자.]

우리 함께.

그런 약속했었지.

금세 깨어지고 말 덧없는 맹세. 누군가하고 이미 나눈 적 있었지.

이미 식어 차디찬 무덤 속에 들어가 버린 그런 약속. 그런 사람, 내겐 있었지. 난 지금 무엇을 하고 있나. 내가 지금 행복하다 느꼈나. 그가 아닌 이 남자 품 안에서 정녕 모든 것을 다 잊어버렸나.

삽시간에 서린의 뇌리 속이 차갑게 식어내렸다. 평화롭던 침묵이 날카로운 비명을 지르며 부서졌다.

염치도 없지. 대체 현조를 어떻게 잊어버릴 수 있니? 아직 그를 정식으로 보내지도 않았는데, 작별인사도 제대로 못했으면서, 어떻게 이 남자 품에서 행복하다고 말을 할 수가 있니?

서린은 필사적으로 라탄의 몸을 두 팔로 힘껏 밀어냈다. 거의 본능적인 행동이었다. 소스라친 얼굴이 되어 날카롭게 소리쳤다.

[그런 말 하지 말아요! 우린, 감히 행복해질 자격 없어.]

[서린.]

라탄이 자신을 밀어낸 서린을 멍하니 응시했다. 주춤주춤 그에게서 물러나는 서린을 바라보는 표정이 슬프게 일그러졌다. 그것을 응시하던 서린의 눈 또한 삽시간에 발갛게 젖어버렸다. 축 떨어진 두 손을 들어 흔들리는 얼굴을 가려 버렸다.

[천벌받을 거야. 내가…… 이러면 난…… 당신은, 우리는 정말 지옥에 떨어질 거야!]

잡을 사이도 없이 서린이 몸을 돌이켜 문을 향해 도망치기 시작했다. 순간이나마 모든 것을 잃어버린 자신을 수치스러워하며, 그에게 완전히 함몰해 버린 순간을 치욕스러워하며.

[린! 제발.]

단걸음에 달려와 그녀의 팔을 움켜쥐는 손은 강철 수갑 같았다. 서린은 도리질을 하며 부르짖었다.

[놔요! 날 놔줘! 어떻게 우리가 행복해질 수 있단 말이에요? 난 못해. 그러면 안 되잖아. 우린 정말…… 천벌받을 거야! 천벌, 받을 거야…….]

[……천벌은 내가 받지. 넌 아냐.]

[라탄, 제발…….]

말을 채 잇지 못하는 서린의 목소리에는 흐르지도 못한 버석한 눈물이 묻어 있었다. 염치없고 미안해서 어찌할 바 모르는 마음이 그대로 드러났다.

[그러지 마. 절대로 그런 말은 하지 마.]

서린이 고통스러워하는 것이 너무 아파, 어쩔 줄 몰라 하면서도 라탄은 단호하게 내뱉었다.

흔들리면 끝장이다. 그녀가 어찌하든 그는 흔들려서도 동요되어서도 안 되는 거다. 슬픔으로 죽어가는 그녀를 구원할 사람은 바로 자신이므로.

[넌 아냐! 넌 잘못없어.]

가능하다면 끌로 서린의 심장에 새겨주고 싶었다. 짓지도 않은 죄를 지었다 자책하며 어둠으로만 끌려가는 아름다운 이 사람에게, 사랑하는 남자의 자격으로 라탄은 당당하게 소리치고 싶었다.

[넌 잘못한 것 없어. 죄는 사랑해서 널 흔들어 버린 내가 지었어. 널 버리고 죽은 그놈이 지은 거야. 그러니까 넌 슬퍼하지마. 왜 네가 살 자격이 없다는 거야? 누구보다도 행복해질 자격이 있어! 널 버리고 죽은 그놈에게 복수해야지! 난, 반드시 너랑 행복해질 거야! 보란 듯이 잘살아줄 거야!]

고요한 정적이 깨어지고 있었다. 나른한 빛살이 산산조각 부서지고 있었다. 갈수록 커져만 가는 그 남자의 분노한 목소리가 수십 년 동안 응고한 침묵을 산산조각 내고 있었다.

[왜 우리가 행복해지면 안 돼? 넌 아니라도 난 그래! 누구보다도 자격있어!]

억센 두 손이 서린의 어깨를 잡았다. 아프도록 조였다. 그의 눈이 상처받은 맹수처럼 새파랗게 빛나고 있었다. 안온하고 부드러운 불빛을 소스라치게 만들었다.

[난생처음 네가 행복해지라고, 널 버리고 뒤물러 섰어. 단념하고, 미치도록 아팠어도 꾹 참았어. 행복하라고……. 나 아닌 그 자식하고 행복하라고……. 축복도 했어! 한 번도 착한 적 없던 내가, 너 때문에, 가슴에 피 흘러도 먼저 뒤돌아섰어. 네가 그 자식과 함께 행복하고 싶다고 말했거든. 그 자식이 너를 존중하라고, 지키고 싶은 것을 지키게 해달라고 부탁했거든. 그래서 내 찢어진 심장을 너희들 발치에 놓아두고 돌아섰어!]

[라…… 탄……. 제발…… 그만…… 해…… 요.]

서린의 목소리는 이제 통곡에 섞여 알아들을 수조차 없었다. 그러나 라탄은 마침내 터뜨리고 만 속내의 말을 멈출 수가 없었다. 참느라고 병이 되어버릴 지경이었다. 한 번쯤은 이 미친 분노와 증오를 샅샅이 털어내야 살 것만 같았다.

　[날 버리고, 네 정직한 심장이 가르친 그대로 나에게로 오는 대신 그 자식을 택했으면, 그랬으면…… 둘이 같이 잘 먹고 잘 살아야지. 누구보다 행복했어야지! 그게 너희들이 내게 진 빚이잖아? 그런데 그걸 못 지킨 게 누구지? 널 홀로 내버려 두고 죽은 그 자식이잖아! 그것으로도 모자라서 널 죽음보다 더 아프게 만들었잖아. 배신은 그 자식이 먼저 한 거야! 믿음을 저버린 건 그 자식이라고! 그런데 남은 우리가 왜 행복해지면 안 돼? 왜?]

　왜냐고 묻는 그 사람에게 대답할 수 있다면 얼마나 좋을까, 그러나 변명할 말을 찾을 수가 없었다. 얼굴을 가린 두 손 사이로 검붉은 눈물만이 새어나올 뿐.

　[그 자식이 먼저 널 버렸는데! 그 자식이 네 행복을 깨버렸는데! 어째서 넌 그 자식 때문에 네 인생마저 망치려는 거야? 넌 그럴 자격 없어. 서린! 너 때문에 깨어진 내 심장은 어떡하고? 이건 어떡할래?]

　그토록 강하고 단호하던 라탄의 목소리가 마침내 무너졌다. 깊고 어두운 눈이 비 내리는 바다처럼 젖어가고 있었다. 라탄이 바닥에 주저앉아 한 손으로 얼굴을 감싸 안았다.

　[그 자식밖에 없어? 정말 난 안 돼? 나는 널 행복하게 해줄 자

격 같은 건 없니?]

미안하고 미안해서, 무어라 말할 수 없을 만큼 고맙고도 또한 미안해서. 서린은 자신도 모르게 그 앞에 무릎을 꿇고 말았다. 서툴게 손을 들어 아름다운 그 남자의 눈 아래로 흐르는 눈물을 닦아주려 했다. 하지만 그는 고개를 흔들어 그녀의 손길을 거부해 버렸다.

[이렇게는 안 돼. 우린 이러면 안 돼, 서린.]

그가 얼굴을 가린 손을 내리고 서린을 응시했다. 그러다가 나지막이 물었다. 스스로 답했다.

[내가 제일 가슴 아픈 게 무엇인지 알아? 가장 자존심 상하는 일이 무엇인지 알아? 아니, 넌 죽어도 몰라.]

그가 스스로를 비웃는 웃음소리를 냈다. 눈은 꺼멓게 먹먹히 젖어 있으면서도 입술 끝은 웃고 있었다. 그래서 가슴이 더욱더 부서진다. 가루가 되고 만다.

[이미 죽은 남자와 싸워야 한다는 거야. 우현조 그 망할 자식! 시간이 가도 늙지 않고, 더럽혀지지 않고, 늘 당신 가슴속에 영원으로 남은 남자. 실체가 없어 어떻게 싸워야 하는 지도 모를 그런 남자가 내 적이라는 것. 그래서 난 제대로 싸우지도 못하고 패배자가 되지. 이런 기막히고 부당한 전쟁이 어디 있어?]

그도 우현조처럼 죽는다면, 서린은 그를 위해서 울어줄까? 지금처럼 그녀의 목숨을 함부로 내던질까? 그를 위해서 절망하고 스스로 죽어줄까?

[넌, 날 미치게 해. 이런 게 사랑이라는 걸까? 사랑은 이렇게 미쳐 버리는 걸까? 너무 괴로워! 이토록 절대적이고 압도적인 감정이 존재한다는 게 무서워. 이것이 괴물처럼 나를 먹어치우고 당신을 죽게 할까 봐, 정말 두려워.]

심장을 생손톱으로 쥐어뜯는 것 같은 고백 앞에서 서린은 하염없이 울었다. 애절해서 가슴 아파서 미칠 것만 같았다. 현조가 아니라 눈앞의 이 남자 때문에 아파서 죽을 것 같았다. 하지만 입 벌려 무어라 말할 수는 없기에 너무나 막막했다.

그래서 울 수밖에 없었다. 자신이 우는 것을 이 남자가 제일 아파하는 줄 너무 잘 알면서도 울 수밖에 없었다. 지금 할 수 있는 유일한 일이 겨우 눈물뿐이라는 게 미치도록 싫었다. 그러나 그것에서 도망치는 방법을 알지 못해 눈물이 더욱더 쏟아지고 있었다.

[울지 마.]

한동안 얼굴을 가린 채 거친 숨을 뱉어내던 라탄이 손을 내렸다. 지친 목소리로 내뱉었다.

[너에게 화를 내는 건 아니야. 내가 어떻게 너에게 화를 내겠니? 너도 이런 것을 원한 건 아닌걸.]

[미안해요, 라탄. 정말 미안해요.]

같이 젖은 서린과 라탄의 눈동자가 마주쳤다. 죄없는 사람의 안타까운 사과에 잠시 가라앉는 것도 같던 그의 목소리가 다시 커지기 시작했다.

[하지만 이건 아냐! 아니잖아.]

그의 팔이 으스러뜨릴 듯 서린의 팔목을 움켜잡았다.

[무덤에 들어가 썩어가는 그 자식에 사로잡혀서는, 내가 죽어가는 것을 내버려 두는 게 옳다고 생각해? 가만히 서서 네가 죽음으로 끌려가는 것을 지켜보기만 해야 한다고 생각해? 그럴 순 없잖아! 난 살아 있는데! 내가 사랑하는 너도 분명히 이 세상에 살아 있는데. 내가 널 어떻게 내버려 둬?]

[날 놓아요! 나를 버려요! 그러면 모든 게 다 깨끗하게 해결되잖아! 왜 날 자르지 못해? 왜 당신이 지옥으로 걸어 들어오는데? 왜? 당신은 아냐! 내가 죽어야 해! 이건 내 몫이야! 당신은 날 버리고 돌아서 가요!]

서린이 발작적으로 주먹을 들어 그의 가슴을 치며 소리 질렀다. 라탄 또한 지지 않았다. 가녀린 팔목을 움켜잡고 누구에게 향하는 것인지도 모를 분노와 절망으로 포효했다.

[살아 있음이 지옥이라고 했니? 그럼 넌 내 지옥을 본 적 있어?]

서린은 대답할 수 없었다. 그가 너무나 간절하게, 너무나 고통스럽게 소리쳤다.

[널 사랑하는 게 내 지옥이야.]

하느님, 이 남자를 어떡하면 좋아요.

눈을 들어 이 남자의 슬픔과 절망을 읽어버리고 공명하게 된다면 평생 묶여 버릴 것을 알았기에, 영원히 사로잡혀 떠날 수 없음을 알았기에, 알아도 모른 척 외면했다. 모질게 밀어냈다. 아직 현조의 그림자도 극복하지 못했고, 그녀 자신의 비탄과 절망에서 헤어나지도 못했다. 서린 자신은 라탄에게 어떠한 도움도 되지 못하는 존재였다. 오히려 독이 되어 그를 해치고 있을 뿐이다.

하지만 그는 서린을 사랑한단 이유로, 그녀처럼 지옥을 걷고 있었다. 그녀보다 더한 고통을 맨발로 걸어가고 있었다. 아아, 이 사람을 어찌하면 좋을까? 이런 남자를 버리고 떠나야 하는 그녀는 또 어쩌란 말인가.

그가 흐느끼는 서린을 강하게 껴안았다. 인형처럼 부서진 연인의 영혼을 절박하게 포용했다.

[산산조각 몸이 깨어지고 피 흘리며 죽는 것이 차라리 나아. 지금보다는 덜 고통스럽겠지. 이렇게 사랑하는 네가, 오래도록 기다리고 소망했던 네가……. 뻔히 내 눈앞에서 스스로 죽어가려 발악하는 것을 바라보고만 있어야 하는 것. 그것이 지옥이야, 서린. 그것이 진짜 지옥이란 말이다. 네가 아니면 벗어날 수가 없어.]

라탄은 절망적으로 고백하며 흐느끼는 서린에게 거푸 키스했다. 다시는 떨어질 수 없이 완전한 하나처럼 강하게 끌어안았다. 절망으로 까맣게 타버린 남자의 입술이 어느 순간 나직한 말을 뱉어냈다.

[차라리 같이 죽자.]

번쩍 고개를 드는 서린의 눈 아래로 여전히 검은 물방울이 구르고 있었다. 라탄은 입술로 그 눈물을 마셔 버렸다.

[정 견디기 힘들면…… 정말 이 세상에 살 수 없다면, 네가 그렇다면…… 우리, 그러면 같이 죽자.]

진정. 얼룩 하나 없는 진심. 차라리 같이 죽는 게 구원이라면 그럴 수도 있어.

[그래, 좋아. 우리가 같이 죽는다면, 그렇게 된다면 누구도 널 빼앗아가지 못해. 우현조 역시 마찬가지. 절대로 우릴 떼놓지 못할걸?]

[그런 말 하지 말아요. 당신은 아냐. 당신마저 이러지 말아요. 난 당신의 삶까지 이렇게 지옥으로 만들 수는 없어. 날 놓아요, 라탄. 제발 날 버려요.]

너무나 미안해서, 너무나 죄송해서 자신을 버리라 한다. 놓으라 한다. 어쩌면 좋을까? 진심뿐인 그대의 눈물 앞에서, 그의 가슴도 갈래갈래 찢어지는데.

얼굴을 가린 채 가늘게 오열하고만 있는 서린을 안은 채 라탄은 망연히 천장만 바라보았다. 멈추지 않는 이 여지의 눈물은 대체 언제쯤 마를까. 그가 할 수 있는 일은 정말 아무것도 없을까? 대체 어떻게 해야 하는 걸까?

제8장
─가련한 영혼들이여, 나마스떼─

눈을 떴을 때, 잠시 어리둥절했다. 그사이 익숙해진 신부의 방이 아니었기 때문이다. 어디에 와 있는 거지?

사방은 아직도 보랏빛 어둠. 이른 새벽쯤인가 보다. 부지런한 새의 지저귐이 멀리서 들려오고 있었다. 정원에서부터 흘러들어 온 희미한 박명(薄明) 속에서 벽에 박힌 거울과 보석 조각들이 오색 빛살들을 살짝 뿜어내고 있다. 섬세한 날개를 가진 작은 곤충처럼 날아다니고 있었다. 그것으로 자신이 누운 곳이 어디인지 짐작했다.

'아직도 거울궁전이구나.'

광란의 격정에 지쳐, 깊은 비탄과 눈물에 지쳐 영혼을 놓아버렸다. 라탄은 서린의 몸이 편안하게 거울궁전의 침상에 눕혀둔 것이다. 눈을 뜨기조차 힘들 정도로 보송하게 부은 눈꺼풀이 천근만근 같았다.

지상의 공간이 아닌 것 같은 신비한 방 안. 제왕의 호사스럽고 거대한 침상 위에 누워 있었다. 침상 아래로 졸졸졸 물 흐르는 소리가 계속해서 이어지고 있었다. 그러고 보니, 겨울에는 뜨거운 물이, 여름에는 시원한 물이 침상 아래로 흘러 잠자는 사람을 항상 쾌적하게 만들어준다고 라탄이 설명해 준 것이 기억난다.

미명 속에서 들려오는 물소리 때문인지, 자신의 몸이 수면에 고요히 떠 있는 한 송이의 꽃처럼 느껴졌다.

지난밤을 헤아리는 서린의 눈 속에 저절로 서글픈 빛이 돌았다. 이미 두 조각 난 심장이 다시 쪼개지는 것 같았다.

같이 죽지도 못하고, 그렇다고 해서 같이 살지도 못하는 그들은 대체 무엇일까? 해답을 찾을 수 없는 절망의 미로(迷路). 서린과 라탄은 매일매일 똑같은 길을 헤매다 지쳐 제자리로 돌아오는 가엾은 수인(囚人)들이었다.

지난밤, 마침내 터져 버린 라탄의 광기 어린 눈물은 그러한 슬픔이 얼마나 두 사람 사이를 헤집어놓는 것인지 확인해 주었다.

그토록 살기 힘들면 같이 죽어준다는 그 사람. 차라리 같이 죽자던 그 사람. 그녀는 그의 삶을 그토록 망칠 자격 따윈 없었다. 죽은 현조를 잊어버릴 권리도 없듯이.

'우린 대체 어디로 가는 걸까? 뻔뻔하기도 하지. 이곳에서, 난 정말 라탄의 곁에서 무엇을 하고 있는 걸까?'

서린은 어느새 눈 아래로 새어나오는 따뜻한 액체를 가만히 손가락으로 지웠다.

'미안해. 정말 미안해요.'

들리지 않는 목소리로 저승의 현조에게 사죄했다. 마찬가지로 그녀와 같이 울어준 지상의 남자에게도 사과했다.

스스로에 대한 미움과 자괴감이 이날만큼 강하게 느껴진 적도 없다. 미련맞게 아무것도 결단하지 못하고 갈팡질팡하는 그녀 자체가 죄악이라는 생각. 어젯밤 그 남자의 눈물 안에서 뼈아프도록 자각했다. 어찌하든 깔끔하게, 깨끗하게 결단을 내리지 않으면 안 된다. 그것만이 모든 사람에게 죄를 덜 짓는 일일 테지.

낯선 곳에서 잠이 들어 그런가 몸이 아팠다. 부스스 몸을 일으키다 움찔하고 말았다. 혼자인 줄 알았는데, 라탄이 그곳에 여전히 그녀와 함께 있었다.

침대 끝 모서리에 앉아 옆얼굴을 보인 채 앉아 있다. 무슨 생각을 하는 걸까. 한 손으로 턱을 괸 채 골똘히 허공을 응시하고 있다. 하염없는 혼자만의 생각에 잠겨 있는 것이다. 그는 지금 완전히 다른 세상에 가 있는 것 같았다.

저 남자의 얼굴 안에는 수천 겹의 아주 얇은 막이 있다고 서린은 생각했다.

그것만 찢으면 그의 맨얼굴이 다 드러날 것 같은데, 사실은 아니었다. 가끔씩 균열이 생길 때도 있었다. 어젯밤처럼. 그럴 때 슬쩍 그의 가장 깊은 안을 드려다 보았다고도 생각했다. 그런데 지금 생각해 보면, 그것은 라탄이 가진 수천 겹의 얇은 막 하나를 겨우 더 보았던 것뿐이었다. 한없이 익숙하고 또 한없이 낯설기는 마찬가지였다.

'라탄.'

소리 내지 않는 부름을 들었을까. 그가 문득 고개를 돌렸다. 시선이 마주쳤다. 더없이 다정하고 부드럽게, 어젯밤의 격노나 비통함은 다 잊은 듯이, 빙그레 웃었다.

그래. 난 여기 있어. 당신 곁에. 그렇게 말해주는 것 같았다.

이 남자는 어째서 이토록 사랑스러워 미칠 것 같다는 얼굴로 그녀를 바라볼까? 이토록 다정한 눈빛으로 말을 건넬까? 세상에서 하나밖에 없는 존재를 바라보는 것처럼 갈망하는 눈빛인가. 얻지 못하는 그녀의 마음을 바라, 스스로 지옥을 걸어가면서도, 한마디 원망도 하지 않는 이 사람.

그래 보았자 그녀는 결국 순간의 존재이다. 이 남자의 영원 속에서 아주 작은 시간과 공간을 차지하는, 이내 사라질 한 점의 덧없는 것에 불과할지도 모른다. 시간은 가고, 세상은 돌고, 우리는 헤어지고, 추억 속에서나 서로를 떠올리게 될 텐데.

부르기도 전에 그가 먼저 다가왔다. 통통 부운 눈꺼풀을 안쓰럽게 어루만졌다. 그 손길에 묻은 애틋함과 다정함이 찌르르 가슴을 울렸다.

[하룻밤 사이에 얼굴이 많이 상했다.]

하염없는 응시 속에서 물기 젖은 서린의 마음을 읽어버린 걸까? 그가 애절하게 속삭였다.

[이야기 좀 해봐. 당신의 목소리가 듣고 싶어. 이렇게 곁에 있어도 당신이 너무 그리워.]

당신은 왜 이리도 사랑스러운가? 이토록 다정해서 나를 울리는가?

울컥 가슴에 물기가 차 올랐다. 서린은 그녀의 손을 잡은 라탄의 손을 가만히 어루만졌다. 같이 앉아 서로를 바라보며 함께 울었던 지난밤을 생각하는 하는 이때, 비록 섹스를 하고 몸을 합친 것은 아니라 해도 서린은 그때만큼 라탄이 가까이 느껴진 적은 없었다.

그가 몸을 일으켜 투각된 창가로 갔다. 이제 막 돋기 시작하는 햇살이 창으로 새어들어 오고 있었다.

[서린.]

[네.]

[이리 와봐.]

그는 아스라한 시선으로 정원의 꽃들을 바라보고 있었다.

[꽃에 너무 많이 물을 주면, 어떻게 될까?]

[죽어버려요.]

[그래, 맞아. 나도 이제 그런 것을 알아야 할 때가 온 것 같아.]

라탄이 서린의 어깨를 안아 꼭 끌어안았다. 손자국이 남을 정도로 강한 힘이었지만, 눈물 나도록 다정했다. 사실은 집착과 소유욕이라고 생각했다. 하지만 그러한 손길이 이리도 연약하고 부드럽고 섬세한 줄 언제부터 알게 되었나. 바람처럼 부드러워서 언제인지도 모르게 젖어들었던 이것. 서린은 가만히 그의 어깨에 머리를 기댔다.

단지 이렇게 나란히 서서 어깨를 맞대고 있는데도 충만했다. 세상에서 가장 따뜻한 위로를 받는 기분이 들었다.

그런 거다. 저승의 존재인 현조는 어찌해도 그녀를 안을 수 없다. 하지만 이승의 남자인 라탄은 같이 살아 그녀를 껴안을 수 있다. 눈물을 흘릴 수도 있고, 같이 울 수도 있고, 같이 웃음을 나눌 수도 있고, 같이 춤을 출 수도 있다. 살아 있어, 사람들이 행하는 모든 일을 나눌 수 있다. 이 남자와는.

서린이 알기를 바란 것이 그것이라면 이 남자는 완벽하게 목표를 달성했다. 현조와 서린은 완전히 다른 세상 사람이라는 것을 시시각각, 확실하게 각인시켜 주기 때문이다.

언제나 곁에 있는 이 사람. 기다리면서, 하염없이 기다리면서 그녀를 바라보는 이 사람. 과연 이 남자를 뒤로하고 한 점의 망설임없이 바라나시로 갈 수 있을까? 현조가 간 암흑의 길을 미련없이 걸어갈 수 있을까. 이 아름다운 사람을 언제까지 얽매고 아프게 할 수 있을까?

　[……라탄.]

　[그래.]

　서린은 잠시 망설였다. 망설이지 않았다면 거짓말이다. 흔들
렸다. 흔들리지 않았다면 그것 역시 거짓말이다.

　하지만 서린은 단호해졌다. 그녀는 미련스럽게 굴어서도 안
되고, 더 이상 흔들릴 권리도 염치도 없었다. 이제는 그것을 알
게 되었다. 해야 할 일은 해야 하는 거다. 더 늦기 전에. 그녀의
어리석음과 유약함이 서로를 더 망치기 전에.

　서린은 또렷한 눈동자로 그를 응시했다. 단호하게 말했다.

　[바라나시로 가겠어요.]

　라탄의 눈빛이 굳어졌다. 어깨를 안은 팔에 가득 힘이 주어졌
다.

　[이제는 때가 된 것 같아. 더 늦기 전에, 정말 후회하기 전에
떠나겠어요. 당신에게 애원하는 거 아냐. 나는 통보하는 거예
요.]

　[……그곳에 가선? 그의 기억과 작별하고 정식으로 이별하
고, 그리고 내게 돌아올 거야? 내게 돌아와, 함께 삶을 살아줄
거니?]

　다시 묻는다, 이 남자는.

　거짓말이라도 좋으니 약속해 주기를 바라는 간절한 눈동자가
서린을 끝없이 쫓아오고 있었다. 서린은 고개를 저었다.

[지금 내가 하는 말은 무엇이든 거짓말이에요. 확실한 것은 아무것도 없어요. 말로 하는 약속, 영원하지 않아. 나는 당신에게조차 그런 약속하고 나서 어기기는 싫어요.]

[돌아오면 거짓말이 아니게 돼.]

[몇 번을 물어도 내 대답은 꼭 같아요. 지금은 대답할 수 없어요.]

[약속해 주지 않으면 널 잡을 거야.]

[잡지 말아요. 나에겐 내 길이 있고 당신에게는 당신의 길이 있어요. 나는 당신을 떠나 나만의 길을 찾아야 해. 반드시 그래야만 해요. 그래서 바라나시로 가는 거야. 당신이 아무리 날 가두려 해도, 당신이 아무리 날 위로하려 해도 내 슬픔과 고통은 내가 치유하는 거예요. 당신은 내게 그것을 알려주었어요. 이젠 충분해요.]

[길은 바깥에 있지 않아. 삶의 길은 스스로의 마음속에서부터 뻗어나가는 거야.]

[알아요. 이젠 나도 알아요. 당신을 그것을 알게 도와주었어요. 정말 감사해요, 라탄. 그러니 이제부터 내가 혼자 찾아가요. 내 길을 찾아갈 수 있게 마지막으로 도와주세요. 손을 놓아줘요.]

그러나 라탄은 끝내 놓아주지 않았다. 대신 두 손을 잡아 손등에 입 맞추었다. 서린의 손을 자신의 이마에 닿게 하고 속삭였다.

[지금은 대답할 수 없어. 미안.]

[라탄…… 제발.]

[어제부터 우린 아주 지쳤어. 좀 쉬어야만 해. 내게도 시간을 좀 줘. 대답은 이따가 밤에 해줄게. 부탁해. 나도 너에게 이 정도 요구할 권리쯤은 있잖아.]

서린은 잠시 침묵하다, 고개를 끄덕였다. 그의 말도 일리는 있었다. 그에게도 시간의 기회를 달라는 말, 정당하다고 생각했다. 대답하지 않겠다고는 하지 않았다. 단지 조금 있다가 대답하겠다고 말했을 뿐이다.

그들은 다시 후궁으로 돌아갔다. 거의 한 시간이나 걸리는 그 길을 걸으면서도, 그들은 한 마디도 하지 않았다. 라탄은 내내 깊은 생각에 잠겨 침묵했고, 서린 역시 입을 꼭 다문 채 앞만 보며 걸었다.

신부의 방 앞에서 두 사람은 발길을 멈추었다. 라탄이 손을 뻗어 문을 열어주었다.

[좀 쉬어, 힘들 테니. 오늘 밤은 우리 둘 다에게 아주 중요한 시간이 될 거야.]

무슨 말을 할 것처럼 입을 달싹이던 서린은 끝내 말하지 않았다. 조용히 문을 닫고 들어갔다.

한참 동안 라탄은 그 자리에 서 있기만 했다. 굳게 닫힌 문을 노려보았다. 무엇을 생각하는지, 그의 눈썹은 내내 찌푸려져 있었다.

서린이 서울에서 가져온 배낭을 찾자 데르다의 눈이 둥그레
졌다.

[왜요?]

[이젠 떠나야지. 바라나시로 갈 거야. 사실은 너무 늦었어.]

[마님 혼자 베나레스로 떠나신다구요?]

[그래.]

[말도 안 돼. 이 일을 어떡한담?]

배낭 속에 물건을 집어넣던 서린은 고개를 들었다. 안절부절
못하는 그녀를 바라보았다. 혹시 서린의 시중을 들던 데르다가
할 일이 없어져 이 집에서 쫓겨나야 하는 것을 걱정하는 건가.

[데르다, 만약 네가 일이 없어져서 이 집에서 나가야 하는 것
을 걱정한다면, 내가 할머님께 말씀드릴게. 너에게 다른 일을
주라고 부탁할게.]

[그게 아니고요. 그러니까, 오늘 주인님이…… 그러니까……
그런데 그게…… 아이고, 맙소사, 말을 못하겠네.]

[무슨 일이 있니? 왜 그래? 말해봐.]

[아니, 그러니까…… 제가 하고 싶은 이야기는요. 마님께서
떠나시면, 오늘 밤에 분명히 주인님이 저에게 하신 이야기는 마
님을 도와드려라 하신 건데. 마님은 떠나신다 그러시고, 그럼
이게 무엇인지……]

[데르다, 제발! 네 말을 알아들을 수가 없어.]

[안 되겠어요. 제가 다시 주인님께 가서 여쭈어보겠어요.]

무어라 다시 물을 사이도 없이 횡하니 데르다가 문을 열고 나가 버렸다. 대체 왜 저러지?

어이가 없어, 서린은 잠시 데르다가 사라진 문 쪽을 바라보기만 했다. 이상한 아이야.

어깨를 으쓱하고는 그녀는 다시 배낭 속에 옷을 집어넣고, 작은 주머니에 든 상비약품을 점검하는 데 골몰했다. 정신없이 챙겨 떠나오느라고, 여행 시 반드시 필요한 약품이 터무니없이 부족했다. 아무래도 델리 역 근처에서 약품을 구입해야 할 것이다. 환전해 둔 루피도 부족할 것 같았다. 약품을 구입하면서 환전까지 해야 할 것이다.

[마님!]

한 십 분 후에 데르다가 문을 열고 다시 뛰어들어 왔다.

[주인님께서요, 떠나시기 전에 마하라니님께 인사를 드리는 게 예의일 것 같다고 말씀하셨어요. 오늘 저녁에 같이 식사를 하시는 게 어떻겠느냐고 전하라고 하셨어요.]

[할머님과?]

서린은 잠시 생각에 잠겼다. 하긴 지금껏 신세를 졌는데, 정식으로 감사하다고 말씀드리고 작별을 하는 것이 도리일 것 같았다.

[알았어, 그렇게 할게. 몇 시?]

[주인님께서 데리러 오신대요.]

[알았어.]

얼마 후에 하녀들이 들어와, 서린에게 황금실로 화려하게 수를 놓은 선홍색 사리로 갈아입혀 주었다. 가르마 사이로 황금 공작이 새겨진 머리띠를 늘이는데, 라탄이 들어왔다. 그 역시 황금빛 구르따 차림이었다. 서린은 그를 바라보며 작은 항의를 했다.

[한 끼 식사를 하는데 이렇게 격식을 차리는 거 좀 이상한 것 같아요. 할머니를 처음 뵙는 것도 아닌데.]

[당신이 떠나기 전, 마지막 만찬이잖아. 할머님께서 신경 써서 마련하신 자리야. 적당한 경의를 표하자고.]

저녁식사는 호숫가 정자에 마련되어 있었다. 어스름 아래 하나둘, 호수 주변에 선 등이 불을 밝히고 있었다. 환한 보석처럼 빛나는 정자까지 물 위에 비쳐 아롱대는 광경이 너무나 아름다웠다. 환상 같았다.

세 사람의 주빈을 위해, 꽃이 가득 핀 화병이 놓인 개인 식탁이 준비되어 있었다. 물 흐르는 듯한 붉은 실크 융단과 쿠션이 가득 놓인 긴 소파 옆에는 장미꽃잎이 가득 떠 있는 맑은 물이 담긴 은대접이 놓여 있었다. 식사 전 손을 씻기 위한 것이다.

[네가 떠난다니 섭섭한걸. 그래, 언제쯤 돌아올 예정이냐?]

마야가 손가락 끝으로 우아하게 커리 소스에 쌀밥을 뭉치며 물었다.

[잘 모르겠습니다.]

서린은 정직하게 대답했다.

[사실은 '돌아온다'는 말씀이 맞지 않아요. 여긴 제 집이 아닌걸요.]

돌아오는 곳은 집이어야 한다. 공작궁은 마야나 라탄의 집이지 그녀의 집은 아니었다. 긴 여정 안에서 잠시 머문 곳이었다.

[그동안 돌보아주셔서 정말 감사드립니다. 두 분이 아니었으면, 제가 어떻게 망가졌을지 생각만 해도 무서워요. 절대로 이 은혜를 잊지 않겠습니다.]

[은혜라…… 글쎄, 그런 말이 맞을지는 모르겠어.]

마야가 힐끗 라탄을 바라보며 대답했다. 라탄은 묵묵히 자신 앞에 놓인 식탁만 내려다보며, 음식을 먹는 데만 골몰하고 있었다. 신경이 쓰였다. 식사 내내 그는 한 마디도 하지 않았다. 아침처럼 정신이 딴 데로 가 있는 것 같았다.

[라탄.]

[차를 더 마시겠어?]

그는 대답 대신 찻주전자를 들었다. 원하지도 않은 찻물을 잔에 채워주었다. 그녀를 바라보는 라탄의 눈동자가 까뭇하게 가라앉아 있었다. 그런 얼굴은 처음 보았다. 곁에 앉은 사람의 표정이 굳어 있으니, 서린 역시 자꾸만 불안해지고 자꾸만 신경이 쓰였다. 그렇지만 무엇 때문에 그렇게 심란해하는지를 물어볼 수는 없었다. 그녀가 떠난다고 하니, 속상해서 그런 거구나 짐작만 했을 뿐이다.

[베나레스로 가면 몸조심해야 해, 서린. 거긴 너무 복잡하고 사람들이 너무 많아. 여자 혼자 돌아다니기에는 다소 위험한 곳이지. 부디 스스로를 돌보겠다고 약속하겠니?]

[그러겠습니다.]

[만약, 네가 정말 힘들어지고, 누군가의 도움이 필요하다면 망설이지 말고 연락해 주렴. 그것도 약속해 줘.]

[……그러겠습니다. 사실, 제가 살아남아, 의지할 데를 찾는다면 두 분밖에 없어요.]

[착하구나. 넌 반드시 복 받을 거야.]

마야가 빙그레 웃었다.

[이젠 일어나렴. 잡지 않으마. 내일 새벽에 떠나려면 이 정도에서 널 놓아주는 게 옳아.]

[제가 기도원까지 모셔다 드리겠습니다.]

[그러지 않아도 좋아. 난 이곳에서 밤의 정취를 더 즐기고 싶구나. 자아, 그럼 잘 다녀오려무나.]

마야가 서린의 머리에 손을 대고 축복을 해주었다. 서린 또한 두 손을 이마에 대고 작별인사를 했다. 석상처럼 뒤에 선 라탄에게로 돌아섰다.

[방으로 데러다 줄게.]

[네.]

두 사람은 호숫가의 정자를 떠났다.

후궁으로 진입하는 소롯길로 접어들었을 때였다. 서린은 깜짝 놀라고 말았다. 길 주변 나뭇가지에는 온통 환한 등불이 걸려 있었고, 바닥에는 붉고 노랗고 파랗고, 보라색, 연분홍, 진주홍, 하얗고 자주색 꽃잎들이 가득 뿌려져 있었기 때문이다.

[세상에! 꽃길이네요.]

[그래, 신혼부부를 위한 길이거든. 우리가 함께 걸어갈 길이니 당연하잖아.]

[뭐라구요?]

서린은 한 발 물러섰다. 가슴이 쿵 소리를 내며 주저앉았다. 달콤한 거죽 속에 사악함과 무자비함을 숨긴 이 남자의 진짜 얼굴을 왜 잊어버렸을까.

라탄이 싱긋 미소 지으며 떨고 있는 가녀린 팔목을 잡았다.

[사실은 너무 늦었지. 기대해도 좋아. 오늘 밤, 우린 카마의 모든 것을 같이 마실 테니까.]

비로소 서린은 아침에 그가 한 말을 이해했다. 다가올 밤이 아주 힘들 거란 말뜻이 무엇인지 분명히 알 수 있었다. 그는 지금 명확하게 서린의 육체를 요구하고 있었다. 떠난다는 말을 했을 때부터 이러한 흉계를 마음속으로 세워놓은 게 분명했다. 다시 한 발 더 물러서려는 서린의 팔을 잡은 손에 힘이 주어졌다.

[도망치기에는 이.미. 늦.었.어.]

느릿했지만 그의 목소리에는 강한 의지가 담겨 있었다. 한 음절 한 음절 또박또박 끊어 말하는 라탄의 목소리는 애초부터 서린의 반항이나 거부를 차단하고 있었다.

[인간의 법률로도, 신들의 섭리로도 끊을 수 없어. 우린 부부야. 신랑의 권리로 너에게 아내의 역할을 다 하라고 요구하는 중이야.]

[무슨 뜻이에요?]

[우리가 할머니를 뵈었던 첫날, 함께 화로에 쌀을 던졌잖아. 불쌍한 서린. 그때 우린 결혼한 거야.]

너무나 어처구니없고 화가 나서 견딜 수가 없었다. 서린은 주먹을 움켜쥔 채 눈물이 글썽한 눈으로 라탄을 노려보며 서 있기만 했다. 이토록 사악하고 교활한 남자일 줄이야.

[당신이 내 남편이라고 주장해도 소용없어요. 난 당신을 남편으로 받아들이지 않았어요.]

[신성하고 영원한 아그니 신의 눈은 어떤 곳도 놓치지 않아. 삼생의 인연을 살피지. 판달 앞에서의 맹세는 영원해. 저승에 가도 넌 내 아내일 뿐이야. 윤회하고 윤회해도 언제나 우린 부부지. 누구도 부인하지 못해. 네가, 감히, 날 피해서 도망갈 수 있을 거라고 생각해?]

라탄의 말은 여전히 느릿했지만 거부할 수 없는 올무였다. 그의 시선이 그녀에게로 멈추어 있다. 그것만으로도 그 올무에 푸른 전류가 흐르면서 온몸을 칭칭 감는 느낌이 들었다. 등골에 소름이 쫘르르 끼쳐 왔다. 서린은 힘없이 시선이 떨어뜨렸다.

[나는 이제 당신을 피해 도망갈 이유가 없어요. 이 세상 어떤 것도 의미가 없으니까요. 당신이 이런 일을 하는 이유를 알지

만, 라탄, 이런 건 아무 소용이 없어요. 아직도 모르겠어요?]

라탄이 가만히 고개를 흔들었다. 이젠 안다. 이건 그녀의 말을 반대하고 거부하는 뜻이다.

[당신의 영혼은 내 것이 아니라 해도, 죽음에 빼앗겼는지 모르지만, 네 몸은 아직 내 곁에 있어. 그것이라도 갖게 해줘.]

[억지 부리지 말아요. 라탄, 제발.]

[그래, 제발이라고 애원해. 더 많이 오래도록 널 사랑해 달라고 애원해. 하지만 달라질 건 없지.]

그가 서린의 손을 으스러질 듯이 잡았다. 성큼성큼 꽃잎을 짓밟으며 후궁으로 걸어가기 시작했다. 끌려가는 서린의 작은 발자국 뒤로 짓이겨진 꽃잎과 향기로운 즙액이 흩날렸다.

신부의 방 앞에 도착한 라탄이 가볍게 서린을 안아 올렸다. 발끝으로 문을 걷어찼다. 마침내 신부를 안고 문지방을 넘어섰다.

침대 앞에 바동대는 여린 몸을 내려놓았다. 탁자에 놓인 접시에 손을 뻗었다. 그 안에 담긴 붉은 물감을 찍었다.

[우리나라에서는.]

라탄이 한 발 다가가자, 서린이 한 발 물러섰다.

그가 손가락 끝에 묻힌 붉은 물감으로 서린의 미간 위에 점을 찍어주었다. 그 다음으로 가르마 사이에도 길게 붉은 흔적을 남겨놓았다.

[가르마 사이의 붉은 표시는 남편이 아내에게 해주는 표시야.

오직 남편이 살아 있는 유부녀만이 이런 표시를 할 수 있지.]

라탄은 손가락 끝에 아직도 남은 붉은 물감을 이번에는 자신의 입술에 대고 문질렀다.

[첫 번째 키스를 나의 신부에게로.]

서린이 그의 손길과 입술을 피해 한발한발 물러서는 동안, 그녀를 추적하며 따라가는 남자의 입술이 느릿느릿 이마에, 콧날에, 볼에, 입술에…… 하얀 얼굴 위에 몇 개인지도 모를 붉은 키스의 낙인을 남겼다.

등 뒤로 딱딱한 벽이 느껴졌다. 이젠 더 이상 피하여 도망칠데가 없다. 막막한 얼굴로 서린은 한 발 앞으로 다가온 그를 올려다보기만 했다. 어느새 머리 쪽을 가린 사리 자락이 미끄러져 어깨 아래로 떨어지고 있었다.

[우리 둘, 이런 포즈 아주 익숙한 것 같지 않아?]

라탄이 두 팔로 서린의 양 어깨 옆을 짚어 그녀를 벽과 자신의 몸 사이에 완전히 가두었다.

[내가 당신을 유혹하려 안달하던 때, 이렇게 선 채 당신에게 키스했던 적이 있었지. 그 답례로 멋진 따귀를 한 대 얻어맞았지만.]

그가 한 손으로 서린의 두 팔을 움켜잡아 옥죄며 위로 치켜올리곤 놀리듯이 빙글거렸다. 서린이 날카롭게 소리쳤다.

[물러서요.]

[내가 왜?]

그가 나른하게 미소 지었다. 악마가 순진한 처녀를 희롱하는 마지막 의식이기도 했다.

[난 지금 나쁜 짓을 하는 게 아니야. 아주 당연한 신랑의 권리를 신부에게 주장하는 중일 뿐이지.]

[라탄, 제발 그만둬요. 이럴 순 없어. 당신은 거부하는 여자를 강제로 취하는 남자였나요?]

창백하게 떨리는 입술이 무력하고 덧없는 항의를 뱉어냈다. 그 목소리에는 이미 물기가 흥건했다. 손가락이 덜덜 떨려 붙들고 있던 옷자락을 그만 놓쳐 버렸다. 느슨해진 사리 자락이 후루룩 풀려갔다. 라탄은 허리를 굽혀 망설이지 않고 서린의 달콤한 입술을 훔쳐 먹어버렸다.

거침없이 밀어붙이는 입술에 놀라 비명을 질렀다. 하지만 그 비명은 남자의 입술 안으로 사라져 바깥으로 나오지 못했다. 떨리는 두 손은 벌써 그에게 억류되어 있었다. 마지막 발악처럼 서린은 소리쳤다.

[어떻게, 나한테 이럴 수가 있어? 난 당신을 믿었는데…….]

[설마! 날 믿다니, 바보 아냐? 난 언제나 널 약탈하고자 하는 남자였어.]

[당신은 정말 나쁜 남자야, 라탄 나발 나와르완지 타다!]

절망과 분노로 몸을 떨며 서린이 발작적으로 소리쳤다. 공작궁으로 들어온 이래, 그녀가 이토록 강렬하게 생생한 감정을 드러낸 건 처음이었다. 라탄은 싱긋 웃으며 고개를 흔들었다. 당당히 시인했다.

[맞아, 난 나쁜 놈이야. 당신의 입에서 나오는 것이니, 저주도 달콤한 기쁨이 되는군.]

이미 풀어진 비단 사리는 바닥으로 떨어진 지 오래. 서린은 이제 가슴을 가린 쫄리와 허리 아래 얇은 코르셋만을 걸친 상태였다.

[두려워? 내가 널 어떻게 다룰까 무서워?]

라탄은 그것들마저 풀기 위해 손을 내밀며 자비롭게 물어주었다. 그의 손길이 맨살에 닿자 서린이 다시 비명을 질렀다. 아무짝에도 쓸모없는 무력한 신음을 무시하며 라탄은 계속해서 중얼거렸다.

[공포는 애욕의 다른 이름이야. 두려움은 열기를 이끌어내고, 열기는 쾌락을 여는 신호가 되지. 네 마음이 두려움을 더 많이 느낄수록 네 몸은 더 많은 관능과 정욕을 탐하고 싶어서 떨리게 될 거야. 내 손이 닿는 게 싫다고 말하고 싶나? 하지만 네 깊은 곳은 이미 젖어 있어. 날 받아들이고 싶어서, 널 짓이기는 나를 받아들이고 싶어서 이미 꿀물을 흘리고 있다고.]

귓전으로 끔찍하게 관능적인 악마의 희롱이 스며들고 있었다. 서린의 이성을 부서지게 만드는 최면에 다름없었다.

[제발! 라탄, 하지 말아요. 이런 짓 나한테 하지 말아요.]

[이런 짓? 그게 어떤 의미지?]

두 사람의 눈빛이 마주쳤다. 새카만 아기 사슴을 닮은 그것.

물기 어린 검은 눈동자가 두려움과 거부로 떨고 있었다. 라탄은 입꼬리를 치켜올리며 내뱉었다.

[신랑인 내가 신부인 너에게 요구하는 모든 것은 다 정당해. 넌 절대로 내게 반항할 수 없어. 반항해서도 안 돼.]

[몇 번이나 말해야 해요? 나는 상중(喪中)인 여자예요. 제발 깨끗한 몸으로 그 사람을 보낼 수 있게 해줘요.]

서린은 마지막 순간까지 그에게 놓아달라고 자비를 요청했다. 순결한 몸으로 현조를 보내고 싶어하는 열망을 이해해 달라고 애원했다.

[그게 무슨 상관이야? 그는 너의 남편도 아니야. 너의 가족도 아니야. 그를 애도하는 건 두 달이면 충분해. 사실 난 너무 오래 기다려 준 게 아닌가 후회하고 있어.]

라탄이 태연하게 되받아쳤다. 단번에 서린의 애원을 묵살했다. 그만 하얀 볼에 무력한 눈물이 주르르 흘러내렸다. 하지만 라탄의 손길은 거침없었다. 망설이지 않았다. 여린 어깨 위로 가볍게 움직이던 손이 어른거리는 두 개의 달을 건드리고 살짝 그 감촉을 맛보았다. 그 위에 솟은 분홍빛 꽃싹에도, 순백의 서설(瑞雪) 같은 피부에도 흔적을 남겼다. 그가 혀를 내밀어 서린의 하얀 목을 살짝 핥았다. 이마에서부터 콧날을 거쳐 턱과 목덜미, 어깨까지 서서히 아래로 움직이며 어루만지고 애무했다.

나직한 손길과 함께 소름 끼치도록 관능적이고 퇴폐적인 목소리가 계속 이어졌다.

[내가 아주 악랄하고 사악하다고 갈파한 사람은 바로 너야, 서린. 내 여자가 다른 사내를 위해 오래도록 우는 것을 언제까지 참아줄 거라고 믿었어? 넌 내 거야. 널 얻기 위해서라면 이것보다도 더한 짓도 해.]

[염치도 모르는 나쁜 자식! 당신을 죽여 버리고 싶어!]

서린이 소리치며 격렬하게 밀어냈다. 심지어 주먹으로 때리려 했다. 그러나 소용이 없었다. 라탄이 한 손으로 서린의 두 팔을 잡아 옥죄었다. 꼼짝도 할 수 없게 만들었다.

[고마워, 나도 당신 손에 죽고 싶어. 하지만 지금은 안 돼. 일단 사랑하고 나서, 그 다음에 죽을 작정이야.]

라탄은 남은 한 손으로 그녀의 얼굴을 부여잡고 격렬한 키스를 퍼부었다. 서린이 여전히 무기력한 신음 소리를 내며 그를 밀어내려 했다. 하지만 교활하고 야만적인 입술은 계속해서 강력한 소유권을 주장하며 서린의 반항을 무기력하게 만들었다. 다리에 힘이 풀려 서린은 그만 바닥으로 쓰러질 뻔했다.

몸을 감싼 옷자락을 전부 다 바닥에 흩어져 있다. 이제 그가 꿈꾸던 서린의 아름다운 나신은 고스란히 노출되었다.

라탄은 찬탄의 눈으로 신부의 달콤함과 연약함과 섬세함을 음미했다. 허리를 굽혀 동그랗게 부푼 예쁜 가슴 한쪽을 빠는 것에 골몰했다. 우윳빛 설원에 붉디붉은 장미꽃을 피웠다.

강한 손이 가슴을 움켜쥐고, 욕심 사나운 입술이 그것을 물어삼키는 순간, 서린은 자신도 모르게 기묘한 신음을 토해내고 있었다. 너무나 능숙하고 잔혹한 손길 아래에 여체는 부드럽게 녹아내리고 있다. 조금씩 열기와 관능의 파도 속으로 끌려 들어가고 있었다.

이성은 단단하게 굳어져 있고 죄책감에 떨고 있다. 마음은 딱딱하게 긴장해서 얼음처럼 뭉쳐져 있다. 그런데 어째서 몸은 그녀의 의지를 처참하게 배신하고 있는 걸까?

반은 혼몽으로, 또 반은 체념으로 힘이 풀린 서린의 몸이 서서히 젖어들고 있었다. 아주 미약하고 작은 것이었지만 마침내 서린도 반응한 것이다. 능숙한 유혹자가 그 틈을 놓칠 리 없었다. 그것은 이내 라탄의 열정과 관능을 한없이 달구어놓는 발화점이 되었다.

거의 차가운 시신인 양 굳어져 있는 신부를 안고 라탄은 침대로 갔다. 부드러운 비단 이불 위에 신부를 누이고 다시 뜨겁고 격렬한 키스를 퍼부었다.

그의 강한 몸이 자신의 몸에 포개지자 새삼 두렵고 무서운지, 서린이 몸을 떨며 약하게 신음을 내질렀다.

[하지 말아요…… 하지…… 말아요.]

검게 젖은 눈동자가 힘없이 그를 향했다. 마지막 간청이 담긴 눈빛이었다. 그는 아직 채 반도 옷을 벗지 않았다. 그런 그에게 나신으로 안겨 있는 것이 새삼 절망스러운가. 그녀가 다시 눈을 꼭 감아버렸다.

[마이 툼세 피아르 카르타 훙.]

라탄은 신부가 듣거나 말거나, 부드러운 귓불에 대고 속삭였다. 몇 번이고, 몇 번이고 속삭였다.

내 영혼이 스러지는 날까지. 내 목숨이 다하는 날까지. 너에게 바칠 꽃다발은 이것뿐.

너를, 사랑한다는, 말.

서린은 이해할 수 없는 말.

하지만 수백 번, 수천 번 되풀이하리라. 그녀가 화답할 때까지 속삭이리라. 신랑인 그가 신부인 그녀에게 줄 예물은 오직 하나. 진실, 그리고 정직한 사랑.

남자가 여자에게 주는 이 많은 것들, 말로는 전해지지 않는 이 무한한 배려와 애정. 시체처럼 눈을 감고 힘없이 그에게 안겨 있는 서린인들 그것을 모를까? 진심은 돌벽을 타고 넘고, 아무리 완고한 심장도 움직일 수 있는 것인데.

[서린, 제발!]

[당신을 미워하게 만들지 말아요. 제발 하지 말아요…….]

들은 척 만 척, 라탄은 마지막 순간까지 포기하지 못했다. 펄떡이는 붉은 심장을 고스란히 떼내어 바치듯이 절박하게 애원했다.

[말해줘. 제발 나에게 말해줘.]

[……무엇을……?]

체념 반, 포기를 해버린 힘없는 입술이 대답했다. 라탄은 서러운 열정에 사로잡힌 채, 부탁했다.

[내가 너에게 가르쳐 준 말을. 마이 톰세 피아르 카르타 홍. 서린.]

[마이…… 톰세…… 피아르…… 카르타…… 홍…… 라탄.]

반(半) 강요에 못 이겨 서린이 입을 열었다. 반 넋을 잃은 얼굴로, 나직하게 한 음절 한 음절 신음하듯 속삭였다.

'나는 당신을 사랑합니다.'

그녀는 뜻을 모르고 무의미하게 내뱉는 말일지라도 그에게는 신탁(神託). 부디 언젠가는 그 말이 진실이 되기를. 간절한 구애의 몸짓이 마침내 얼음공주의 심장을 녹인 것인가?

눈을 꼭 감은 채 신부는 마침내 신랑의 간절한 기다림 앞에서 입술을 열었다. 처음에는 완강하게 거부한 그것을 마지못해, 되돌리고 있었다.

거부와 증오를 넘어선 항복이었다. 이젠 어찌할 도리가 없는 것이다. 이성은 처음부터 그것을 알고 있었다. 더 이상 그와는 싸울 힘이 없다.

자포자기이기도 했다. 어차피 이 세상의 일에 대해 아무런 가치를 두지 못한다. 무의미하고 공허할 뿐이다. 이내 스러질 남은 목숨 따위, 죽으면 썩어버릴 이런 몸뚱이쯤 이 남자에게 나누어 주지 못할 이유도 없어.

그는 신부의 모든 것에 욕심 사납게 키스했다. 팔딱이는 파란 정맥에도, 무력하게 풀려 있는 하얀 허벅지도 어루만지며 키스했다. 긴 손가락으로 오뚝 솟아오른 진분홍 유두와 유륜을 애무하고 키스했다.

오랫동안의 애무와 다정한 손길과 입술 안에서 결국은 항복. 이미 풀어질 대로 풀어져 버린 몸은 물처럼 흐르고 있었다. 라탄의 부드러운 애무에 비밀스런 곳도 끈적한 꿀물을 흘리고 있었다. 너무나 오래도록 기다렸다. 그토록 오래 갈망하고 원하고 탐욕하며. 라탄은 비로소 자유롭게 자신의 관능과 애욕의 욕심을 펼쳤다. 망설이지 않고 신부의 봉인을 깨뜨렸다. 열망하고 기다린 만큼, 절실하고 욕심나던 그녀를 온전히 다 가졌다.

툭하니 고개를 돌린 서린의 눈에서 굵은 눈물이 떨어졌다. 공허한 눈빛, 체념한 표정이 그의 가슴을 아리게 했지만 그녀를 사랑하는 욕정의 움직임을 멈출 생각은 없었다.

이미 그에게 젖어든 서린의 몸은 너무나 촉촉하고 부드러웠다. 미치도록 야들하면서도 단단하고 육감적이었다. 라탄은 뜨거운 불새의 몸짓으로 빠르게, 때로는 느리게 움직이면서 그녀의 전부를 탐험했다. 단 한 번도 남자에게 허락지 않았던 그녀의 모든 것을 다 소유했다. 넘치도록 마셨다. 광란의 애욕이 출렁대고 있었다.

[날 봐. 날 봐줘, 서린. 제발, 나만 봐.]

하얀 두 팔을 움켜쥐고 남자는 간절하게 애원했다.

또다시 애원 반, 강요 반. 라탄의 속삭임 앞에서 물기 젖은 서린의 눈이 천천히 뜨여졌다. 마지못해, 젖은 슬픔과 혼란뿐인 감각을 담고 그를 응시했다.

더 깊이, 더 많이 사랑해서 아주 많이 슬픈 남자가 말없는 말로 속삭였다.

제발 네 검은 꿈과 혼돈의 미로 속에서 빠져나와 날 보아줘.

이렇게 살아서 널 사랑하고 있는 사람이 누구인지 깨달아줘.

우리가 나누는 이것이야말로 삶. 생명.

우리 둘이 지금 나누고 있는 것은 세상의 전부. 우리가 가진 모든 것.

난 너에게 죽음 대신 삶을 줄게. 함께 살고 같이 사랑하고 우리의 아기를 낳자. 생명을 만들고 키우고 그러한 것들의 단즙을 함께 마시자.

우리 같이 언제까지나 함께.

우리, 살자.

그의 움직임이 빨라짐에 따라 서린의 숨소리도 따라 급박하게 요동치고 있었다. 하지만 오직 그것뿐. 미칠 것 같은 육신의 욕망은 서서히 채워지고 있었다. 동시에 심장은 더한 갈증으로 메말라 미칠 것 같은데 어찌하면 좋을까.

이렇게 몸을 얽고 서로를 나누는 순간들. 그러나 하나로 엉킨 두 개의 마음은 서로 엇갈린 길을 걷고 있다. 완전히 다른 세상을 헤엄치고 있었다.

그건 라탄도, 서린도 같이 알고 느끼고 있는 것이다.

격렬한 욕망과 체념, 기쁨과 슬픔, 희망과 절망, 기대와 불안, 분노와 죄책감, 사랑과 욕정, 완전히 분리된 밤과 낮처럼, 혹은 하늘과 땅처럼.

아주 긴 영원 같았고, 동시에 아주 짧은 찰나 같았다. 거칠고 향기로운 숨소리와 땀방울이 둘이 함께 오른 신방의 침상 위에 휘날렸다. 절정, 혹은 비탄의 마지막이 가까워지고 있었다.

라탄이 야만적으로 신음하며, 신부의 몸 안으로 생명의 정수를 뿌렸다. 그의 인생 전부를, 영혼을 몽땅 내주었다. 그것을 받은 서린의 눈에서는 눈물이 방울져 떨어져 내렸다. 단지 공허, 그것뿐인…….

마침내 첫 번째 사랑이 끝났다.

텅 비고 무정한 얼굴로 서린은 가만히 누워만 있었다. 영혼이 없는 인형 같았다. 잠이 든 걸까, 아니면 깨어 있는 것일까?

시트가 미끄러져 있었으므로 봉긋한 굴곡을 그린 가슴이 반쯤 드러났다. 홀로의 사랑에 이기지 못한 남자가 격정적으로 탐미의 골짜기에 얼굴을 묻었다. 복숭아 향기를 마음껏 들이켰다. 다시 한 번 단단해져 가는 열정. 젖어든 꽃잎을 다시금 게걸스레 탐욕했다. 아무리 마셔도 끝나지 않은 열정을, 슬픔을 함께 나누었다. 희망과 절망을 함께 호흡했다.

라탄은 진주 방울 같은 신부의 눈물을 가만히 혀로 빨아 마셨다. 마음으로 간절하게 속삭였다.

'서린.'

대답이라도 하듯이 서린이 그를 향해 돌아누웠다. 검고 긴 머리카락에 반쯤 묻힌 작은 얼굴. 온통 서린 그것에 서려 있는 몽환적 슬픔. 곁에 있지만 그녀는 다른 우주에 가 있었다.

하얀 어깨에 떨어지는 달빛을 바라보았다. 어디선가 들려오는 꽃향기를 따라 은가루 같은 달빛이 춤추었다. 남자는 손가락으로 대리석 같은 살갗에 묻은 달빛을 따라 덧그렸다.

[서린.]

나직하게 그 사람의 이름을 불러보았다. 달빛 아래 사랑하는 사람의 이름이 꽃잎처럼 흩날렸다.

라탄은 분홍빛 흔적을 남은 하얀 목에 또다시 격렬하게 키스했다. 누군가를 깊이 사랑하면서, 원하는 그 사람과 함께 뱀처럼 몸을 얽고 있으면서도 이렇게 외로울 줄이야.

라탄은 처음으로 침묵한 채 마음속으로 울었다. 그 사랑 때문에 상처받아 울고 있는 그 사람을 위해 그도 울었다.

서린. 내가 사랑하는 단 한 사람.

꿈속에서라도 너를 원하는 내 목소리가 닿아주기를.

하지만 이렇게 깊은 암흑 속에서 헤매고 있는 그의 신부를 세상 안으로 끌어낼 수 있을까? 자신이 없었다. 눈 아래로, 실 같은 눈물 자국이 어린 뱀처럼 미끄러지고 있었다.

하지만 어쩔 수 없어. 눈물 흘리며 어느새 잠이 든 신부의 볼에 같이 눈물 흘리는 그가 키스했다.

'나를 미워하고, 원망하고, 도망치려는 그 힘이라도 좋으니, 부디 네가 살아주기를.'

그가 인간의 눈물을 흘리는 것은 지금 이 순간뿐. 다시는 울지 않으리라고 남자는 다짐했다. 라탄의 젖은 눈동자에 순간적으로 너무나 잔혹한 폭력의 빛이 어렸다. 그가 아무리 안달한다 해도 검게 죽어버린 영혼을 되돌릴 수 없다면, 할 수 없다. 그것은 내어주지. 하지만 아름다운 이 육신은 그의 것이다. 이 세상에 남아 있다. 삶의 몫인 이 몸을 길들이겠다. 그를 떠나서는 살수 없게, 철저하게 길들여 주겠다.

'결국 이렇게 되어버렸어.'

다음날 아침, 먼저 잠이 깬 사람은 서린이었다. 답답할 정도로 라탄은 그녀를 꼭 끌어안고 아직도 깊이 잠들어 있었다. 천장만 바라보고 있는 서린의 공허한 눈동자 속에는 어찌할 수 없는 체념이 흘렀다.

대체 몇 번이나 그를 가졌고 그에게 주었을까?

온몸이 아프지 않은 곳이 없었다. 손가락 하나 움직일 수 없을 정도로 녹초가 되어버렸다. 셀 수 없을 만큼 그가 달라는 만큼, 욕심내는 만큼 다 주었다. 또한 받았다.

처음에는 거의 강제로 시작했지만 나중에는 함께 얼싸안았다. 속일 수 없다. 그것이 진실이다.

그가 원하는 것이 이것이라면, 이것을 주리라. 서린에게 남은 것이 있다면 보잘것없는 육신뿐이었고, 그가 바란 것도 이것이 전부라면 주지 못할 이유도 없다고 생각했다. 그래서 끝내 버티지 못한 거다. 함락되고 만 것이다.

어젯밤 라탄이 난폭하게 몸을 겹쳐 왔을 때, 거칠게 몸 안으로 미끄러져 들어왔을 때, 서린은 라탄을 안은 채 그녀를 오래 기다려 주었지만 끝내 그녀의 어떤 것도 알지 못하고 죽어버린 또 한 남자 현조를 내내 생각했다.

몸은 붉은 불길에 녹아 욕망과 쾌락에 젖어 서로에게 닿지 못해 으르렁거리고 뜨겁게 신음하는데, 그러한 스스로를 차갑게 지켜보는 또 하나의 영혼이 있었다.

아주 가까이 이 세상에서 가장 친압하게 몸은 접하고 있는데, 깊은 속마음은 얼음처럼 식어버린 그런 섹스. 슬프고 아팠다. 세상에서 가장 먼 것 같은 남자를 안고 있다. 그의 몸을 받아들일 때마다 그녀는 면도날보다 더 새파란 배신의 칼날로 현조의 추억을 죽이고 있다. 자신의 삶까지 난도질하고 있다.

'라탄.'

그녀의 첫 남자이자 마지막 남자가 될 사람의 이름을 불렀다. 라탄은 아무것도 모르고 여전히 세상모르고 잠들어 있다.

[으으음…….]

라탄이 미약한 신음 소리를 흘리며 돌아누웠다.

살짝 새어드는 새벽빛을 받아 그의 아름다운 얼굴이 그대로 드러났다. 무방비한 얼굴, 턱을 약간 덮은 거무스름한 턱수염의 흔적들, 무슨 꿈을 꾸는 걸까. 선명하고 섹시한 선을 그린 입술이 살짝 위로 치켜 올라간다. 미소 짓고 있었다.

이 남자, 이런 얼굴로 자는 사람이었구나.

이 남자는 누구인가. 사랑한 약혼자를 따라 죽으러 온 그녀를 잡은 이 남자는. 남김없이 그녀의 전부를 탐욕하고 빼앗아 버린 이 남자는. 곁에 누워 바라보는 일이 세상에서 가장 자연스러운 일로 느껴지게 만드는 이 남자는. 그녀를 사랑하는 것만이 운명이라 말하는 이 남자는.

'이제 나는 빚을 갚은 거예요. 내가 당신에게 줄 수 있는 건 이것이 전부라는 걸 당신도 알고 있죠? 이젠 훌훌, 뒤돌아보지 않고 미련없이 떠날 수 있어.'

하지만 정말 떠날 수 있을까. 그 바람이 가능할까?

자신을 사랑하던 이 남자의 본성을 기억하고는 서린은 두려움에 몸을 떨었다.

너무나 폭력적이고, 너무나 강렬하며, 너무나 치열한 그의 욕망을 받아들이는 것은 끔찍하도록 압도적인 두려움이었다.

라탄의 곁에 있는 한, 이서린은 없다. 오직 사랑을 받는 여자, 수컷에게 길들여지는 암컷만이 존재할 뿐인 것이다. 라탄의 품에 안겨 녹아버리는 서린 자신. 얼마나 큰 모순의 괴로움 속에서 깨어지고 있는지 누구도 모르리라.

'결국은 비겁한 변명이야. 난 아무것도 지키지 못했어.'

현조에 대한 신의도, 스스로에게 한 약속도, 이 남자에 대한 마음도 지키지 못했다. 가슴이 갈기갈기 찢어지고 있었다.

떨리는 손을 들어 서린은 그녀의 몸을 가둔 라탄의 팔을 살짝 풀었다. 조심스럽게 몸을 일으켰다. 그러나 침상에서 빠져나갈 수는 없었다. 갑자기 등 뒤에서 강한 두 팔이 뻗어나와 그녀를 잡아당겼기 때문이다.

[아비 끼르나 바제 헤?]

"무슨 말이에요?"

그는 힌디어로 물었고 서린은 한국어로 대답했다.

[지금 몇 시냐고?]

그가 억지로 서린을 다시 잡아 자신의 몸 아래에 눕혔다.

[깍쟁이 같으니라고. 아침 인사는 하고 일어나야지.]

새빨갛게 붉어진 연인의 입술 위로 남자는 입술을 맞댔다. 이렇게 알몸으로 안겨 있으면서도 그 작은 접촉에 긴장한 거다. 바르르 떨리는 몸이 그대로 느껴졌다. 그러거나 말거나 라탄은 나지막하게 속삭였다.

[이렇게 우리가 살아 있어서, 아침에 잠을 깨어 다시 당신을 보니 참 좋아. 그러니 당신도 나랑 같이 살아.]

라탄은 서린의 얇은 눈시울에 따뜻한 입술을 갖다 댔다. 영혼으로 속삭였다.

[마이 툼세 피아르 카르타 훙, 서린. 내게도 말해줘.]

[마이 툼세 피아르 카르타 훙, 라탄.]

자신이 내뱉는 말이 누구나 사용하는 사소한 인사말쯤으로 알고 있겠지. 그러나 삐뚤어진 웃음을 지으면서도 가난하고 허기진 그의 영혼은 그 말이 자꾸만 듣고 싶었다. 라탄은 달콤하게 다시 속삭였다.

[삐르세 카히에.]

[네?]

[다시 한 번 말해줘, 란 뜻이야.]

[마이 톰세 피아르 카르타 홍. 라탄.]

[좋아.]

이 아침에 사랑한다는 말을 두 번이나 들었으니 이 정도로 만족해야지.

라탄은 서린의 몸을 감은 팔에 힘을 풀었다. 앞으로 그들에게는 아주 많은 시간이 기다리고 있었다. 일생 동안 서린과의 침상을 만끽할 생각이었다.

[저쪽 문이 욕실이야. 몸이 좀 아플 거야. 욕실로 들어가서 뜨거운 물에 잠겨 있어. 다음은 내가 알아서 할 테니.]

서린의 까만 눈이 그를 향했다. 그 시선은 마치 '내가 몸이 아픈 건 어떻게 알죠?' 하고 되묻는 것 같았다. 라탄은 히죽 웃었다.

[밤 내내 나랑 사랑했는데, 아무렇지도 않다는 건 말도 안 돼. 게다가 넌 처음이잖아. 남자의 열정에 대하여 서투르지. 배로나 힘들 거야.]

삽시간에 붉어지는 연인의 얼굴이 더없이 사랑스러웠다. 라탄은 이제 막 떠오르는 아침 햇살 안에서 투명한 진홍빛으로 빛나는 꽃봉오리 위에 다시 입 맞추었다.

[나의 사랑스러운 처녀 신부. 다음은 어떤 체위로 사랑해 볼까?]

그렇지 않아도 붉어진 볼이 삽시간에 히비스커스처럼 빨갛게 물들고 있었다.

[84가지 체위를 실습하려면 우리 둘, 카마의 학습을 아주 많이 해야 할 것 같지 않아? 소중한 당신의 몸이 견딜 수 있게 아껴야지.]

더 이상은 듣고 싶지 않다는 거다. 서린이 자신의 몸 옆에 뒹구는 시트 자락을 서둘러 끌어당겼다. 몸을 칭칭 감고는 다다다 뒤도 돌아보지 않고 욕실 쪽을 향해 달려갔다. 이미 다 알아버린 사이, 새삼 무엇이 수줍다고 저러는 걸까? 라탄은 씩 웃었다. 그녀의 등에 대고 한마디 해주었다.

[그 욕실에는 걸쇠가 없어.]

서린이 금박의 문손잡이를 잡은 채 그를 돌아보았다. 당혹한 표정이 역력했다.

라탄은 두 팔을 들어 기지개를 켰다. 몸을 일으켰다. 아침 빛살에 미려하고 늠름한 남자의 나신이 그대로 드러났다. 그는 아무것도 가릴 생각하지 않고 히죽 웃었다. 어린 사슴을 노리는 뱅골 호랑이처럼 욕실 문 앞에서 꼼짝도 못하는 서린에게로 천천히 다가갔다.

[오늘은 우리 둘, 욕실에서 알몸으로 아침 식사하자.]

이젠 더 이상 도망갈 기력도 없고, 새삼 그럴 필요도 느끼지 못했다. 빨갛게 달아오른 볼을 하고 서린은 인형처럼 그의 품에 안겼다. 탐욕스런 입술이 덮쳐 오자 본능적으로 하얀 목을 뒤로 젖혔다. 서린에게는 체념이었지만, 라탄에게는 남자의 강렬한 관능에 답하는 동작으로 보였다.

[비디타캄, 이미 사랑을 나눈 연인 사이에서만 가능한 포옹이지.]

무슨 말을 하고 싶은 거지? 나른한 목소리가 투명한 꿀같이 흘러내렸다. 라탄의 단단하고 민감한 손가락이 서린의 얼굴선을 따라 흘러내렸다.

[지금 네 모습이 어떤지 알아?]

뒤이어 숨 가쁜 입술과 혀가 연인의 얼굴과 입술과 목덜미를 부드럽게 애무했다.

[아침노을 아래 타지마할 같아. 죽이고 싶도록 아름답고, 증오조차 뛰어넘을 만큼 매혹적이야.]

라탄이 흑진주 같은 연인의 눈동자를 들여다보았다. 손가락 끝으로 부드럽게 건드리다가 살며시 감겼다. 연분홍 실핏줄이 비추어 보이는 눈시울에 키스했다. 그리고 그는 서린을 안고는 욕실 안으로 들어갔다. 샘처럼 온수가 솟아나는 욕조 속으로 함께 잠겼다. 출렁 더운물이 넘쳐흘렀다.

[아그라의 내 별장은 타지마할을 건너다보는 야무나 강변에 있어.]

목덜미의 솜털을 솟구치게 달근한 음성. 벗어날 수 없다. 그건 유혹 중에서도 가장 짜릿한 것들. 어떻게 목소리만으로도 여자를 젖어들게 만들 수 있을까?

[아침에 눈을 뜨고 테라스에 나가면. 타지마할은 아련한 안개에 감싸여져 있지. 순백의 베일을 뒤집어쓴 신부처럼.]

애욕으로 가득 찬 느릿한 목소리가 그 어떤 유혹이나 애무보다 치명적이었다. 직접적인 접촉보다 더 관능적이고 열정적인 상상을 만드는 그의 존재. 접촉. 서린은 자신도 모르게 신음을 흘리고 있었다.

잔혹한 밤의 지배자 라탄은 이성이 깨어난 이 아침에 서린이 새삼 잃어버린 전 약혼자를 생각하며 혼란과 슬픔의 광기에 빠질 기회 따윈 주고 싶지 않았다. 쓸데없는 후회와 죄책감 따위에 휘말려 그의 눈을 똑바로 바라보지 못하고, 새삼 그와의 사랑을 거부하는 꼴 따위 역시 보고 싶지 않았다. 어차피 바라나시로 가면 물리도록 그놈을 추억하고 조상하고 울어줄 테니.

그와 함께한 이 순간은 그만을 생각하고 그만을 호흡하게 만들리라. 온 우주를, 공기를, 세상 전부를 오직 그와 그녀로만 채우리라. 합일하고 사랑하고 애욕에 감싸게 해 생각 따윈 하지 못하게 만들리라. 그녀가 슬퍼하고 거부하는 만큼, 그는 다가가고 사랑하고 숭배하고 열망하리라. 그녀가 그의 사랑 앞에서 익사할 때까지.

지금 이 순간은 오롯이 그들만의 밀월(蜜月)이었다. 두 사람의 침실에 그 누구의 기억도 흔적도 침입하는 것을 허락할 수 없었다. 그리고 라탄은 그렇게 했다.

[아침노을이 동쪽 하늘을 붉게 물들일 때, 안개가 걷히면서

타지마할의 돔은 발갛게 물들어가. 밤새 사랑받은 여인처럼 볼을 붉히지.]

시를 읊는 것 같다. 서린의 귓전에 계속 다가가는 라탄의 목소리는 꿀물처럼 황금빛이고 안개처럼 낮았다. 더운 빗줄기처럼 적셨다. 뜨겁게 달아오르게 만들었다.

[마침내 아침 해가 떠오르면 돔은 다시 사랑받는 여인에서 장엄한 여왕으로 변해. 황금빛으로 빛을 발하며 사람들 눈앞에 웅장한 자태를 드러내지. 타지마할은 영원히 사랑받는 신부이자 범접할 수 없는 여왕이야.]

강한 손이 다시 투명하기까지 한 서린의 하얀 어깨에서부터 더 아래로 미끄러져 내려갔다. 서늘한 속삭임이 귓불을 건드렸다.

[바로 너처럼.]

서린은 그의 손이 밤 내내 만들어진 분홍색 상흔 위로 다시 헤엄치는 것을 보았다. 벨벳처럼 부드러워진 피부의 열감을 일깨우는 감각적인 접촉과 건드림. 어느새 서린의 입술이 자신도 모르게 달뜬 신음을 흘리며 살며시 벌어졌다.

[언젠가 그곳에 같이 가자. 아침 햇살에 깨어나는 타지마할을 보면서 우리도 그렇게 사랑하는 거야.]

이성과 의지와는 전혀 상관없는 중독. 그만큼 그는 강했고, 능숙했고, 또한 끔찍하게 도발적이었다. 욕조 안에서, 강하고 거친 팔 안에 갇힌 서린은 속절없이 그의 노예가 될 수밖에 없었다. 우리 두 사람은 대체 어디로 흘러가고 있는 것일까?

서린은 그녀를 사랑하는 남자의 거친 숨소리를 들으며 멍하니 허공을 바라보았다. 투각 벽을 통해 들어오는 투명한 햇살들. 두려움과 비겁함이, 또다시 먼지처럼 날아가고 있었다. 정말 난 어디로 흘러가고 있는 것일까?

그러나 삽시간에 그 남자에게 길들여진 몸은 이성과는 달리 촉촉한 신음을 흘려내고 있었다. 참아내지 못한 신음 소리를 그 역시 느낀 것이다. 귓전에 다시 거미줄같이 몸을 휘감는 느른한 목소리가 스며들었다.

[계속하라는 재촉이야, 아니면 그만 하라는 신호인 거야? 대답해, 린. 네가 원하는 게 뭐지?]

대답할 수 없었다. 질문해 놓고도 그가 대답할 기회를 주지 않았기 때문이다.

그의 손과 뜨거운 입김과 감각적인 혀끝이 서린의 무력한 몸 안에서 달콤하고 뜨거운 욕망의 열기를 전부 빼내고 있었다. 주체할 수 없는 욕망에 몸이 떨렸다. 강한 두 손이 그녀의 가슴 위를 가볍게 스치며 도발적으로 솟구친 젖꼭지들을 건드렸다. 거칠고 불안정한 숨소리. 분명 교성이라 할 수 있는 끈끈한 신음 소리가 서린의 입술에서 다시 새어나왔다.

어쩔 수 없어.

아무리 저항하려 해도 가능하지 않아. 서린은 깊고 은밀한 곳에서부터 무너져 내리고 있는 자신을 깨달았다. 더 이상은 지탱할 힘을 없었다. 생각이나 이성 따윈 그의 존재 앞에서 완전히 무력했다. 그와 함께하는 순간에는 그가 아닌 다른 어떤 것을 떠올리는 건 완전히 불가능했다.

서린은 다시 완전하게 라탄에게 굴복하고 말았다. 봄비 같고 여름 햇살 같은 그 남자의 입술과 손길 아래서 먼지처럼 으깨졌다. 짙은 장미꽃 향기. 독약 같고 덫 같은 잔혹한 섹스. 너무나 압도적이고 강렬해서 죽음을 잊게 만드는 그러한 애욕. 서린은 라탄이 원한 바 그대로, 다시금 쾌락의 악마에게 철저하게 굴복하고 말았다. 깨어난 갈망과 흥분으로 헐떡였다. 라탄이 일깨우는 대로 붉은 관능의 고열 안으로 함몰하고 있었다. 격렬한 욕정으로 타오르는 두 가닥의 신음 소리가 욕실을 흔들었다.

[넌 내 타지마할이야, 서린.]

[라, 라탄…….]

거친 호흡과 함께 서린은 그녀를 소유하고 있는 남자의 이름을 터질 듯한 갈망으로 불렀다. 바로 그 순간, 라탄의 단단한 몸이 젖은 서린을 거침없이 유린하며 덤벼들었다.

[아…… 하아. 아악…….]

누구의 입에서 나온 것인지 모르는 야릇한 탄성이 사방 벽에 아로새겨진 돌꽃들을 물기 어리게 만들었다.

터질 듯한 자극, 아슬아슬한 거기. 줄 듯 말 듯 감질나고 안달하게 만들었다. 그러다가 한순간 폭발하듯 달려들어 그녀의 모든 것을 탈취해 가는 이 남자. 그녀의 속에도 탐욕스런 수컷에 반응하는 야만스럽고 비도덕적인 암컷이 하나 들어 있었다.

거칠어지는 물살만큼이나 다급해진 숨소리가 얽혔다. 붉은 꽃이 핀 두 개의 몸이 뱀처럼 똬리를 틀고 젖은 입술과 피부가 마찰했다.

[나의 서린…… 나의 서린…….]

끝이 보이지 않는 화려한 절정을 향해 그들은 끝없이 내달리고 있었다.

몇 번이고, 몇 번이고 라탄은 헐떡이며 신음하면서 서린의 이름을 불렀다. 그만의 서린이라고. 그녀의 몸에 자신의 흔적을 각인시키듯이 그녀의 영혼에도 잊지 못하게 그를 아로새기듯이.

한순간, 마침내 그것이 왔다. 마침내 그것을 맛보았다.

안타깝고 간절하고 황홀한 그것 안에서 합해진 두 사람의 몸이 석상처럼 일시 굳어졌다. 동시에 탈진해서는 푸르르 서로의 품에 무너졌다.

천지 사방의 꽃들이 일제히 만개(滿開)했다. 자욱한 김이 서린 물속에서 요동치는 두 사람의 나신에 짙붉은 열기가 가득 서렸다. 어느새 욕조의 물은 파도를 이루어 출렁이며 밖으로 흘러내리고 있었다.

방금 전까지 그녀를 약탈하고 유린하던 손가락이 이제는 부드럽게 젖은 눈 아래를 어루만지고 있었다.

아직도 젖은 몸으로, 달뜬 배덕의 열기가 채 가라앉지 않아 분홍빛으로 꽃피어 오른 그 자리에서. 라탄은 여전히 서린의 몸에 포개진 자신의 몸을 거둘 생각이 없는 듯했다.

[이젠, 마음껏 날 미워할 수 있게 되었어?]

서린의 젖은 눈동자와 라탄의 아픈 눈동자가 마주쳤다.

[당신이 미워! 미워 죽을 것 같아!]

밉다 소리치는 연분홍 입술 위로 남자의 난폭한 입술이 덤벼들었다. 강렬한 욕망과 달콤한 열기를 담은 두 개의 혀끝이 닿았다. 투명한 실처럼 이어진 타액이 서로의 혀를 타고 교차되었다. 무자비한 욕망과 타오르는 열기가 두 사람을 다시 하나로 묶었다. 숨 막히는 키스 뒤에 그가 내뱉었다.

[좋아. 미워해. 아주 많이 미워하고 저주해. 날 미워하는 그 힘으로 돌아와. 돌아와서 날 죽여줘.]

[돌아오라니……?]

서린이 가지 못하게 이런 식으로 잡은 것 아닌가?

[바라나시로 가. 보내줄게.]

서린은 믿을 수 없어 숨을 삼켰다. 그가 순순히 보내줄 거라고는 생각도 하지 못했다.

[라, 탄…….]

[우린 정리해야만 해. 애초에 그 시간을 너에게 주었어야만 했어. 하지만 난 어리석은 겁쟁이였지. 널 잃을까 봐, 네가 돌아오지 않을까 봐 너무 무서웠어.]

숨이 막혔다. 제멋대로이고 오만한 남자의 입에서 이런 말이 나올 줄이야. 라탄이 서린의 볼을 감싸 안았다.

[죽음과 영원은 그 남자에게로. 하지만 당신의 생명과 순간이 만드는 미래는 내가 주인이야. 당신이 원하는 대로, 그 남자의 추억을 짊어지고 바라나시로 가. 죽은 그 남자를 사랑하고 추억하는 것, 이해하고 용서할게. 하지만 그가 아닌 바로 내가 당신 옆에 이렇게 살아 있어.]

딱딱한 심장이 말 그대로 산산조각 나버렸다.

하느님, 이런 사람인걸요. 같이 살지 못하면 그만 같이 죽자던 사람. 이젠 눈물 흘리면서도 웃으며 보내주는 사람인걸요. 떠날 수 있을까요. 뒤돌아보지 않고 내 길을 갈 수 있을까요.

[당신의 가슴 속에서 뻗어나간 길이 어디로 갈까? 난 그 길이 나에게로 닿기를 바라. 그 길의 끝이 나이기를 바라. 당신이 찾아낸 길이 나의 존재이기를 바라. 무엇보다, 그 길을 우리 둘이 걸어가기를 바라. 평생, 우리가 살아 있는 순간의 마지막까지, 그래서 영원토록. ······바라나시로 가, 서린. 가서 당신의 길을 찾아. 대신, 반드시 돌아와. 약속해. 돌아와서 우리, 함께, 살자.]

우리 함께, 살자는 약속. 당신이 내게 준 마지막 선물, 어느새 서린의 볼에서 주르륵 눈물이 흐르고 있었다.

[기억해, 서린. 내가 당신을 떠나보내는 건, 떠나는 자유를 주는 건······ 이번이 마지막이야. 기다릴게. 당신이 돌아올 줄 알

고 있으니까. 당신에게 당신만의 세상을 줄게. 하지만 그 세상을 날다가 지치면 돌아오는 거야. 언제나 내게로.]

기다리고 있어, 끊임없이 그리워하며 널 기다리고 있어. 네 운명의 자리인 내 옆으로 네가 돌아올 날을 난 언제나 네게 손을 내민 채 기다리고 있어.

그 사람의 깊은 눈동자가 그렇게 전하고 있었다.

그날 오후, 서린은 한국을 떠났던 그때처럼 초라한 배낭을 짊어지고, 공작궁을 떠났다. 돌아보지 않았다. 창가에 홀로 서 있을 그 남자를 돌이켜 바라보는 짓, 절대로 하지 않았다.

앞만 보겠다. 현조의 영혼을 보낼 갠지즈강에 도착하면, 삶이 남긴 죽음과 추억을 다 흘려보내야지. 만약 이곳으로 내가 다시 돌아온다면, 살아 있는 당신과 마주하겠다. 당신과 함께하는 삶, 당당하게 눈을 맞추겠다. 새로 시작되는 나의 삶과 기쁘게 악수하겠다.

제9장
—마르지 않는 시간의 눈물—

뉴델리 역.

[바라나시로 가는데요. 표가 있습니까?]

[오늘 자정에 출발하는 표가 남아 있습니다.]

한국으로 치면 일등석 침대칸인 고급 좌석표는 일반석보다 여덟 배나 비쌌다. 하지만 여자 혼자 여행하는 형편이니, 싸구려 3등칸을 탈 수는 없는 노릇이다. 다른 것은 몰라도 안전에만은 지나칠 정도로 신경 써도 상관없다고 라탄은 몇 번이고 주의를 주었다. 커다란 쇠사슬로 직접 배낭을 묶어주던 그 사람. 헤어진 지 한 시간 남짓인데, 벌써 순간순간 그의 흔적을 떠올린다. 그를 기억한다. 가슴이 울고 있다.

[미스? 혼자 여행 중이십니까?]

떼로 몰려오는 관광객들을 매일 상대하는 사람이라 친절하다 싶었다. 제법 정확한 발음으로 상냥하게 물어온다. 서린은 거스름돈을 챙기며 그렇다고 대답하려 했다.

문득, 표를 내미는 역무원과 시선이 마주쳤다. 지렁이같이 느물거리고 징그러운 눈빛이 기다리고 있었다. 그가 싱긋 웃어 보였다. 성적(性的)인 유혹이 물씬 담긴 노골적인 표정이었다. 미적대며 표를 내밀고 있다. 슬쩍 서린의 손을 어루만졌다. 등골에서부터 소름이 좌악 끼쳤다. 어떻게 기차를 타는지 설명해 주겠다면서 나오려고 한다. 필사적으로 고개를 흔들고는 그곳을 뛰쳐나왔다.

기차는 자정을 좀 지나서 출발했다. 귓가로 들려오는 규칙적인 기차 바퀴 소리를 따라 자꾸만 이상하게 눈 아래로 젖은 것이 스며 나왔다. 지나치는 간이역의 불빛이 작은 창으로 스며들어 왔다. 저러한 작은 빛줄기를 따라가다 보면 언젠가 도착하겠지. 보이겠지. 찾아야 할 모든 것들이…….

해가 떠오르는 갠지즈강 앞에서 현조를 위해 기도하리라.

그 다음은 계획하지 않았다. 어떻게 되겠지, 다즐링으로 들어갈 막연한 계획만 세우고 있었을 뿐이다. 걷고 걷다 지치면 하얀 설원에 눈을 감고 누울 수도 있겠지.

미리 생각할 이유가 없었다. 오직 정직한 현재만을 생각할 뿐이다.

서린은 멍하니 허공을 응시했다. 바라나시에 가서 하늘로 보낼 현조를 생각했다. 늦었지만 그를 위해 푸자를 올려야지. 기도해야지. 꽃잎 속에 핀 불꽃을 따라 그가 천국을 찾아갈 수 있도록.

'오빠 기억 안고 그 남자를 받아들인 나니까. 자격도 없지만. 오빠, 그래도 나 많이 이기적인 거 알지? 내 마음 편안하고 싶어. 그냥 내가 하고 싶은 거야. 우린 아직 정식으로 안녕하고 작별인사도 못했잖아. 그곳에서 우리 둘, 못한 작별인사 하자. 다시 만나자고 손 흔들자.'

한참 후 서린은 불편한 잠에 서서히 빠져들었다.

기차는 무려 열다섯 시간을 달려 마침내 이튿날 오후에 바라나시 역에 도착했다.

하지만 끔찍한 것은 처음부터 시작되었다.

역에서 내려 채 세 발자국도 가지 않았다. 서린은 그만 비명을 지르고 말았다. 분명히 누군가가 엉덩이를 만졌다.

하지만 누군지는 알 수 없었다. 원래 바라나시는 끔찍할 만큼 복잡한 곳이다. 역 앞은 그중에서도 최악이었다. 정신을 차릴 수 없을 정도로 복잡하고 정신없었다. 길 한가운데 당당히 서 있는 암소 두 마리, 오토바이, 사이클릭샤, 오토릭샤, 버스, 자가용, 게다가 사람들까지 한데 엉켜 있었다. 그녀의 주변에서 바쁘게 오가는 사람들 누가 그런 짓을 했는지, 짐작조차 할 수가 없었다.

서린의 비명 소리에 일이 미터쯤 저 넘어, 방금 스쳐 지나가던 중년 사내가 돌아보았다. 멀쩡한 옷차림에 점잖게 콧수염까지 단 그 사내가 씩 웃었다.

맞부딪친 징그러운 눈초리 속에서 그가 방금의 성추행범이라는 것을 본능적으로 깨달았다. 한 번의 추행이었지만, 살인이라도 하고 싶었다. 온몸이 구정물처럼 더럽혀진 기분이 들었다. 하지만 어찌할 방법이 없었다. 그저 한시라도 빨리 그곳을 떠나는 수밖에는.

격하게 치밀어 오르는 구역질과 치욕스러움을 억누르며 서린은 역 밖을 향해 내달리기 시작했다. 이글이글 타오르는 분노를 억누르며, 이를 갈며……

사방을 둘러보아도 사람들. 숨을 채 쉬지 못할 정도로 빽빽이 오가는 인파 안에서, 그 사람들 중 하나로 존재하면서, 그럼에도 그 누구도 아는 사람이 없다. 기다려 주는 사람도 없다. 의지할 사람도 없다.

소름 끼치는 고독과 외로움이 스산한 바람이 되어 옷깃을 뚫고 들이치고 있었다. 이런 것을 일러 외롭다고 하는 것이었다. 이런 것을 일러 고독하다고 말하는 것이었다. 그런 고독을 느끼는 순간, 서린은 이제야말로 참된 의미의 여행. 홀로, 오롯이 스스로를 책임지고 견뎌내고 감당해야 하는 여행이 비로소 시작되었다고 생각했다.

정신없이 내달리는데 발에 무엇인가 툭 하니 걸렸다. 흠칫해서 발끝을 내려다보다가 혼비백산하고 말았다. 사람들이 오가는 바닥에 아무렇게나 누워 있는 한 노인을 걷어차고 만 것이다.

눈이 마주쳤다. 빛이 꺼지고 힘없는 눈동자 속에서 서린은 이 노인의 삶이 얼마 남지 않았음이 느꼈다. 얼굴 위로 검은 파리 떼가 윙윙거리고 있었다. 하지만 노인은 더럽고 앙상한 손을 들어 그것을 쫓을 기력도 없나 보다.

[박…… 쉬쉬…….]

그럼에도 구걸을 한다. 입 안의 치아는 거의 빠져서 검게 보였다. 하루의 구차한 삶을 영위하기 위해 그를 걷어찬 사람에게 욕을 하기는커녕 그것을 기회로 비굴하게 손을 내밀고 있다. 서린은 본능적으로 주머니에서 집히는 대로 돈을 집어내 뼈만 남은 노인의 손에다 쥐어주었다.

[댄…… 니…… 와드.]

서린이 노인에게 고액지폐를 주는 모습이 주변 사람들의 주의를 끌지 않을 리가 없다. 삽시간에 주변의 걸인들이 모여들고 있었다. 몇 개인지도 모를 손들이 내밀어져 있다. 눈이 번뜩이고 있었다. 이들에게 둘러싸이면 큰일이 난다고 들었다. 서린은 젖 먹던 힘까지 짜내어서 그들을 헤치고 죽을힘을 다해 뛰기 시작했다. 견디기 힘들 정도의 오물 냄새와 악취를 느낄 겨를도 없었다.

지금껏 서린을 에워싸고 있던 시간과 공간. 라탄이 보여준 세상. 그와 함께였던 공작궁에서의 생활은 절대로 살아 있는 현실의 인도가 아니었다.

인도라 하면 막연하게 떠올려지던 아름다운 환상. 인도의 전통 그림 속에 표현된 찬란한 궁전과 아름다운 미인들, 그것은 과거의 영광 안에 박제된 꿈의 동화였을 뿐이었다. 그가 만들어 놓은 두꺼운 벽 안에서 눈을 감은 채, 그의 나라가 속에 품은 악과 추함과 더러움과 부족함과 부당함을 알지 못한 채 커다란 품 안에서 완전하게 보호받고 있었던 거다. 이서린은 여기 인도에서 먼지 한 톨이었다. 손만 대도 부서지고 마는 유약한 유리 인형에 불과했다.

숨을 헉헉 몰아쉬면서 서린은 이것이 인도라고, 이제야말로 그녀는 인도라는 세상에 진짜 한발 내디딘 것이라고 생각했다.

역 앞에 서 있던 택시 안으로 뛰어들면서 소리쳤다.

[아, 알카 호텔.]

론리 플래닛에 소개되어서, 기억해 둔 게스트 하우스 이름을 댔다. 한국인들이 많이 가는 곳이라고 했다. 안전할 것 같아서였다.

바가지를 쓴 것인지, 제대로 준 것인지도 모른다. 택시 기사가 달라는 대로 돈을 주고 알카 호텔 앞에 내렸다. 그러나 호텔 안으로 들어가 보지도 못했다. 문을 나오던 여행객 너덧 사람이 들어서는 서린을 보더니 헛수고라는 듯 고개를 저어 보였기 때문이다.

[방이 없답니다.]

[네에?]

[겨울이 인도 여행 성수기거든요. 가트 근처라서. 강가 해돋이를 볼 수 있는 곳이라서 유명해요. 소문이 나서 방이 꽉 차버렸네. 여기 방에 묵으려면 사흘은 기다려야 한답니다.]

일행의 리더인가? 한 오십대 중반쯤 되어 보이는 중년 남자가 설명해 주었다. 처음에는 일본인이거나 중국인인 줄 알았는데, 일행 중 한 명의 가방에 적힌 한국제품 상표를 보고 서린은 그들이 한국에서 온 배낭여행객임을 짐작했다. 그만 가슴 한쪽이 말랑 풀려왔다. 멀디먼 여기, 바라나시에서 만난 한국 사람이라니, 낯선 사람들이라도 너무 친근하게 느껴졌던 것이다.

"저기, 한국 분들이세요?"

서린을 바라보는 그들의 눈도 둥그레졌다.

"어. 그쪽도 한국 사람?"

"네. 서울에서 왔어요. 배낭여행 중이에요. 저도 여기 처음 왔는데, 여러분들은 그럼 지금 어디로 가시나요?"

"다른 게스트 하우스로 가봐야지. 그쪽도 우리랑 일행 되시려우?"

"붙여주시면 고맙죠. 여기에 방이 없으면 저도 어차피 론리 플래닛 보고 다른 곳을 찾아가야 하는데요."

"잘됐네. 같이 갑시다."

"그보다 통성명부터 하죠?"

옆에 서 있던 짧은 머리 청년이 중간에 끼어들었다.

"그렇구먼. 이름 알아야지. 난 임 선생이라고 불러줘. 청주에서 왔지. 이쪽은 내 아내."

서린더러 방이 없다고 말해주었던 늙수그레한 중년 남자는 자신을 임 선생이라고 소개했다.

"이제 퇴직했으니까 '교사였던' 부부라고 불러야 하나. 핫하하."

돌아가신 어머니도 교사였다. 이내 임 선생 부부가 친근하게 느껴졌다.

"이서린입니다. 직장인이에요."

"김창호입니다. 귀신 잡는 해병대올시다."

보다 정확하게 말하자면 '해병대였던' 남자였다. 제대하자마자 갇혀 있는 게 너무 지겨워 무작정 인도로 와버렸다고 했다. 아직도 군기가 바짝 들어 있었다. 인사를 할 때마다 거수경례를 붙이며 '충성'을 외치는 것이 웃겼다.

"저는요, 고영남인데요. 대전에서 대학 다니다 휴학……. 아이고, 잠깐만요! 저 화장실 좀 다녀올게요."

통통하고 귀엽게 생긴 아가씨는 임 선생 내외의 딸인 줄 알았는데, 역시 홀로 여행 온 배낭여행객이었다. 임 선생 사모님이 안쓰럽게 영남이 사라진 쪽을 바라보았다.

"어제 기차에서부터 내내 저러네. 단단히 배탈 난 거야."

"어제, 저게 식당에서 엄청 주워 먹을 때 알아봤다."

투덜거리면서도 영남이 걱정되는지 호텔로 따라 들어가는 창호가 밉지 않았다. 오랫동안 친해온 사이처럼 보였다.

"네 분, 오래 같이 여행 다니셨나 봐요."

"내내 같이 다닌 건 아니고 아그라에서 만났지. 한 사나흘 같이 다닌 셈이네."

"그렇군요. 참 친하게 보여서 전 가족인 줄 알았어요."

"나오면 다 가족 같고 친구 같고 그런 거지 뭐. 그나저나 영남이 저 친구가 저리 배탈이 나서 어떨까 모르겠네."

호랑이도 제 말 하면 온다고 영남이 나타났다. 정말 배탈이 단단히 난 것인지, 얼굴이 노랗게 변해 있었다. 창호가 따라 나왔다. 영남의 배낭까지 그가 메고 있었다.

"괜찮아?"

"예, 괜찮아요. 지사제 먹었어요."

"인도에서 배탈 나면 정말 고생한다. 이젠 생수도 끓여 먹어야 할 것 같아, 영남 씨."

"예, 조심할게요."

"그럼 떠나볼까?"

임 선생은 나이로도 가장 높고 또한 인도여행만도 벌써 여섯 번째라고 했다. 베테랑 중의 베테랑이었다. 때문에 그가 자연스럽게 일행의 리더가 되었다. 그들이 큰 길로 나오자 줄지어 손님을 기다리고 있던 릭샤 기사들이 한꺼번에 달려들었다. 그들을 둘러싸고 알아듣지도 못하는 말로 흥정을 하기 시작했다. 임 선생이 웃으며 우스갯소리를 했다.

"그런 말이 있어. 한국에서 가장 많이 보는 사람은 고시원에서 공부하는 사람들이고, 인도에는 21)릭샤왈라라고."

"그래요? 하지만, 저어, 택시를 타면 안 될까요? 릭샤는 좀 무서운데."

아까 바라나시 역에서 만난 노인 거지의 충격이 너무 큰 탓에 릭샤를 탈 엄두가 나지 않았다. 허름한 옷차림의 릭샤왈라들 전부가 아까 그 거지의 얼굴과 겹쳐 소름이 끼쳤다.

"인도에 왔으면 인도 법을 따라야지, 이 사람아. 좋은 경험이 될 거야. 타봐."

임 선생이 싱긋 웃으며 창호를 불렀다.

"창호 씨가 호텔 가게, 릭샤 흥정해 봐."

"제, 제가요?"

"그래. 자네가 다 책임진다며? 어디 한번 용감하게 대한민국 해병대의 저력을 보여줘 봐."

자기만 믿으라고 큰소리 탕탕 친 지 오 분도 채 지나지 않았다. 정작 릭샤를 잡으라고 하니 귀신 잡는 해병대, 창호 군의 얼굴이 굳어지고 있었다. 머리를 긁적이며 버벅거렸다.

"꼭, 제가 해야 합니까?"

---

21)릭샤왈라: 릭샤는 인도와 방글라데시 등지에서 주로 인력을 이용하는 교통수단. 보통 자전거를 개량한 사이클릭샤와 소형 엔진을 장착한 삼륜차인 오토릭샤가 있다. 릭샤를 끄는 사람을 인도에서 릭샤왈라라고 부른다

"그럼 여자들이 가서 해? 릭샤 기사들은 외국 여자들을 우습게 봐서 마구 바가지 씌운다고. 자네가 가서 흥정해."

창호가 워낙 자신만만하게 큰소리를 쳤던 탓에 서린이나 영남 모두 그를 바라보고만 있었다. 인도 여행에 도가 튼 것처럼 보였기 때문이다.

어쩔 수 없다. 도살장에 끌려 들어가는 소처럼 미적거리며 창호가 릭샤왈라에게 다가갔다. 뭐라고 떠벌대기는 했다. 손짓발짓까지 동원하며 최선을 다해 의사소통을 하려 했지만 결국은 실패. 얼굴이 벌게져서 돌아왔다.

"저기요, 제 말을 전혀 못 알아듣는데요 아. 릭샤왈라 짜식들 말이야. 무식해 가지고……."

"오빠, 영어 진짜 못한다. 나보다 더 못하네. 솔직히 말해. 영어 제대로 할 줄 알아?"

영남이 톡 하니 나서서 그를 무안 주었다. 이럴 거면 큰소리나 치지 말든지. 창호가 아직도 까칠한 밤송이 머리를 다시 긁적거렸다.

"내가 해병대 출신이잖아. 원래 해병대는 애국심이 강해서 영어하고는 안 친해."

"그러면서 혼자 인도에는 왜 왔어? 진짜 해병대답네. 무식해서 용감해요."

결국 노련한 임 선생이 대표로 다시 릭샤왈라에게 흥정을 하러 걸어갔다. 십 분 만에 두 사람 공히 만족할 만한 가격에 도달한 모양이다. 임 선생이 이쪽으로 오라 손짓을 했다.

임 선생이 잡은 것은 자전거를 개조한 사이클릭샤였다. 릭샤왈라는 껑충한 키에 깡마른 몸을 한 중년의 인도 사내였다.

제멋대로 자란 턱수염에다가 손톱에도 새까맣게 때가 끼어 있다. 아침인들 제대로 먹었을까? 고된 작업에 들어가기 전에 배라도 채울 심산인가 보다. 길가의 수도꼭지로 가더니 수돗물을 벌컥벌컥 마시고 돌아왔다. 맹물을 마시고 운전하는 릭샤왈라라니. 힘인들 제대로 쓸까 싶었다. 중도에 쓰러지지는 않을까 염려가 되었다. 서린은 자그마한 목소리로 임 선생에게 물었다.

"사람이 많은데 오토릭샤가 낫지 않나요?"

"거기서 거기야. 바라나시에 왔으니 이런 것도 타고 그래야지."

인도에는 몇 번 왔지만 릭샤를 탈 기회는 거의 없었다. 델리에 기착했을 때, 관광차 두어 번 타보았을 뿐이다. 대부분은 택시를 타거나 아니면 라탄이 차를 가져왔었다. 둘이 카주라호에 갔을 때는 오토릭샤를 타긴 했지만.

릭샤왈라와의 흥정에서는 비겁하게 뒤로 빠졌던 창호가 자리 잡기에는 다시 용감해졌다. 어느새 먼저 자리를 냉큼 차지하고는 서린을 불렀다.

"의자에는 두 명밖에 못 앉으니까 내 무릎 위에 앉아요, 서린 씨."

영남의 입술이 톡 튀어나왔다. 임 선생도 코웃음을 쳤다.

"거 해병대가 너무하네. 서린 씨랑 영남이가 같이 앉고 창호 씨는 앞에 봉 있지? 거기에 앉아."

릭샤 출입문 반대쪽에 철봉 굵기의 안전봉이 하나 있을 뿐 다른 안전장치는 없어 무척 위험해 보였다. 창호가 죽을상을 하며 항의했다.

"아니, 저기에 어떻게 앉아가요?"

"앉아봐, 편안해. 해병대잖아. 한강도 헤엄쳐서 건너는 판국에 이까짓 것이 무서워?"

"그, 그건 아니죠."

"그래, 좋아. 자리 잘 잡고 잘 앉아봐."

타야 하나 말아야 하나, 영남도 걱정스레 낡은 릭샤를 노려보고 있었다.

"나 몸무게 많이 나가는데……."

"다섯이면 너무 많이 타는 것 아닌가요?"

서린 또한 염려스러워 다시 한 번 물었다.

"괜찮아. 지난번에는 이런 릭샤에 일곱 명까지 타고 갔어."

서린의 걱정 역시 묵살당했다. 서린과 영남은 할 말을 잃었다.

"인도의 릭샤는 이렇게 타는 거야."

먼저 임 선생이 릭샤에 올라타 옆 자리에 부인을 앉혔다. 편안하게 팔짱까지 끼면서 다른 사람들을 바라보았다.

"빨리 타. 호텔 가야지."

"아, 네에……."

마지못해 서린과 영남도 한 덩어리로 포개져 릭샤에 올라탔다. 창호는 네 사람이 탄 릭샤 봉 옆에 엉거주춤 서투른 원숭이처럼 붙어 앉았다. 그렇게 다섯 명이 릭샤 한 대에 구겨져 올라타고 게스트 하우스로 이동하기 시작했다.

[요기 로지. 성 토마스 교회 앞. 오케이?]

[옛 설~!]

릭샤왈라가 커다랗게 대답하며 페달을 밟기 시작했다. 서린도 그러했지만 영남도 이렇게 많은 사람이 낡은 릭샤에 타는 것이 아무래도 불안한 모양이었다. 혹시나 릭샤왈라가 들을까 무서운 듯 서린 쪽으로 몸을 기울여 소곤거렸다.

"이렇게 많이 타면 위험하지 않아요? 넘어질까 봐 저는 간이 조마조마해요."

"고영남, 걱정일랑 다 한국에 가 있어. 여긴 없거든. 오빠만 믿어."

창호가 큰소리로 허풍을 떨었다. 또 큰소리네. 영남이 창호를 향해 혀를 쏙 내밀었다.

신호등도, 횡단보도도 없다. 바라나시의 거리는 상상도 할 수 없을 만큼 더럽고 복잡하고 붐비고 오래되었다.

트럭, 릭샤, 승용차, 택시, 오토릭샤들이 서로 먼저 가려고 머리를 들이대는 거리. 헤아릴 수 없이 많은 사람들 역시 아무 데로나 건너고, 어디로든 비집고 걸어가는 거리. 거의 습관적으로

운전기사들은 빵빵 경적을 울려댔다. 건조한 공기와 떠도는 먼지, 악취는 상상 이상이었고, 거의 스칠 듯 아슬아슬하게 릭샤와 릭샤끼리, 승용차와 릭샤끼리, 트럭과 트럭들이 스쳐 지나갔다. 그럴 때마다 저절로 등 뒤에서 식은땀이 흘러내렸다.

허름하고 낡은 외관의 릭샤였으나 요술마차 같았다. 서린 일행 다섯 명에 릭샤왈라 자신까지 여섯 명을 태우고도 아무런 말썽 없이 잘도 움직였다. 장정 여섯 명의 무게를 온전히 지탱하며 열심히 페달을 굴리는 릭샤왈라의 등이 어느새 땀에 젖어들고 있었다.

땀을 뻘뻘 흘리며 릭샤를 끌고 가는 것이 여간 힘들어 보이는 게 아니었다. 깡마른 등, 비쩍 마른 다리에 퍼런 힘줄이 불거졌다. 고된 노동 다음에 돌아올 것은 몇 푼의 동전. 하잘 것 없는 푼돈에 인생을 전부 걸머진 사람이다. 땀에 전 릭샤왈라의 등을 바라보는 마음이 편하지 않았다.

"언니, 좀 불편하죠?"

한 마디도 하지 않았는데, 영남이 소곤거렸다. 서린의 마음을 읽은 듯싶었다. 그녀 역시 마찬가지란 뜻이다.

"네."

"하지만 제가 들었는데요. 고된 일을 동정해서 타지 않으면 그는 돈벌이를 하지 못하니까 오히려 더 불운해진답니다."

창호가 끼어들었다. 서린은 가만히 되물었다.

"그런 걸까요?"

"인도에 와서는 인도 사람의 사고방식을 따라야 하는 거지. 그렇게 생각하지 않는다면 제정신으로는 이런 세상에 어떻게 살겠어? 저 남자의 업이 저것이니, 우린 그가 이승의 업을 갚도록 도와주어야 한다더군."

임 선생님도 한마디 거들었다.

봉에 매달려 가는 것이 이제는 익숙해진 것인가? 창호의 입에서 군가가 터지고 있었다.

"전우의 시체를 넘고 넘어 앞으로, 앞으로……."

페달을 밟는 릭샤왈라의 남루하고 피곤한 등은 땀방울에 젖어들고, 그 위에 탄 창호의 노랫소리는 커져만 가고. 이런 모습이 같은 공간, 같은 시간에 일어나는 곳이 인도, 하고도 바라나시이다.

뜬금없이 아무도 듣지 않는 군가 한 곡을 멋들어지게 뽑은 그가 다시 떠벌대기 시작했다.

"아, 제가 해병대에 있을 때 말입니다. 이 정도보다 더 많이 짐을 날랐거든요. 한 일 톤쯤 되나. 훈련 나갔을 때……."

"창호 씨, 그만 해요."

서린은 그만 참다못해 한마디 하고 말았다. 이젠 질렸다. 더이상은 허풍 심한 창호의 철없는 군가며 떠벌림을 듣고 싶은 마음이 없었다.

삼십 분 후에 목적지인 성 토마스 교회 뒤 요기 로지에 도착했다. 역시 관광지여서인가? 버릇처럼 릭샤왈라는 처음에 약속한 금액보다 좀 더 달라고 칭얼거리려 했다. 하지만 임 선생이 '계약대로 하자'고 강력하게 주장하자 그냥 어깨를 으쓱하고는 그만둔다. 생각보다는 담백한 사람이었다.

"잠깐만요!"

서린은 축 처진 어깨를 하고 돌아서려는 릭샤왈라를 불렀다. 100루피 지폐 한 장을 건네주었다.

"어, 서린 씨. 돈을 그렇게 펑펑 쓰면 안 되지! 저 사람, 한 달 내내 버는 것보다 더 많이 주는 거야."

릭샤왈라가 여기까지 오면서 받은 돈은 겨우 삼십 루피였다. 임 선생이 놀랄 만도 했다.

"괜찮아요. 그럴 가치가 있는걸요."

서린은 나지막이 대답했다. 돈 따위는 중요하게 느껴지지 않았다.

사내의 눈도 커다랗게 열려 있었다. 주저주저 돈을 받는 손가락 끝이 분명히 떨리고 있었다. 자신에게 몰아닥친 엄청난 행운을 믿지 못하는 것이 분명했다.

[괜찮아요, 받아요. 당신 돈이니까.]

겨우 맹물 한 사발을 들이키고 나서, 반 시간 동안이나 사십 도가 넘는 열기 아래서 페달을 밟았다. 몇 사람의 무게를 지탱하고 여기까지 와준 사람이다. 그냥 돌아가라고 하기에는 양심이 허락지 않았다.

[댄니와드! 댄니와드!]

돌아서는 릭샤왈라의 얼굴에 햇살 같은 웃음이 퍼지고 있었다. 빈 릭샤를 움직이는 다리가 한결 가벼워 보였다. 그것으로 족했다.

그는 아마 당장에 집으로 달려가겠지. 자신에게 닥친 엄청난 행운을 자랑하며 두둑한 주머니를 아내 앞에서 펼쳐 보이겠지. 며칠이나마 그는 맹물 대신 맛있는 커리나 짜파티를 먹을 수 있을 거다. 가족들에게 가장으로서 큰소리치며 거드름을 피울 수도 있을 거다.

돈으로 행복 전부를 살 수는 없겠지만, 잠시의 즐거움은 누릴 수 있으니까. 서린은 릭샤왈라의 굽어진 등이 잠시나마 당당하고 꼿꼿하게 펴지기를 간절히 바랐다.

"쳇, 이거 완전히 시골 여인숙 수준이잖아요?"

요기 로지로 들어서며 창호가 불만스럽게 중얼거렸다.

"인도에서 이 정도 수준이면 양반 중에 양반이야, 이 친구야. 다른 데 다녀봐. 여기서 호강한 것을 알게 될 테니."

임 선생이 일축했다. 영남도 지지 않고 창호를 향해 가자미눈을 떴다.

"오빠 한국의 여인숙 수준을 어떻게 알아? 군대 있을 때 여자랑 자러 그런 곳에 많이 다녔나 보지?"

"야야! 너 그런 말 하면 천벌받는다. 대한민국 해병대를 어떻게 보고……."

"바라나시에서 가장 유명한 다샤스와메드 가트에서 얼마 떨어지지 않은 곳이야. 새벽에 나가기도 좋아. 큰 도로에서 멀리 떨어지지도 않아서 안전하고 말이지. 주인도 친절하고, 시설도 깨끗한 편이야."

"그렇군요."

같은 집이라고 해서 방값이 다 같은 건 아니었다. 방마다 가격이 다 달랐다. 대신 비싼 방은 침대에 전용 욕실이 딸렸다. 그만큼 쾌적하니 돈을 더 내란 뜻이었다.

서린과 영남이 한방, 임 선생 부부가 한방, 그리고 창호는 돈을 아낀답시고 그곳에서 만난 다른 한국인 청년들과 같이 육 인실 방을 쓰게 되었다.

방을 정하고 늦은 점심을 먹었다. 옥상에 마련된 식당에서는 임 선생의 말대로 갠지즈강의 전경이 제법 선명하게 보였다.

저 멀리 바라보이는 갠지즈강의 모습은 이승과 저승을 연결하는 통로처럼 보였다. 죽은 자가 산 자와 함께 뒤엉키고 같이 움직이는 곳. 너울대는 연기 따라 삶의 애증과 누추함과 장엄함이 같이 울고 웃어대는 곳. 사랑하는 이들을 보내는 자들의 눈물과 비탄이 강가의 안개를 만들었다 하였나. 어디선가 현조도 서린을 내려다보며 웃고 있는 것만 같았다.

망자들은 이제 삶의 고통을 벗어났기에 웃을 수 있을 테지만, 이승의 시간을 영위하는 자는 슬픔의 굴레를 벗어던질 수 없어.

고적한 시선을 따라 갠지즈강의 전경을 바라보던 임 선생이 중얼거렸다.

"바다 같지?"

서린은 고개를 끄덕였다.

"네, 솔직히 놀랐어요. 전 갠지즈강이 기껏해야 우리나라 큰 개울 정도라고 생각했던 것 같아요. 가까이서 보면 어떨지 몰라도, 이렇게 멀리서 바라보니 아름답다기보다는 장엄하네요."

"강가야말로 장엄하다는 말이 정말 어울리는 유일한 강이지. 바라나시야 말로 강가의 심장이고 말이야. 마크 트웨인이 그랬어요. 바라나시는 〈역사보다, 전통보다, 전설보다 오래된 도시〉라고. 바로 영원한 죽음의 도시니까."

"죽음의 도시……."

"인도의 사람들이 이곳으로 오는 이유는 오직 하나. 죽으러 오는 거지. 여기는 이 지구상에서 죽음으로 먹고 사는 유일한 도시니까. 죽은 자가 살아 있는 자를 먹여 살리고, 또한 죽은 자가 살아 있는 자보다 행복한 곳이니까. 이곳이야말로 인도의 심장이자 삶의 불가해함을 보여주는 가장 강력한 증거라고 생각해요."

"어쩐지 슬퍼요."

"바라나시의 죽음은 슬프기보다는 어쩐지 활기차. 죽음이 삶의 연속으로 느껴지거든. 우리가 알지 못하나 맞이해야 할 또하나의 삶."

"하긴 너무 일상적으로 벌어지는 일이라서 그런 느낌이 들 수도 있겠네요."

"여기 오면 인도인들이 왜 갠지즈강을 하늘에서 내려온 신이라고 믿는지, 그 이유를 알 것 같아."

라탄.

심장이 바늘에 찔리는 기분이 들었다.

노을 아래 길게 누운 갠지즈강. 비슈누 신을 둘러싼 세 여신 중 한 명이 강가였지. 신의 사랑을 두고 다투던 여신들의 전설을 이야기해 주던 목소리가 또렷하게 떠오르고 있었다. 왜 모든 것에서 그를 떠올리는 것일까? 현조를 위해 떠나온 길인데. 서린의 심장 안으로 젖은 밤안개가 몰려들었다.

모처럼 식사를 한 후이다. 방으로 내려오자마자 영남은 침대에서 곯아떨어졌다.

붉은 노을이 내릴 즈음, 옥상의 식당으로 다시 올라가 보니, 임 선생이 혼자 짜이 잔을 들고 앉아 있었다.

"사모님은요?"

"아내는 자고 있어요. 역시 피곤한 거지."

"네."

전직 고등학교 미술 선생님이자 판화가라는 그의 앞에는 스케치북이 펼쳐져 있었다. 서린은 스케치북을 기웃거렸다. 아그라에서 왔다더니, 화면마다 타지마할이 잔뜩 스케치되어 있었다.

"아, 보름달이 뜬 타지마할이네요. 야간 개장도 하는가 봐요."

"2004년부터야. 인도 최고 법원이 이십 년 동안의 타지마할 야간 개장 금지령을 해제했거든. 그래서 다시 온 거지. 보름달이 뜬 타지마할을 꼭 보고 싶었거든. 아내에게도 보여주고 싶었고."

"저도 한번 보고 싶어요. 굉장히 신비하겠죠?"

"아름답지. 형용할 수 없을 정도로 아름다워. 인간이 만든 건축물이 아니야. 하늘에는 달님이. 지상에는 타지마할이 있어. 둘 다 영원과 신비의 신부(新婦)지."

노을이 더 짙어지고 있었다. 서린의 하얀 얼굴에도 발간 노을이 어렸다.

말없이 노을진 강만 바라보고 서 있는 두 사람 등 위로 사박사박 발소리가 났다. 임 선생의 부인이었다.

"여보, 또 바라나시 찬가예요?"

"언제 와도 나를 매혹시키는 곳이니까."

임 선생이 아내의 어깨에 다정하게 손을 올렸다. 부인이 인자한 표정으로 서린을 바라보았다.

"이 사람은 항상 내게 말했어요. 마지막을 준비하는 사람들이 꼭 와보아야 할 곳이 바로 이곳이라고. 말로만 듣고 상상하던 것보다 천배만배 좋아요. 죽음이 이토록 삶과 가까이 있다는 것을 느끼게 만드네요."

"저도 그렇게 생각합니다. 살아 있는 동안, 마지막 작별인사를 할 만한 곳이에요."

서린은 나지막하게 대답했다.

밤이 내릴 무렵까지 옥상의 파라솔 아래 앉아 넓고 아득한 강을 바라보고 또 바라보았다. 삶과 죽음이 함께 어우러진 경계를 응시했다.

마침내 여기까지 왔다. 너무 늦게. 당신의 영혼을 보낼 강가의 기슭으로.

탁자에 놓인 현조의 사진. 맑은 미소와 선량한 그 얼굴. 천년만년, 이대로 남아 있을 아름다운 사람의 기억들. 그 위로 어느새 눈물 한 방울이 뚝 떨어지고 있었다. 얼룩이 졌다.

'현조 오빠, 많이는 화내지 마. 약간 늦었을 뿐이잖아. 조금 더 기다리게 한 것뿐이잖아. 그래도 왔으니까. 난 약속 지켰으니까……'

보내주러 왔다. 버리려 왔다.

같이 오기로 한 이곳 바라나시에 신랑 없는 초라한 신부가 홀로 와 있지. 지구 반 바퀴를 돌아 여기로.

언제나 미안한 당신에게, 언제나 감사하는 당신에게, 잘 가라 인사하려 왔어. 당신을 떠나보내려 왔어. 당신 없는 세상에 나 혼자 살아야 한다는 것을 확인하러 왔어. 하지만 내가 그럴 수 있을까?

같은 시간. 공작궁의 정원에도 어둠이 기어오고 있었다. 라탄은 마야와 함께 호숫가 정자에 앉아 있었다. 맑은 물 위로 노을

빛이 곱게 어렸다.

　[잘했다. 좀 늦긴 했지만 그런 결단이 필요했어.]

　서린을 떠나보낸 결단에 대해 마야가 칭찬했다.

　[돌아올까요?]

　마야가 절박하기까지 한 라탄의 목소리에 엷은 미소를 지었다.

　[돌아올 거라고 믿었으니. 보낸 것 아니냐?]

　라탄은 한숨을 내쉬었다. 찻잔만 만지작거렸다.

　[돌아온다고 말하지는 않았어요.]

　[하지만 돌아오지 않는다고도 말하지 않았잖니?]

　[그렇긴 하지요.]

　[교활한 녀석. 소중한 사람을 보내놓고 네가 베나레스에 아무도 보내지 않았을 거라고 내가 믿을 성싶으냐?]

　[그러지 않기로 약속했어요.]

　[정말?]

　[네.]

　라탄은 단호하게 대답했다.

　[만에 하나, 그 애가 바라나시에서 사고라도 당한다면? 그 애처럼 아름다운 여자는 공격의 대상이 되기 쉽지. 혹은, 정말 돌아오지 않고 스스로 죽어버린다면? 너희들은 이미 부부의 연을 맺었어, 만에 하나 서린의 몸에 아이라도 있다면? 임신이라도 한 상태로 그 애가 영원히 돌아오지 않는다면?]

[할머니!]

라탄의 거무스레한 얼굴이 삽시간에 회색빛으로 질려 버렸다. 강인한 손이 허약하게 떨렸다. 그 서슬에 찻잔이 달그락거리는 소리를 냈다.

[안 되겠어요. 아무래도 누군가를 보내야겠어요. 몰래 그 사람을 보호하라고 해야겠어요.]

[하지 않기로 약속했다면서?]

[약속은 깨어지기 위해서 존재하는 거라더군요.]

[누가 그런 멍청한 소리를 하더냐?]

[그 사람이요. 그러니 제가 모르는 척하기로 약속을 했다 한들, 그것을 어겼다 해도 이해를 해줄 거예요.]

[무엇이든 제멋대로 해석하는 버릇은 언제쯤 고칠 거냐?]

[그 사람을 위험에 빠뜨리느니, 멋대로 약속을 어기는 신의없는 사람이 되는 게 차라리 나아요.]

라탄이 벌떡 일어났다. 채 인사도 하지 못하고 기도원을 나가 버렸다. 안절부절못하는 손자의 뒷모습을 지켜보며 마야는 고개를 저었다.

[저렇게 안달복달할 거면서 왜 놓아준 건지, 참. 제 여자 앞에서 멋있는 척 한번 하려다가 단단히 뒷다리가 걸렸구면.]

사흘 후, 공작궁. 서린이 떠난 지 벌써 나흘째이나, 바라나시에서 그녀를 찾았다는 연락을 받지 못했다. 죄없는 아시프만 라탄에게 내내 닦달을 당하고 있는 중이었다.

[바라나시에서는 아직도 연락이 없어?]

[이리저리 수소문하고 있습니다. 한국인 여행자들이 머무르는 곳은 뻔하니 금세 아가씨의 종적을 찾을 수 있을 겁니다.]

그녀가 무사하다는 소식을 듣기 전까지는 매 분, 매 초가 가시방석일 것이다. 초조하게 손가락으로 책상을 두드리던 라탄이 다시 단호하게 내뱉었다.

[사람들을 더 풀어.]

[알겠습니다. 하지만……]

[하지만?]

[아시다시피 바라나시에서 차크라 족 폭동이 일어난 지 열흘도 채 되지 않았습니다, 아직까지 불씨가 가라앉지 않았구요. 거리마다 불온한 기운이 떠돌고 있다는 전언입니다. 더 큰일이 벌어질지도 모른다는 소문이 돌고 있어서……]

[망할! 거긴 관광객들이 매일 수천 명씩이나 방문하는 곳이야! 그런데 치안 부재라니 말이 돼?]

[어쩌겠습니까? 사태가 그러한 걸 말입니다.]

바라나시는 힌두교의 성지일 뿐만 아니라 불교, 자이나교, 이슬람교의 성지이기도 하다. 그러다 보니 종교로 인한 테러와 분쟁이 심심치 않게 벌어지는 곳이다. 어떻게 보면 바라나시는 아슬아슬한 화약통 중 하나였다. 만에 하나, 그가 그녀를 데리러 가기 전에 불길한 일이라도 생긴다면 어떡하지?

돌아선 아시프가 전화기를 건네주었다. 수많은 휴대전화 중

몇 명만이 그 번호를 알고 있는 직통전화였다.

[에릭님께서 전화하셨습니다. 지금 뭄바이로 오는 중이랍니다. 내일 새벽에 도착하신답니다.]

[망할 놈! 하필이면 왜 이런 때 뭄바이로 온다는 거야? 지금 내가 델리에 있다고 말했어?]

[네.]

[그런데?]

[뭄바이 공항에서 만나자고 하십니다.]

[웃기네!]

[저기, 에릭님께서 십 년 우정이 처참하게 깨어지기를 바라지 않는다면 조용히 와서 대기하고 있으라는데요.]

다시 열이 확 뻗쳤다. 십 년 우정 좋아하시는군! 미친놈. 제가 필요할 때만 우정을 찾는 인간치고 제대로 된 놈을 본 적이 없다. 제가 말만 하면 그가 델리에서 당장 뭄바이로 날아갈 줄 아나 보지?

라탄은 전화기의 단축키를 누르고 잠시 기다렸다. 능글맞은 녀석의 목소리가 들리자마자 꽥 고함쳤다.

[나 바빠. 용건만 말해.]

—[내 여자 따라 인도로 가는 중이다.]

날 더 이상 귀찮게만 해. 가만두지 않겠어. 마구 욕을 퍼부으려던 입이 그만 꽉 막혀 버렸다.

여자? 모니터도 아니고 키보드도 아니고 마우스도 아닌 여자? 우먼? 암컷? 오 마이 갓!

하늘의 해가 서쪽에서 떠오르고 있었다. 다른 놈도 아니고 '에릭 스톨만'이 여자한테 반하다니. 머릿속으로 미리 준비해 둔 모든 욕설과 비난과 화풀이와 신경질이 싹 사라져 버렸다.

[진짜?]

―[속고만 살았냐?]

[웃기지 마, 자식아. 여자라면 더러운 코딱지만도 못하게 여기던 네놈이 여자를 따라 인도로 올 수는 없어! 지나가던 개가 웃겠다.]

―[진짜라니까. 자식이! 라탄, 뭄바이 공항으로 차 좀 가지고 나와.]

이게 원수지 친구냐? 천하의 라탄님을 제 손가락 하나로 움직일 수 있는 몸종으로 생각하고 사는구나. 앞에 서 있다면 놈의 머리통을 와작 씹어버리고 싶었다. 그것뿐이 아니다. 아주 간살스런 목소리로 그 잘난 '우정'까지 확인하는 게 아닌가?

―[라탄 너, 내 친구지?]

십오 년 전에 하버드 말고 예일로 갔어야 했다. 그랬으면 저 귀찮은 원수를 안 만났을 텐데. 불운한 내 팔자야. 속으로 한탄하며 라탄은 마지못해 심드렁하게 내뱉었다.

[아마 그럴걸? 강력하게 부인하고 싶지만 말이야.]

―[나 에릭 스톨만이 평생 반려를 얻느냐, 못 얻느냐는 네게 달려 있다. 협조해 줄 거냐?]

너무 가소로워서 라탄은 그만 코웃음을 치고 말았다. 여기서 딱 끝내야 하는 것이다. 난 관심없거든. 차갑게 잘라 버리고 전화기를 집어 던져야 한다. 서린을 찾으러 바라나시로 떠나야 하는 거다.

그러나 이게 문제였다. 호기심.

그 망할 놈의 호기심이라는 것이 뭉게구름처럼 피어오르는 게 아닌가?

지금껏 여자란 것에는 전혀 관심이 없었던 에릭이 아닌가. 그런 놈이 여자한테 반했단다. 그 여자를 따라서 인도까지 날아온단다. 더러운 북극곰, 천하의 둔감남 에릭 스톨만을 환장하게 만들고 사랑이란 것에 홀라당 빠뜨린 여자라니. 궁금해서 미칠 것 같았다.

[어떤 여자냐?]

─[직접 봐. 같은 비행기를 타고 가고 있으니까. 이봐, 라탄. 내가 원하는 건 말이지…….]

십여 분간 계속된 에릭의 헛소리에 라탄은 기가 막혔다.

[에릭 스톨만, 너 진짜 미쳤구나.]

─[그걸 아직 몰랐단 말이냐? 미치지 않은 다음에야 어떻게 내 여자를 얻겠어? 도와줄 거지, 라탄?]

[죽어라!]

신경질이 난 김에 부서져라, 폴더를 접어버렸다. 진퇴양난. 사랑을 따르자니 우정이 울고 우정을 따르자니 사랑이 우는구

나. 잠시 망설이다가 라탄은 우정을 빙자한 호기심 쪽으로 방향을 틀었다.

비록 대놓고 욕설을 퍼붓기는 했지만, 에릭은 서린만큼이나 라탄에게 소중한 사람이었다. 그런 친구가 그렇게 절박하게 부탁을 해온 적이 없었다. 차마 일언지하에 거절할 수가 없었다. 어차피 사람들이 서린의 흔적을 쫓고 있다. 아무리 늦어도 하루 이틀 내로 서린을 찾게 될 것이다. 그녀의 종적을 찾은 다음 바라나시로 날아가도 늦지는 않으리라.

[아시프, 조종사에게 연락해. 전용기 준비하고.]

[네에?]

[당장 뭄바이로 돌아가야만 해.]

침대에 새 시트를 깔던 아시프가 기가 막힌 얼굴로 허리를 세웠다.

[에릭이 거기로 온다는 데 어떻게 해? 놀라지 마. 그 자식, 여자 따라온다는 거야.]

[에릭님이 여자를 따라온다구요?]

아시프도 멍한 얼굴이 되었다가 이내 흥미 가득한 표정으로 변했다.

[그래, 여자. 난 그 자식이 컴퓨터의 메모리칩하고 결혼할 줄 알았는데.]

[전 에릭님이 키보드와 섹스를 하고 있다고 굳게 믿었습니다만.]

[내 말이! 그 더러운 뚱보가 살을 싹 빼고 양심도 없이 이십육 인

치 반 아르마니 바지를 찾을 때부터 수상쩍다 했어. 결국은 여자가 있었던 거야. 나한테까지 감췄단 말이지? 만나기만 해. 죽여 버리겠어, 에릭 스툴만.]

라탄은 아시프가 건네주는 셔츠를 꿰입으며 몸을 떨었다.

[아, 징그러워. 에릭 자식 말이지, 이젠 절대로 청바지 따윈 안 입는 거 알아? 근데 그게 여자한테 잘 보이려고 그런 거였어.]

[리바이스 주식이 그래서 떨어진 겁니까?]

[그래. 그것뿐인 줄 알아? 빅맥하고도 완전히 결별했지. 이젠 존 갈리아노가 그 자식을 위해 실크 셔츠 디자인까지 해준다고. 천박하게 돈만 처바르면 패션이 되는 줄 알아. 미국 졸부들은 이게 문제라니까.]

라탄은 친구의 역겨운 꼬락서니를 생각하며 진저리를 쳤다. 아시프의 몸도 부르르 떨렸다. 끔찍하다는 표정을 감추지 않으며 라탄을 바라보았다.

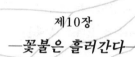

제10장
─꽃불은 흘러간다─

자정의 뭄바이 공항.

[라탄.]

아시프라 자처하는 에릭이 활짝 웃으며 다가오고 있었다.

'아시프 좋아하네. 입에 침이나 바르고 거짓말하지.'

보기만 해도 부담스럽던 거구의 풍보가 몇 달 만에 브래드 피트처럼 기생오라비형(形) 슬림으로 확 변해 있었다. 게다가 지저분한 턱수염도 싹 밀어버리고 갈색 안경 대신 푸른색 컬러렌즈까지 끼었다. 라탄조차 알아보기 힘들 지경이었다. 완벽한 변신, 아니지, 변장이었다.

오랜만에 만난 두 친구는 우정의 표시로 포옹을 나누었다. 사실은 그렇게 보이면서 서로의 아랫배에다 한 방씩 주먹을 박아 넣은 것이지만. 예의상 어깨를 안고 두드려 주며 라탄은 살짝 욕설을 퍼부었다.

[망할 놈.]

에릭이 귓속말을 했다.

[제대로 해라, 라탄.]

[문제의 주인공이 대체 누구냐?]

[저기 내 뒤쪽으로 걸어오는 여자.]

라탄은 살짝 곁눈질을 했다. '그녀'는 커다란 트렁크를 끌고 지나치고 있었다.

오직 컴퓨터하고만 연애하던 사이버인간 에릭 스톨만. 그의 넋을 지상으로 다시 끌어내린 여자. 넉 달 만에 무려 22kg을 빼게 만든 대단한 그녀. 늘씬한 키에 서구적인 마스크. 초롱초롱한 검은 눈망울이 무척 인상적이었다.

라탄의 경험상, 에릭은 똘똘하고 지성적인 매력에다가 시원시원한 인상을 지닌 중성적 타입의 여자에게 거의 사족을 쓰지 못했다. 지나치는 여자는 에릭 스톨만의 꿈에서 바로 걸어나온 여자였다.

[와우!]

[초 치면 죽을 줄 알아!]

에릭이 낮은 목소리로 경고했다. 여차하면 라탄을 때려눕힐 만반의 준비가 갖추어진 목소리였다.

라탄은 친구의 상태가 완전 심신상실에다가 거의 광증(狂症) 상태라는 것을 분명히 확인했다. 이 자식이 이렇게 성마르게 굴 때에는 조심해야 한다. 그 길로 입을 꾹 다물었다. 어릿광대가 되어 말도 되지 않는 그의 연극에 동참해야만 했다.

어찌 그리 태연한 표정으로 거짓말도 잘하시는지, 라탄을 두고 운전기사라고 능갈치며 결국 그녀를 제 영역으로 끌어들이는 친구 놈의 엉큼한 수작질은 대단했다. 두 눈 뜨고 뻔히 바라보며 구역질을 참을 수밖에 없었다. 여자 하나 때문에 멀쩡한 인간이 삽시간에 망가지고 있었다.

'대단해, 에릭 스톨만.'

우여곡절 끝에 결국 세 사람은 무사히 주후 해변에 위치한 라탄의 펜트하우스로 들어섰다.

[전 유지하라고 해요. 성은 유, 이름은 지하죠. 한국 사람이에요. 아시프하고는 비행기 안에서 만났어요.]

더 놀라운 것은 에릭의 그녀가 한가하게 여행을 온 것이 아니라 일하러 온 것이란다.

[파견 근무를 나왔어요. 저희 회사가 인도에 지점을 가지고 있거든요.]

[뭐 하는 회사인지 물어봐도 될까요?]

[프로그램을 개발하는 회사예요. 워드프로세서로 성공을 했지요. 인도 지사에서는 현재 이북 리더를 개발 중이구요.]

[오, 그래요?]

그럼 그렇지, 라탄은 속으로 무릎을 쳤다.

에릭의 그녀 유지하는 컴퓨터 프로그래머였다. 그것도 단순한 프로그래머가 아니라 프로그램 개발을 지휘하는 프로젝트 매니저란다.

천하의 목석 에릭 스톨만의 흥미를 끈 여자라더니 역시 만만찮았다. 그는 죽었다 깨어나도 알아들을 수 없는 외계어, 에릭의 전문적인 프로그래머 언어를 이해하는 여자라니. 생긴 것 못지않게 솔직하고 시원시원한 성격을 가지고 있는 듯했다. 담백하고 싱그러운 미소를 지녔다. 프로젝트를 지휘하려 단신으로 외국 파견 근무까지 나올 정도로 독립적이고 담대한 구석까지 갖추었다. 에릭이 홀딱 빠질 만했다.

아니꼽고 더럽지만 사실은 사실이다. 결국 라탄은 친구가 상당히 괜찮은 여자를 골랐다는 것을 인정하지 않을 수 없었다.

[지하, 피곤한데 쉬어요. 내일 아침에 깨워 드리죠.]

[라탄, 미안해요. 나에게 친절하게 대해줘서 주인님에게 발각되면 어떡하죠?]

지하는 얼떨결에 끌려와 신세를 지게 된 것에, 영 미안하다는 눈치였다. 호사스러운 해안가 아파트를 곁눈질하면서 영 부담스럽다는 눈치를 감추지 못했다.

친구 하나 잘못 둔 덕분에 졸지에 운전기사로 전락한 라탄. 인간적으로 유지하에 대해 호감을 가지게 된 이상, 진실로 상냥하게 굴지 못할 이유가 없다.

[괜찮아요. 지금 '주인님'은 델리에 계시니까요. 쫓겨나면 '아시프'더러 다른 일자리를 찾아달라고 부탁하죠 뭐. 자, 피곤할 텐데, 푹 쉬어요.]

라탄은 넋 빠진 얼굴로 히죽거리기만 하는 에릭을 노려보며 대답했다. 유지하의 침실 문을 닫고 돌아서자마자, 놈의 목줄기를 틀어잡았다. 질질 끌고 세 개의 문을 지나 침실로 밀어 넣었다. 다짜고짜 버럭 소리 질렀다. 공항에서는 얌전히 참았으나 이젠 도저히 느글거리는 것을 견뎌낼 수가 없었다.

[자—알한다! 멀쩡한 네 어머님이 암 환자? 네가 우리나라 사람 아시프? 게다가 뭐라고 타다그룹의 총수인 내가 운전기사라고? 야, 이 사기꾼아!]

버럭 소리 질러주었다. 그럼에도 에릭은 눈 하나 깜짝하지 않았다.

[내 여자를 얻기 위해서인데 무슨 짓을 못해?]

[완전히 미쳤구나.]

[어. 미쳤어, 유지하한테. 있잖아, 라탄. 지하가 내 아내가 되는데 얼마나 걸릴까?]

제 이름도 정확하게 모르는 여자한테 반해서 혼자 김칫국부터 마시고 있다. 천진난만한 얼굴로 올려다보며 결혼부터 논하는 친구를 바라보며 기가 막혔다. 당사자인 저도 모르는 일을 그에게 물으면 어떻게 대답하란 말인가?

[당장 들어가서 난 에릭 스톨만이다. 나랑 결혼해 줘 하고 말

해보지 그래?]

[그러면 좋겠지만……. 그게 좀 곤란한 문제가 있어.]

[넌 엄청 잘나가는 인간이잖아. 유명하고, 돈도 많고, 게다가 살도 싹 뺐고 말이지. 싫다고 할 여자 별로 없을 텐데 왜 미적거려? 다이아몬드 목걸이 세 개쯤 사가지고 실크 주머니에 넣어서 롤스로이스 운전석에 리본으로 묶어 보내줘.]

[나의 지하는 다이아몬드 목걸이를 별로 안 좋아하는 것 같아. 실크보다는 청바지를 더 좋아하고 말이지. 차라리 다이아몬드로 만든 이동식 저장장치를 선물로 줄까?]

['나의' 지하 좋아하시네. 저 여잔 네 정체를 까마득히 모르고 있다구! 그런데 결혼을 해?]

제발 눈 좀 뜨고 현실 좀 살피지. 친구의 진정한 충고도 아랑곳 않고 에릭은 저 혼자 잘도 주절거리고 있었다.

[내가 그렇게 결정했거든.]

[헛소리 하고 있네. 너 혼자 결정하면 결혼이 되는 거냐? 결혼은 둘이서 하는 거야, 인마.]

[시끄러워! 하늘이 두 쪽 나도 난 지하와 결혼해.]

[웃기고 있네.]

[문제는 말이야. 지하는 에릭 스톨만이라는 인간에게 굉장한 '애증'을 가지고 있다는 거야. 아, 슬퍼. 한국에서도 접근했는데, 그 자리에서 단번에 차였지. 내가 그렇게 매력이 없는 남자인지 그때 처음 알았어.]

[너같이 더러운 뚱땡이를 매력있다고 여기는 여자가 제정신일 거라고 생각해?]

참고 참았지만 이제는 더 이상 참을 수 없다. 라탄은 버럭 소리쳤다. 에릭이 어깨를 축 떨어뜨렸다. 원망스레 그를 노려보았다.

[이젠 살도 뺐는데. 근사한 섹시가이라고 불러주면 안 될까?]

[섹시가이? 꿈도 크시네. 더러운 돼지라고 불러주마, 이 주접아!]

[나의 예전 외모에 대해서, 네가 그런 식으로 생각하고 있었다니! 이제야 알게 된 네 진심 때문에 기분이 좀 나빠지고 있다, 라탄.]

[망할 놈, 가지가지 해라. 넉 달 만에 살을 그렇게 뺀 게 다 저 여자 때문이었군. 지방흡입 수술까지 받았다고? 에릭, 진짜 네 정신이 아니구나.]

[흐흐흐. 역시 남자는 외모였어. 돈보다 실력보다 더 중요해. 어때? 나 다이어트 성공했지?]

[징그럽다, 이 자식아!]

그러거나 말거나, 에릭이 코냑 병을 기울여 술을 따랐다. 혀로 굴리면서 버럭버럭 열을 뻗치고 있는 라탄을 바라보았다. 그의 눈이 가느스름해졌다.

[왜 그래?]

[뭐가?]

[왜 그렇게 눈 밑이 시커매져 가지고 나한테 신경질이냐고? 무슨 일 있지, 라탄 나발 나와르완지 타다? 솔직히 말해. 보아하니, 피부 관리도 안 하고, 옷도 엉망이고, 섹스도 한 달 보름은 못해본 얼굴이야. 한마디로 말하자면 끔찍해. 너, 분명히 무슨 일 있었어.]

이럴 때 보면 마음을 읽어주는 유일한 친구로구나. 정곡을 찌르는 에릭의 말에 완패. 라탄은 얼굴을 묻고 침대에 푹 쓰러졌다.

[아아, 사랑. 사랑. 그 구질구질하고 귀찮은 놈의 것 사랑. 왜 그토록 잡히지 않는 걸까?]

[어쭈! 이젠 역겹게 시까지 쓰는군.]

에릭이 비아냥거렸다. 술잔을 돌리며 다시 물었다.

[세상 일이 다 마음대로 되면 무슨 걱정이 있겠어? 라탄, 다 불어봐. 우린 동병상련 아니겠어.]

[동병상련 좋아하네.]

[현재 우린 둘 다 똑같이 상사병을 앓고 있는 중이잖아. 괜찮아. 말해봐. 이 형님이 상담해 줄게.]

[형님? 이 자식이! 분명히 내가 너보다 나이가 많다고!]

[천하의 바람둥이 라탄. 드디어 천벌을 받는 모양이군. 너에게 함락되지 않는 여자도 있다니! 정말 존경스럽다.]

[닥쳐라, 에릭 스톨만.]

[사랑에 상처입어 이토록 약한 모습이라니. 변했군. 변했어,

라탄 타다. 한때 넌 남자고 여자고 가리지 않고 모든 사람들을 네 발 아래 꿇리고 애욕을 불태워야 직성이 풀리던 녀석 아니었 어?]

[너만은 굴복하지 않았지.]

까불고 있네, 이 자식이.

라탄은 번쩍 고개를 들고 실실 웃었다. 순진한 에릭을 향해 반격을 시작했다. 순진한 놈. 몇 분 지나지 않아 항복할 거면서. 친구란 놈의 유혹적인 미소 앞에서 에릭이 몸서리를 치며 마주 노려보았다.

[으으, 끔찍해. 지금도 소름이 끼치는군. 어떻게 날 좋아할 수 있어?]

[그때만 해도 무진장 예뻤거든. 눕혀두고 한번 사랑해 줄 만 했지.]

[이 자식이! 닥치지 못해? 그때의 일을 발설하면 아무리 너라 도 죽여 버릴 거야.]

[너라면 지금도 하고 싶어. 살까지 싹 빼고 나니 이젠 더 맛있 어 보이는군.]

[뭐, 뭐가⋯⋯?]

당황해서는 말까지 더듬는 친구 놈을 보며 장난기가 한껏 더 발동했다. 라탄은 몸을 굴려 은근슬쩍 다가갔다. 그윽하게 올려 다보며 수작을 걸었다.

[솔직히 말해봐, 에릭. 그때, 완전히 갔었지?]

[뭐, 뭐라고? 내, 내가 언제?]

[그때 나눈 우리의 키스, 진짜 근사했잖아? 아, 정말 아쉽군. 어때, 에릭? 옛 생각이나 하면서 그때 나눴던 진한 키스라도 한 번 재현해 볼까?]

실실 웃으며 유혹하는 라탄 앞에서 에릭이 기겁하며 뒤로 물러앉았다. 역시 그때의 키스는 순진한 이 녀석에게 잊지 못할 강력한 자극이긴 했었나 보다.

라탄이 열아홉 살에 하버드에 입학했을 때 에릭은 열일곱의 나이로 벌써 두 번째 학년을 맞이하고 있었다.

미국에서도 손꼽히는 명문 스톨만 가문의 외동아들. 거기다가 자타 공인 천재. 총명한 갈색 눈동자를 빛내며 캠퍼스를 오가던 녀석이 얼마나 예쁘던지. 라탄은 첫눈에 반해 구애를 했었다. 여자보다는 야들한 미동(美童)을 더 좋아하던 때의 이야기다.

자신과 마주치면 언제나 예쁘게 웃어주곤 했다. 그래서 에릭도 자신에게 관심을 가지고 있다고 생각했었다. 하지만 라탄의 구애는 처참하게 밟혔다. 에릭은 얼음 같은 눈초리를 하고서, '헛소리 하지 마!' 하고 매몰차게 한마디를 내뱉는 게 아닌가? 에릭은 천하의 지골로 라탄을 거절한 최초의 인물이었다.

[하긴 아무것도 모르는 순진한 열일곱 살짜리에게 동성애를 택하라고 했던 게 무리이긴 했어.]

[미친 자식! 그래서 가는 사람을 우격다짐으로 잡아 깔았냐?

더 이상은 다가오지 마! 죽여 버릴 거야!]

에릭이 이를 갈며 소리쳤다. 깨어난 악몽으로 얼굴까지 질려 가고 있었다. 당장 그가 달려들 것만 같은 위기감이 들었나 보다. 침대 한구석으로 밀려가 두 팔을 들고 완강한 거부를 표현하고 있었다. 이러니 놀려먹는 재미가 쏠쏠하단 말이지. 라탄은 실실 웃음을 흘렸다.

[나의 구애를 그렇게 거절하다니. 잔인한 당신! 미슬론이 나타나지 않았다면 네 동정(童貞)은 내 것이 되었을 텐데. 솔직히 말해봐, 에릭. 너 그때 정말 처음이었지?]

[으으윽.]

에릭이 죽을상을 하고 몸서리를 쳤다. 라탄은 두 팔을 들어 나른하게 기지개를 켰다. 페로몬이 줄줄 흐르는 웃음을 흘려냈다.

[서툴게 혀를 놀리는 게, 키스 한 번 안 해본 것이 분명하더란 말이지. 그때의 넌 분명히 몸과 마음 공히 순결했어.]

[마지막 경고다, 라탄 나발 나와르완지 타다. 닥쳐!]

[좀 더 진하게 시도했으면 네가 먼저 나한테 달려들었을 텐데……. 역시 내 사랑의 기교가 부족했던 거야. 우리 둘의 키스가 한 번뿐이었던 게 너무 아쉬워.]

[정말 죽고 싶어? 아무리 내가 지금 네놈 도움이 필요하다고 해도 더 이상은 용납 못해.]

[역시 민감하군, 에릭 스톨만. 아직도 나의 모든 것이 너에게

는 너무 강렬한 자극이로구나. 음?]

더 이상은 견디지 못한 에릭이 몸서리를 치며 침대에 타조처럼 고개를 처박았다. 분노와 좌절로 가득 차서 주먹으로 베개를 북북 내려쳤다. 라탄은 천장을 바라보며 킬킬킬 웃음을 터뜨렸다.

부지런한 임 선생 내외와 서린은 새벽에 일어나 가트 구경을 하고 돌아왔다. 막 숙소의 문을 들어서는데 뛰어나오는 창호를 만났다.

"큰일났습니다! 큰일났어요."

"창호 씨, 무슨 일이에요?"

"영남이가 아파서 다 죽어가게 생겼습니다."

"창호 씨, 너무 과장하지 말고 정확하게 말해봐요."

언제나 과장되이 말하고 허풍을 떠는 창호인지라, 세 사람 다 별것 아닌 것으로 치부하려 했다.

"아니라니까요! 진짜 얼굴이 노래져서는 꼼짝도 못하고 엉금엉금 기고 있다니까요!"

"약 먹었는데. 어제는 식사도 제법 했잖아요. 잘 자고 있는 것을 보고 나왔는데……."

방으로 들어서며 서린은 말끝을 흐렸다. 영남은 화장실에 들어가 있었다.

"영남아, 괜찮아?"

오래도록 노크를 했지만 내내 대답이 없었다. 한참 지난 후에야, 풀 죽은 목소리가 겨우 새어나왔다.

"……괜…… 찮아요."

하지만 영남이 화장실에서 나왔을 때, 모두들 깜짝 놀라고 말았다. 하룻밤 사이에 영남의 얼굴은 다시 노랗게 뜨고 반쪽이 되어 있었다. 서린은 다급하게 물었다.

"언제부터 그랬어? 아까까지만 해도 잘 자고 있었잖아."

"언니 나가는 소리 들었어요. 얼마 지나지 않아 곧바로 그랬어요. 죽죽 쏟아지는데 감당이 안 되는 거예요."

영남이 서 있을 힘도 없는지 스르르 벽에 기댄 채 주저앉았다. 모기 소리만하게 대답했다. 말을 하는 것조차 귀찮은 표정이었다.

"일단 병원을 가보자."

"그래요. 병원에 가는 게 좋을 것 같아. 인도는 물이 나빠서 배탈이 잘나고 한 번 배탈 나면 엄청 고생해. 이질이나 장티푸스 같은 전염병일 수도 있고."

"전 좀 쉬고 싶어요. 서 있을 힘도 없어요. 말도 하기 싫어요."

영남이 힘없이 고개를 흔들었다.

"안 돼. 그냥은 큰일나. 지금 출발하지. 창호 씨, 릭샤 좀 잡아주세요. 임 선생님께서 바라나시에 대해서 제일 익숙하시니까 좀 도와주세요."

"아, 제가 모시고 가야죠. 대한민국 해병 김창호 여기 있습니다. 한번 해병은 영원한 해병!"

"창호 씨는 혼자 릭샤 흥정도 못하잖아. 어디서 나서?"

임 선생이 가차없이 내쳤다.

만날 꼴사납게 허풍이야. 힘없는 와중에도 영남마저 눈을 흘겼다. 서린과 임 선생이 영남을 부축해서 바깥으로 데리고 나왔다. 호텔의 주인이 잡아준 오토릭샤를 타고 병원으로 향했다.

"정부가 운영하는 병원으로 가는 게 좋아요. 두 곳 나와 있는데 거리는 비슷할 것 같은데 SN hospital로 가죠."

임 선생이 오토릭샤 왈라에게 지시했다.

"개인 병원이 더 가까운데, 무슨 문제가 있나요?"

"아그라에서 들었는데, 대규모 보험 사기가 있었대요. 개인 병원과 식당들이 짜고서 말이지. 식당에서는 식중독을 일으킬 음식을 손님들에게 팔고 그것을 먹은 손님들은 개인 병원에서 치료를 받았고. 개인 병원들은 보험사들에게 엄청난 보험료를 청구했다지. 난리가 났다는구만."

"세상에."

서린은 기가 막혀 신음을 내뱉었다. 알면 알수록 이해하기 힘든 나라 인도였다.

"사람들 먹는 음식으로 장난을 치다니 정말 나쁜 놈들이지. 게다가 그런 일이 두 차례나 있었다고 해."

"영남이도 그런 경우라고 의심을 하시는 건가요?"

"그런 건 아닐 거야. 이 친구는 어제부터 아팠으니까. 우리랑 같이 식사했는데 다른 사람은 멀쩡하잖아. 혹시 우리가 모르는 심각한 전염병에 걸렸을까 봐 걱정하는 거지."

병원에서 영남은 진료를 받았다. 다행히 전염병에 걸린 것은 아니었다. 심각한 장염이라고 했다. 감기와 물갈이 때문에 생긴 배탈, 낯선 곳에 온 긴장 때문에 생긴 스트레스성 대장염이 겹친 것이다.

"병원에서 뭐랍니까? 괜찮대요?"

진료가 끝나고 호텔로 돌아오니, 남아 있던 두 사람도 걱정 때문인지 식사도 하지 않고 기다리고 있었다.

"장염이 심해진 거래요. 며칠 안정하고 죽만 먹으래요."

"여행 와서 이렇게 아프니 거참, 난감하네. 영남아, 관광 할 수 있겠어?"

또 철없는 소리였다. 다들 창호를 노려보았다.

"아픈 사람이 무슨 관광이야? 몸조리부터 해서 기운 차린 다음에 돌아다녀야지."

"얼마나 몸조리해야 한대요?"

"글쎄, 한 사나흘은 병원에 다니라는데."

"어떡하면 좋아? 우린 이틀 후에 꼴까따에 가야 하는데."

"어차피 저는 바라나시에서 두어 주일 동안 머물 작정이에요. 제가 영남이랑 같이 움직일 테니 다른 분들은 걱정 말고 일정 따라 움직이세요."

"서린 언니, 정말 미안해요. 괜히 언니한테 붙어서 귀찮게 하네요."

영남이 풀이 죽은 채 작은 목소리로 말했다. 민망해서인지 고개도 채 들지 못하고 있었다.

"그런 말 하지 마. 한 번만 더 하면 화낸다."

"그래도 미안해요. 이렇게 아파가지고는 여러분한테 피해만 끼치네요. 죄송하고 속상해서 기운 빠져요."

말을 하다 보니 더 서러운 거다. 이내 영남의 큰 눈에서 닭똥 같은 눈물이 뚝뚝 떨어졌다.

"바보 같은 소리 말고 빨리 몸 추스를 생각이나 해. 이렇게 만난 것도 인연인데, 도울 수 있으면 돕고 사는 거지. 좀 쉬어. 난 물이라도 끓여올게."

서린은 영남의 볼에 묻은 눈물을 닦아주었다. 침대에 눕혀두고 방을 나왔다. 창호와 임 선생 내외가 로비에 서 있었다.

"우린 식사하러 갈 건데, 서린 씨는 안 갈래요?"

"저는 영남이랑 있을게요. 아프면 외로운데, 혼자 남겨두면 더 속상해할 것 같아요. 대신 사모님, 오실 때 밥 한 덩이만 사서 죽으로 끓여주실래요? 부탁드릴게요."

"그거야 어렵지 않지. 그럼 조금 있다가 봐요."

"저도 남겠습니다. 서린 씨랑 말동무하며 영남이를 지키겠습니다."

엄청나게 의리있어 보이는 창호의 말에 임 선생이 힐쭉 웃었다. 그의 허리를 툭 쳤다.

"창호 씨는 오히려 방해가 되지 않을까? 둘만 되면 서린 씨한
테 작업 한번 걸고 싶은 모양인데, 아서. 이런 미인한테 임자가
없으려구? 나중에 봉변당하지 말고 따라와."

내심을 들킨 거다. 창호가 얼굴이 벌게진 채, 꼼짝 못하고 끌
려가다시피 그들을 따라 호텔을 나섰다. 서린은 방으로 돌아왔
다.

병원에 다녀온 후 내내 숙소에 틀어박힌 채, 영남은 심하게
앓았다. 아무것도 먹이지 말라는 의사의 당부가 있었기에 물밖
에는 줄 것이 없었다.

"언니, 미안해요. 선생님, 고맙습니다."

아파 죽을 지경이면서, 영남이 다 죽어가는 목소리로 몇 번이
나 사과했다. 임 선생님 사모님이 전기 주전자로 끓여준 멀건
미숫가루를 먹으면서 두고두고 감사해했다.

먼먼 이국, 낯선 인도의 거리에서 만난 사람들. 그럼에도 피
붙이처럼 마음 써주는 사람들이 곁에 있다는 것은 얼마나 안심
이 되는지. 잠이 들어, 감은 눈 아래 눈물이 맺혀 있었지만 입술
에는 미소가 맺혀 있었다.

그럼에도 영남의 열은 쉬이 내리지 않았다. 설사 역시 하루
종일 계속되었다. 같은 방의 서린 또한 한잠도 자지 못하고 간
호할 수밖에 없었다. 새우처럼 몸을 꼬부린 채, 진땀을 흘리며
끙끙 앓고 있는 영남을 보고 있으려니 서린 자신, 델리의 비행

에서 맹장염이 악화되어 복막염으로 수술을 받고 고생하던 기억이 생생하게 떠올랐다. 그때 그녀를 간호해 준 사람이 있었지.

'라탄.'

한숨처럼 마음으로부터 스며 나오는 이름. 서린은 이를 악물었다.

영혼에 박힌 흔적 같다. 사라지지 않는다. 허락하지 않았는데, 눈 안에서 그만 엷은 이슬이 차 오르고 있었다.

어째서 순간마다 그가 생각나는 것일까? 현조보다 더 많이, 더 자주 그를 생각하는가. 피부 속과 뇌리 안에 각인된 그 흔적은 도무지 지워지지 않는가.

'현조 오빠가 내게 그랬듯이. 그 사람에게 정식으로 안녕, 하고 말하지 못해서 그런 거야.'

서린은 어둠 짙은 허공을 바라보았다. 말끔하게, 완전히 끝을 맺지 못해 마음이 불편한 거야.

'거짓말쟁이.'

스스로를 비웃는 처연한 미소가 다시 입술 끝에 머물렀다. 하지만 이렇게라도 자신을 속이는 거짓말을 하지 않으면 견뎌낼 수가 없으니까.

'라탄, 만약 내가 돌아가지 않아도 나를 오래 기억하지는 말아요. 우리를 위해서. 살아 아무것도 당신에게 줄 수 없었던 야속한 나를 위해 오래도록 슬퍼하지는 말아요.'

서린은 스스로를 위안하듯 젖어드는 그 마음을 다독이듯 마음속으로 중얼거렸다.

'어쨌거나 바쁜 사람이니까. 나 아닌 많은 사람을 만나는 사람이니까, 금세 잊어줄 거야.'

죽은 자의 도시, 죽으러 오는 도시 바라나시의 새벽바람 한줄기가 창을 타고 들어왔다. 멀리 한국에서 온 두 여자의 머리카락을 흔들고 지나갔다.

바라나시 북부, 사르나트.

그곳에 녹야원(鹿野園)이 있다.

한때는 고타마 시타르타라 불린 남자. 생로병사(生老病死)의 깨달음을 얻어 인류의 스승이 된 자. 한국 사람들이 부처님이라 부르는 바로 그분이 깨달음을 얻은 후, 처음으로 대중들에게 설법을 한 곳.

그런데 녹야원 유적 언저리 한갓진 곳에 다소곳하게 녹야원이라는 똑같은 이름의 한국 절이 있다는 것을 아는 사람이 얼마나 있을까?

"바라나시에서 한국 스님을 만날 줄은 생각도 못했어요."

"나도 그래. 난 바라나시가 힌두교의 성지인 줄로만 알았거든. 그러고 보면 정작 우리가 인도에 대해서 알고 있는 건 너무 작은 것 같아."

바라나시에 도착한 지 일주일째. 서린과 영남은 첫 번째 숙소였던 요기 로지를 떠나 녹야원에 의탁하게 되었다. 앞마당에 놓인 벽돌 벤치에 앉아 푸른 나무 우듬지를 바라보며 두 여자는 나란히 앉아 있었다.

"스님이 어제 끓여주신 계란죽 먹고 기운이 많이 났어요. 오늘 밤은 배추 된장국에다가 연근전 부쳐 주신대요."

"잘했어. 많이 먹어, 기운 차려야지. 이제 네 얼굴을 보니 사람 얼굴이긴 하다."

"다 언니 덕분이죠 뭐."

"아니지. 스님 덕분이지."

"아니에요. 밤새워서 언니가 간호해 주신 덕분이죠."

"내가 한 게 뭐 있다고. 공치사 듣자니 민망하다."

"아니에요. 언니가 정말 제 은인이죠. 임 선생이랑 사모님이랑 창호 오빠도 꼴까따로 가버렸는데, 언니마저 없었으면 저 정말 죽었을 거예요."

바라나시에서 사흘을 머무른 세 사람은 일정대로 나흘 전에 꼴까따로 떠났다.

임 선생님 내외는 마더 테레사 수녀가 창립한 〈사랑의 집〉에서 달포쯤 봉사활동을 하련다 했다. 창호는 내일이나 모레쯤 다시 바라나시로 돌아올 것이다. 영남과 같이 다람살라로 가기로 약속해 놓은 상태였기 때문이다.

세 사람을 보내고 병원에 다시 진료를 받으러 간 서린과 영남은 뜻밖에 그곳에서 한국 스님을 만났다. 바라나시, 한국 절 녹야원의 스님께서 영남처럼 여독에 지쳐 몸살이 난 여행객 두 사람을 데리고 병원 진찰을 받으러 온 것이었다.

오다 가다 스치는 것도 인연이라 하더니. 어떤 지극한 인연이 돌고 돌아 온 것인가?

"요기 로지? 나쁘지 않네. 하지만 젊은 보살님들이 덩그러니 그런데 묵으면 내가 마음이 안 좋아. 번잡한 데에 있지 말고, 우리 절에 와요. 이것도 인연인데, 이렇게 아픈 사람을 보고 어떻게 그냥 보내? 부담 갖지 말고 와요."

바라나시에서 한국 스님을 만난 것도 감사할 일인데, 또한 은혜까지 입게 되었다. 밤낮으로 사람들이 바글거리는 숙소와는 달리 녹야원 안의 불당은 고적하기만 했다. 이곳에서 나흘 동안 푹 쉬고 나서 영남의 설사병은 거의 나았다.

녹야원은 부처님이 처음 설법을 하신 곳이다. 처음에 아무것도 모르고 이곳에 왔는데, [22]불교(佛敎) 4대 성지의 하나로 일컬어지는 아주 유명한 곳이라는 것을 알게 되었다.

그래서인지 알게 모르게 한국 여행객뿐 아니라 불자들이 많이 찾아오고 있었다. 지금도 절에는 성지 순례 중인 다섯 명의 한국 비구니 스님이 함께 머물고 있다. 그분들은 지금 법당에서 법회 중이었다.

사르나트 유적군은 절에서 좀 떨어져 있지만 걸어서 충분히

---

22)불교(佛敎)의 4대 성지: 탄생(룸비니). 성도(부다가야). 설법(사르나트). 입멸 (쿠시나가라)

오갈 만했다.

우뚝 솟은 꾸띠비하르 사원. 부처님이 처음 설법을 행한 자리로 생각되는 곳에 아쇼카 왕이 세운 다메카 스투파도 장대하게 서 있다. 영남이 내내 방 안에서 누워만 있어, 진득하니 제대로 둘러볼 기회는 없었지만.

"사르나트의 박물관에는 아쇼카 네 사자머리 석주두(石柱頭)도 있대요. 인도 미술 최고의 걸작으로 마우리아기(期)에 속하는 가장 오래된 유물이래요."

"누워서 열심히 인도관광 안내서만 읽었구나."

"힛히히. 나중에 한국 가서 뻥이라도 쳐야지요."

"다른 건 몰라도 그건 보고 가야지. 사진도 찍고."

"이젠 충분히 움직일 만하니, 내일부턴 열심히 다녀야죠. 서린 언니는 바라나시에 언제까지 있을 작정이세요?"

"난 앞으로 한 열흘 더 있을 것 같아. 영남이는?"

"저는 창호 오빠가 돌아오면 같이 다람살라랑 카트만두 들러서는 다시 델리로 가서는 뭄바이로 이동할 거예요. 엘로라 쪽까지 보고 귀국할래요."

"다행이다. 그나마 창호 씨가 있어서. 너랑 헤어져도 안심이 될 것 같아."

"그나저나 창호 오빠, 인도 영어나 제대로 배워서 와야 할 텐데."

"괜찮아, 어차피 인도 여행은 손짓발짓으로 한대. 둘이 힘을 합치면 어디든지 갈 수 있어."

서린과 영남은 법당에서 흘러나오는 찬송 소리에 가만히 귀를 기울였다. 마음을 두드리는 게송이었다. 눈물이 날 만큼 아름다웠다.

23)마음이 기쁠 때도 보리심을 생각합니다.
마음이 슬플 때도 보리심을 생각합니다.
내가 고통받음으로써
일체중생의 고통이 모두 사라지게 해주십시오.

이윽고 법당의 문이 열리고 스님들이 나오기 시작했다. 법회가 끝난 모양이다. 서린과 영남은 일어나서 지나치는 비구니 스님들에게 합장했다.

법당에서 나오던 스님이 환하게 웃으며 다가왔다.

"아이고, 우리 보살님들이 나와 계시네."

"앉아서 설법 소리 듣고 있었어요."

"마음이 저절로 편안해지네요, 스님. 내일은 저희도 새벽 예불 참가해도 될까요?"

"그럼요. 우리 영남 씨가 나아서 기운을 차린 것을 보니 내가 다 기분이 좋네."

"예, 스님. 고맙습니다. 다 스님 덕분입니다."

---

23)산티데바의 〈입(入) 보리행론〉 중에서 인용

"내가 해준 게 뭐 있다고요? 허허허."

"잠시 산책 나가는데요, 스님. 돌아와서 저녁 공양은 저희들이 준비할게요."

"아이고, 고맙습니다."

스님이 빙그레 미소 지으며 합장했다. 서린은 영남을 바라보았다.

"영남아, 걸을 만하니? 우리 시장이나 보러 가자."

"그러죠 뭐."

두 사람은 여권과 지갑이 든 작은 배낭만 메고 방을 나섰다. 슬슬 비워져 가고 있는 절의 냉장고를 채우기 위해 시장에라도 다녀올 작정이었다.

염치없이 벌써 나흘이나 신세를 지고 있다. 떠나기 전에 스님께 감사 인사 겸해서 슬며시 장을 봐드리고 싶었다. 이것저것 채워 넣어두면 그들처럼 가난한 여행 중일 한국 객(客)들이 들어와 그 자리를 차지하겠지. 지금 그들이 식당에서 밥을 먹듯이 냉장고 속의 음식들로 지친 육신과 허기를 달래겠지.

언제나 그런 것처럼 걸어오는 이방의 여자들을 두고, 골목골목에 앉아 있거나 서성이는 인도 남자들이 호기심 어린 눈초리로 지켜보고 있었다. 서린은 고개를 푹 숙인 채 그들의 끈끈한 시선을 밀어냈다. 영남도 그것을 느낀 듯 서린을 바라보았다.

"언니, 그렇게 인도 여자처럼 편잡 사리를 사 입은 게 정말 다행인 것 같아요. 다른 때보다는 덜 치근덕거리네요."

"여하튼, 인도 남자들이란⋯⋯."

다리를 내놓으면 전부 다 매춘부라고 여긴다던가? 인도로 오는 모든 외국인 여자들은 남자에 굶주리고 환장한 여자들로 여긴다던가. 같은 인도 여자들에 대해선 끔찍할 정도로 보수적이면서, 외국 관광객들에게는 정말 기가 막힐 정도로 추파를 던지는 거리의 남자들에 질리다 못해, 이제는 입에서 신물이 나올 지경이었다.

조금의 틈도 준 적이 없는데, 끝없이 지분대고 수작을 걸고 슬쩍슬쩍 건드리려고 다가오는 인간들이 한둘이 아니었다. 바라나시 역에서 만난 치한은 오히려 점잖은 축에 해당될 지경이었다. 이런 것을 잘 알고 있어 라탄이 그녀를 홀로 바라나시로 보내는 것을 거부했던 걸까 싶을 정도였다.

심지어 영남을 데리고 병원에 다녀오는데도 릭샤 기사에게서 징그러운 구애를 받았다.

"정말 끔찍해요. 미치겠어요."

견디다 못한 서린이 비명을 지르자, 그것을 지켜보던 임 선생님이 충고를 해주었다.

"서린 씨, 안 되겠다. 당장 시장에 나가서 인도 여자들이 입는 옷 한 벌 사 입어요. 인도 남자들은 외국 여자들을 보면 무조건 수작질을 하더라고. 특히 여기 북인도 쪽 남자들이 더 심한 것 같아."

"그럼 좀 나을까요?"

"옷이라도 그렇게 입으면 인도 여자라고 생각할 수도 있을 거야. 완전히 막을 순 없겠지만 그나마 좀 덜 성가시게 할 거야."

그 길로 시장에서 값싼 인도 여자 옷을 한 벌 사 입었다. 인도 여자들처럼 두퍼타라 부르는 목도리까지 목에 걸쳤다. 그 이후로는 징그러운 남자들의 접근이 완전히 사라지지는 않았지만 그래도 상당히 줄어들었다. 정말 다행이었다.

시장이랬자, 한국의 어디 골목 어귀쯤처럼 너덧 사람의 상인이 좌판을 벌려놓고 수레를 세워놓고 야채며 물건을 팔고 있는 수준이다.

"인도 빵 맛있죠?"

영남이 상인에게서 빵이 담긴 하얀 비닐봉지를 받아 들었다. 구수한 향기에 입맛을 다셨다.

"인도 북부가 밀이 많이 나는 곳이라서 그렇대."

계란과 가지. 당근과 토마토며 망고와 오렌지. 석류와 사과 등등. 양팔이 떨어져 나갈 정도로 묵직한 장을 보았어도 돈은 얼마 되지 않았다. 영남의 청으로 근처에 있는 네팔 식당에서 뜨거운 수제비도 먹었다.

녹야원으로 돌아와, 두 사람은 부지런히 냉장고 청소를 다시하고 사 온 식료품들을 챙겨 넣었다. 이미 나오셔서 식사를 준비 중이신 비구니 스님을 도와 녹야원의 텃밭에서 키운 배추로 된장국을 끓였다. 당근을 넣은 감자볶음과 연근전을 마련했다. 한국에서 가져온 김과 배추김치, 싱싱한 날 야채와 쌈장이 올라간 저녁상은 푸짐했다.

막 사람들이 식당에 앉아 식사를 시작하려는데, '계십니까?'
하고 큰 소리로 사람을 찾는 소리가 들렸다. 서린과 영남은 서
로 얼굴을 마주 보았다.

"창호 씨 목소리 같은데?"

"예, 그런 것 같은데요."

아니나 다를까, 배낭을 짊어진 창호가 대문 앞에 벙글벙글 웃
으며 서 있었다. 그의 등 뒤로 세 명의 배낭족이 더 서 있었다.

"어머나, 창호 씨, 내일 모레나 온다더니."

"에이, 꼴까따, 거기 영 볼 것 없습니다. 시끄럽고 더럽기만
하고, 혼자 돌아다닐 자신도 없고. 이 친구들이 바라나시로 온
다길래 그만 따라와 버렸지 뭡니까? 오늘 밤 여기서 쉬고 내일
아침에 영남아, 다람살라 가는 팀 수배해 두었거든. 우리 둘 출
발하자."

다람살라 역시 다른 팀들한테 묻어서 따라간다는 말이었다.
'귀신 잡는 해병'이 아니라 '빈대 붙은 해병'으로 이름을 바꾸
라는 비아냥거림에도 아랑곳 않고 연신 싱글벙글이었다.

같이 식사를 하자는 말에 사양 한 번 하지 않는다. 입도 크기
도 하지, 식탁에 앉아 움썩움썩 다디단 된장국을 들이킨다. 모
처럼의 맛깔난 한국 음식에 따라온 다른 청년들도 엄청난 식욕
들을 자랑했다.

식사 후에 창호를 따라온 청년들은 먼저 쉰다면서 숙소로 올

라갔다. 마지막까지 남아 과자에 과일에 차까지 마시던 창호가 고개를 갸웃거렸다.

"웬일인지 모르겠어. 호텔이며 역이며 군데군데 경찰들이 엄청 서 있더라구. 바라나시 치안이 불안하다더니, 역시 그런가 봐요."

"간간히 폭동이나 테러가 벌어지는 나라니까. 범죄도 의외로 많고. 조심해서 나쁠 건 없지요. 어제만 해도 여기 바라나시에서 여행자 두 명이 실종되었다고 난리가 났습니다."

스님이 끼어들었다. 슬픈 이야기인 것이다. 표정이 흐려지고 있었다.

"평화로운 불법의 땅에서 이런 일이 종종 벌어지니 저도 착잡합니다. 종교란 것은 사람들로 하여금 평화로 인도하고 진리로 가게 만들어야 하는데. 그 종교로 인해서 날마다 싸움이 벌어지고 살육이 생기는 것이니 민망한 일이지요."

"스님, 여긴 안전한 거죠?"

"변두리 한적한 절간인데 뭐. 테러범들이 설마 이런 데를 찾아와서 폭탄을 터뜨릴까? 허허허."

"걱정 마십시오. 김창호가 돌아왔습니다. 귀신 잡는 해병 아닙니까. 그까짓 것 테러범, 한 손으로 해치우죠. 이래 봬도 제가 군대 있을 때 특공무술 교관으로……. 적색분자 모가지를 몇 개나 자르고……. 떠벌떠벌……."

"오빠 입만 열면 다 뻥이고 허풍이야. 듣기 싫어!"

"스님, 저분 말씀은 안 들은 것으로 해주세요."

영남과 서린은 창호를 싹 무시하고 설거지를 하기 위해 일어났다.

"거참, 섭섭하네. 내가 무슨 말을 했다고 그러셔? 사람이 입만 열면 다들 그래."

"오빠 입만 열면 다 뻥이니까 그렇지! 이리 와서 그릇이나 닦아."

이를 후비며 창호가 끄윽 트림을 했다. 설거지를 하라는 말에 펄쩍 뛰었다.

"야아, 사내 체면에 어떻게 설거지를 해? 영남아, 착한 네가 좀 해. 나 무진장 피곤해."

"공짜로 밥 먹을 거야? 염치가 있어야지. 잔소리 말고 식탁이나 닦고 바닥 비질이나 하지?"

영남이 바락 쏘아붙였다. 마지못해 창호가 웅얼웅얼하며 서린 옆으로 다가와 수세미를 집어 들었다.

"임 선생님 내외분은 잘 도착하셨죠? 안녕하시죠?"

"그럼요. 저도 하루 사랑의 집에서 청소봉사 했는데, 아, 그것 참…… 힘들더라구요. 그런 곳에서 한 달이나 계실 예정이라니 대단하신 거죠. 게다가 몸도 성치 않으신 분이 말이죠."

"몸도 성치 않다니. 그게 무슨 말이야, 오빠?"

영남이 비질을 마치고 서린 옆에 와 섰다. 그릇을 하나하나 마른 행주로 닦아내며 물었다.

"몰랐어? 임 선생님 사모님, 암 환자시잖아."

"엑? 진짜?"

"정말이에요?"

영남과 서린이 동시에 놀라 되물었다. 창호가 오히려 어리둥절해 했다.

"어, 몰랐었구나. 예. 임 선생님 사모님 말기암 진단 받고, 그 길로 인도 오신 거래요. 수술 전에 꼭 해보고 싶은 일 하신다구요."

"아."

그래서 어쩐지 피곤하고 내내 창백한 모습이었던 건가. 그럼에도 내색조차 않고 늘 친절하게 배려해 주시던 분들이다. 영남도 꽤나 놀란 눈치였다. 일주일 넘게 같이 여행했던 동행의 일이 사뭇 충격이었는지 안색이 좋지 않았다. 제 몸이 아파 뒹굴던 차였으니, 주변의 다른 사람 일이 눈에 들어올 리가 없었던 거다.

"세상에! 몸도 그런데 어떻게 이렇게 고생스런 인도 여행을 하실 수 있대?"

"그러니깐 대단한 분인 거지. 사모님이 고집을 피우셨대. 어젯밤, 꼴까따 떠나기 전에 임 선생님하고 마지막으로 만났거든. 어쭙잖은 미술 한답시고 만날 떠돌아다녔는데, 집에서 평생 기다리고 있던 마누라가 그런 몹쓸 병에 걸려서 홀로 아파하고 있는 줄 까마득히 몰랐다고 말이야. 많이 우시더라."

그만 스산한 침묵이 그들 사이로 스며들었다.

"그 길로 당장 퇴직을 하고 인도로 날아왔대. 사모님의 몸이 허락하는 때까지 마음껏 인도를 방랑하다가, 귀국하게 되면 해남의 시골집으로 낙향할 예정이라더군."

"정말 대단하신 분들이네."

"그렇지? 본인이 할 수 있는 한은 다 해본다고 하시더라고. 황토방에서 생식하면서, 자연식만 하면서 암을 이긴 사람이 많대요. 병원에서 못한다 했으니, 이젠 자기가 노력하고 하늘에게 빌어본다고 하더라. 낮에는 태연한 척 어찌어찌하는데, 밤마다 잠을 자는 사모님을 보면, 가슴이 먹먹해지고 눈앞이 캄캄하고 손이 떨려서 못 살겠다고. 잠이 안 온다고 그러시더라. 살이라도 베어 먹여서 건강을 찾게 해주고 싶다고……."

임 선생님이라면 정말 자신의 손으로 살이라도 베어낼 것이다. 그렇듯이 삶을 갈구하는 사람도 있다. 그렇듯이 삶을 이어주고자 발버둥 치는 사람이 있다. 마치 그 남자처럼.

서린의 가슴이 문득 미어졌다. 한 손으로 지그시 심장 언저리를 눌렀다.

라탄.

그날 그 남자의 얼굴도 그러했었다. 미소를 짓고 있었지만 눈동자 깊은 곳에는 핏물 같은 비가 내리고 있었지.

[우리 둘만 살아 있는 죄. 그 벌은 내가 받을 테니. 넌 그만 슬

퍼해. 네 죄가 아니야. 그러니까 어디에도 가지 마. 내 곁에 살아.]

라탄, 당신도 그런 마음이었어요? 불가능한 것마저 지워 버리고, 헛된 고집을 부려서라도 시간을 유예하고 싶었던 거죠.

당신의 마음은. 당신의 사랑은 오직 나를 위해서.

당신 자신을 위해서가 아니라, 단지 나를 위해서.

하지만 서린은 자신의 암흑으로 그의 삶을 더럽힐 수가 없었다. 그토록 아름답고 간절한 그 사람의 마음을 내내 밀어낼 수밖에 없었다.

"그나저나 서린 씨, 혼자 여행하신다고 하지 않았습니까?"

물 흐르는 수세미를 꼭 쥐어짜며 창호가 돌아보았다. 마지막으로 식탁을 한 번 더 닦아내던 서린도 그를 바라보았다.

"그런데요."

"알카 호텔에서 누구를 만나기로 하셨나요?"

"아니요. 왜요?"

"여기 오기 전에 알카 호텔에 잠시 들렀거든요. 꼴까따에서 만난 사람한테서 부탁 받은 게 있어서요. 뭐 좀 전해주려고 간 건데, 호텔 주인이 그러던데요. 찾아온 사람들이 있었다구요."

"저를요?"

"예."

"설마."

말로는 부인하였으나, 심장이 뚝 떨어지고 있었다. 물속에서 행주를 잡고 헹구는 손끝이 흔들렸다.

"아닌데, 주인이 그러던데. 이런 사람을 보았느냐고 일일이 묻고 다녔다는데요. 주인이 하는 말이요. 그 사람들이 찾는 여자가 서린 씨하고 아주 비슷했대요."

"아닐 거예요, 날 찾는 사람이 있을 리 없잖아요."

거짓말쟁이.

쪼개진 마음의 파편 하나가 비웃고 있었다. 서린은 고개를 숙여 버렸다.

'당신, 날 찾고 있나요? 그러지 않기로 했으면서, 그래도 걱정이 된 거예요?'

언제나 그는 입버릇처럼 서린더러 바보라고 말했지. 하지만 그녀보다 더 바보인 사람. 라탄. 언제나 기다리고 있지. 언제나 바라보고 있지. 언제나 보답받지도 못하면서, 사랑하고 있지. 미련맞은 사람. 바보인 서린 자신보다 천만 배는 더 바보. 라탄.

장에다 챙겨놓는 접시가 떨리는 손끝 아래서 달강거리는 소리를 냈다. 둔한 탓인지, 창호는 옆에 선 사람의 동요를 아직도 눈치 채지 못한 것 같았다.

"혹시 그런 여자를 보았으면 어디로 갔는지, 연락이라도 할 수 있도록 꼭 알려달라고 호텔마다 찾아다니면서 당부하고 갔다는데요. 그래서 제가……."

퍼뜩 불길한 예감이 들었다. 서린은 창호를 노려보았다.

"그래서요?"

"아무래도 그 사람들이 찾는 사람이 서린 씨 같아서요. 서린 씨가 녹야원 한국 절에 머무르고 있다고 말해두고 왔는데……."

"창호 씨는, 참 친절하고 유쾌하신 분이에요. 하지만 가끔 안 해도 될 일을 하시네요. 그럴 때마다 정이 딱 떨어져요."

"네에?"

거의 말이 없던 서린에게서 갑자기 신랄한 공격을 당했다. 삽시간에 창호의 얼굴이 당혹함으로 벌겋게 물들어가고 있었다. 영남도 깜짝 놀란 얼굴로 서린과 창호를 번갈아 바라보며 엉거주춤 서 있기만 했다.

"아무 상관도 없는 남의 일에 지나치게 간섭하신다는 뜻이에요. 그래서 아주 불쾌하다는 뜻이에요."

"아니, 나는 서린 씨에게 도움이 될까 싶어……."

"맞아요. 그 사람들이 찾는 사람은 아마 나일 거예요. 그 사람들의 주인이 날 찾고 있죠. 하지만 이런 일들, 창호 씨하고 아무런 상관도 없는 일이잖아요?"

서린은 앞치마를 벗어놓았다. 주먹을 움켜쥐고, 창호를 똑바로 노려보며 야무지게 내뱉었다.

"사람에게는 누구나 남들에게는 보여줄 수 없는 자신만의 사정이라는 게 있는 법이에요. 그러니까 앞으로는 지레짐작해서 잘 알지 못하는 남의 일에 함부로 나서지 말아요. 잘못하다가는 주제넘는다는 말을 듣기 딱 알맞으니까요."

서린은 돌아서서 영남을 바라보았다.

"영남아, 내일 출발하려면 적당하게 하고 일찍 자. 난 내일 새벽 법회에 참석할 예정이라 널 보지 못할지도 모르겠다. 창호 씨, 미안해요, 큰 소리 내서. 안녕히 주무세요."

지금껏 누군가에게 악하고 모진 소리 따윈 하지 않고 살았다 자부했다. 하지만 서린은 지금 그런 짓을 하고 있었다. 그건 생각보다 힘들고, 또 엄청난 기운을 요구하는 일이었다.

다 쓴 치약을 다시 짓눌러 짜내듯이, 있는 힘을 모아 식당을 빠져나왔다. 등 뒤로 꽂히는 두 사람의 시선을 의연하게 무시하며 문을 닫았다. 이승의 마지막 좋은 인연일지도 모를 두 사람을 벗어났다.

'왜 그랬어? 왜 아무것도 모르는 사람한테 신경질낸 건데?'

겨우 한 발자국을 뗐는데, 벌써 짙은 후회가 몰려왔다. 언제나 너무 늦게 시작되는 것이기에 돌이킬 수 없는 것이다. 그러고 보면 후회는 평생 고칠 수 없는 고질병인 거다.

'너 참 나쁘다, 이서린.'

하늘의 별을 보며 가만히 중얼거렸다.

왜 화를 냈을까? 아무것도 아닌 일에 왜 핏대를 올린 걸까? 이미 인간의 감정과 일에서 벗어나기로 결정한 주제에. 자꾸만 인간의 살아가는 자잘한 일을 되풀이하고 있다.

사람에 대해 다치고 감정을 상하고 또한 그것에 대하여 격하게 반응하는 이런 일조차 일종의 습관인지도 모른다. 지금껏 살아온 대로 익숙한 행동의 반응과 감정의 습관 말이다.

서린은 잠시 망설이다가 숙소로 올라가는 대신, 텅 빈 법당으로 올라갔다. 왈칵 화를 내버린 이후, 그 사람의 얼굴을 다시 마주하는 사실이 너무 괴로워졌기 때문이다.

어둠 속에 묻힌 부처님을 가만히 올려다보며 밤 내내 암흑 속에 가라앉아 있었다. 어디선가 정체를 알 수 없는 향이 흘러들어 오고 있었다. 느껴졌다. 이대로 어둠 속에서 사라져 버린다면 얼마나 좋을까?

모든 인연이 다 그러하듯이, 만나면 헤어짐이 있다.

다음날 이른 아침 영남은 창호와 함께 다람살라로 떠났다. 어젯밤의 민망한 것들은 다 잊은 듯이, 창호는 싹싹하게 먼저 인사를 건넸다. 영남은 벌써 눈물이 글썽글썽해져 있었다.

"서린 언니, 그동안 정말 고마웠어요."

"잘 가. 몸조심하고."

"다시 만날 수 있죠? 우리 꼭 한국에서 다시 만나요."

"가능하면 그렇게 하자. 하지만 난 언제 돌아갈지 몰라. 만날 약속을 하기 힘드네."

"그럼 언니가 귀국하면 꼭 연락해 주세요, 꼭이요! 이건 집 전화번호구요, 이건 제 휴대폰, 여긴 우리 집 주소, 이건 제 학교 주소."

"알았어, 알았어. 빨리 떠나기나 해."

창호에게 억지로 끌려가다시피 떠나면서 영남은 내내 서린에게서 눈을 떼지 못했다. 주르르 흐르는 커다란 눈물방울들이 오래도록 잔상으로 남았다. 머나먼 이국에서, 가장 곤란하고 힘들 때 곁에 있었던 사람이다. 유난히 정 많은 한국 사람들. 쉬이 잊을 수 없다는 거다. 흠뻑 정이 들었던 거다.

하지만 그들에게는 그들의 길이 있고 서린에게는 서린의 길이 있었다.

'잘 가, 영남아.'

열심히 손을 흔들어주었다. 만약 서울로 돌아가게 된다면, 우리 꼭 다시 만나자. 마음속으로 되뇌었다.

'언제나 널 기억할게. 너와 함께한 일주일, 나도 정말 행복했다.'

그들을 보내고 서린 역시 녹야원을 떠났다.

행선지도 정하지 않고 미로 같은 바라나시의 골목길을 터벅터벅 하염없이 걸었다. 날마다 망자(亡子)를 위한 푸자가 열리는 도시이다. 어디선가 들려오는 이별의 음악이 내내 발자국을 따라오고 있었다.

그렇게 걸으면서 서린은 내내 현조를, 라탄을, 아까 헤어진 영남과 창호를, 생의 마지막 순간까지 꼴까따에서 봉사활동을 하고 있을 임 선생님 내외를 생각했다. 어찌할 도리 없이 그만 눈앞이 흐릿해지고 있었다.

이별은 언제나 익숙지 않다. 그것은 가슴 깊이 묻어두는 혼잣말 같다.

별리의 슬픔을 어찌 드러내야 할지 몰라. 아프지 않은 척, 슬프지 않은 척, 섭섭하지 않은 척 꾸밀 수밖에 없는 거다. 현조가 죽고 나서 사흘 만에, 아무렇지도 않은 척 붉은 립스틱을 바르고 태연하게 비행을 했던 것처럼.

그렇게 다시 누군가와 작별했다. 오롯이 혼자가 되니, 비로소 세상 전부와 완전히 절연한 기분이었다.

걷다 걷다 지쳤다. 서린은 바라나시의 탁한 먼지 속에서 기침을 하며 꼬질꼬질한 골목의 지저분한 카페로 들어갔다. 간질거리는 목구멍에 짜이 한 잔이라도 부어 넣어야만 할 것 같아서였다.

어느새 짜이 향기가 익숙해진 것이다. 그러고 보니 인도에 도착한 지도 벌써 석 달이 훌쩍 넘어가고 있구나.

시간은 아주 빠르게 흐르는 것 같은데도 또한 너무 느리기도 했다. 현조가 죽은 그 순간을 기점으로 해서 바라나시의 화장터 옆의 카페에 도착하기까지, 얼마나 빨리 그러나 또 얼마나 느리게 움직여 왔던가?

지나간 시간이, 감정과 눈물이, 회한과 아픔이. 혼란과 고통과 격렬한 애욕과 욕망이 소용돌이치며 기억의 흐름을 지나갔다. 생각해 보면 점(點) 같았지만, 다시 또 헤아려 보면 그건 다시 모자이크의 파편처럼 전부 다 엉켜 아뜩한 비현실의 그림을 그리고 있었다.

결국은, 현조, 그리고 라탄이라는 이름이 전부인 그림. 그리고 그 안에서 서린 자신은 튕겨나간 조각처럼 아무것도, 정말 아무것도 아니었다.

허름한 양은 냄비에다 끓이고 있는 짜이 한 잔을 청해 마셨다. 어차피 끓인 것이니 별탈이 없겠지 하고 생각하면서, 탁한 갈색의 액체를 목구멍 속으로 흘려 넣었다.

'맛이 없어.'

얄밉게도 혀가 공작궁에서 마셨던 고상한 짜이 맛을 기억하고 있었던 거다.

[반드시 아삼 티를 쓰고 아주 진하게.]

그 누군가의 목소리가 생생하게 떠오르고 있었다.

서린이 끓인 짜이만 마시겠노라고 말하던 그 남자는 지금 무엇을 하고 있을까?

현조를 보내러 온 바라나시에서 서린은 또다시 라탄을 생각하며 가슴으로 울고 있다. 버리겠노라고, 잊겠노라 하며 떠난 길에서 더 깊고 많은 인연의 기억들과 흔적을 담아버렸다. 어쩌면 좋을까?

현조가 아닌 라탄을 앞서 생각하고 떠올리는 만큼 죄책감은 깊어지고, 스스로를 미워하는 마음은 더 강해지고. 그래서 현조에 대한 미안함은 더 깊어지고. 결국 처음의 회한은 마지막엔 슬픔으로 이어지는데.

그러한 무한의 회오리를 끊어낼 방법을 알지 못한다. 이렇듯이 여러 갈래로 나누어지고, 찢어지는 상념으로 심장은 다시 부서진 유리가 되어버렸다. 누구하고도 나눌 수 없는 외로움과 슬픔이 아릿하게 차 오르고 있었다.

카페 주인이 다가왔다. 홀로 앉아 있는 이방의 여행객 앞에 놓인 빈 잔에 짜이를 더 부어주었다.

[마니까르니카 가트.]

시커먼 손가락으로 갠지즈 강변을 가리켰다. 유일한 손님인 서린에게 친절한 설명을 해주고 싶다는 뜻이었다.

옥상의 허름한 카페는 공교롭게도 화장터가 바로 내려다보이는 곳이었다. 서린은 화들짝 놀라고 말았다.

[그럼 이 냄새는?]

[맞아. 시체 태우는 냄새. 연기.]

여러 갈래의 회색 연기가 바람을 타고 흔들리고 있었다. 내내 코와 피부에 스며들어 목을 아프게 하고 기침이 나게 만들었던 기묘한 악취는 결국 사람의 몸이 타는 냄새였던 거다.

인식하지 않았을 때는 그저 기묘하다, 불쾌하다 생각했을 뿐이었다. 그런데 그것이 시신이 타는 냄새라는 것을 알게 된 순간, 온몸에서 자디잔 소름이 확 끼치는 것 같았다.

그러다가 그만 자신 스스로를 비웃는 웃음이 새어나오고 있었다. 서린 자신 또한 죽음을 맞으러 온 사람이 아닌가? 그런데도 정작 죽음의 장면 앞에서 공포에 질려하고 있다니.

공교롭게도, 그녀의 눈 아래로 일상적인 아침의 산책처럼 느릿느릿 행렬 하나가 지나가고 있었다.

널빤지로 만들어진 초라한 들것에 주황색 천으로 감싸여진 시신이 올려져 있다. 바라나시의 뒷골목은 상상할 수 없을 정도로 비좁고 초라하며, 더럽다. 야윈 짐승과 슬픈 사람과 누추한 릭샤와 좁은 길들이 수없이 얽혀 있어, 걷는 일조차 현기증 나는 곳이다. 그곳을 걷다 보면, 하루에도 몇 번이나 만날 수 있는 것이 저런 장례의식이었다.

[죽은 사람. 여자.]

주인이 눈 아래로 지나치는 들것을 가리키며 다시 말했다.

[어떻게 아는 거죠?]

[주황색.]

[아.]

[화장할 때 여자는 주황색, 남자는 하얀색 천으로 감싸는 것.]

들것을 따라 묵묵히 나아가는 슬픈 행렬을 따라가다 보면 마침내 도달하게 되는 곳이 바로 그녀가 앉아 내려다보고 있는 마니까르니카 가트였다.

절대적인 죽음 앞에서 사소한 인간의 삶은 그대로 공허로움이 되어 목 안으로 삼켜졌다. 유족들이 죽은 이를 위해 소리치고 있었다.

[24)람 남 샤티 헤! 람 남 샤티 헤!]

----

24)람 남 샤티 헤! 람 남 샤티 헤!: '신의 이름만이 진리이다' 라는 뜻의 힌디어

그래도 카트에서 화장을 하니, 들것에 누운 시신은 행복한 죽음이라고 서린은 생각했다.

유족 역시 생기없는 시체처럼 보이기는 하지만 여자들은 번쩍이는 금장신구들을 걸고 있었고, 남자들도 제법 번듯한 옷차림이었다. 꽃까지 안고 들것을 따라가 터벅터벅 걸어가고 있는 것을 보아하니, 형편이 나은 사람들이다. 몸이 타기에 넉넉한 장작을 살 정도는 되어 보이니까.

녹야원의 스님이 말씀하시기를, 제 몸의 장작도 사지 못할 정도로 가난한 자가 모래알처럼 많은 곳이 여기 바라나시라고 했다.

"나무를 살 돈이 없는 사람들은 전기 화장터로 가죠. 장작 한 대만 해도 백 루피가 넘으니까요. 전기 화장터는 규모도 작고, 인적도 드물어서 아주 스산해요. 모든 사람에게 평등하다 말하는 죽음에서조차 극명하게 빈부 차이가 드러나는 것을 보면 아주 마음이 아픕니다."

그래서인지 녹림원을 떠나기 전, 스님은 당부했었다.

"바라나시에 온 이상, 귀찮다 짜증난다 하지 말고 서린 씨, 아낌없이 적선을 베풀어주세요. 병들어 지치고 죽어가는 순간, 제 시체를 태울 장작 값을 구걸하는 사람들. 그 얼마나 불쌍합니까? 단 일 루피라도 좋아요. 그들에게 보시해 주세요."

인간이라면 누구나 한 번은 거쳐야 할 죽음이라는 순간을 보여주는 곳. 시신이 타는 검은 연기와 주황빛 불꽃 아래로 한때 인간의 것이던 살과 뼈가 타서 재로 허물어진다. 살아 있는 사람들은 육체가 타는 매캐한 연기를 마시며 기다리다가, 남은 한 줌의 재와 뼈 조각을 모아 강으로 나간다. 그리고 꽃에 담긴 촛불과 함께 갠지즈강에 띄워 보낼 것이다.

얼마 후면 들것에 실려간 아까의 그 여인은 생전의 소원처럼 화장될 것이다. 한 번도 꺼진 적이 없다는 신성한 바라나시의 불로 정화되어 갠지즈강으로 떠내려갈 것이다.

누군가의 삶이 그렇게 재와 꽃으로 섞여 또 하나 사라진다. 육신을 벗어난 가벼운 영혼은 하늘로 올라가고, 죄업은 강물에 씻겨 말갛게 되지. 고인은 카르마에서 벗어나 천상의 삶을 살게 될 것이다.

서린은 한국에서부터 품고 온 현조의 사진을 꺼내 탁자에 놓았다.

"현조 오빠."

아주 익숙했던, 그러나 어느새 너무 낯설어진 이름이 가만히 흘러나왔다. 라탄이란 남자에게 중독되고 사로잡혀 자주 잊어버렸던 슬픔의 그 이름. 아무것도 모르는 야속한 그 사람은 사진 속에서 걱정없이 여름 꽃처럼 활짝 웃고 있었다.

언제나 환하게 웃고 있는 사람. 너무 감사해.

서린은 손가락 끝으로 미소 짓고 있는 현조의 입술을 어루만졌다. 물기 고인 눈으로 같이 웃었다.

'오빠는 언제나 웃는 얼굴이야. 얼마나 다행인지 몰라. 그래서 정말 좋아.'

함께 살아 사랑한 동안 현조는 내내 웃고 있었고, 그녀를 웃게 만들었고, 함께 웃으며 살았다. 정말 감사해.

그를 알게 되고 사랑하게 되고 사랑받았다. 행복한 추억과 기쁨, 아주 많이 쌓았다. 정말 감사해.

거짓말 아니었다. 현조는 서린이 받은 인생의 가장 큰 선물이었다.

서린은 시선을 들어 마니까르니카 가트에서 피어오르는 검붉은 연기를 바라보았다. 나지막이 소리 내어 다짐했다.

"이제는 보내줄게, 오빠."

현조의 영혼은 가야 하고, 서린은 보내야 한다. 그것이 순리이다.

'당장 따라가고 싶지만 아직은, 아닌 것 같아. 지금은 여기까지밖에 못 가. 오빠, 용서해.'

서린은 현조의 사진을 다시 지갑 속에 갈무리해서 넣었다. 흐르는 강가의 흐름을 고즈넉이 바라보며 마음으로 오열을 삼켰다. 마침내 작별인사를 가만히 속삭였다.

"마음 풀고 먼저 가 있어. 다시 만나면, 오빠만 오롯이 담지 못한 죄, 꼭 갚을게. 길 잃은 영혼으로 이승에 떠돌면 오빠도 힘들잖아. 나도 이제 안 울 테니까. 오빠를 다시 만나는 날까지 울지 않을 테니까. 이제 우리, 그만 여기서 작별인사 하자. 다시 만날 때까지 오빠, 한동안 안녕하자.'

바라나시의 신(神)이 밤과 함께 하강한다. 매일 오후 여섯 시가 되면 다샤스와메드 가트에서 강가 여신에게 바치는 아르띠 푸자가 거행되기 때문이다.

그것을 가르쳐 준 사람 역시 카페의 주인이었다.

[푸자? 매일 저녁 다샤스와메드 가트에서 열려.]

[외국인인 나도 푸자에 참석할 수 있나요?]

[아마드. 친절해. 위대한 브라만. 부탁하면 들어줄 거요.]

거칠고 토막난 영어였으나, 알아듣기에는 충분했다.

[숙소는?]

아직 정하지 않았다. 노라고 말하는 그녀에게 주인이 소리쳤다.

[좋은 데 있어! 내 사촌형 집. 게스트 하우스. 깨끗해.]

인도인이 말하는 '좋은 데, 깨끗한 데'라는 수준을 신용할 수 있을까? 서린은 잠시 망설였다.

하지만 이미 떠난 녹야원으로도, 한국 사람들이 득실거리는 알카 호텔로도 가기 싫었다. 이왕 라탄이 사람을 보내서 그녀의 자취를 수소문하고 있다는 이야기를 들었다. 그런데 그곳에 서린이 나타나면 그더러 데려가 달라고 말하는 거나 다름없다. 그런 멍청하고 뻔뻔한 짓은 해서도 안 되고, 할 수도 없다.

[좋아요. 거기까지 데려다 주세요.]

허름해도 참아내리라 다짐하며 서린은 승낙했다. 하지만 꼬불꼬불한 골목길을 몇 번이고 꺾어져서 도착한 작은 게스트 하우스는 뜻밖에도 초라하긴 하지만 아주 정결했다.

[새로 지은 지 한 달.]

자랑스럽게 원 만쓰라고 엄지손가락을 들어 보였다. 호탕하게 웃는 콧수염 난 주인 사내가 밉지 않았다. 수줍은 듯 웃고 있는 어린 소녀의 눈동자가 긴장한 낯선 이방인을 환영해 주고 있었다.

[아직은 손님 적어. 선전해 줘.]

꿀벌 구멍 같은 작은 방 네 개. 서린 말고도 일본에서 왔다는 대학생 두 명이 그 집의 손님 전부였다. 있는 듯 없는 듯 자붓한 얼굴을 가진 그들은 같은 여행객인 서린더러 눈웃음 한번 짓고 그만. 오히려 마음에 들었다.

울퉁불퉁한 벽돌 벽에도, 조잡한 간판에도 커다랗게 〈가네샤 게스트 하우스〉라고 적혀 있었다. 재물의 운을 가져오는 코끼리 가네샤 신의 그림도 함께 그려져 있었다.

숙박비를 흥정하고, 방을 안내받았다. 근처의 식당에서 망고 한 개와 난 하나로 식사를 마친 다음, 서린은 강변의 가트로 나갔다. 그날의 푸자를 준비하는 브라만에게 다가갔다. 조심스럽게 물어보았다.

[저어, 외국인인 저도 푸자에 참석할 수 있나요?]

[노 프라블럼!]

흔쾌한 대답이 돌아왔다.

인도에 도착해서, 누군가에게 무엇을 물어보면 언제나 대답으로 돌아오는 말은 항상 '기다려 달라' 혹은 '노 프라블럼'이란 말이다. 힌두의 전통복장을 차려입은 브라만 승려는 강하고 깊은 시선을 가진 노년의 남자였다. 오랜 수도를 하는 사람답게 평온한 인상이었다.

[신은 그 누구도 거부하지 않고, 가리지도 않습니다. 샨티 샨티.]

서린 역시 두 손을 이마에 대고 허리를 굽혔다.

[댄니와드.]

그 다음날, 서린은 현조의 사진을 들고 다샤스와메드 가트로 나갔다. 각국에서 온 관광객들과 인도인들 수백 명이나 운집한 아르띠 푸자에 참여했다.

다섯 명의 브라만 사제에 의하여 집전되는 저녁의 푸자는 경건하고 엄숙한 분위기이면서 동시에 흥겨운 축제처럼 느껴지기도 했다. 브라만들이 푸자에 참여하거나 구경하려고 앞자리에 앉아 기다리는 이들에게 제단 주변의 불을 켜게 만들었다.

푸자가 열리는 주변에는 나뭇잎으로 만든 접시에 꽃을 담고 그 안에 초를 꽂은 제사용 등잔을 팔러 다니는 아이들이 많다.

서린 역시 겨우 대여섯 살 남짓한 어린 소녀에게서 작은 꽃등잔을 하나 샀다. 현조의 사진을 그 잔에 올려놓았다.

소라고둥이 길게 울려 퍼지고 인도의 전통 악기가 연주되는 가운데 의식이 시작되었다. 제단 위에 앉은 브라만들이 경건하게 촛불이 담긴 커다란 촛대 쟁반 같은 것을 높이 쳐들고는 빙글빙글 돌기 시작했다.

뒤에 앉은 서린은 가만히 깡마른 그들의 등을 바라보았다. 그녀 역시 켜든 촛불을 높이 들었다. 암흑의 길을 걸어가는 현조를 위해.

빛을 따라. 이 빛의 길을 따라.

샨티 샨티.

오빠, 이 빛을 따라가고 있어? 내 마음엔 오늘이 오빠의 사십구재야. 이날이 되면 영혼은 이승의 연을 끊고 하늘로 올라간다지. 생자와 망자의 경계를 넘어 영원히 헤어진다지.

샨티, 샨티.

오빠, 이 빛을 잃지 마. 오빠가 어두컴컴한 어둠 속에서 헤맬 거라 생각하면 난 정말 못 견뎌.

내가 켜든 이 등불이 밝게 빛나야, 오빠의 등불도 켜질 거야. 그래서 나중에 따라갈 내가 헤매지 않지. 오빠에게 다시 달려가지. 그러니까 나를 위해 불을 꺼뜨리지 마. 영원히.

샨티, 샨티.

열심히 사랑한 사람만이 추억할 자격이 있다고 했지. 우리 둘, 참 많이 사랑했었지. 그러니 난 오빠를 추억할 자격은 있을 거야. 너무 오래 기다리게 하지는 않을게. 안녕.

작별의 시간이 왔다.

'잘 가, 오빠.'

가트 아래로 내려가 강가의 수면 위에 촛불이 켜진 꽃등잔 접시를 가만히 흘려보냈다. 간신히 봉합해 놓은 슬픔과 서러운 심장도 흘려보냈다.

서린의 꽃등잔처럼 이별의 의미로. 혹은 각각의 소원을 담은 또 다른 의미로. 세상의 모든 곳에서 온 사람들이 떠나보낸 수백 개의 꽃불이 천천히 강물 위를 떠내려가고 있었다. 인생의 길이만큼이나 길게 이어진 채, 흔들리며 무너지며, 혹은 바람 앞에서도 의연하게 불꽃은 천천히 서린을 멀어져 갔다. 울지 못하는 슬픈 심장도 불빛을 따라 흘러갔다.

그렇게 현조의 영혼이 떠났다.

제11장
―성스러운 두 개의 망고―

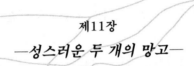라다. 당신, 어디 있는 거야? 라다!]

누군가가 절규하고 있다. 그녀의 이름을 하염없이 부르며 찾고 있었다.

[반드시 다시 찾아내겠어. 네가 날 기억하지 못한다 해도! 난 너를 만날 거야. 찾아내겠어.]

그녀의 사랑스러운 약탈자가 달려오고 있다. 젖은 풀과 향기로운 꽃잎을 짓밟으며 영양처럼 들판을 달려오고 있다. 거센 바람처럼 달려오고 있다. 그의 전부인 그녀를 찾아. 전쟁처럼, 재 앙처럼 달려오고 있다.

어느새 아름다운 그들은 보름달 아래에서 함께 엉켜 뒹굴고 있었다. 쉴 새 없이 키스하고 애무하고 있었다. 그녀 또한 그를 어루만지고 애무했다. 보답이라도 하듯 강건한 근육에 키스하 고 탄탄한 가슴을 쓰다듬었다. 열락의 교성이 여인의 붉은 입술 사이에서 배어나고 있었다. 영혼을 다해 뜨겁게 열렬하게 사랑 했다. 사랑하는 그의 입에서도 마침내 참지 못한 신음 소리가 흘러나왔다.

[하아…… 라다. 나의 유일한 사람. 나의 연인.]

섬광 같은 한줄기 불빛이 비치고 비로소 그의 얼굴이 온전히 드러났다. 지금껏 암흑 속에 가려져 단 한 번도 보지 못한 그녀 의 신을 마침내 보았다.

"라탄!"

아마도 외마디 비명을 질렀던 것 같다. 거칠게 숨을 몰아쉬며 서린은 침대에서 벌떡 일어나고야 말았다. 튀어나올 듯 둥당거 리는 심장을 진정시키듯이 시트를 꽉 움켜쥐었다. 손바닥 안에 는 땀이 흥건했다.

서린은 아직도 꿈과 현실의 경계에서 머뭇거리고 있었다. 인 도에 도착해서는 단 한 번도 꾸지 않았던 꿈이다. 그런데 또다시 지금에서야 그 꿈을 꾸다니.

아름다운 신의 팔뚝에 박혀 있던 기묘한 문양이 또렷이 기억났다. 하지만 라탄의 얼굴이라니.

'그럴 리가 없잖아.'

허탈한 미소가 새어나오고 말았다. 서린은 터무니없는 망상을 꿈꾼 스스로를 비웃었다. 아무래도 그에게 너무 익숙해지고 깊이 빠져 버렸던 모양이다. 이제는 꿈에서 만난 신의 얼굴조차 라탄으로 보이다니.

꿈과 현실이 무성한 넝쿨처럼 뒤엉킨 그사이, 왜 꿈속의 신(神)이 라탄의 얼굴을 한 것인지, 아마도 영원히 풀지 못할 해답일 테지.

서린은 두 팔로 무릎을 꼭 끌어안고 그 위에 얼굴을 묻었다. 비록 꿈속에서이지만, 그를 본 충격은 쉬이 가시지 않았다. 그가 그녀를 만졌다. 애무하고 뜨겁게 사랑했다. 꿈속에서 두 사람은 거칠 것이 없는 바람이었고, 폭우였고, 같이 어울려 핀 탐스러운 꽃이었다. 너무나 자유롭게, 진정으로 서로에게 헌신하고 탐욕하고 황홀한 열락을 함께 맛보고 있었다.

눈을 뜬 현실의 시간에 그에게 안긴 것은, 그의 키스는 언제나 죄악. 슬픔. 혹은 금단. 하지만 적어도 꿈속에서 그는, 서린은 완전히 자유로웠다. 완전히 서로에게 속해 있었다. 죄책감도, 두려움도, 부끄러움도 없이.

"정말 너무 뻔뻔한 거잖아."

서린은 어둠보다 더 짙은 한숨을 토해냈다. 어둠 속에서 저절로 얼굴이 벌겋게 달아오르고 있었다.

단지 꿈속에서 안긴 것인데, 단지 환상일 뿐인데, 그녀의 허벅지 사이로는 분명 부도덕하고 미끄러운 액체가 흐르고 있다. 강렬하고 치명적인 애무에 화답해 몸은 달아올라 있었다. 실제로 그에게 안겨 몸을 나누었던 시간에도 뱉어내지 못했던 비릿하고 달뜬 신음을 뱉어내며 뱀처럼 몸을 비틀었다. 완벽한 현실이었다. 서린은 두 손으로 얼굴을 가려 버렸다. 나지막한 탄식이 터져 나왔다.

"대체 언제쯤이면 이런 꿈을 꾸지 않게 될까? 지긋지긋해!"

[에릭은?]

[여전히 공부 중입니다.]

라탄의 입에서 저절로 욕설이 튀어나왔다.

유지하는 푸네로 떠났으나, 에릭은 여전히 빈대를 자처하며 바라나시로 떠나야 하는 라탄의 족쇄 노릇을 하고 있었다. 꼬박 일주일째이다.

사랑에 미친 에릭의 술수에 휘말려 멀쩡한 차까지 밀어박았다. 위장된 교통사고를 일부러 내고 하룻밤 유치장 신세까지 진 아시프 역시 기가 막히다는 표정을 감추지 않았다. 하물며 에릭은 지금 그의 이름과 신분마저도 홀라당 훔쳐 가려는 참이었다.

[바라나시에서는 아직 연락이 없나?]

[사람들이 녹야원으로 갔을 때, 아가씨는 이미 아침에 떠난 후였답니다.]

[그래서?]

[바라나시의 게스트 하우스는 다 뒤지고 있습니다. 금세 찾아낼 수 있을 겁니다.]

[대체 몇 명이 움직이는데, 여자 하나를 못 찾는 거냐?]

[죄송합니다. 재촉하겠습니다.]

아시프의 말을 귓전으로 흘리며 라탄은 서재의 문을 휙 열어젖혔다.

에릭은 아침과 마찬가지로 책상 앞에 앉아서는, 되지도 않은 힌디어를 웅얼거리고 있었다. 속성 힌디어 및 마라띠어(語) 교사로 임시 채용된 타다그룹의 기획실 직원을 상대로 닷새째 공부 중이었다. 일주일 교습에 천 달러. 거금에 눈이 먼 직원 역시 하루 열두 시간의 강행군에도 대견하게 잘 버텨내고 있었다.

[여하튼 대단해, 에릭 스톨만.]

라탄은 감탄 반 비웃음 반 중얼거렸다. 하나에 미치면 앞뒤 가리지 않고 끝장을 보는 친구의 성격이 여실히 드러나고 있었다. 그는 재킷 주머니에서 신분증을 꺼내 에릭의 이마를 향해 날렸다.

[옛다. 신분증!]

미국인 에릭 스톨만이 인도인 아시프 다왈라싱으로 변신하는 건 순식간이었다.

[졸업 증명서는? 성적 증명서도 필요하다고.]

[인마, 내가 네 몸종이야? 공문서 위조까지 시킨 것으로도 모자라서 이제는 성적표까지 위조하라고?]

[라탄, 있을 때 잘해라. 내가 너에게 부탁하는 일이 그렇게 많은 줄 알아? ⅡT(인도공과대학) 정도는 네가 알아서 할 수 있잖아. 졸업 증명서 내일까지 가져와. 난 당장 푸네로 떠나야 한다고. 푸네에다 아파트 하나 마련해 주고. 참, 승용차도 한 대 필요해. 수수하게 한국산 소나타가 좋겠다. 그리고 미리 말해두는데, 난 자존심이 강하거든. 올 A여야 해. 알지?]

[양심도 없네. 완전히 날 봉으로 아는구만.]

그러거나 말거나 에릭은 태연했다. 친구를 갈취하고 이용하는 데에 있어 양심의 가책 따윈 추호도 느끼지 않는 것이 분명했다.

[하루 종일 중얼거리고 있으니 배고프네. 식사하자. 헤이, 아시프. 망고나 좀 줘!]

에릭이 죽자사자 서바이벌 힌디어 교습에 목을 매는 이유가 있었다. 어젯밤 푸네에서 유지하가 울며불며 전화를 했던 것이다. 일주일 내내 뻔질나게 전화질하고 수작을 붙이더니, 드디어 친구 사이. 울며불며 전화하고, 토닥토닥 위로하는 사이로 발전을 하더란 말이다. 대단해요.

힘들다, 못살겠다, 미치겠다. 지하는 두 시간 동안이나 에릭 녀석을 상대로 난리를 치고 있었다. 때문에 애꿎은 라탄 자신까지 저녁을 굶었다. 빌어먹을!

에릭 자식. 전화를 끊자마자 에어컨 사들고 당장 푸네로 간다고 난리를 쳐댔다. 유지하가 감정적으로 취약해진 지금이 접근하고 다가갈 절호의 찬스라는 거다. 인도인 아시프로 위장해서 유지하의 회사로 취직을 한 다음, 은근슬쩍 넘어오고 있는 그녀를 단번에 통째로 꿀꺽 삼켜 버리겠다는 음험한 야심을 피력했다. 양심에 털 난 놈 같으니라고.

[난 말이지, 상대의 약점과 불리한 조건을 이용해서 자신의 욕망을 채우려는 녀석이 제일 싫어.]

[사돈 남 말하고 있네. 라탄 나발 나와르완지 타다, 웃기지 마.]

에릭이 질세라 비웃었다.

[너 역시 네 파랑새의 불리한 조건을 이용해서 마음껏 유린하고 착취하고 욕망을 채운 것으로 아는데?]

[착취? 유린? 말 가려서 해라, 자식아!]

듣고 있으려니 가당찮아서 견딜 수가 없다. 결국 빽 하고 고함을 지르고 말았다.

[우린 정식으로 아그니 신 앞에서 쌀을 뿌린 사이라고!]

[그래서?]

[신랑의 집에 신부가 들어와 같은 침대에 눕는 게 왜 그런 비열하고 끔찍한 단어로 표현되는데? 우린 신의 허락 앞에서 정당하게 사랑을 나눈 거야, 인마.]

[말은 잘해. 내, 언젠가 너의 그녀에게 너의 추악한 사생활과 방탕한 과거를 낱낱이 까발려 버릴 거야.]

오늘도 지치지 않고 입씨름을 하며 두 친구는 거실 발코니로 나갔다. 뭄바이의 해변과 야경이 내려다보이는 곳에 마련된 저녁 식탁으로 다가갔다.

다이어트를 시작한 이후, 기특하게도 저녁 식사에는 오직 야채와 과일만 먹는 에릭. 샐러드 한 접시를 냉큼 해치우고, 나이프로 망고를 잘랐다. 라탄 역시 손가락 끝으로 커리를 뭉치며 물었다.

[힌디어는 어때? 많이 늘었냐?]

[어, 그럭저럭.]

[유지하가 속아줄 것 같아? 그 여자, 엄청 똑똑한 것 같던데.]

[응. 마이 달링 똑똑해. 나만큼 천재야.]

갑자기 입으로 들어가던 맛난 라시가 엄청 시고 쓰게 느껴졌다.

[자화자찬도 적당히 해라. 응?]

[괜찮아. 내가 천재인 건 변함없는 사실이니까. 지하도 어차피 힌디어는 하나도 모르잖아. 막히면 적당하게 둘러댈 거야. 꼬치꼬치 캐물으면 난 미국에서 오래 살아서 영어만 잘하고 힌디어는 잘 못한다고 시침 뗄 거야.]

[너 진짜. 세상 참 편안하게 산다. 미국의 회사가 걱정되지도 않냐?]

[두 달 정도는 내가 없어도 돌아가게 해놓고 왔어. 긴급한 건 이메일도 있고. 늘 전화도 하고 있으니까. 리처드가 잘하겠지.]

갑자기 에릭이 잘라내던 망고를 내려놓고 한숨을 푹 쉬었다. 쾌활하던 얼굴이 갑자기 인생 근심일랑 전부 다 짊어진 것으로 변했다.

[왜? 식사하다 말고 갑자기 웬 청승이냐?]

[나의 지하, 괜찮을까? 어젠 정말 심각했다고.]

[씩씩한 여자니까 잘 이겨내겠지.]

[아냐! 지하가 의외로 섬세하고 연약한 면이 있어. 든든한 누군가의 도움과 보살핌이 필요한 사람이라고. 내가 빨리 푸네로 가야 할 것 같아. 내 여자는 내가 돌봐야지.]

마시던 라시가 귀로 뿜어져 나올 것만 같았다. 저절로 재채기가 나왔다.

언제부터 사귀고 언제부터 사랑한다고 '마이 달링. 나의 지하' 인가? 푸네의 그 여자는 이 녀석의 진짜 이름도 모르는데. 연애할 마음은 손톱 끝도 없어 보이던데.

라탄이 보기에 에릭이 하는 건 짝사랑인 게 분명했다. 그런데도 이 멍청한 녀석은 생판 남인 유지하가 제 약혼녀나 되는 양 온갖 주접을 떨고 있었다.

게다가 걱정도 팔자이다. 소속도 분명한 회사에다, 안전한 숙소에서 하녀의 시중을 들며 근무하고 있는 그 여자가 무엇이 부족하다고? 누구는 사랑하는 연인의 흔적도 찾지 못해 속앓이를

하고 있고만. 애가 타서 죽을 지경이구만. 라탄은 심드렁하게
내뱉었다.

　[에릭, 너 빨리 푸네 가라. 나도 이제 지쳤다. 네놈이 가야지,
나도 린을 따라 바라나시로 가지. 응?]

　[네 여자는 찾았어?]

　[아니, 아직은······.]

　[꼭꼭 숨어버렸군. 굉장한 미인에다가 현명하기까지 하다니.
그야말로 금상첨화로군, 라탄. 정말 운도 좋구나.]

　[무슨 뜻이냐?]

　실실거리는 에릭더러 따져 물었다. 녀석의 면상을 한 대 치고
싶어 주먹이 근질거리고 있었다.

　[네놈이 희대의 바람둥이에다가, 믿지 못할 불성실남이라는
것을 알고 도망간 거잖아. 네 멋대로 바람피우고, 뭇 남자여자
들 다 홀린 천벌을 받는 거다, 라탄.]

　[닥치지 못해? 그런 거 아니야!]

　[왜? 진정한 사랑 앞에서 난잡한 지난날이 후회되나 보지?]

　천진난만한 얼굴로 남의 가슴에 잘도 비수를 박고 있다. 금세
어두워지는 라탄의 표정을 바라보다 에릭이 씩 웃었다. 이내 표
정을 바꾸어 위로를 했다.

　[걱정 마. 금세 찾게 되겠지. 네가 가진 건 권력과 인맥이잖
아. 그걸 이용하라구.]

　[충분히 그러고 있어! 빈대치는 네놈만 사라져 주면 돼. 나도

바라나시로 가서 먼지 한 톨 아래까지 샅샅이 뒤질 작정이거든. 그러니까 빨리 가라. 응?]

[길어보았자 이삼 일인데 너무 그러지 마, 자식아. 난 제 놈이 아파서 요양 왔을 때 암 말도 않고 한 달이나 묵게 해주었구먼. 은혜를 몰라. 배은망덕한 놈.]

거실 벽에 걸린 TV에서 CNN 뉴스가 흘러나오고 있었다. 델리와 뭄바이에서 벌어진 폭탄 테러 사건을 보도하는 뉴스였다.

한 달 전에 벌어진 기차 연쇄 폭탄 테러로 지금 델리와 뭄바이에 비상 경계령이 발동되어 있었다. 타다그룹이 시공하는 델리의 메트로 공사도 지금 테러 위협 때문에 총 비상이었다. 심지어 정차 역마다 경찰과 용병까지 고용해 경비를 서고 있는 형편이었다.

CNN 기자는 지금 인도 정부가 각국이 제공한 정보를 받아 폭탄 테러의 유력한 용의자를 쫓고 있다고 보도하고 있었다. 에릭이 힐끗 TV를 바라보며 혀를 찼다.

[그나저나 이젠 뭄바이도 살기 힘들구나. 연쇄 폭탄 테러라니, 너무한 것 아냐.]

[어쩔 수 없는 일이지. 땅 넓고 사람 많으면 문제도 더 많고 복잡한 법이야.]

[인도를 천상의 땅이라고 믿는 사람들이 정말 우울해지는 뉴스로군. 대체 누가 한 짓이냐?]

두 사람은 거실의 소파로 자리를 옮겼다. 라탄은 아시프가 건네주는 짜이 잔을 받아 들며 대답했다.

[아마도 25)LET나 26)SIMI 정도? 적어도 난 그렇게 생각하고 있어.]

[뭣 하는 놈들인데?]

[극렬한 종교분리주의자들이라고 생각하면 돼. 다종교국가인 우리나라의 고질병이지. 어쩔 수 없어.]

[그들 요구사항이 있을 거 아냐? 테러를 자행하는 목적이 뭔데?]

[인도령 카슈미르의 분리 독립 또는 파키스탄과의 병합을 추구하는 조직들이야. 걱정 많은 수상은 언젠가는 그 일 때문에 우리나라와 파키스탄이 서로 핵을 쏘아댈 거라고 생각하고 있지. 그렇게 되면 제3차 대전이 벌어지는 거야. 빙고! 세상의 종말을 의미하는 '시바의 춤'이 시작되는 거지.]

[종교가 정치와 결합되면 항상 골치 아픈 거로군.]

[그러게 말이야. 너희 나라 정보부는 그 인간들 테러 수법상 알 카에다와 연계된 것으로도 추정된다고도 말하고 있어. 지구 각처에서 말썽을 부리고 있는 모양이다.]

---

25)LET: 카슈미르 이슬람 분리주의 무장단체인 '라스카르-에-토에바. 2001년 인도와 파키스탄을 전쟁 위기로 몰고 간 인도 국회의사당 테러의 배후 조직. 또한 2006년 3월 바라나시 테러와 2005년 10월 뉴델리 테러에도 개입한 것으로 알려져 있다

26)SIMI: '인도학생이슬람운동'. 불법적인 학생단체 조직으로 카슈미르의 분리주의 단체들과 연계설이 있다

[아, 진짜 짜증난다. 왜 그런 짓을 하는 거지? 그런 짓이 벌어질 때마다 대부분의 양심적이고 착한 무슬림이 박해를 받게 되는데. 그런 것을 왜 몰라?]

[그러게 말이다.]

라탄은 쓴 입맛을 다시며 대꾸했다. 달콤한 짜이 맛이 전혀 느껴지지 않는다. 서린이 떠나 버린 후 잃어버린 식욕은 아직도 돌아오지 않고 있었다.

[하지만 그들 역시 철저한 신념 아래, 진정한 선(善)을 실천한다고 주장하는데 할 말이 없지. 여하튼 LET와 SIMI 저것들. 언제 한번 손 좀 봐줘야 할 텐데.]

[왜? 넌 인간들 일에 별로 관심이 없잖아?]

[우리 회사 사업에 지대한 손해를 끼쳤단 말이지. 덤으로 내 연애에도. 난 또 내 사업을 건드리고 손해 입히는 것들은 절대로 봐주는 법이 없잖아.]

[무서운 라탄. 잔혹한 복수의 화신. 가볍게 당한 것의 열 곱을 갚아주지. 네가 달리 '27)파라슈라마' 라 불리겠어?]

라탄은 히죽 웃었다. 짜이 잔을 들어 에릭의 것에 가볍게 부딪쳤다.

[정말 날 잘 안단 말이지, 에릭 스톨만.]

---

27)파라슈라마: 비슈누 신의 일곱 번째 화신. '도끼를 든 라마' 라는 뜻이다. 도끼를 들고 나타나 무력의 압제에 시달리는 신과 인류를 해방시키는 신으로 여겨지고 있다

[천상에 살고 있는 자비의 화신이자 신의 아들 라탄. 사실은 정말 사악하고 끔찍하며 몰인정한 녀석이라는 것을 부디 끝까지 감추기를 바란다.]

[두말하면 잔소리.]

홀로 갠지즈강을 아래위로 흘러가는 보트를 탔다.

서린이 혼자 탄 배는 시간처럼 느리게, 심심하게 흘러가고 있다. 흐린 강물처럼 지친 얼굴을 한 뱃사공은 노는 것처럼 한 번씩 노를 젓다가 말다가 그러고 있었다.

딱히 급할 것도, 할 일도 없다. 서린 역시 유장한 흐름에 몸을 맡긴 채 한 점 나뭇잎처럼 흘렀다.

흘러가는 강변의 가트 풍경이 두루마리 그림처럼 펼쳐지고 있었다.

지나치는 낡은 건물들이 강변의 풍경과 어우러져 흑백사진처럼 보인다. 가트마다 삶을 살아가는 사람들이 활발하게 움직이고 있었다. 손이 닿는 것도 꺼림칙할 것 같은 흐린 물에서 세수하고 몸을 적시는 사람. 빨래를 하는 사리 차림의 아낙네들. 항시 강변을 어슬렁거리는 야윈 소들. 웅성거리는 인도인들과 목에 카메라를 걸고 모든 것이 신기하다는 듯이 셔터를 찰칵거리고 있는 이국의 관광객들.

이 모든 것들이 푸르스름하면서도 누르께한 물이 흐르는 강가에서 벌어지고 있었다.

[마니카르니카 가트.]

뱃사공이 손짓했다. 서린은 고개를 끄덕였다. 설명하지 않아도 알 수 있었다.

연기가 피어오르고 나무가 가득 쌓여 있는 보트가 가트 주변에 정박해 있다. 꽃 더미에 뒤덮인 채 화장을 기다리고 있는 시신과 장작이 가득한 배들과 막대기로 불더미를 쿡쿡 찌르고 있는 껑충한 키의 사내도 바라보았다.

영혼이 육신을 떠나는 그 자리에는 인간들만이 서성이는 것은 아니었다. 무섭게 야윈 채 꼬리로 연신 날벌레들을 쫓아내는 소들, 행여 버려지는 뼈라도 없을까 하여 비루하게 서성이는 깡마른 개들, 깍깍거리는 검은 새들까지 합세하여 같이 웅성거리고 움직이고 섞여 있다.

물 위로 어젯밤 푸자에 참가했던 사람들이 떠나보낸 꽃등잔이 불이 꺼진 채 초라하게 흘러가고 있었다. 현조의 사진이 담긴 꽃불은 어디쯤 흘러가고 있을까? 강물의 꽃불처럼 기억도, 인간사의 인연도 다 함께 떠내려 보내고 싶었다. 모든 것을 잊고 싶었다. 훌훌 털고 순백의 기억을 가질 수만 있다면 얼마나 좋을까? 그렇게만 된다면 새로이 삶을 시작할 수 있을 텐데.

서린이 화장터 쪽으로 몸을 돌리자, 사진을 찍을 심산으로 생각했나 보다. 뱃사공이 짧게 주의사항을 읊었다.

[카메라 노. 비디오 노. 안 돼.]

[그런 거 없어요.]

서린은 빈손을 들어 보였다. 사진을 찍는 대신 강물에 손을 담가 물 한 줌을 떠올려 보았다. 손가락 사이로 물이 허무하게 빠져나가고 있다. 누르께하고 더러워 보이는데도, 손아귀에 담긴 물은 무척 투명했다. 묘한 일이다.

반쯤 졸고 있는 얼굴이던 뱃사공이 서린의 행동을 보고 깜짝 놀란 얼굴을 했다. 다급하게 소리쳤다.

[노, 노! 손 닿으면 아파.]

서린은 고개를 들어 뱃사공을 바라보았다.

[강가의 물은 외국인한테는 독이야.]

[어째서?]

[익숙지 않으니까. 물이 닿자마자 오 분도 채 되지 않아서 두드러기가 나는 사람도 보았어. 지난번 일본 여자, 온몸이 빨갛게 되어 병원 갔어.]

그럼에도 인도인들이 신수(神水)라 부르는 갠지즈강이다. 무슨 만용일까. 서린은 다시 한 번 손을 내려 물을 퍼 올렸다. 가트의 인도 여자들이 그러하듯 이마에 찍어 발랐다.

목욕을 하고 싶다, 고 생각했다. 이상하다. 바라나시에 왔을 때부터 서린은 강가의 흐름에 몸을 담가야 한다는 강박관념에 시달리고 있었다. 누가 강요한 것도 아니고, 그럴 이유도 없다. 그런데도 바라나시를 떠나기 전 반드시 거쳐야 할 의식처럼 느껴졌다.

망자의 세상을 맴도는 것을 불경하게 생각한 것일까. 뱃사공은 더 이상은 앞으로 가지 않았다. 그 지점에서 배를 돌렸다. 바로 그때 뱃전을 부딪치며 희끄무레한 것이 떠내려가고 있는 것이 보였다. 뱃사공이 단조로운 목소리로 내뱉었다.

[시체.]

꽃이거나 물고기거나 나무토막이라고 해도 좋다. 뱃사공의 목소리는 퉁퉁 불어 반쯤 썩어가는 시신의 잔해조차 자연의 일부. 평등하게 바라보고 넘기는 듯 심상하기만 했다.

우욱, 저절로 속에서 역겨운 것이 치밀어 올랐다. 썩어가는 시체가 떠다니는 물속에 손을 집어넣은 것이다. 방금 전까지도 아무렇지도 않던 손끝이 근질근질해지는 것만 같았다. 물을 찍어 바른 이마에 빨갛게 뾰루지가 날 것도 같았다.

그러나 채 자세히 바라볼 기회도 없었다. 퍼드득 소리가 나더니, 거의 어린애만한 물고기 한 마리가 수면 위로 튀어 올랐다. 그 서슬에 시신은 수면 아래로 가라앉았다.

툭툭 튀어 오르는 물고기는 그곳에만 있는 것이 아니었다. 저 멀리에서도, 배 언저리 근처에서도 도약하는 물고기의 하얀 비늘이 반짝거리고 있었다.

가트에서는 살아 있는 사람들이 빨래를 하고, 이를 닦고, 세수를 하고, 목욕을 한다. 그러한 물에, 시체가 떠가고 죽은 자의 재가 뿌려지고 짐승의 살이 썩어간다. 썩어가는 그 살을 파먹으며 생명을 유지하는 물고기가 살고, 그 물고기를 그물질해서 연명해 가는 또 다른 한 떼의 사람들이 엉켜 있는 곳. 바라나시.

삶과 죽음은 그렇게나 비루하고 천하고 낮으며 하찮은 것. 이 토록 잔혹하고 슬프고 괴로운 것.

[하지만 넌 살아야 해.]

멈칫 생각을 잘라 버리는 목소리. 뇌리 속을 울리는 강한 목 소리.

라탄.

서린은 가만히 바람결에 흔들리는 머리카락을 쓸어 올렸다. 탄식하듯 낮게 흘러가는 강물을 넘어, 삶의 움직임으로 가득한 가트 쪽을 바라다보았다.

화장터 근처에 선 거대한 나무가 눈을 사로잡았다. 환한 꽃처 럼 나뭇가지에 오색 연들이 가득 달려 있다. 살아 있는 자들이 즐기고 살아가는 축제의 흔적이다. 공작궁에서, 나무에 소원을 적은 연을 달던 기억이 까마득한 전설처럼 흘러 지나가고 있었 다.

저절로 다시 한숨이 새어나왔다.

대체 언제쯤이면 그 이름을 잊어버릴 수 있을까? 잘라낼 수 있을까.

기억은 어디로 도망쳐도 따라온다. 질기게 집요하게.

[난 살아 있는데! 내가 사랑하는 너도 분명히 이 세상에 살아

있는데. 내가 널 어떻게 내버려 둬? 지킬 약속만 하면 돼. 바라나시, 보내줄게. 그리고 돌아와. 살아. 나랑 살아. 평생 동안.]

버리고 떠났으면서 왜 매시 매분 매초마다 그를 생각하고 있는 걸까. 강물은 대답이 없고, 서린은 끝내 그 해답을 찾아내지 못했다.

서린이 타박타박 미로 같은 골목길을 걸어 숙소로 돌아가던 그때, 라탄은 거실에 앉아 TV 화면을 응시하고 있었다.

방송사가 정규방송을 중단하고 일제히 긴급 뉴스를 송전하고 있었다.

—바라나시의 명물인 산가트 모찬 사원과 열차 역에서 폭탄 테러가 일어나 외국인 관광객을 포함한 백여 명의 사상자가 나왔습니다. 경찰은 폭발 사고가 발생한 인근에서 용의자로 추정되는 무장대원 한 명을 사살하고 폭탄을 수거했다고 밝혔습니다. 이 무장대원은 카슈미르 분리를 요구하는 '라스카르 에토에바' 소속으로 알려졌습니다. 경찰과 정부는 테러 용의자를 색출하게 위하여 바라나시 전역에 엄중한 경계를 펴고 있습니다.

그렇지 않아도 치안이 불안정한 바라나시의 상태가 내내 걱정스러웠다. 종종 외국인이 실종되거나 살해, 혹은 강간당하고 살해당하는 뉴스가 나오기도 하는 곳이다. 서린을 찾아내기 전에 바라나시의 혼란에 휘말려 위해라도 당하지 않을까 내내 불안해하고 있던 참이었다.

그런 불안한 상황 속에서 벌어진 테러 소식은 라탄으로 하여금 말 그대로 미치게 만들기 충분했다. 그는 급히 인터폰을 집어 들고 아시프를 찾았다.

[지금 TV를 봤어. 바라나시의 외국인 사상자가 누구인지 빨리 확인해! 어서.]

―[걱정 마십시오. 지금 연락을 받았습니다. 외국인 사상자가 나기는 했지만 아가씨는 아닙니다.]

딱딱하게 굳어져 있던 심장에 간신히 다시 피가 돌기 시작했다.

[바로 출발할 테니 대기해.]

역시 그가 직접 가서 샅샅이 뒤져야 할 모양이다.

알카 호텔에서 들은 정보를 따라 녹야원으로 찾아간 라탄의 수하들은 허탕을 쳤다. 서린을 포함한 한국인 여행객들이 그곳에 며칠 머무른 것은 사실이지만, 그 전날 다람살라로 떠났다는 것이다. 하지만 바라나시 역에서 서린을 본 사람은 없었다. 일행과 헤어져 서린만 바라나시에 남은 것이 분명해졌다.

에릭은 여전히 엉터리 힌디어를 떠벌거리고 있었다. 문을 연 라탄을 바라보았다.

[왜?]

[지금 뉴스 속보가 나왔어. 바라나시 사원과 역에 폭탄 테러가 일어났거든. 비상경계령이야.]

[저런, 정말 가면 갈수록 인도가 흉흉해지네. 신성한 시바의 도시인 바라나시 사원에서 왜 폭탄 테러가 일어나고 그래?]

[멍청한 아우랑제브 황제 때문이지.]

[음?]

[그가 힌두의 성지인 바라나시를 파괴하고 주민들의 이슬람 개종을 강요했거든. 이번 폭파사건의 주도자도 무슬림 세력인 것 같아.]

[네 파랑새도 다쳤니?]

[그건 아닌 것 같아. 난 지금 출발한다. 넌 네 마음대로 해. 머물고 싶은 만큼 머물고 떠나든지 말든지.]

[의리없는 놈. 손님을 놓아두고 주인이 도망을 가?]

에릭이 버럭 소리 질렀다. 라탄도 지지 않고 맞고함을 쳤다.

[웃기지 마, 인마! 난 너 때문에 공문서 위조범까지 되었어. 네 엉터리 힌디어를 들으며 미칠 뻔한 것도 꾹 참아주며 의식주 일체를 제공해 주었다고. 고마운 줄을 몰라.]

[친구 좋다는 게 뭐야? 끝까지 의리를 지켜야지!]

[의리 좋아하시네! 네놈도 날 버리고 내일모레 너의 그녀를 찾아 당장 푸네로 떠날 작정이잖아! 입 닥치고 힌디어나 연습하시지!]

적반하장도 유분수지. 라탄은 에릭더러 눈을 한번 흘겨주고 문을 닫았다. 한 시간 후, 라탄을 태운 비행기가 뭄바이의 하늘을 떠올라 사라졌다.

바라나시에 머문 지도 어느새 보름. 이제 이곳을 떠날 때도
되었다.

바라나시 외국인 전용 매표소에 가서 꼴까따로 가는 표를 예
매했다. 사흘 후 새벽에 출발하는 표였다. 돌아서다가 그만 깜
짝 놀라고 말았다.

벽에 커다랗게 종이 하나가 붙어 있었다. 버젓이 한글로 적힌
메시지였다. 그것도 서린 자신에게 보내는 것이었다.

〈알카 호텔 카운터. 카트만두로 가는 영남이가 편지 맡겼어요, 서
린 언니.〉

다람살라에서 바라나시로 돌아가는 한국 여행객에게 편지를
맡긴 모양이다. 언제고 한번 서린이 바라나시를 떠날 때 역에는
들를 터이니 그렇게 붙여달라고 부탁한 거지.

알카 호텔에 들러 영남의 편지를 찾았다. 그 자리에서 찢고는
읽어 내리고 싶었지만, 꾹 참았다. 설레는 기쁨의 순간을 조금
더 연장하고 싶었다.

숙소로 돌아가는 대신 물어물어 우체국으로 갔다. 붉은 드럼
통을 두들겨 만든 허름한 우체통이 서 있다. 주황빛 벽돌 벽에
검은 문. 인상파의 낡은 그림에 등장할 법한 삐뚜름한 지붕을
한 그곳에서 처음으로 엽서를 샀다.

누군가에게 반가운 기별을 받은 것과 마찬가지로, 그녀 역시 누군가에게 엽서를 써야만 할 것 같았다.

식당으로 들어갔다. 바라나시의 여타 식당이나 카페가 그러하듯 옥상 테라스에 파라솔을 놓고 야외 테이블을 놓은 곳이다. 강가의 흐름이 내려다보이는 자리에 앉아 손에 꼭 쥐고 온 편지를 뜯었다.

〈서린 언니, 저 영남이요.〉

저절로 미소가 번지고 말았다. 편지의 첫머리를 읽는데도, 똘망한 영남의 목소리가 들리는 듯한 착각에 빠졌다. 기껏 일주일인데, 정(情)의 흔적이 생각보다 많이 남아 있었다.

〈여기는 다람살라예요. 내일은 네팔의 카트만두로 떠납니다. 티벳의 전통 음식은 뜻밖에도 입맛에 맞아, 그동안 빠진 살들을 충분히 보충하고 있답니다. 28)뚝빠가 딱 제 입맛이더라구요. 창호 오빠는 만날 나더러 '돼지야' 하고 놀립니다. 그러면서 더 많이 먹어요. 쳇.

운이 좋게 달라이라마님 법회를 듣게 되었어요. 알아듣지는 못했지만, 나중에 통역하시는 분이 가르쳐 주시더라구요. 달라이라마님은 '인간은 언제나 행복해야 한다'라고 말씀하셨어요. 그래서 저도 언니의 행복을 위해 기도했어요. 서린 언니가 부디 마음속에 고인 고민과

---
28)뚝빠: 티베트의 수제비

슬픔을 씻고 참된 평안과 행복을 찾아내시기를 진정으로 기도합니다.

서린 언니, 참 많이 보고 싶어요. 다른 사람은 몰라도 저만은 늘 언니를 걱정하고 있고 사랑하고 있다는 것 잊지 말아주세요. 다시 만날 때까지 우리 모두 화이팅!

—고영남.〉

잠시의 인연이, 부질없이 흘러간 인연이 이렇게 돌고 돌아 기쁨의 꽃으로 피었다.

두 번이나 더 읽은 편지를 접었다. 배낭의 주머니에 소중하게 담았다. 그런 다음 사가지고 온 봉함 엽서를 꺼냈다. 한참 동안 하얀 지면을 바라보다, 펼쳤다. 펜을 들고는 한참 동안 입술을 꼭 앙다문 채 망설였다. 마침내 서린은 첫 문장을 썼다.

〈어머님, 아버님, 저 서린이에요.〉

하지만 그 뒤를 이을 수가 없었다.

무슨 말을 써야만 할까? 무슨 말을 쓸 수 있을까? 무슨 말을 어떻게 해야 할까?

그 좋은 분들의 아들이 죽던 그 순간, 아무것도 알지 못하고 살아 웃었던 그녀는 그분들께 무슨 말로 사죄할 수 있을까? 그 귀한 사람 놓아두고, 다른 사람을 향해 마음 흔들려 버린 가증스런 그녀 자신은. 그 남자 때문에 현조 따라 죽지도 못하는 이 뻔뻔한 여자는.

서린은 이를 악물었다. 서둘러 비어져 나오는 감정을 추슬렀다. 덤덤하게 안부인사 하는 거다. 그저 그런 일이다.

〈저는 지금 인도에 있습니다. 바라나시에요.

옛날에 오빠랑 약속을 한 적이 있거든요. 신혼여행은 인도로 가자고요. 둘이 와야 할 여행을 홀로 떠나왔습니다. 용서하세요.

두 분, 이구동성으로 저더러 오빠의 사십구재 때에 오지 말라 하셨지요.

그런 모진 말 왜 하신 건지 저 다 알아요. 그래도 행여나 싶어 기다렸을 두 분의 마음도 알아요. 끝내 오지 않던 저를 두고 말로는 잘했다 하시면서도 속으로는 욕하셨을 마음도 다 알아요.

어머님, 저, 사실은 그날 오빠한테 갔어요.

어머님, 아버님이 오빠를 보내시는 모습, 멀리서 숨어 보았어요.

제 마음이 울부짖고 있었지요. 저는 그 사람을 그렇게 보낼 수가 없었습니다. 스무 해를 사랑한 사람을, 겨우 49일 만에 잊고 떠나보내라는 건 너무 잔인한 요구잖아요. 그래서 저는 여기로 왔어요.

여기 바라나시에서 이제야 저는 마침내 혼자 오빠를 보냈습니다. 살아 있는 사람이 보내주지 않으면 죽은 영혼은 좋은 데 가지 못한다고 들었어요. 그래서 꾹꾹 눈물 참으며 오빠를 보내드렸습니다. 말 못하는 저의 마음. 어머님 마음 아버님 마음. 현조 오빠 아마 다 알고 갔을 거예요, 그렇죠?

어머님, 저 많이 편안해졌어요. 그러니까 제 걱정은 마세요. 여긴 죽음이 삶만큼이나 자연스러운 바라나시이니까요.

어머님, 아버님, 고맙습니다. 지금껏 두 분만큼 저에게 고맙고 따뜻하신 분 없으셨어요. 오빠를 낳아주시고 제게 허락해 주신 것도 정말 감사합니다. 오빠를 사랑하고 사랑받은 것은 제게 가장 큰 기쁨이었어요.

제 걱정 마세요. 언제 돌아갈지 모르지만 건강하게 힘차게 여행 잘 마칠게요. 두 분도, 영조 도련님도 항상 건강하셔야 해요.

—언제나 두 분의 며느리인 서린 드림.〉

꼭꼭 접어 풀칠을 했다. 생의 마지막 순간에도 고마워할 분들. 부디 평안하시기를.

이제 그대에게도 작별인사를 해야 할 때.

남은 엽서를 우두커니 바라보았다. 펜을 쥔 손이 아까보다 더 많이 멈칫거렸다.

할 말이 너무 많은데, 정작 글을 쓰자니, 쓸 말이 없었다. 한동안 망설이고 망설이다가, 한 줄을 썼다.

〈언젠가 우린 다시 만나게 될 거예요. 서린.〉

그 '언젠가'에는 부디 당신을 '먼저' 만나고 싶어. 서린은 펜을 내던지고 한 손으로 얼굴을 가렸다.

'현조 오빠처럼 착하고 좋은 다른 사람 사랑해 버려 당신의 애달픈 마음을 밀어내는 짓 안 하고 싶어.'

생각해 보면, 현조를 위해 흘린 눈물만큼이나 그 남자 때문에 운 적이 많았다. 아니, 그 남자를 만난 후부터, 참 많이도 울게 되었다.

사랑해서 슬픈 것 말고 사랑해서 행복하고 기쁘고 싶다고 생각했다. 내가 사랑하는 일 때문에 그 누군가가 아픈 일 따윈 다시 하고 싶지 않아. 어느새 눈 아래가 촉촉이 젖어들었다.

점심을 먹고 다시 우체국에 가서 엽서를 부칠 작정이었다. 서린은 간단하게 짜이 한 잔과 난 하나, 토마토와 당근으로 만든 수프를 주문했다. 한참 후에 주인이 낡은 알루미늄 쟁반에 음식을 담아서 가져다주었다. 그의 등 뒤로 낡은 TV에서 CNN 방송이 흘러나오고 있었다.

[폭탄 테러. 놀라지 마세요. 범인, 잡았어요. 관광객 안심해도 좋아요.]

서린이 그 뉴스를 눈여겨보고 있다는 것을 눈치 챈 것이다. 주인이 잘 알아듣기 힘든 영어로 말을 걸었다.

[럭라우시 외곽에서 폭탄 2.5kg을 소지한 폭탄 테러 용의자를 사살했대요.]

이틀 전에 바라나시의 대표적 명물인 산가트 모찬 사원과 열차 역에서 폭탄 테러가 일어났던 것이다. 서린도 아까 표를 사러 들른 역의 일부가 흉하게 박살난 것을 똑똑히 보았다. 그 테러를 자행한 범인을 사살했다는 말이다.

일생에 있어 한 번도 만나기 힘든 끔찍한 폭력과 살상과 공포와 피가 얼룩진 바람이 이곳 바라나시에도 불고 있었다. 어쩐지 마음이 영 좋지 않았다.

[전 여기가 정신의 기쁨을 찾는 순례자들의 신성한 도시라고 생각했어요. 저런 일은 바라나시에서는 절대로 벌어지지 않을 거라고 생각했는데…….]

서린이 말꼬리를 흐리자 주인이 고개를 끄덕였다. 인도인들이 저렇게 고개를 끄덕이면 부정의 뜻이라고 그랬던가.

[인간이 살아가는 곳에는 어디든지 이런 일이 벌어지지요. 안타까운 일이지만요. 슬픔은 기쁨과 함께 살고 있고 삶과 죽음은 공존하고 있어요. 누구도 피해갈 수 없습니다. 샨티샨티.]

만약 서린이 하루 이틀 정도 빠르게 기차표를 구한답시고 역에 들렀다면 어떻게 되었을까?

'어쩌면 나 또한 그곳에서 죽었을지도 모르지.'

예기치 않은 곳에, 예기치 않은 시간에 얼마나 많은 죽음이 삶의 곁에서 어슬렁거리고 있는지.

그 테러의 여파로 표를 사기가 더 힘들었다. 서린은 외국인이었으니, 외국인 전용 매표소를 이용해서 그나마 나았다.

[걱정이에요. 이러한 테러 때문에 바라나시를 찾는 관광객이 줄어들지는 않을까 걱정돼요.]

관광객을 상대로 장사를 하는 주인의 입장에서 아주 솔직한 발언이었다. 서린은 동감의 표시로 고개를 끄덕였다.

식당을 나와 아까의 기억을 더듬어 우체국을 향해 걸었다. 어디선가 사탕 부서지듯 까르륵거리는 해맑은 웃음소리가 들려온다. 저절로 시선이 그리로 갔다.

초라한 외모의 릭샤왈라가 자신만큼 낡은 사이클릭샤에다가 아이들을 잔뜩 태우고 힘껏 달려가고 있었다.

릭샤에 탄 아이들은 예닐곱 명이 넘어 보였다. 그들 또한 릭샤왈라 못지않게 초라하고 허름했다. 누더기 옷에 얼굴은 먼지투성이, 다들 맨발에 꼬질꼬질한 얼굴이다. 일 루피도 귀하게 구걸하고 하루 한 끼를 먹는 것조차 걱정인 몰골로 보였다. 어쩌면 그 아이들은 릭샤라는 것을 처음 타보고 있는지도 모른다.

그럼에도 신이 나 어쩔 줄 몰라 하는 아이들의 까만 눈망울에는 햇살 어린 웃음이 가득했다. 아무런 근심 없이 걱정 없이, 이 순간이 세상 가장 큰 기쁨인 것같이, 행복인 것같이.

'예쁘다, 정말.'

전혀 상관도 없는데, 그만 서린의 입가에도 꽃망울 같은 미소가 피어났다. 신나하는 아이들의 기쁨과 즐거움이 그대로 전이되는 느낌이었다.

몇 발자국 채 걷지 않았는데, 다시 까르륵거리는 웃음소리가 돌아왔다. 아까의 릭샤가 다시 서린의 앞을 지나쳤다. 왔던 길을 계속해서 왔다 갔다 하는 것을 보자 하니, 역시나 아이들을 손님으로 태운 것이 아니었다. 모처럼의 즐거움을 위해 공짜로

꼬맹이들을 태워주는 것이 분명했다.

그렇게 두어 번을 왔다 갔다 하던 사이클릭샤가 서린이 선 길 모퉁이 건너편에 멎었다. 쪼르르 아이들이 내렸다. 흩어지지 않고 릭샤왈라에게 찰딱 달라붙었다. 무어라고 종알거리고 졸라대는 품이었다.

릭샤왈라가 미소를 짓더니, 아이들의 머리를 헝클어뜨렸다. 근처의 가게로 들어가더니 음료수를 사서 나왔다. 예닐곱 명의 아이들이 환성을 질렀다. 한 병의 음료수를 한 모금씩 나누어 마시면서도 기뻐 어찌할 바를 모른다. 그 광경을 바라보며 그도 벙그레 웃고 있었다.

가난한 터로 끼니도 제대로 잇지 못하는 릭샤왈라가 빈속의 허기를 채우려 수돗물을 마시는 것을 종종 보았다.

40도가 넘는 날씨에 사람들을 태우고 반 시간 이상을 페달을 밟아야 겨우 십 루피를 벌까 말까. 그러나 그렇게 힘들게 번 돈을 아낌없이 쓰고도 흐뭇해서 웃고 있다. 모처럼의 선심에 아이들이 즐거워하는 것을 바라보며 태양처럼 미소 짓고 있는 모습에 그만 가슴이 저릿저릿해졌다.

그 누군가에게 호의를 베풀 수 없을 만큼 가난한 이도, 이 세상 그 누구에게도 도움을 받지 않아도 좋을 만큼 부자인 자도 존재할 수 없다는 말을 읽은 적 있다. 그 어떤 누추한 삶 속에도 행복은 존재하는 것이다. 어떤 가난도, 고난도 빼앗아가지 못하는 웃음이, 선의가 존재하는 것이다.

서린은 그렇게 바라나시의 골목길 어귀에서 보았다. 배웠다. 삶은 아주 검기도 하지만 저렇게 맑기도 한 것이라고.

우두커니 서서 자신들을 바라보는 눈길을 느낀 것이다. 릭샤왈라가 고개를 돌려 서린을 마주 바라보았다. 길을 사이에 두고 시선이 마주쳤다.

갑자기 그의 눈이 둥그렇게 변했다 이내 주름진 입가에 아까처럼 환한 미소가 잡히기 시작했다. 그가 풍차처럼 두 팔을 마구 돌리며 서린을 불렀다.

[헤이. 헤이!]

나 몰라요, 하듯이 그가 자신을 가리켰다. 서린이 의아한 표정을 지으며 고개를 흔들자 손을 나팔처럼 만들어 입에 대고는 다시 소리쳤다.

[요기 로지! 요기 로지!]

그러고 보니, 어쩐지 낯익은 모습이기도……? 하다가 서린은 아, 하고 나지막한 탄성을 삼켰다.

바라나시에 도착한 첫날, 서린 일행을 태우고 요기 로지로 갔던 바로 그 릭샤왈라가 아닌가. 인연은 이렇게 돌고 돌아, 예기치 못한 만남으로 돌아온다. 평생 가야 다시 만나기 힘든 행운일 테이지. 그는 지금껏 거액의 팁을 준 서린의 얼굴을 기억하고 있었나 보다.

서린은 두 손을 이마에 대고 고개를 가볍게 숙여 인사했다.

[나마스떼.]

[나마스떼.]

마주 인사를 하던 그가 갑자기 가게로 달려들어 갔다. 이내 망고 두 개를 들고는 붐비는 길을 넘어 마구 달려왔다. 자랑스럽게 내밀었다. 서린은 껑충한 키를 한 그 남자를 올려다보았다.

[나에게?]

[선물. 오케이?]

서툰 영어. 꾸질꾸질한 손톱 아래 새카맣게 때가 껴 있다. 그 손에 들린 망고 두 개가 뜨거운 햇살 아래 반짝이고 있었다. 귀한 호박 보석 같았다.

그런 아버지의 모습을 길 건너 아이들이 바라보고 있다. 구걸만 했을 그 아이들이, 누군가에게 적선하고 선물을 주는 아버지의 모습을 세상에서 가장 자랑스럽게 바라보고 있었다.

초라하나 전부의 마음이 담긴 그 망고를 받아주는 일이야말로 세상에서 다시없을 귀한 일. 가장 성스럽고 눈물겨운 행복으로 느껴졌다.

[댄니와드.]

두 손으로 망고를 받았다. 진심으로 감사했다.

서린의 댄디와드란 말에, 릭샤왈라의 만면에 웃음이 너울졌다. 그가 다시 길을 건넜다. 아이들에게 돌아가 함께 손 흔들어주는 그 사람의 모습이 바라나시의 좋은 추억으로 익어가고 있었다.

우체국을 들러 엽서를 부치고 난 후, 마지막으로 강가의 가트에 나갔다. 햇살 비늘 떨어지는 수면을 바라보며 서린은 그런 생각을 했다.

바라나시. 눈물도, 비탄도 가슴속에서 익는 곳. 죽음이 삶을 안고, 절망이 희망을 안고, 고통이 기쁨을 안는 곳.

헛된 추억과 눈물이 건조한 공기 속에서 증발되고, 왜 슬퍼한 것인지 왜 행복했던 것인지 잊어버리게 되는 곳. 속된 삶 속에 성스러운 울림이 남아 있고 비천함 속에서 거룩함을 보게 되는 곳. 이별이 끝나고 새로운 시작이 계속되는 곳. 떠나는 자와 오는 자가 교차하는 곳. 시커먼 먼지바람과 맑은 갠지즈강의 물결이 함께 춤을 추는 곳.

이런 곳에서 서린은 현조를 보냈고, 누더기같이 변해 버린 자신의 삶을 돌아보게 되었다.

암울한 과거와 슬픔들이 꽃불로 떠내려가고, 헤아릴 수 없는 막막한 미래를 무연한 강물에 흘려보내는 곳. 마음의 천국과 지옥이 같이 춤추는 이곳 바라나시.

전부는 아니나 아주 많이 홀가분해졌다. 이제 적어도 살아남거나, 떠날 힘을 얻었다.

서린은 고개를 들어 하늘을 바라보았다. 오래도록 눈물 흘렸던 볼 위로 갠지즈강의 맑은 바람 한줄기가 스치고 지나갔다. 젖었던 피부가 햇솜처럼 보송보송해졌다.

'아아, 바라나시에 오기를 정말 잘했다.'

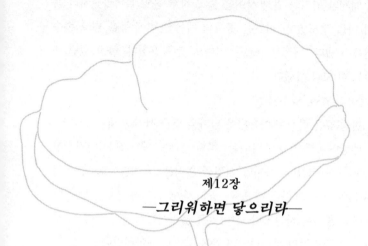

제12장
—그리워하면 닿으리라—

[이런 여자는 본 적 없어요.]

[글쎄요. 기억이 나지 않는데.]

[이런 여자는 묵은 적 없습니다.]

다들 고개를 저었다. 다시 묻기도 귀찮았다. 라탄은 미련없이 서린의 모습이 담긴 사진을 주머니에 넣고 돌아섰다.

세계적인 관광지인 바라나시에는 외국인을 상대로 하는 게스트 하우스들이 강가의 물방울만큼이나 많고 많다. 일일이 찾아다니려면 가능한 한 시간을 아껴야 했다.

바라나시에 도착한 지 벌써 이틀. 거미줄처럼 얽힌 바라나시의 뒷골목을 얼마나 헤매고 다녔는지 헤아릴 수조차 없었다.

매캐한 연기와 먼지 사이를 뚫고 하루 종일 돌아다닌지라 목이 아플 정도였다. 라탄은 골목의 허름한 벽에 등을 대고 손수건을 꺼냈다. 저절로 흐르는 이마의 땀을 훔쳤다. 들고 있던 생수를 한 모금 마셨다.

[어디 있어, 당신?]

한숨 같은 탄식이 아름다운 남자의 입술 사이로 새어나왔다.

배낭여행객이 들고 다니는 '론니 플래닛'에 나오는 어지간한 숙소는 다 뒤졌다. 하지만 서린의 흔적은 그 어디에도 남아 있지 않았다. 녹야원을 떠난 후, 공기 속에 흩어진 향연(香煙)처럼 그녀의 흔적은 사라졌다. 그야말로 불가사의한 비밀처럼. 수천 년의 세월이 쌓인 바라나시의 골목 사이로 녹아버렸다.

[꼭꼭 숨어 있어, 서린.]

라탄은 좁은 골목길 사이로 터진 하늘을 우러렀다. 나직하게 중얼거렸다. 어느새 주먹이 꼭 쥐어져 있었다.

[들키지 않도록, 숨도 쉬지 말고 있어. 어디 한번 해보자. 당신이 아무리 숨어도 난 당신을 찾아낼 테니까.]

입술 사이로 내뱉어지는 말은 음산한 울림을 띠고 있었다. 그러나 이건 삐뚤어진 오기가 아니다. 라탄이 절망을 표현하는 다른 방식이었다.

서린을 찾아내지 못하면 어쩌지? 그가 너무 늦었으면 어쩌지? 그녀가 끝내 절망을 극복하지 못한다면? 죽음의 부름에서 헤치고 나오지 못해 떨어지는 꽃처럼 스러져 갈 때 그가 때를 놓쳐 그녀를 잡지 못하면 어쩌지? 이생에 간신히 찾아낸 너를, 영겁을 두고 서로를 기다린 우리가 다시 서로의 존재를 잃어버리면 어쩌지.

바라나시의 골목길에서, 연인을 찾아 헤매는 그 남자의 강한 심장이 허약한 불안과 공포로 가루처럼 부서졌다.

[절대로…… 절대로! 당신은 날 홀로 두고 못 가. 허락하지 않아.]

삶의 끝까지, 아니, 죽음의 그 순간에도, 죽음을 넘어선 그 어디까지도 둘이 함께. 언제나 같이 있기로 약속했다. 절대로 그녀를 홀로 두지 않겠다고 사랑하는 남자의 의무로 준엄하게 맹세했다. 그 누구도 서린을 라탄에게서 데려갈 수 없다. 설사 신이라도!

[당신이 아직 여기에 있는 거 알아. 그것도 아주 가까이 있어. 느껴져. 당신은 나고 나는 당신이니까.]

바보 같은 그 여자는 지금 자신이 순간순간 라탄을 죽이고 있는 줄 꿈에도 모를 것이다. 그녀의 부재(不在). 그녀의 향기를 느낄 수 없는 것이 바로 그의 지옥이었다. 죽음이었다.

바보, 서린은 세상에서 제일 바보. 영혼을 잃고 그가 어떻게 살 수 있다고 생각했을까.

라탄은 마음속으로 사무치자 연인에게 간청했다. 서린, 제발 날 한 번이라도 불러줘. 그럼 당신을 찾을 수 있어.

그는 바라나시의 지도를 움켜쥐고 다시 걷기 시작했다. 이틀 내내 그러했듯이 어지러운 난마같이 얽힌 골목 하나하나, 게스트 하우스 하나하나를 짚어갔다. 반드시 서린을 찾아낼 수 있을 거란 터무니없는, 그러나 아주 강한 희망 하나만이 지금 이 순간 그를 지탱하게 하는 유일한 힘이었다.

마지막으로 갠지스 강변의 가트를 산책하고 있을 때, 그 노인을 다시 만났다.

주황빛 옷을 입고 허리에 하얀 천을 두른 노인은 바라나시에서 종종 볼 수 있는 사두였다. 그는 맨발로 천천히 강변을 따라 걸어가고 있었다. 평화롭고 여유있었다.

며칠 전 보트를 예약하러 가트에 갔을 때 강에 내려가 목욕을 하고 태양을 향해 푸자를 드리는 그를 보았다. 보았다기보다 그냥 눈에 들어왔다. 노인은 서린이 자신을 지켜보는 것에 개의치 않는 얼굴이었다. 푸자가 끝나고 난 후 아주 담담하고 무심한 시선으로 스쳐 지나갔다. 그 얼굴에 담긴 평화와 고요함이 얼마나 맑고 기쁘던지.

그것을 얻고 싶었던 걸까. 그 노인처럼 강가의 물에 목욕을 하고 명상을 하면 그토록 고요한 마음의 평화를 얻을 수 있을까?

왜 그를 따라가야 한다는 느낌이 들었던 것일까? 생각하고 말고도 없었다. 서린은 동행할 약속이나 받은 것마냥 무작정 그 노인을 뒤따라 걸어가기 시작했다.

노인은 결코 서두르지 않았다. 묵묵히 한참을 걸어 허름한 건물 앞에 섰다.

[묵티바반. 해탈의 집이지요.]

그가 서린을 돌아보며 처음으로 입을 열었다. 깜짝 놀랄 정도로 고상한 영어였다.

[이곳에 오늘 내가 해야 할 일이 있습니다. 같이 가겠어요?]

고개를 끄덕인 것도 아닌데, 서린의 표정에서 답을 읽었나 보다. 그가 따뜻한 미소를 지어 보이더니, 건물로 먼저 들어갔다. 서린도 뒤를 따랐다.

거의 두 시간 동안 노인은 다 죽어가는 걸인들과 움직일 수 없는 깡마른 병자들에게 죽을 떠먹였다. 서린 역시 아무 말 없이 노인처럼 숟가락을 받아 들고 메마른 입술 안으로 음식을 보시하는 일을 했다. 악취 나고 진물 흐르는 병자들의 머리를 안고 물과 죽을 먹였다.

일을 마치고 건물을 나섰을 때는 이미 태양이 하늘에서 이글거리고 있을 무렵이었다. 노인이 미소 지으며 두 손을 이마에 댔다.

[가장 좋은 수면제는 선행이라고 합니다. 몸과 마음이 공히 만족스러워 진정 행복한 잠을 잘 수 있죠.]

[저를 이런 곳에 데려와 주셔서 감사드립니다.]

[당신은 신의 말씀을 듣고 싶은 거군요.]

[네?]

노인이 평화롭게 미소 지었다. 맑은 눈이 서린의 하얀 이마에 머물러 있었다.

[당신의 눈이 그렇게 말하고 있습니다. 당신은 지금 당신이 가야 할 진짜 길을 찾고 있어요. 그렇지 않습니까?]

[……그렇습니다.]

[길은 밖에도 있고, 안에도 있지요. 어디 한번 우리 같이 길을 찾아볼까요? 오후에 다시 만납시다. 나마스떼.]

그리고 노인은 돌아섰다. 이곳에 온 것과 마찬가지로, 맨발로 땅을 밟고 천천히 자신의 길을 걸어갔다.

약속한 그 시간, 서린은 노인을 만난 가트 앞에 서 있었다. 거부할 수 없는 이끌림으로 발이 저절로 그쪽으로 움직이고 있었던 것이다.

노인은 늘 하던 대로 목욕을 마치고 신을 위한 푸자를 드리는 중이었다. 그의 무릎 앞에는 코코넛 한 개, 주황빛 메리골드 꽃사슬. 그리고 자그마한 향 한 대가 하얀 연기를 뿜어 올리고 있었다.

그는 절대 서두르지 않았다. 자신의 박자에 맞추어서, 절도있게 하루의 일과를 마치고는 비로소 천천히 돌아앉았다. 서린은 그의 곁으로 다가 앉았다. 노인이 손을 내밀었다. 푸자를 드린 후에 제물로 바쳤던 코코넛 반쪽이었다. 때가 묻어 시커먼 손이었으나 하나도 거리껴지지 않았다.

[코코넛은 신의 음식이죠.]

그가 눈을 끔뻑했다. 깊은 눈빛이 웃음으로 남실거리고 있었다. 삶을 달관한 흔적은 미소와 함께 존재하는 것인가? 그토록 오래 수행하고 절제된 기도의 삶을 살았어도 늘 유쾌하고 활기에 넘치던 마야가 절로 생각났다.

신성한 코코넛에 대한 답례로 서린 역시 배낭에서 초콜릿 바를 하나 꺼내 그의 앞에 놓았다.

수천 년의 역사를 간직한 바라나시의 가트 귀퉁이에 인도의 늙은 남자와 한국의 어린 여자가 나란히 앉았다. 강가의 유장한 흐름을 바라보며, 하나의 코코넛과 한 개의 초콜릿 바를 나누어 먹었다.

[29)구루, 당신은 무슨 일을 하시나요?]

[그저 매일 모든 사람이 하는 일입니다.]

노인이 대답했다.

[아침마다 신성한 강물에 몸을 담그고 씻지요. 신에게 소박한 나만의 푸자를 드리고 난 후, 도티와 숄을 세탁합니다. 위대한 구루의 강연에 참석하기도 하지요. 또한 일주일에 다섯 번씩 신의 말씀을 듣지 못하는 사람들에게 말씀 대신 죽을 먹여줍니다. 내가 하는 일은 이토록 보잘것없습니다.]

[보잘것없다 겸손하시지만, 엄숙하고 아름다운 일입니다. 선에 대한 헌신과 인간에 대한 헌신을 동시에 행하시는군요.]

[그런 걸까요? 난 다만 지금 내가 할 수 있는 일만 합니다.]

노인의 이름은 나지브라고 했다. 감히 구루라는 명칭을 붙일 수 없는 평범한 순례자라고 말했다. 일생의 의무를 마치고 평화

---

29)구루(guru): 존경받는 영적인 스승

로운 노년을 준비하는 사람이었다.

[다음 생을 위해 부정적인 카르마를 씻어내는 것이지요. 나는 신에 대한 푸자와 인간에 대한 선행을 실천하면서 내 카르마를 정화하고 있는 중입니다. 언젠가는 이 강에서 죽음을 맞게 되기를 바랍니다.]

묵묵히 자신의 말을 듣고 있는 서린을 나지브가 바라보았다. 아주 진지하게 물어왔다.

[당신이 여기 와서 무엇을 보고 생각하고 깨달았나요?]

[저는, 그러니까…….]

서린은 아까 그가 그러했던 것처럼 침묵한 채 곰곰이 생각에 잠겼다.

이 멀고 먼 바라나시에 와서 얻고자 했던 건 무엇일까? 현조를 보내는 일 말고, 정말 얻고 싶었던 건 무엇일까.

[저는, 생각과 생각 사이에서, 삶과 죽음 사이에서, 사람과 인연 사이에서 상처받고 슬퍼하지 않는 방법은 없을까, 그런 것들을 생각합니다.]

[상처 없는 삶이란 없는 법이지요.]

나지브가 단언했다.

[슬픔과 고통은 행복과 기쁨만큼이나 인간에게 있어 자연스럽고 당연한 일이지요. 그것은 새의 두 날개처럼 인간을 삶 속으로 날아오르게 하는 겁니다. 고통은 깊이를 만들고 기쁨은 활력을 만들지요.]

[……때로는 기쁨과 행복마저 희석시킬 정도로 큰 슬픔이 있기도 합니다. 고통보다 더 참기 힘든 것도 있어요.]

[하긴 이 나이가 되도록 살다 보니, 그렇지 않다라고 말하지도 못하겠습니다.]

[제가 깨달은 건, 고통이 아닙니다. 더 무서운 것은 공허함이에요. 무의미함이었습니다. 저는 그것을 견딜 수가 없었습니다.]

가슴속에 고여서는 토해내지 못해 검게 썩어버린 물이 흘러나오고 있었다.

두서없는 얘기들이었다. 한 번도 만난 적 없는 초면의 이국 여자가 내뱉는 이야기들이다. 그럼에도 그는 세상에서 가장 경건한 이야기인 양 귀를 기울이고 있다. 모든 것을 이해한다는 눈빛을 보내고 있었다. 가만히 손을 잡아 다독였다. 눈물겨운 위로 같았다. 말하라, 토해내라. 뱉어버리라고 격려하고 있었다. 그 나이가 되면 사람 마음을 읽어내는 능력이 생기기라도 하는 것인가.

[그래서 베나레스로 온 것입니까?]

[네. 꼭 같이 오자 말한 사람은 제 곁에 이제 없지만, 저라도 혼자 이곳에 와야 했습니다. 이곳에서 그 사람을 영원히 떠나보냈습니다. 이제 전 어디로 가야 하죠? 갈 곳도 없고, 가고 싶은 곳도 없습니다. 가야 할 곳도 남아 있지 않아요.]

[가엾어라. 당신은 지금 당신이 가야 할 길을 잠시 잃었군요.]

[그런 것 같습니다. 어디로 가야 할지도, 가야 한다면 어떻게

가야 할지도 알 수가 없습니다.]

두 사람의 발 아래로 영원을 흐르는 강물은 계속해서 움직이고 있었다. 나지브의 시선이 강물 쪽으로 돌려졌다. 서린도 같이 바라보았다.

[세상 모든 사람이 자신이 가야 할 길을 언제나 알고 있는 건 아니지요. 하지만 당신은 곧 길을 찾게 될 겁니다. 강물이 제자리에 머물러 있지는 않고 흐르듯이. 살아 있는 모든 생명은 움직여야 하는 법이니까요. 눈을 크게 뜨세요. 귀를 기울이세요. 그러면 신의 뜻을 알게 될 겁니다.]

신의 뜻. 그것은 무엇일까? 단지 신의 뜻을 알게 하려고, 사랑하는 모든 사람을 잃어야 한다면 그건 너무 가혹해. 그런 신은 필요없어. 그런 신을 증오해. 노을이 지는 강물을 바라보며 서린은 이를 악물었다.

서서히 주변의 공기가 황금빛으로 물들고 있다. 갠지즈강에 또 한 번의 밤이 내리는 시간이다. 더 어두워지기 전에 숙소로 돌아가야만 하리라. 이제는 이 사람과도 작별할 시간이다.

[나지브, 오늘 좋은 말씀 감사합니다. 늘 평안하시기를. 나마스떼.]

서린은 두 손을 이마에 대고 공손하게 절했다. 단지 몇 십 분쯤 연결되지도 않는 이야기를 뜨문뜨문 나눈 것인데도, 아주 큰 위로를 받았고 격려를 받은 기분이 들었다. 나지브가 미소 지으며 마주 이마에 두 손을 댔다. 홀가분한 인사 후에 미련없이 돌아서려던 순간이었다.

[어딜 가든, 신이 부르기 전에 먼저 죽음을 생각하지는 마세요.]

서린은 깜짝 놀라 발길을 멈추었다. 움직임 없이 여전히 가트에 앉아 있는 나지브를 바라보았다.

[네? 무슨 말씀이신지……?]

노인의 깊고 맑은 눈이 서린을 똑바로 응시하고 있었다. 가슴 한쪽이 도둑질을 하다 들킨 것마냥 시큰거리고 있었다.

[당신의 이마에 깊은 어둠이 서려 있어요. 죽음의 안개는 누구에게나 보이는 법입니다.]

나지브의 눈에조차 서린이 스스로 목숨을 버리려 떠나온 길임이 보이는 것인가? 당황해서 어찌할 바를 모르며 말을 잇지 못하자, 노인은 나지막이 속삭였다.

[신이 그대를 세상에 남겨둔 것은 당신의 카르마가 아직 남아 있기 때문입니다. 혼자 죽는다고 해서 당신의 업이 해결되지는 않아요.]

그녀의 카르마.

라탄. 왜 또다시 그의 얼굴이 떠오르는 것일까?

[당신이 살아 있다면, 윤회가 끝나지 않았다는 뜻이죠. 이생을 버려도 당신에게는 지금의 삶과 똑같은 일이 되풀이됩니다. 차라리 이번 생에서 당신의 카르마를 벗어나기를 원하며 수양하는 것이 더 낫지요.]

[그럴…… 까요?]

[무의하다고, 공허하다고 한탄하며 시간을 흘려버리지 마세요. 그런 것들이 분명 당신에게 무엇인가 말을 걸고 있을 겁니다. 내면을 응시해 보세요. 당신의 카르마가 무엇인지 알게 해줄 겁니다. 살아 있음을 받아들이고 즐기세요. 불행은 죽은 자의 몫입니다.]

[이제 더 이상 함께 행복을 나눌 사람이 없다면요? 불행은 죽은 자의 것이 아니라 살아 있는 사람의 것이라면요? 행복은 내게 온 인연들로 인해 만들어지는 것이죠. 그러한 연들이 다 끊어졌다면요?]

[아뇨, 아니지요. 당신이 이렇게 삶에 머무른다는 건 어디엔가 분명 당신을 애타게 기다리는 사람이 있다는 겁니다.]

그녀의 기다림. 그녀의 슬픔. 라탄.

삽시간에 서린의 작은 가슴 안으로 눈물이 차 올랐다.

아, 그런 것이었나. 죽은 현조에 대한 애달픔과 그리움을 넘어서서, 차마 그녀가 지금껏 죽지 못한 것은, 살아 있는 그 사람이 서린의 끊지 못하는 미련이었기 때문인가. 애달픈 망설임의 이유였던가.

죽은 현조에 대한 미안함만큼이나 살아 있는 그 남자에 대한 짙은 그리움. 강렬한 갈망이 지금껏 그녀를 지탱하는 마지막 이유였던가.

[그 사람이 당신이 살아 있는 이유입니다. 그 사람에게 의무

를 다 하지 못한 때문이에요. 그것이 끝나면 바라지 않아도 신은 당신을 데려갈 겁니다.]

[정말인가요?]

[그럼요. 부디 당신을 기다리는 그 사람과 더불어 당신의 카르마를 다 하기를. 자, 인연이 있다면 다시 만나기를. 나마스떼.]

나지브가 두 손을 이마에 대고 인사했다. 맨발로 먼저 떠났다. 아마도 그는 오늘 밤도 신에 대한 푸자와 인간에 대한 선의를 실천할 것이다. 서린은 떠나가는 그의 뒷모습을 한참이나 눈길로 쫓았다. 그가 완전히 사라질 때까지 그 자리에 서 있기만 했다.

고개를 들었다. 노을 물든 갠지즈강을 망연히 바라보았다. 움직일 수가 없었다. 다샤스와메드 가트의 표식이기도 한 우뚝 솟은 기둥에 그려진 시바 신의 푸른 얼굴을 바라보는 일밖엔 할 일이 없었다. 그토록 많은 사람이 북적이는 이 가트에서, 서린은 세상에서 가장 외로운 여자가 되었다. 오직 홀로 남은 듯한 막막함으로 발길을 뗄 수가 없었다.

갈 데가 없다.

가야 할 곳이 없다.

가고 싶은 곳도 없다.

사랑한 사람은 이 세상에 없다.

그리운 사람은 있지만 볼 수가 없다.

이 세상 오직 한 사람. 그 남자의 곁이 아니라면, 서린은 정말 갈 곳이 없었다.

그 남자 말고는 누구도 그녀를 기다려 주지 않기에, 그리워해 주지도 않기에. 하지만 당신에게 내가 감히 돌아갈 수 있을까. 오래도록 참은 눈물이 주르르 새어나왔다.

어디선가 라마—크리슈나를 외치는 고함 소리가 들려오기 시작했다. 앞뒤로 오가는 사람들의 수가 훨씬 더 많아진다 싶더니 흥겨운 음악 소리도 이내 들려오기 시작했다. 갠지즈 강물 위로 노을이 떨어지고 늘 그러하듯이 신을 위한 푸자가 시작되려 하고 있었다.

가트가 더 복잡해지기 전에, 어두워지기 전에 숙소로 돌아가야 한다. 서린은 몸을 일으켰다.

바라나시의 명물인 푸자를 구경하기 위해 사람들이 모여들면 가트 주변은 걷기도 힘들어진다. 그런 틈을 타서 징그러운 사내들이 은근슬쩍, 혹은 노골적으로 더러운 수작질을 하려 한다는 것을 질리게 경험했다. 가능한 한 빨리 떠나야 그만큼 편안하다.

좁은 시장길을 걸어나가, 모퉁이에 선 릭샤를 잡아탔다. 숙소를 가늠하는 유일한 표지라 볼 수 있는 성 토마스 교회를 댔다. 처음에는 몰랐지만, 서린이 홀로 묵고 있는 〈가네샤 게스트 하우스〉는 처음 영남이들과 함께 묵었던 요기 로지와 그다지 많이 떨어져 있지 않았다. 워낙 꼬불거리는 골목길을 돌아간지라 거리와 공간 감각이 없어진 탓이었던 거다.

[성 토마스 교회.]

노란 벽과 하얀 십자가를 가진 높고 커다란 교회 건물은 평평한 바라나시의 거리에서 쉬이 찾을 수 있는 좋은 표식이었다.

늘 그러하던 것처럼 대로(大路) 뒤편의 큰 골목 어귀에 내렸다. 릭샤 요금을 지불하고 돌아서다가, 그만 서린은 우뚝 서버리고 말았다.

"엄마야!"

자신도 모르게 비명을 지르고 말았다. 그녀가 걸어 들어가야 할 골목길 저 안쪽에서 눈 뜨고는 볼 수 없는 일이 벌어지고 있었다.

길을 가로막듯 서 있는 사내들의 행태라니. 부끄러움도 모르고 홀라당 벗고 히죽대고 있었다. 무어라 무어라 알아듣지도 못할 힌디어로 소리치며 징그럽게 웃으며 서린 쪽으로 한발한발 다가오고 있다. 사내들의 눈은 게슴츠레 풀려 있었다. 입가에도 허연 침이 질질 흘러내리고 있었다. 담배 사듯 쉽게 마약을 구할 수 있는 곳이 인도이다. 그 사내들은 마약에 취한 것이 분명했다.

아직도 사방이 환한 시간이다. 큰 길에서 가까운 골목길이라 생각하고 방심한 것이 화근이었다.

숨이 멎을 정도로 놀라 본능적으로 서린은 뒷걸음질쳤다. 삽시간에 온몸에 소름이 쫙 끼치고 있었다.

"으아악!"

다리야, 날 살려라. 생각보다 먼저 몸이 움직였다. 이것저것 헤아릴 여유도 없었다. 뒤돌아 앞으로 뻗은 길을, 그 사내들에게 행여 잡힐세라 젖 먹던 힘까지 짜내 그저 죽도록 달렸다.

지금껏 단 한 번도 이렇게 필사적으로 도망친 적이 없었다. 미친 듯이 달려가며 헉헉거리는 스스로의 숨소리가 더 소름 끼쳤다. 끔찍하고 흉한 꼴을 보아버린 눈을 파내고 싶었다.

얼마나 달렸을까? 하늘이 노랗게 보일 정도로 현기증이 돋았다. 얼마나 달렸을까? 더 이상 미친 사내들이 따라오는 기척이 느껴지지 않았다. 서린은 풀리는 다리를 가누며 멈추어 섰다. 허리를 굽히고 거친 숨을 토해냈다. 잔뜩 공기를 머금은 심장이 터질 듯이 뛰고 있었다.

와들와들 떨리는 몸을 도무지 진정할 수가 없었다.

언제나 흉한 꼴을 당하면 이것이 최악이다 생각하게 된다. 하지만 최악은 자꾸만 되풀이되고 더 끔찍해지고 있었다.

만약 그 사내들에게 잡히기라도 했으면 어떻게 되었을까? 40도의 기온 속에서 서리가 내렸다. 하얀 팔뚝에 파랗게 소름이 돋았다.

바라나시에 오기 참 잘했다고 생각한 것이 불과 이틀 전 일이다. 하지만 이제 바라나시의 기억은 악몽 중의 악몽으로 남게 될 것이다.

한동안 숨을 고르며 멍하니 서 있다가 간신히 정신을 차렸다. 거뭇한 땅거미가 미로같이 어지러운 골목길로 스며들고 있었다. 더 어두워지기 전에 숙소로 돌아가야 한다. 대체 어쩌면 좋을까?

서린은 천천히 기억을 더듬었다. 눈을 들어 자신이 선 골목길이 대체 어디쯤인지 가늠하려 애를 썼다.

그나마 다행이다. 언제나 표지로 삼았던 성 토마스 교회의 십자가가 저 멀리 아스라이 보이고 있었다.

만약 숙소로 돌아가지 못한다 해도, 첫날 묵었던 요기 로지는 찾아갈 수 있을 것이다. 최악의 경우에는 성 토마스 교회로 찾아가서 하룻밤 기도 드리는 시늉을 하며 밤을 지새우거나, 그것도 안 되면 택시라도 잡아타고 바라나시의 역으로 가서 밤을 새워야 하리라. 어차피 기차표는 내일 새벽의 것이다.

후들거리는 다리와 두근거리는 심장을 억지로 가누며 서린은 교회의 십자가를 따라 천천히 다시 걷기 시작했다.

골목 하나를 꺾어 지나가니, 다시 사방으로 갈라지는 골목이 시작되었다. 교회의 십자가는 왼쪽 하늘에. 서린은 두 번 생각할 것도 없이 왼쪽으로 방향을 틀었다.

하지만 오십여 미터를 채 갔을까 말까? 최악의 최악에 다시 맞부딪치고 말았다. 이번에는 미친 개 떼들이었다!

크르릉, 컹컹!

골목 안쪽에 모여 으르렁거리는 너덧 마리의 개들은 바라나시의 모든 것들이 그러하듯 무섭게 깡말라 있었다. 이놈들까지 마약에 취한 것일까? 허연 침을 질질 흘리며 골목길 어귀에 선 사람을 노려보고 있다. 놈들 발치에는 더러운 쓰레기 더미가 파헤쳐진 채 바람에 흩날리며 악취를 풍기고 있었다.

예기치 않은 너무나 큰 공포에 직면하게 되면, 사람의 몸이 굳어져 버리는 것인가 보다.

서린은 너무나 놀라 아까처럼 도망칠 생각조차 하지 못하고 멍하니 서 있기만 했다. 등골에서부터 발가락까지 솜털이란 솜털은 죄다 치솟고 있었다.

노을을 등진 사람의 기다란 그림자가 개 떼들에게 위협으로 느껴진 것일까. 으르렁거리고 짖어대는 소리가 더 커졌다. 슬금슬금 앞으로 다가오며 시푸른 살기를 흘렸다. 허옇게 드러낸 이가 더없이 위협적이었다. 당장에라도 물어뜯길 것만 같았다.

"아악!"

주춤주춤 뒤로 몇 발자국 물러났지만 소용이 없었다. 그녀의 움직임이 개 떼들을 더 자극한 것이 분명했다. 으르렁거리며 한꺼번에 내달려 들었다. 또다시 서린은 죽을힘을 다해 도망칠 수밖에 없었다.

멈칫, 강한 힘이 바지 끝을 물어뜯는 감촉이 느껴졌다. 평상시 얌전한 서린조차도 이런 상황에서는 필사적이 되고 악만 남을 수밖에 없다. 덤벼드는 개를 모질게 발로 걷어차며 여하튼 뛰었다. 그러나 골목길은 끝이 없었고, 개 떼들은 쉬이 단념하지 않는다. 악착스레 달라붙었다. 이대로 개들에게 물려 죽을 것만 같았다. 피가 하얗게 식어내렸다.

이렇게 죽기는 싫어! 이렇게 죽을 순 없어!

"으악! 사람 살려!"

종아리에 날카로운 아픔이 느껴졌다. 그악스럽게 물어뜯긴 다리 아래에 붉은 피가 흘렀다. 서린은 다시 달려드는 개 떼들을 걷어차며 미친 듯이 소리쳤다. 더없이 절망적인 심정으로, 입에서 나오는 대로, 가장 간절하고 그리운 이름을, 마지막 희망인 그를 불렀다. 이 세상에 남아 있는 마지막 끈. 유일한 빛이기도 한 그 사람. 도와 달라 필사적으로 요청했다.

"라탄—!"

라탄의 발길이 우뚝 멎었다. 가냘픈 목소리가 그를 부르고 있었다. 환청, 아니 현실.

[라탄—!]

[서린……?]

착각이 아니었다. 정말 그녀가 그를 부르고 있었다. 너무나 간절하게 애타게 부르고 있었다.

생각하고 말고도 없었다. 라탄은 서린의 목소리가 들리는 그곳을 향해, 미친 사람처럼 골목길을 뛰기 시작했다. 허파가 찢어져라 달렸다. 본능이 가르쳐 주는 대로, 그녀가 그를 찾아 부르고 있는 그곳으로.

[서린!]

고함질렀다. 다시 한 번 그녀가 자신을 위치를 가르쳐 주기를 기대하며, 간절하게 불렀다.

[서린! 대답해! 어디 있어?]

"라탄……?"

공포와 두려움에 젖어 거의 멈추기 직전이던 서린의 심장 역시 푸르게 다시 파닥거리기 시작했다.

애달픈 귀가 환청을 들었나. 어째서 그 남자의 목소리가 들리는 걸까?

하지만 더 이상 생각할 겨를이 없었다.

말도 안 되는 상황인 줄 뻔히 알았지만, 본능적으로 서린 또한 그의 목소리가 들린 곳을 향해 뛰기 시작했다. 미치고 굶주린 개 떼들을 피해서 끝이 보이지 않는 골목길을 달렸다.

더운 먼지바람 따라 눈물이 볼을 타고 흘렀다. 라탄, 당신이 왔나요? 내게로 왔어요? 날 찾아 여기로 온 거예요?

기적. 끝내 이어져 다시 시작되는 운명.

어둑한 골목길을 달려 도망치던 서린. 오직 그녀만을 향일하며 달려온 그 남자. 서린의 가냘픈 몸이 작은 나비처럼 라탄의 가슴으로 날아들었다. 강한 두 팔이 세상에서 제일 소중한 사람의 몸을 끌어안았다. 든든하게 감쌌다.

그렇게 그들은 다시 만났다.

[들개…… 떼가 골목길에서…… 덤벼서……. 너무 무서워서 당신…… 불렀는데……. 목소리가…… 들렸어요. 그냥 달렸어! 미친 것 알지만, 당신이 있을 것 같아서…… 날 찾아온 거 같아서…….]

그의 품에 담긴 서린의 몸이 아직도 와들와들 떨리고 있었다. 찢어져라 그의 옷깃을 꼭 움켜잡은 채 숨듯 얼굴을 파묻고 있었다. 헐떡이는 숨소리 갈피 사이로 물기 젖어 촉촉한 목소리가 떨리며 흘러나왔다.

라탄은 두 팔로 서린의 등을 감은 채 고개를 들어 골목 끝을 살폈다. 다행히 더 이상 개떼가 쫓아오는 기색은 보이지 않았다. 얼마나 놀랐을까? 얼마나 두려웠을까? 라탄은 먼지바람에 부옇게 된 연인의 머리카락 사이로 땀에 젖은 얼굴을 묻었다. 아아, 크리슈나. 자비로운 시바시여, 감사합니다.

[괜찮아. 우리가 만났으니까. 이젠 괜찮아. 내가 왔잖아. 당신을 찾아냈잖아.]

[응.]

그를 올려다보는 서린의 눈에는 눈물이 가득했지만 입술은 웃고 있었다. 맑은 물방울 사이로 흘러내리는 건 정직한 반가움. 뜨거운 기쁨. 그것이 전부였다.

약속이나 한 것 같았다. 물기 젖은 두 개의 입술과 네 개의 팔이 서로의 존재를 향해 격정적으로 뻗어나갔다. 뜨겁게 엉켜 하나로 녹아들었다.

어두운 바라나시의 뒷골목. 밤의 그늘 속으로 여전히 더운 먼지바람이 부옇게 날고 있었다. 다리 아래로 더러운 비닐봉지며 [30)방을 쌌던 낡은 나뭇잎들이 버석이는 소리를 내며 짓밟힌다.

----

30)방: 인도 사람들이 씹는 일종의 마약

골목 군데군데 온갖 배설물까지 산적해 있었다. 형용할 수 없는 악취마저 풍기고 있었다.

그런 곳이라도 좋았다. 서로에게 안긴 지금이 천국.

그대의 입술을 느끼고, 그대의 향기를 마시고, 그대를 만지고, 그대에게 키스하는 지금 이 순간은, 유일한 지고의 천국. 급박하게 뛰는 두 개의 심장 소리가 유일한 실존일 뿐. 더 이상 중요한 것은 아무것도 없다.

서로의 입술을 탐하는 두 사람은 거의 필사적이었다. 이 키스가 생의 마지막인 것처럼, 다시는 놓지 못할 것처럼 안달하고 매달렸다.

아아, 이렇게 다시 만났다. 이렇게 의지하고 있다. 이렇게 서로가 전부이다. 이렇게 우린, 어쩔 수 없는 운명이었다.

'어쩔 수 없어. 이젠 정말 어쩔 수 없어.'

서린은 눈을 감은 채 마음속으로 부르짖었다. 다시금 라탄의 목에 감은 팔에 힘을 주었다.

『아바타르(化身)』 3권에 계속…